Gerda Ochs

Ich bin
in meinem Leben

Vorwort

Sollte dieses Buch auch nur ein paar Menschen etwas nachdenklicher, vielleicht mitfühlender machen, ist der Sinn meines Schreibens schon erfüllt.

Besonders sei meinen engsten Angehörigen dieses Buch gewidmet, die nun nachlesen können, was Worte oft nicht zustande brachten.

Ich bitte herzlich mich verstehen zu wollen, denn ein Stück meines Lebens werde ich hier schonungslos preisgeben.

Danke!

Gerda Ochs, geb. 1931 in Oppeln/Oberschlesien

Bibliografische Information der Deutschen Nationalbibliothek:
Die Deutsche Nationalbibliothek verzeichnet diese Publikation
in der Deutschen Nationalbibliografie; detaillierte bibliografische
Daten sind im Internet über dnb.dnb.de abrufbar.

Buchsatz und Covergestaltung: Werner Ochs

Herstellung und Verlag: BoD - Books on Demand, Norderstedt

ISBN: 978-3-756-23278-9

Die oberschlesische Stadt Oppeln, in der ich geboren wurde und 13 ½ Jahre lebte, hatte damals ca. 60-80.000 Einwohner. Oppeln war die Regierungshauptstadt Oberschlesiens. Meine ganze Familie ist in Oppeln geboren. Ich, das fünfte von sechs Kindern, bin am 3. Juli 1931 geboren. Mein ältester Bruder Alfred (genannt Fred) geb. 17.04.1920, dann Bruder Oswald (genannt Ossi) geb. 17.10.1921, dann Schwester Erika geb. 17.01.1926, dann Schwester Anni geb. 01.11.1927, dann ich, Gerda geb. 03.07.1931 und zum Schluss mein Bruder Heinz, am 20.04.1941.

Als Heinz geboren wurde, war meine Mutter knapp 42 Jahre alt. Eigentlich viel zu alt um ein Kind zu bekommen, noch dazu in dieser unruhigen Kriegszeit. Aber dieses Kind kam auf die Welt. Irgendwie war es schön, so ein kleines Kind in unserer Mitte zu haben. Dieser kleine Bruder wurde von uns allen geliebt und nicht wenig verwöhnt. Ich weiß genau wie stolz ich war, als zehnjährige den Kinderwagen schieben zu dürfen. Einen süßen Bruder hatte ich. Noch konnte man ja ruhig durch die Straßen gehen. Noch gab es keinen Fliegeralarm oder gar Luftangriffe, was schon zwei Jahre später zur Tagesordnung gehörte.

Ich möchte erst einmal weiter ausholen. Meine Erinnerungen reichen zurück in die Jahre 1933/34. Kaum zu glauben, dass ich mich an das Leben mit zwei Jahren zurück erinnern kann. Etwas schemenhaft sehe ich gewisse kleine Begebenheiten vor mir, eigentlich nicht der Rede wert, aber für mich deshalb wichtig, weil sie von meinen Eltern exakt bestätigt wurden. Ich sehe mich also, geführt von zwei Kindern (meine Schwestern), zu einem Haus gehen und ich werde auf eine der Treppenstufen vor dem Haus gesetzt. Meine Schwestern gingen ein Stück von mir weg. Schließlich holten sie mich wieder und setzten mich auf den Erdboden. Ich glaube, dass es ein Sandkasten war. Ja, das war schon alles. Es gibt keinen Zweifel, dass ich noch so jung war, denn ca. ein Jahr später sind wir umgezogen, in einen anderen Stadtteil von Oppeln. Auch da habe ich einige Erinnerungen. Es waren da etliche Straßen mit so genannten Siedlungshäusern. Wir zogen also auch in ein solches Siedlungshaus. Zwei Familien wohnten in einem Haus. Jede Familie bewohnte eine Haushälfte. Ein kleiner Vorgarten und im hinteren Bereich war ein großer Garten. Aber ich weiß genau, wir hatten

noch keinen Zaun und natürlich auch kein Gartentor. Später wurde alles angebracht. Trotzdem wohnten wir da jetzt schon. Auf der gegenüberliegenden Seite des Weges, des „Kirschenweges", waren die Häuser noch nicht bezugsfertig. Ich kann es nur so aus meiner Erinnerung sagen, weil ich zwischen Arbeitern, die Balken und anderes sägten, herumhopste. Es machte mir viel Spaß und ich weiß noch, wie ich Holzstücke zu uns in den Garten schleppte, um mit den vielen schönen Klötzchen zu spielen und das Fred, unser „Großer", sich am Baum verletzte. Er blutete und Mama war aufgeregt. Komisch ist es schon, dass ich mit meinen ca. drei Jahren, dieses genau vor mir sehe, hingegen solche Einzelheiten meine Schwestern nicht mehr wissen. Ich glaube, dass bei vielen Menschen die Erinnerung dadurch erschwert ist, weil sie nicht alles tief genug aufnehmen. Wenn ich mich beschreiben soll, dann möchte ich sagen, dass ich schon als Kind und bis zur heutigen Zeit ein Mensch bin, der sich für Dinge interessiert, Dinge sieht, Begebenheiten speichert, die andere nicht sehen.
Ich denke eben über alles ein bisschen mehr nach. Na ja!

Ich war als Kind scheu, vielleicht sogar misstrauisch oder aber viel mehr ängstlich. Ich brauchte stets den Schutz meiner Eltern. Wenn ich meine Spielsachen und meine Eltern in der Nähe wusste, zog ich mich gerne in eine Ecke zurück und war glücklich. Ich baute mir oft so eine kleine „Burg", so ein „Abgeschirmtsein". Der Vergleich zur jetzigen Zeit ist nicht sehr anders. Ich brauche Geborgenheit, ein sichtbar schützendes Dach über mir und das allein sein wollen, aber nicht müssen. Abgeschieden sein – gut – aber nicht verlassen. Ich habe im Laufe meiner vielen Lebensjahre das Alleinsein gelehrt bekommen, oft an der Grenze der unendlichen Traurigkeit, der Ohnmacht gegen die Widrigkeiten des Lebens usw. Aber zurück zum Kind sein.

Das fünfte Kind war ich, das Nesthäkchen. Heinz kam ja erst zehn Jahre später zur Welt. Ich wurde geliebt, das weiß ich gewiss. Ich sagte immer: Ich bin Papas „Liebling" und Mamas „Sonnele". So waren die Kosenamen meiner Eltern für mich. An viele Begebenheiten und schöne Stunden erinnere ich mich. Das Osterfest zum Beispiel, war immer sehr schön. Wichtig war, wir alle bekamen etwas Neues zum Anziehen. Das war eigentlich in den meisten Familien Tradition zu Ostern. Manchmal bekam ich nur eine neue Schürze, die Mama liebevoll bestickt hatte oder ein paar neue Schuhe, manchmal gab es auch ein Faltenröckchen als Geschenk. Ich liebte Faltenröckchen. Auch eine wunderschöne Haarschleife (ein sogen. Propeller), gab es. Die Schleife steckte oben auf dem Kopf fest im Haar. Schön war es, wenn am Ostermorgen die Sonne schien. Da konnten wir Kinder voller Stolz zeigen, was wir bekommen hatten. Viele Kinder gab es in unserer Nachbarschaft. Ach ja, ich vergaß zu erwähnen, dass in jedem Vorgarten ein Kirschbaum gepflanzt wurde, darum „Kirschenweg". Wir Kinder waren fröhlich und tollten herum, aber immer achtsam, dass den neuen Kleidern oder Schuhen nichts passierte. Einmal fiel ich mit meiner neuen Schürze hin. Ich rannte heulend ins Haus. Zum Glück war die Schürze nur stark verstaubt. Aber die Lust nach draußen zu gehen, so denke ich, war mir vergangen. Ein schöner Brauch war es zu Ostern, dass man als Kind mit verdünntem billigen Parfum in der Hand, Verwandte oder gute Bekannte aufsuchte, sie mit ein paar Spritzern des Duftwassers besprühte, um dafür natürlich Ostereier, Bonbons oder anderes zu erhalten. So machten meine Schwester Anni und ich mich auf den Weg nach Oppeln/Wilhelmstal, einem wunderschönen Stadtviertel in einer vornehmen Gegend, zu Tante Hedel und Onkel Paul, um sie österlich zu beduften. Onkel Paul war ein Bruder meines Vaters. 45 Minuten war es bis zu den beiden zu laufen. Als Anni und ich ankamen, um Tante Hedel Ehre anzutun, dass auch sie schön duften möge, da erlebten wir, dass Tante Hedel fast panisch die Hände hochriss und abwehrte. „Nein, nein", sagte sie, „wartet ich hole euch was" und verschwand im Nebenzimmer. Uns kam es wie eine Ewigkeit vor bis sie wieder auftauchte und für jede von uns, so um die zehn kleine Zuckereier schenkte. Dafür sind wir so weit gelaufen? Und zurück mussten wir ja auch wieder. Die Tante sagte noch, dass wir wieder gehen sollten, Onkel Paul sei sowieso nicht da. Tante Hedel war ganz eigenartig. Wir gingen. Aber Anni sagte draußen zu mir, dass wir erst mal in den Hof gucken wollen, ob Onkel Pauls Werkstatt wirklich zu ist. Wir glaubten also Tante Hedel nicht. Onkel Paul verbrachte jede freie Minute in seiner geliebten Mechaniker-Werkstatt, auch sonntags. Schnell flitzten wir um die Ecke, damit die Tante uns nicht etwa sah. Wie erstaunt und froh waren wir, als Onkel Paul da saß und sich sehr freute, weil wir ihn besuchten. Beide hatten keine Kinder. „Na, geht mal zur Tante Hedel, die hat sicher was für euch", sagte Onkel Paul. Als wir ihm zeigten, dass wir schon „beschenkt" worden waren, griff er sofort in seine Hosentasche und gab jede von uns, ich glaube, 50 Pfennige. Das war damals genug Geld und er gab es uns gerne. Ja, Onkel Paul war ein guter Mensch. Tante Hedel dagegen schaute der Geiz aus den Augen. Noch eine ganze Zeit blieben wir in der Werkstatt. „Ihr habt doch sicher Durst?"

fragte unser Onkel. Das wäre Tante nie eingefallen, uns zu fragen. Wir tranken in der Werkstatt einen guten Saft, denn durstig waren wir schon. Onkel Paul arbeitete bei der damaligen Reichsbahn. Als Mechaniker hatte er, soviel ich weiß, einen guten Posten. Wöchentlich bekam er seine „Ration" Säfte in Flaschen und diese Säfte schmeckten köstlich. Der Weg hatte sich also doch gelohnt. Aber die Tante...

Das fast grimmige Gesicht der Tante, als wir zur Tür hereinkamen, vergesse ich nicht. Gesagt sei aber in diesem Zusammenhang, dass diese Tante in ihren späten Lebensjahren doch etwas zugänglicher wurde. Sie besuchte mich und meine Familie, da sie in der Nähe wohnten, des Öfteren. Ganz ablegen konnte sie auch in den betagten Jahren ihren Egoismus nicht, das merkte jeder. Doch die letzten Worte auf ihrem Sterbelager waren: „Gerda, du bist doch ein gutes Mädel". Das versöhnt mich doch mit ihr. Onkel Paul blieb eigentlich so, wie er immer war. Immer guten Mutes, immer einen Spaß auf den Lippen bis zu seinem fast 93.Lebensjahr. Aber in meinen Erzählungen komme ich gewiss noch öfter auf diese beiden Verwandten zu sprechen.

Je älter ich werde, umso näher ist mir die Erinnerung an meine Kinderzeit. Ich denke, das ist ganz normal in meinem jetzigen Alter. Wie deutlich aber manche Ereignisse der frühen Kinderzeit mir vor Augen stehen, ich staune selbst manchmal darüber. In unserem Garten am Kirschenweg fühlte ich mich richtig wohl, das weiß ich. Fred, mein ältester Bruder, bastelte eines Tages so ein kistenähnliches Gebilde. „Was machst du da?" fragte ich. „Das wird nicht verraten. Warte ab, morgen oder übermorgen wirst du es sehen." Ich war gespannt wie ein alter Regenschirm. „Mama, was macht da der Fred?" Mama war von Fred zum Schweigen gebeten worden, damit es für alle eine wirkliche Überraschung gab. Na, was soll ich sagen, drei oder vier Karnickel – so genau weiß ich es nicht mehr – brachte Fred an. Ach, war das eine Freude. Richtige kleine Tiere und wie niedlich diese waren. Ich entdeckte immer wieder etwas Neues an ihnen. Wie sie die Näschen bewegten, mit den Pfötchen über die Ohren strichen oder wie sie herumhoppelten. Nun konnte ich es auch nicht mehr länger aushalten. „Ich will `mal eines haben, Fred. Ich setze mich hier hin und du legst mir eins in meine Schürze, ja?" sagte ich. „Na gut" und Fred nahm das von mir ausgesuchte aus dem Käfig heraus. Das Kaninchen zappelte ganz schön, aber in meinem Schoß hockte es ganz ruhig – zunächst! Meine Streicheleinheiten waren dem kleinen Kerl wohl zu viel und plötzlich gelang es ihm, ich saß ja auf der Erde, sich zu befreien und aus meiner

Schürze zu springen. „Fred, Fred", rief ich und Fred sagte nur: „Pjernicka, jetzt ist er weg." In der Tat! Das Kaninchen hoppelte schnell unter die Büsche im Garten und war nicht gleich ausfindig zu machen. Papa eilte zu Hilfe und mit vereinten Kräften brachten sie das Karnickel zurück in den Stall. Das aber Fred zu mir sagte: „Du kriegst nie wieder eines zum halten", das gab mit den Rest. Der Schreck saß mir noch in den Gliedern und nun das auch noch. Ich lief ins Haus, kroch unter den Küchentisch, der vor dem Fenster stand und weinte sehr. Keiner konnte mich zunächst trösten. Ich fand mich so verletzt. Nie wieder darf ich so ein Häschen halten. Fred hat das ganz deutlich gesagt – ich konnte mich so schnell nicht beruhigen. Ja, ich war sehr empfindlich. So ca. viereinhalb bis fünf Jahre alt war ich da wohl gewesen. Am gleichen Abend flüsterte Mama mir ins Ohr: „Wenn Fred morgen zur Arbeit geht, dann füttern wir zusammen die Karnickel und du kannst sie alle streicheln." Fred passte nämlich genau auf, dass die Tiere gut versorgt wurden. Gegen Abend brachte er Futter und ließ auch seinen Bruder Ossi so schnell nicht an seine Karnickel. Nur zum Gras holen waren wir alle gut. Ich war jedenfalls erst einmal von Mama getröstet. Tagsüber war ich ja mit ihr alleine. Die beiden Jungs verdienten schon Geld und die beiden Mädels gingen zur Schule. Ach wie gern und oft schmuste ich mit meiner Mama. Ich meine noch heute zu spüren, wie weich und kuschelig alles an ihr war. Am liebsten hatte ich es, wenn Mama ein aufknöpfbares Kleid oder eine weit ausgeschnittene Bluse an hatte. Ich legte dann immer, so tief wie möglich, meinen Kopf an ihre Brust und sie ließ mich gewähren. Dieses Wohlgefühl der totalen Geborgenheit vergesse ich nie! Hinter Mamas Ohr befand sich ein „Ninni". Komischer Name, was? Warum ich „Ninni" zu dieser weichen, etwa einen halben Zentimeter großen Fleischwulst sagte, weiß ich nicht. Den Namen habe wohl ich erfunden. Immer und immer wieder musste ich das Ninni anfassen. Es war so schön und weich. Schon damals fand ich alles Weiche und Kuschelige einfach schön. Ungern spielte ich eigentlich mit irgendwelchen anderen Kindern. Ich war ein sehr schüchternes, zurückgezogenes Kind. Warum, das weiß ich nicht. Wenn meine beiden Schwestern draußen waren, da wollte ich mit raus zum Spielen. Dann spielte ich auch einmal mit anderen Kindern. Ich weiß, dass ich mich ekelte, wenn jemand eine Rotznase oder ganz dreckige Hände hatte und wenn ich dann noch etwas geklaut bekam, was ich gerade zum Spielen mit raus nahm, da war es ganz aus. Am liebsten spielte ich mit Erika und Anni. Aber die wollten nicht immer. Schließlich waren sie ja schon „groß" und ich war das Küken. Ab und zu in den warmen Sommermonaten spielten wir „Jagen" oder „Verstecken". Manchmal bis in die Abendstunden. Das war toll. Ja, meine Schwestern passten schon gut auf mich auf. Oft am Abend aber hörte ich dann: „Mama, die Gerdel (mein Kosename) will nicht reingehen." Kein Wunder, es war doch noch so schön draußen und müde war ich meist auch noch nicht. Wenn Mama oder Papa rief: „Gerdel, nun komm schon", da bin ich ins Haus gegangen. Wenn ich mich recht erinnere, ging alles doch ziemlich locker bei uns zu. Es gab keine festen Schlafenszeiten oder strenge Rituale. Es wurde immer nach der Lage der Dinge und nach Lust und Laune entschieden. Ich glaube, das hängt auch viel mit den Altersunterschieden von uns Kindern zusammen.

Im Garten wuchsen indessen die Kürbisse zu Riesen heran. Sicherlich war der Mist als Dung (der Mist der Karnickel) ideal dafür. Ein Riesenkürbis stach besonders hervor. Schade, dass ich den Umfang dieser Kürbisfrucht nicht weiß. Ein Riese! An einem frühen Morgen wurde der Kürbis abgeschnitten und meine Eltern wuchteten den Koloss auf meinen aufgebrauchten Kindersportwagen. Er saß obenauf, so groß war er. Im Laufe des Vormittags machten Mama und ich uns auf den Weg in das Stadtzentrum. Da gab es ein Haus der Diakonissen, die den Kürbis verarbeiten wollten. Warum gerade da hin? Ja, da gab es eine Schwester Eva. Diese war die Patentante meiner Schwester Erika. Es war bei uns nicht unüblich, dass man gute Bekannte oder Freunde zum Paten nahm. Diese Schwester Eva gab Erika zusätzlich den Namen Elisabeth. Wie eng meine Eltern bekannt oder befreundet mit ihr waren, weiß ich nicht. Jedenfalls sind wir mit unserer Fracht, die schwer zu karren war, angekommen. Während des Weges dahin, wurde Mama immer wieder gefragt, wo der Riesenkürbis her käme. Die Leute wollten nicht glauben, dass so was im Garten gewachsen ist. Dasselbe im Diakonissenhaus. Zu Essen und zu Trinken wurde uns gereicht und alle waren sehr freundlich. Ich wurde öfter etwas gefragt, doch ich war zu schüchtern – ich bekam einfach keinen Ton heraus. Das einzige was mir entlockt wurde, war: „Ich bin Papas Liebling und Mamas Sonnele." Na, das war doch schon etwas! Auf dem Heimweg wollte Mama, dass ich mich in den Wagen setzte. Das wollte ich aber nicht. Schließlich bin ich ja schon groß dachte ich und wenn mich einer so sieht... Wir kauften hier und da noch etwas ein und ich bekam für fünf Pfennige einen runden Käsekuchen mit dicken Streuseln darauf. Das war mein Lieblingskuchen und immer wenn ich mit Mama oder Papa bei diesem bestimmten Bäckerladen vorbei kam, wurde für mich fünf Pfennige locker gemacht. Als wir wieder daheim waren, dauerte es nicht lange, da kamen Nachbarsfrauen, die unsere anderen Kürbisse sehen, bzw. haben wollten.

Mama kam mit allen Nachbarn gut aus und zu gutmütig war sie auch. Ich glaube, dass wir am wenigsten von den guten Früchten behalten haben. Der Kürbiskompott schmeckte immer köstlich und immer kommen mir die Erinnerungen an damals, wenn ich Kürbisse sehe. Die schönsten Blumen aus unserem Garten verschenkte Mama auch. Sie hatte in Sachen Blumen ein glückliches „Händchen". Aber ich weiß auch, dass sie das Unkraut auf den Wegen nicht sah. Ich merkte nur als kleines Mädchen, dass andere Vorgärten schöner waren. Natürlich, wenn es sie „packte", hackte und jätete sie bis in die Abendstunden. Die Oberrüben (Oberkohlrabi) wurden mit Sorgfalt bearbeitet, sonst wären das keine solchen Prachtexemplare geworden. Wir Kinder freuten uns immer, wenn es bei uns Oberrübensuppe geben sollte. Nicht nur deshalb, weil die Suppe immer gut schmeckte, sondern auch weil wir die Knollen, roh und mit Genuss essen durften. Für die Suppe – es war ein deftiger Eintopf – wurden nur die saftigen grünen Blätter verwandt. Komisch nicht wahr? Hier in Hessen, in meiner jetzigen Heimat, nimmt man natürlich nur die Knollen. Das Grünzeug ist „Hasenfutter", das sagte auch meine Schwiegermutter. Aber damals in Oberschlesien war es eben anders. Und ich möchte hier an dieser Stelle erwähnen, dass es einen Versuch wert ist, die zartesten Blätter zu verwenden. Es ergibt ein herrliches Gemüse – ähnlich wie Spinat oder Grünkohl, man könnte sagen, es ist so ein Zwischending. Mal probieren?! Einer unserer Nachbarn war ein eigenartiger Mensch. Er und seine Frau waren kinderlos, humorlos, wortkarg – also undurchschaubar. Ich war ca. fünf, sechs Jahre alt. Da kam mir alles unheimlich vor. Eines Tages trug man die hagere Frau aus dem Haus hinaus. Sie war gestorben. Der schon ältlich wirkende Ehemann, keiner konnte sein Alter abschätzen, nannten alle übrigens „Bibelforscher". Er wohnte nun ganz alleine in der einer Hälfte des Nachbarhauses. „Bibelforscher" deshalb, weil er dauernd durch den Garten ging und dabei in einem Buch las. Über den Brillenrand hinweg richtete er plötzlich den Blick auf mich, als ich einmal im Garten spielte. Ein Glück nur, dass ein Zaun zwischen uns war. Manchmal sagte er einfach: „Na du?" Ich erschrak, als hätte ein Geist gesprochen. In unserer Familie wurde heimlich gelacht, wenn der Bibelforscher bei Regen mit der Gießkanne zugange war. Wenn die Sonne schien, saß er nur im Schatten. Ein großer hagerer Mann war er. Immer wieder schöpfte er Jauche (Gülle) aus der Grube. Hinter jedem Haus oder einer Wohneinheit gab es eine Jauchegrube. Das Klosett war drinnen, aber natürlich ohne Wasserspülung. Es plumpste also alles in die Grube, die dann von Zeit zu Zeit von außen entleert werden musste. Die Jauche war ein guter Kartoffeldung. Ja, so etwas kann sich wohl keiner der Jüngeren mehr vorstellen. Mit viel Primitivität musste sich begnügt werden. Fließendes Wasser gab es und ich meine, alles Abwasser ist auch in die Grube geflossen. Dem Bibelforscher schien das Jauchen so richtig Spaß zu machen. Immer öfter stakste er mit dem langen „Jauchenschepper" (Schöpfer) durch seinen Garten. Alles wuchs bei ihm beneidenswert gut. Er beguckte förmlich jedes einzelne Gemüseblättchen und wurde von vielen deshalb auch belächelt. Meist aber mieden die Leute diesen komischen Kauz. Er strahlte so etwas Unheimliches aus. In unserem Garten stank es wieder einmal bestialisch. Frisch geschöpfte Jauche stinkt wirklich sehr und der Bibelforscher jauchte wieder mal mit Wonne. Was wir nicht sehen konnten war, er deckte die Jauchengrube nicht immer ab, wie es sich gehörte. Das wurde dem Nachbarskind, das in der anderen Haushälfte des Bibelforschers wohnte, zum Verhängnis. Die dreijährige Liesbettel gelangte irgendwie über oder unter dem Zaun hindurch in diesen Garten. Auf einmal schrie irgendjemand: „Die Liesbettel ist in die Jauchengrube gefallen!" Ich meine sogar, dass es meine Schwester Anni war. Nur noch die Haare des Kindes waren zu sehen. Die Mutter von Liesbettel war so schnell wie der Blitz da und irgendwie mit anderen Leuten zogen sie das über und über besudelte Kind heraus. Die Mutter wischte ihr über das Gesicht und trug das „stinkende Bündel" nach Hause. Gott sei Dank atmete sie noch und fing ganz fürchterlich an zu schreien. Ihre anderen Geschwister, es waren noch fünf, erzählten uns, dass ihre Mutter ihre kleine Schwester in eine Zinkwanne mit kaltem Wasser tauchte. (Warmes Wasser aus der Leitung, so wie heute, gab es damals noch nicht). Im „Wasserschiff" das im Kohleherd integriert war, war immer warmes Wasser vorhanden. So ungefähr 8 bis 10 Liter fasste das Schiff. Ganz sicher wurde das Kind anschließend warm abgewaschen. Dieses Ereignis lockte viele Nachbarn herbei und man kann sich denken, was da los war. Mit Fäusten drohten die Leute dem Bibelforscher, der angeblich die Grube abgedeckt hatte und so tat, als hätte das kleine Mädel den schweren Deckel selbst verschoben. Als abends der Vater des Kindes nach Hause kam, war "Leben in der Bude". Er hatte schon wieder dem Alkohol tüchtig zugesprochen. Wir hörten nur: „Ich schlag dich tot, ich schlag dich tot!" Mir ist so in Erinnerung, als wenn gesagt wurde, er hatte eine Axt in der Hand gehabt. Dass ich, die Schüchterne und eher Ängstliche, zu der Zeit nicht draußen war, versteht sich von selbst. Die älteren Söhne zerrten ihren betrunkenen Vater nach Hause. Da soll er auf seine Frau losgegangen sein. Sie hätte an allem Schuld, dass Liesbettel in die Jauchegrube gefallen ist. Eine Tracht Prügel war also dieser ausgemergelten Frau sicher. Ja, Prügel und wer sich ihm in den Weg stellte, bekam auch welche ab. Am nächsten Tag sah man die arme Frau wie blau sie von ihrem Mann geschlagen wurde. Mit der einen Tochter dieser Familie, der Gretel, hatte ich mich schon länger angefreundet. Sie war etwa ein Jahr jünger als ich und wie ich heute glaube, ein total gestörtes Kind. Gretel sprach ganz wenig. Sie freute sich riesig, wenn sie mit mir spielen konnte. Ganz sicher ist auch der Vater an ihrem „Zurückgebliebensein" mit Schuld. Die Kinder wurden wohl fast alle im „Suff" gezeugt. Das sind so Erlebnisse, die mir hier beim Schreiben so in den Sinn kommen.

Der Kirschenweg war also mein frühkindliches Zuhause. Da verlebte ich meine sorgloseste Kinderzeit. Es war so ein unbeschwertes Leben – ich fühlte mich wohl und ich denke meiner ganzen Familie ging es auch so. Bis zum 8./9. Lebensjahr konnte ich diese Harmonie und Sorglosigkeit genießen. Es hört sich ein wenig komisch an, aber als wir dort auszogen und an der mehr befahrenen und bewegten Karlsruherstraße zu wohnen kamen, auch keinen Garten mehr hatten, wurde tatsächlich vieles anders. Ich trauerte sehr um meine vertraute Umgebung. Aber davon später.
Mein Bruder Ossi hatte bei der OSTAG (Oberschlesische oder Oppelner Tageszeitung) als Laufbursche sein kleines Geld verdient. Fred war nämlich dort als Drucker, Schriftsetzer, Fotograf und was weiß ich was sonst noch alles, angestellt. Fred war ein fleißiger, gut gelittener und ein gescheiter Mensch und Kollege. Darum hatte er bei seinem Chef auch einen „Stein im Brett", wie man so sagt. Darum auch konnte er seinem Bruder Ossi diese Stelle als Laufbursche verschaffen. Die verschiedensten Dinge hatte Ossi zu erledigen. Vom Verlag der OSTAG große Zeitungspakete auf den Karren laden, die Zeitung in einzelne Haushalte verteilen, anschließend Botengänge zu den Geschäften, Bahn, Postamt usw. auch Geldüberbringungen, weil Ossi auch ein absolut ehrlicher und verlässlicher Typ war. Er kam am Abend oft völlig kaputt, manchmal durchnässt oder durchfroren nach Hause. Fred machte oft Überstunden und war sehr stolz darauf, wenn seine von ihm entworfenen Plakate vom Chef anerkannt und veröffentlicht wurden. Fred konnte damals schon wundervoll zeichnen und malen. Und was die Druckschriften anging – na, da machte ihm so schnell niemand etwas vor. Es war alles Handarbeit und ich als Kind merkte, dass Fred seine Federhalter mit den verschiedensten Federspitzen und Tinten in allen Farben, wie seinen Augapfel hütete. Fred zeichnete manchmal wie besessen an irgendetwas. Da wäre es unklug

gewesen ihn dabei zu stören. Er konnte nämlich da ganz schön ausrasten und ich höre immer noch das „Pjernicka" (verflixt), jetzt ist alles verdorben oder so ähnlich.

Ossi dagegen zog es immer wieder nach draußen. So müde wie er manchmal schien, so schnell erholte er sich wieder. Seine sportlichen Betätigungen wie Fußball, Handball, Eishockey oder Schlittschuhlaufen, machten ihn wieder total fit. Bis in die Dunkelheit machte er draußen herum. Mama und Papa machten sich manches Mal schon Sorgen, wenn es zu Bett gehen sollte und er fehlte. Natürlich hatte er sich auch mal „gekampelt", d. h. mit anderen geprügelt. Dazu muss man sagen, dass Ossi nie ein Provozierender war, aber wehren konnte er sich prima. Ich habe als Kind einmal erlebt, dass ein Kerl, der viel kräftiger schien als Ossi, eines von uns Geschwistern beschimpfte und Ossi meinte, das ganz ohne Grund. Na, da hatte dieser mal was zu spüren bekommen. So schnell wie Ossi ihm eine versetzte, so schnell konnte keiner nachdenken. Der Kerl flog hin und Ossi sagte: „Willste noch eine haben?" Der erhob sich und rannte, auf uns alle schimpfend, davon. Ja, ich hatte schon tolle große Brüder...

Schön war es für mich, wenn Ossi „Zahltag" hatte. Früher gab es immer nur Wochenlohn – auch Ossi als junger „Stift" erhielt sein Geld wöchentlich. Als er am Abend sagte: „Gerdel, wollen wir einkaufen gehen?", da strahlte ich. Das bedurfte doch keiner Frage. Wir kauften nur das ein, was Ossi und mir schmeckte. Er nahm mich an die Hand und der erste Laden wurde angesteuert. Ein wunderschönes Stück Käse-, Mohn- oder Streuselkuchen suchte ich mir aus und ich biss gleich hinein. Dann ging es weiter zum Fleischer. So eine Art Fleischwurst oder Wiener Wurst bekam ich gekauft. Dabei vergaß Ossi sich selbst auch nicht. Was tat ich? Ich kann mich erinnern, dass ich, während ich noch den Streuselkuchen in der Hand hatte, abwechselnd mal in den Kuchen und mal in die Wurst biss. Was soll ich sagen? Es schmeckte! Mir schmeckte es so gut, wie schnell nichts anderes. Nun nahm mich mein großer Bruder auf die Schultern. Ach, das war ein erhabenes Gefühl. Ganz groß war ich da. Ich hielt Ausschau nach bekannten Mädchen und wenn diese mich so erblickten, fand ich mich als etwas Besonderes, im wahrsten Sinne, Erhabenes. Ja, so einen Bruder hatte nicht jeder! Zuletzt steuerten wir den etwa 300 Meter entfernten Kioskladen an. Da setzte mich Ossi ab und ich stand genau vor den Schuten voller Bonbons. Für zehn Pfennige durfte ich mir etwas davon aussuchen. Aber was? Ich wollte von jeder Sorte mindestens zwei bis drei Stück. Natürlich bekam ich von diesem Kaufmann namens „Sgorwronek",

14

genannt „Ibda" oder „Gruchlik", nicht mehr als für zehn Pfennige, d.h. manchmal bekam ich doch ein Zuckerfischel dazu geschenkt. Auf dem Nachhauseweg alberten wir herum und Ossi lief öfter mal ein Stück voran, so dass ich Mühe hatte, ihn einzuholen. Oder er versteckte sich hinter einem dicken Baum, um dann plötzlich wieder zu erscheinen. Ach, was war das schön. Mama und Papa schimpften auch nicht, wenn es etwas später wurde, als wir heim kamen. Sie wussten, dass ich bei Ossi in besten Händen war. Wenn ich mich heute so zurück erinnere, war ich ein ganz anspruchsloses, zufriedenes Mädchen. Natürlich war ich hoch empfindlich und schnell beleidigt. Ein hartes, lautes Wort und es schien mir, als hätte ich tausend Schläge erhalten. Ich liebte halt alles Schöne, Freundliche und Ruhige. Alles Schrille und Laute mochte ich absolut nicht. Bis heute habe ich einige dieser „Tugenden" nicht endgültig ablegen können. Ich konnte keinem Menschen oder Tier wehtun und wollte auch nicht, dass man mir wehtat. Ja, die Gerdel (Gerda) von damals war sicher mit einigen „Macken" behaftet, aber die waren total harmlos. Ich brauchte damals schon so etwas wie einen festen Burgwall um mich herum. Ich spielte gerne ganz allein mit kleinen Spielsachen. Ich war schon damals ein Meister im Improvisieren. Ich bastelte mir irgendein Gebilde, das keiner als das identifizieren konnte, was es in meiner Fantasie darstellte. Gerne stellte ich mir in der Stube vier Stühle zusammen und eine Decke darüber. Das war mein Reich. Mama reichte mir sogar – über den „Wall" hinweg – ab und zu etwas zu Essen oder zu Trinken. Ach, war das gemütlich. Manchmal kam Papa schon von der Arbeit und Mama spielte ein Spiel: „Hast du Gerdel nicht gesehen?" Und sicher verstand Papa sofort und antwortete: „Nein, ja wo kann denn nur das Kind sein? Wo ich ihr doch etwas mitgebracht habe." Das lockte mich nach ganz kurzer Zeit aus meinem „Bau". Ich kann mich noch an eine, für mich damals Riesenapfelsine, erinnern. So eine große Apfelsine hatte ich zuvor nie gesehen. Ich habe diese nicht auf einmal essen können und ich meine, ich hätte meinen Schwestern auch immer etwas abgegeben. Nein, geizig war ich nicht. Also zu dieser Zeit schien die Welt und eigentlich war auch die Welt noch in Ordnung.

Eines Tages, so erinnere ich mich, knatterte ein großes Motorrad durch den Kirschenweg. Auf ihm saß ein junger Mann, der unsere Familie aufsuchte. Eine Lederkappe, Schutzbrille und eine dicke Pumphosen hatte er an. Er stellte das Motorrad vor unserem Tor ab. Nur Mama und ich waren daheim. Mama fragte, was er wolle und er gab sich als ihr Neffe, also mein Cousin, aus der schlesischen Stadt Breslau, zu erkennen. Meine Mutter hatte ihn auch schon Jahre nicht mehr gesehen, so sagte sie und ich kannte ihn gar nicht. Entweder war es der „Hello" (wahrscheinlich Helmut) oder der Walter. Er war der Sohn von Papas Bruder Karl, der in Breslau einst ein Mädchen kennen lernte – so weiß ich es aus Erzählungen – mit ihr ein Kind bekam, obwohl Karl erst 16 Jahre alt war. Ja, 16 Jahre! Das gab es also damals auch schon. Er heiratete später dieses Mädchen und beide bekamen noch fünf oder sechs Kinder. Eines davon jedenfalls war unser Besucher. Ich erinnere mich, dass Mama sogar das Mittagessen zu machen vergaß und wir drei zusammen saßen und Mama viel mit ihm sprach. Am frühen Nachmittag schwang er sich wieder auf seine „Karre", aber nicht ohne mich mal kurz auf den Motorrad-Sitz zu heben. Ach, war mir das unangenehm. So ein eigentlich fremder Mann fasste mich an – mich, die kleine Schüchterne! Er wollte wieder zurück nach Breslau. Die Stadt Breslau war so ca. 80 km entfernt.

Am Abend gab es viel Gesprächsstoff wegen dem Besuch. Papa bedauerte es, dass er seinen Neffen nicht selbst einmal sprechen konnte. Breslau war wahrlich nicht aus der Welt, aber wer fuhr damals schon so einfach auf oder mit der Eisenbahn? Onkel Karl hatte in Breslau eine große Nähmaschinen und Fahrrad-Reparatur-Werkstatt. Er war sehr tüchtig. Hatte auch Gesellen und Lehrlinge. Übrigens, waren mein Vater und fast alle seine Geschwister, von Beruf Feinmechaniker geworden. Kein Wunder, denn Papas Vater hatte die erste und einzige Nähmaschinen und Fahrrad-Reparatur-Werkstatt mit Gesellen, darunter auch die eigenen Söhne und die Tochter Auguste in Oppeln. Mein Opa soll in Punkto lernen und arbeiten sehr streng gewesen sein. Die Mechanikerausbildung war perfekt und die Älteste der Geschwister, also die Auguste, war die erste und einzige Mechanikermeisterin in ganz Oberschlesien oder sogar von noch weiterem Umkreis. Meinen Opa, den ich nie kennen lernen konnte, starb 50-jährig und mein Vater Erich, war damals erst zehn Jahre alt. Das und vieles mehr, hat uns allen Papa erzählt. Ganz interessante Begebenheiten konnte er berichten. Ganz sicher komme auch ich noch darauf zu sprechen. Ich war, so weit ich mich erinnern kann, immer eine gute Zuhörerin. Ich glaube, sonst wüsste ich heute längst nicht mehr so viel von früher. Papa konnte aber auch gut erzählen.

Ja, es war zu meiner und zu meiner Eltern Zeit eine ganz andere Epoche. Es wurde ganz anders gelebt und auch in meiner Kindheit war nicht jeden Tag eitel Sonnenschein. Arbeitslosigkeit in den „Dreißigern" war weit verbreitet. Meine Eltern konnten ein Lied als junges Ehepaar davon singen. Wenig muss es damals gegeben haben. Dazu kam die Inflation. Das Geld war nichts mehr wert. Täglich bekamen die arbeitenden Männer ihr Geld. Anders war es nicht möglich, denn stündlich änderte sich der Kurs und der Wert des Geldes verfiel zusehends. Millionen, Milliarden und Billionen Geldscheine gab es damals. Die Gelddruckereien sollen kaum mit der Produktion nachgekommen sein. Wenn Mama Geld bekam, rannte sie sofort zum Kaufmann – so erzählte sie – und oft bekam sie für ihre vielen „Millionen", nur noch knapp die Hälfte von den Lebensmitteln, die sie vielleicht noch vor zwei Stunden bekommen hätte. Es soll ein Drama gewesen sein. Zu dieser Zeit waren ja meine ersten Geschwister schon geboren und sie satt zu kriegen... na, ich möchte das nicht erlebt haben wollen.

Papa erzählte, dass er immer öfter zu seiner Mutter ging, um irgendetwas Essbares zu erhalten. Mama hatte ihre Mutter schon als siebenjährige an den Tod verloren. Es ging jedem schlecht, auch meiner Oma, der Mutter meines Vaters. So konnte es nicht weiter gehen und ich weiß nicht, was für Dramen sich in dieser Inflationszeit abgespielt haben mögen, in den vielen damals oft kinderreichen Familien. Als endlich staatlicherseits alles besser geregelt wurde und es neues Geld gab, da war aber die Arbeitslosigkeit enorm groß. Als ich 1931 geboren wurde, war ich ja schon das fünfte Kind im Bunde. Wie gut, dass Papa ein hervorragender Feinmechaniker war. Er machte auch nach dem frühen Tod seines Vaters, mit den Hauptgesellen die Prüfung als Nähmaschinen-Mechaniker. Die Nähmaschinen nahmen ja immer mehr Besitz in den Haushalten ein und dadurch auch reparaturbedürftig. So radelte mein fleißiger Vater auch in abgelegene Ortschaften, um die Maschinen an Ort und Stelle zu reparieren und bekam sein gefordertes Geld gleich bar auf die Hand. Manchmal karrte er auch ein Nähmaschinenoberteil auf seinem Fahrrad heim. Das waren total verdreckte und fest gefressene Maschinen. Na, da musste Mama auch ran. Ich sehe das noch alles genau vor mir. Alles was abschraubbar war, wurde abgeschraubt und Mama steckte die Maschine und deren Einzelteile in einen großen Waschtopf, in dem „IMI-Wasser" war. Das alles musste ziemlich lange kochen, damit sich bis in den letzten Winkel alles löste. Ein guter Geruch herrschte in der Küche absolut nicht. Nachdem alles gekocht und dann wieder getrocknet war, begab sich Papa in sein Element. Alles hat er gekonnt zusammengefügt, mit Feinöl geölt und die Maschine wieder funktionsfähig gemacht. Davor wurde die Maschine noch in ein vorbereitetes Emaillebad getaucht. Da war wieder Mama gefragt. Es durfte nämlich nicht zu viel und nicht zu wenig Emaille drauf sein, es durfte da aber auch keine unbehandelte und nicht exakt emaillierte Stelle zu sehen sein. Mama hatte außerdem die Aufgabe, Perlmut-Abziehbilder aufzutragen. Das musste „sitzen", denn wenn ein Bild eventuell entfernt werden musste, weil es vielleicht etwas faltig oder gar eingerissen war, war ja beim Abkratzen auch die Emaille beschädigt. Das versuchten beide so gut wie möglich zu vermeiden. Auf ganz alten Nähmaschinen früherer Jahre, die hier und da auf Flohmärkten oder in Museen zu sehen sind, kann man diese Art Abziehbilder noch sehen. Sie waren ja nur Zierde und dennoch wurde es begeistert mitgekauft, denn alles erschien dadurch umso wertvoller. Papa musste erst etwas Geld in Emaillelack, Abziehbilder in echtem Perlmut, Ersatzteile wie Nadeln, Schräubchen oder Schiffchenspulen, Öl, IMI, den Arbeitstisch, viele, viele Hölzer und Stützen, die beim Trocknen nötig waren und wer weiß, was sonst alles noch investieren. Oft habe ich Mama beim Nähen zugeschaut und war fasziniert, wie man einen Stoff so schön und schnell nähen kann. Sobald ich konnte, versuchte ich mich auch im Nähen. Mama hatte ja ihre eigene Nähmaschine. Es machte mir unheimlich viel Spaß und nähe noch heute für den Hausgebrauch. Papa karrte also das reparierte Stück wieder zu dessen Besitzer und montierte alles wieder auf das Nähmaschinenunterteil. Oft, so erzählte er, konnten die Leute gar nicht glauben, dass es dieselbe Maschine war, die abgeholt wurde. Das gab Papa etwas! Und dann bekam er ja Geld und das war das Wichtigste. Ja, ich merke selbst, dass ich ein Kind von einem Nähmaschinenmechaniker bin. Ich habe immer gut aufgepasst und mir vieles gemerkt, so dass ich noch heute kleinere „Reparaturen" oder andere Widerwärtigkeiten meiner Nähmaschine selbst erledige. Von meinen Verwandten, ja auch schon von meiner Schwiegertochter, wurde ich um Rat gefragt. Es ist doch alles wertvoll, was auch immer man im Leben lernt! Wie wohl bekannt ist, waren alle Nähmaschinen damals natürlich nicht elektrisch. Das wurde erst viel hergestellt. Man musste auf so einer Art Pedal immer vor und zurück treten. Das übertrug sich über den Keilriemen am seitlichen großen Schwungrad auf das obere kleine Rad. In etwa so wie heutzutage, nur musste dies aus eigener Kraft mit den Füßen entstehen. Jetzt muss ich mich aber von dieser Zeit lösen, sonst fällt mir immer noch etwas dazu ein. Schließlich bin ich ja nur das Kind von einem Mechaniker und nicht selbst einer. Papa hatte leider selbst keine eigene Werkstatt, so wie ein Teil seiner Geschwister. Die älteste Schwester – ich erwähnte es schon – machte die Meisterin und bekam von ihrem Vater eine komplett eingerichtete Feinmechaniker-Werkstatt mit Drehbank und allem was dazu gehörte. Da soll auch kein Ersatzteil oder Schräubchen gefehlt haben. Das alles wurde ihr in einer Werkstatt, mitten der oberschlesischen Stadt Kreuzburg, von ihrem Vater übergeben worden sein. Wie mein Papa berichtete, sollte jeder die Ausbildung und dazu die Werkstatteinrichtung erhalten. 1914 brach der erste Weltkrieg aus, der bis 1918 andauerte. Zwei Brüder meines Vaters, ja ganz sicherlich auch der älteste, der Karl und mein Papa wurden eingezogen. Ein Bruder von Papa fiel, der andere, Georg, kam krank nach Hause und verstarb. Von Onkel Karl weiß ich nichts Genaues. Onkel Paul, Jahrgang 1892, stellte sich, wie er später uns allen mit Stolz erzählte, so blöde an, dass sie ihn für militärisch untauglich hielten. Über die Begebenheiten der Blödtuerei, die gerne von Onkel Paul zum Besten gegeben wurden, können wir uns heute noch amüsieren, wenn wir daran denken.

Wie Papa erzählte, hatte er – er war Jahrgang 1898 – von 1916 bis 1918 gedient. Er war bei der vordersten Kampftruppe. Neben ihm starben viele seiner Kameraden, dabei auch sein bester Freund. Dieser stand neben ihm in einem Loch und als eine Schußpause war, forderte Papa ihn auf, mit ihm ein Stück weiter zu kriechen. Als der nicht reagierte und Papa ihn anschubste, fiel er um. Er war tot. Für meinen hochempfindlichen und sensiblen Vater, muss das ein schreckliches Erlebnis unter vielen gewesen sein. Er selbst, so erzählte er uns, wurde tief verschüttet und als man ihn fand, brachte man ihn ins Lazarett. Seine Mutter aber erhielt in der Zwischenzeit schon eine Vermisstennachricht. Da war der Schreck wieder groß, da doch erst der Max, der übrigens der liebste Bruder von Papa war – wohl so eine Art Vaterersatz für ihn – in diesem Krieg gefallen war. Mutter soll ganz verstört herumgelaufen sein. Die Gesellen waren auch eingezogen worden und somit ging es mit der Werkstatt den Bach runter. Es war ja keiner da, der etwas hätte reparieren können. Onkel Paul, so wurde erzählt, half zwar ab und zu aus, doch da er sich sozusagen auch schon selbstständig gemacht hatte, konnte er sich nicht viel um die einstige Vaterwerkstatt kümmern. Außerdem war er da fast 25 Jahre alt und die „Liebeleien" waren wohl in vollem Gange. Ich meine sogar, dass er zu dieser Zeit schon verheiratet war und ein Kind zur Welt kam. Das Kind verstarb einjährig. Später ließ er sich von dieser Frau scheiden und heiratete die Breslauerin und geborene Ostpreussin Hedwig, meine Tante Hedel. Die Ehe blieb kinderlos. Mein Vater konnte also als Verschütteter im Krieg wieder genesen und konnte seiner armen Mutter ein Lebenszeichen schicken. Als er nach Hause kam, war auch der Krieg zu Ende und seine Mutter pleite. Mein Vater erzählte, wie traurig er war, denn es stand fest, dass sein Vater ihn als Jüngsten aller Kinder als Erben dieser gut gehenden Reparaturwerkstatt bestimmte. Seine Mutter hatte aber alles Inventar, bis auf einige Kleinigkeiten verkauft. Das Geld war knapp, kein Ernährer mehr da, man kann es teilweise verstehen. Wenn Papa alles geerbt hätte wie vorgesehen, da wäre wohl manches für meine Eltern besser gelaufen. Aber es war nichts mehr zu machen. Zu dieser Zeit, kurz nach 1918 lernte er meine Mutter – seine Auguste – kennen und lieben. Im April 1920 kam schon das erste Kind – nämlich Fred – auf die Welt und es wurde geheiratet. Wie man so sagt: „Nichts hinten und nichts vorne", eine Kleinstwohnung und kaum was „zu reißen und zu beißen". Papas Mutter hatte auch alles aufgegeben und ist in eine kleine Mietwohnung gezogen. Sie bezog so etwas wie eine kleine Rente und konnte ihrem Sohn Erich also auch nicht viel helfen und wollte es auch nicht. Sie konnte ihre Schwiegertochter, meine Mutter, nicht leiden und ließ sie es tüchtig spüren. Papa sollte eine gut gestellte und begüterte Frau heiraten, aber nicht eine, die nichts zu bieten hatte. Papa, so erzählte er, kämpfte wie ein Löwe um die Gunst seiner Mutter. Aber sie war nur oberflächlich gut zu ihrer Schwiegertochter. Papa konnte immer zu ihr kommen. Er war ja das „Nesthäkchen" und er war es auch, der sie nie im Stich ließ und oft nach ihr schaute. Wenn man sich überlegt, wie er trotz zermürbenden Diskussionen mit seiner Mutter wegen seiner Frau abgezogen wurde...

Papa hat sich nie beeinflussen lassen. Zu sehr liebte er seine Gustel (Auguste). Er erzählte weiter, dass seine Mutter, also meine Omama, ihm reichlich zu essen und zu trinken gab und er die Gelegenheit nutzte, eine belegte Semmel oder ein Stück Brot in seine Jackentasche verschwinden zu lassen, wenn seine Mutter sich mal vom Tisch wegbewegte. Eines Tages merkte sie es und passte höllisch auf, dass er nichts mehr einsteckte. Auch als er sagte, dass seine Frau und Sohn oft Hunger haben, weil er sich mit Gelegenheitsarbeiten – später hatte er erst eine festere Arbeit gefunden – nicht viel verdiene. Das interessierte sie nicht. Ja, schlimm so etwas. Mama sagte uns diesbezüglich, dass unser Vater immer trauriger wurde und nur glücklich war, wenn er Geld nach Hause brachte und alle froh waren. Schon bald, nämlich im Oktober 1921, kam Ossi auf die Welt. Es muss eine harte Zeit für meine Eltern gewesen sein. Als dann die beiden Mädels Erika und Anni 1926 und 1927 geboren wurden, die Zeiten sich aber gar nicht geändert hatten (Inflation usw.), da kann ich mir das Elend vorstellen.

Ich selbst „wartete" wenigstens noch bis in das Jahr 1931, dann wollte ich auch das Licht der Welt erblicken.

Onkel Paul verschaffte Papa öfter mal Reparatur-Aufträge und er durfte auch in seines Bruders Werkstatt arbeiten. Sie zogen auch gemeinsam übers Land um Aufträge zu bekommen. Ich weiß noch genau, dass Papa mir des Öfteren sagte: „Gerda, am Tag deiner Geburt hatte ich tolle Geschäfte gemacht und ich hatte die Taschen voller Geld. Du hast uns Glück gebracht und es hielt auch an." Na, da will ich mich doch nachträglich auch noch ganz doll freuen.

Uns allen ging es also so einigermaßen gut. In den Arbeiterfamilien sah es nicht besonders rosig aus. Die Menschen waren genügsam, ja sie wurden förmlich zur Genügsamkeit gezwungen. Jeder war froh ein Dach über dem Kopf, gesunde Kinder, satt zu essen zu haben und gegen Löhnung beschäftigt zu sein. Gegen geringe Löhnung versteht sich. Da gab es wohl auch Wünsche, aber auch die kleinsten Sonderwünsche konnte sich keiner erfüllen. Ich bin meinen Eltern dankbar dafür, dass sie uns Kindern so viel von früher erzählt haben. In mir hatten sie ja eine aufmerksame Zuhörerin. Und doch hätte ich jetzt noch sehr viele Fragen an sie...

Ich denke, je älter ich werde, umso öfter denke ich an frühere Zeiten und es ist erstaunlich, welche Gefühle, Empfindungen oder Sehnsüchte in mir aufkommen. In Erinnerungen versunken, meine ich sogar Gerüche im Zusammenhang mit meinen Träumereien zu empfinden. Bestimmte Gerüche, so z. B. Papa, oder eine Nachbarsfamilie oder die Luft an unserem Fluss oder an das alte Grammophon usw. Und das nach so vielen Jahren! Ich hatte als Kind schon so einige Eigenheiten und oft gibt es Parallelen zur heutigen Zeit. Mein Name „Gerda" gefiel mir nicht besonders. Ich sah meinen Namen vor dem inneren Auge als „versengt oder angebrannt" und so sagte ich immer: „Gerda ist ein verbrannter Name". Das wissen auch meine Geschwister noch. Da ich als zweiten Namen noch „Rita" heiße, bot mir Papa und Mama an, dass ich Rita gerufen werden könne. Immer wieder sagten sie es zu mir. Immer, wenn ich mich wegen meines „verbrannten Namens" ärgerte. Bis heute habe ich aber den Rufnamen Gerda behalten. So schlecht ist er doch gar nicht, oder? Ich muss gestehen, dass ich alle Namen, auch die, die ich das erste Mal höre, in Farben sehen und beschreiben kann. Ich wollte es genau wissen, ob diese Farbgebung und Nennung nur momentaner Art waren und so testete ich mich selber. Ich schrieb mir die verschiedensten Namen, zunächst die

Namen meiner Verwandten und dann irgendwelche auf, die Farbempfindungen dazu und legte den Zettel weg. Nach einem Jahr oder länger, las ich nun die gleichen Namen, um sie in Farbe „umzusetzen". Was soll ich sagen, in fast allen Fällen gab es Übereinstimmungen. Schwierig natürlich, weil mein inneres Auge nie nur eine einzige Farbe wie rot, gelb, grün usw. sieht, sondern es sind Misch- oder ineinander fließende Farben. Aber auch diese kann ich in meinem eigenen Test ziemlich genau wiedergeben. Diese Art zu sehen nennt man, wie ich heute weiß, „Synästhesie"

Nun bin ich ja total abgeschwenkt von meinem kindlichen Dasein. Vielleicht ist es gut so. So lernst du/sie als Leser mich wenig besser kennen, auch von meiner Eigenheit im Erwachsenenalter. Denn oft fragt man sich, was das wohl für ein Mensch ist, der dieses Buch schreibt. Ich bin also ein nachdenklicher, sensibler, sich stets nach Harmonie, Wärme und Geborgenheit suchender Mensch, dem es nur gut geht, wenn es seinen Kindern und allen engsten Angehörigen es auch gut geht. Ich hoffe doch, dass ich mir auch nicht den kleinsten Heiligenschein hiermit aufgesetzt habe. Auch ich habe alle möglichen Macken und kann auch anders sein, wenn ich mich mit den Widerlichkeiten durchs Leben boxen muss.

Ich begebe mich gedanklich nun wieder in meine Kindheit. Im Jahre 1936/37 beschloss Mama mit mir und Opapa nach Rybnik/Polen zu fahren. Da wohnte Mamas Bruder Paul mit seiner Frau Olga, Sohn Henryk, Tochter Wanda und Sohn Paul. Henryk war damals ca. fünfzehn Jahre alt, Wanda zwölf und Paul sieben Jahre. Ich war fünf Jahre alt. Meine Mama hatte übrigens drei Geschwister. Erstens ihre Schwester Eva, zweitens ihr Bruder Hans, drittens ihr Bruder Paul. Hans starb, wie sie erzählte, an einer schweren Lungenentzündung im Alter von 16 Jahren. Nun waren sie nur noch drei Geschwister. Zu einem von ihnen, nämlich Paul, wollten wir also mit der Eisenbahn reisen. Für mich, die Kleine, war alles sehr aufregend. Natürlich freute ich mich und Opapa kam ja auch mit. Den mochte ich doch so gerne. Den mochten wir alle gerne. Ein Woche wollten wir bleiben. Papa blieb daheim und meine Geschwister waren ja schon sehr selbstständig. Der Tag rückte also näher und Mama packte unter anderem auch Schokolade als Geschenk in den Koffer. Den Koffer lieh uns Onkel Paul aus Oppeln. Wozu hätten meine Eltern sonst einen Koffer gebraucht? Ganz selten und nur nach Breslau wurde mal verreist, weil Papas Bruder Karl und Mamas Schwester Eva dort wohnten. Einen eigenen Koffer sich zu kaufen, dazu

22

war kein Geld übrig. Schon am Oppelner Hauptbahnhof erfasste mich eine Aufregung. Ich denke, dass ich das erste Mal einen Zug bestieg. Wir hatten uns alle so gut wie möglich herausgeputzt. Ich hatte so ein kleines ledernes, Kindergartentäschchen vor dem Bauch hängen. Ein paar ganz wichtige, für mich wichtige Dinge, werde ich da wohl verstaut haben. Ein wunderschöner Propeller (Haarschleife) steckte auf meinem hellblonden Haarschopf. Mama hatte ihr bestes, aber auch einziges Kleid mit lauter Rüschen an. An die Rüschen kann ich mich noch gut erinnern. Sie gefielen mir so gut und Mama trug es viele, viele Jahre. Sie blieb ja auch immer so schlank. Auch wenn ein kleiner Ansatz zum Pummelchen da war, war sie immer wohl geformt geblieben – zur Freude meines Vaters. Papa war ja auch schlank und ist ein Leben lang so geblieben. Beide waren fast gleich groß. Der Größte aus unserer Familie war später Ossi, so etwa 176/178 cm groß. Opapa war auch ein kleiner Mann. Zur Rybnik-Reise hatte er sich auch fein gemacht. Über seinem Westenanzug trug er eine lange Joppe (Jacke) mit vielen dicken Knöpfen. Ich meine, ich hätte sie an Opapas Bauch öfters gezählt. Als wir drei in dem Zug saßen, fing das Staunen erst richtig an. Wie schnell die Eisenbahn doch fuhr und was man draußen alles sehen konnte. Viele große Bäume, immer wieder großflächige Waldabschnitte, Häuser, Wege, andere Leute, Pferde und Kuhwagen mit großen eisenbeschlagenen Rädern. Ab und zu gab der Lokomotivführer ein lautes anhaltendes Hup-Signal ab. Meist folgte darauf eine Haltestelle in einer kleinen Ortschaft. Manchmal stieg jemand aus oder ein. Ich stand fast immer am Fenster, weil ich draußen nichts verpassen wollte. Nun erreichten wir die polnische Grenze. Ich weiß nicht mehr wie der kleine Bahnhof hieß. „Alles aussteigen bitte!" Und anschließend für mich eine unverständliche Sprache – es war polnisch. Mama konnte ja etwas polnisch sprechen, das heißt, wasserpolnisch sprechen, so wie der Opapa. Wasserpolnisch sagte man zu einem sozusagen deutsch/polnischem Kauderwelsch. Ja, im oberschlesischen Grenzgebiet vermischten sich die Menschen und somit auch die Sprachen. Also, alles aussteigen hieß es und wir begaben uns in einen Warteraum. Da war eine schlechte Luft. Alles war voller Menschen mit Traglasten. Jeder einzelne wurde in einen Nebenraum gebeten um da auf eventuelle Schmuggelware kontrolliert zu werden. Als Mama in diese Stube musste, war mir ganz mulmig. Gut, dass Opapa auf der Bank saß. Ich klemmte mich zwischen seine Beine und er hielt die Arme um mich und die Hände umklammerten seinen Gehstock. Er war nämlich schon etwas wackelig auf den Beinen. Endlich kam Mama wieder raus. Aber wie sah sie denn aus? Ihre schöne ondulierte (in Wellen gelegte)

Frisur war zerzaust. Die Zollbeamten hatten auch in Mamas Haaren herumgewühlt. Es könnten ja da Zigaretten oder etwas anderes darin versteckt worden sein. Nein, Mama hatte wie ich auch wusste, nur Schokolade mit. Diese wurde aber durch das Papier hindurch in kleine Stücke zerbrochen, damit sie so nicht mehr veräußert werden konnten. Als Opapa zur Kontrolle musste, wollte Mama mitgehen, doch Männer wurden alleine durchsucht. Mich guckten sie nur an, machten meine kleine Tasche auf und sagten dann irgendetwas. Wir konnten also weiter nach Rybnik reisen. Der nächste Zug brachte uns endlich hin und Onkel Paul, den ich bis da noch nicht kannte, holte uns am Bahnhof ab. Onkel Paul führte eine gut gehende große Kantine und er hatte sich etwas früher frei genommen, um uns abzuholen. Bei ihm daheim und seiner Familie, wurden wir nett begrüßt und ich sagte noch nicht einmal Guten Tag. Ich reichte nur die Hand. „Sie ist schüchtern", sagte Mama nur. Alle konnten ja deutsch sprechen, taten das aber selten. So habe ich es in Erinnerung. Naja, das war eben Polen. Warum Onkel Paul sich dort niederließ, Tante Olga stammte aus Kattowitz, weiß ich nicht. Die gute Verdienstmöglichkeit wird ausschlaggebend gewesen sein. Die Wohnung war gegenüber unserer in Oppeln, elegant eingerichtet. Linoleum, Teppiche und auch Bettvorleger, das gab es bei uns nicht. Nach der Begrüßungszeremonie mit Tante Olga, Wanda und Paul, bekamen wir alle erst einmal etwas zu trinken und zu essen. Da gab es gute Sachen. Ich benahm mich so linkisch, das weiß ich genau. Ich traute mich nicht, mir irgendetwas von dem großen Teller zu nehmen. Eigentlich bekam man ja immer alles auf den Teller gelegt. Entweder Opapa oder Mama mussten das für mich tun. Wanda und Paul beäugten mich fortwährend. Dann sagten sie „Komm" und ich meinte dann etwas Polnisches zu hören. „Na geh mal mit, Gerditzko (Gerda)", sprach Opapa ermunternd zu mir und Mama sagte dasselbe. Ich ging tatsächlich mit. Eine Blechschüssel und einen Eimer nahmen die beiden mit und wir gingen etliche Stufen runter in den Keller. Ich folgte nur zögernd. Eine Tür wurde geöffnet und ich sah so viele Kartoffeln auf einem Haufen, ich glaube auch Krautköpfe, viele große und kleine Flaschen und so allerhand mehr. Wir in Oppeln hatten einen viel kleineren Keller. Ich sollte auch Kartoffeln in den Eimer legen, gab man mir zu verstehen. Ich stand aber nur da und guckte. Schön blöd, sage ich heute. Aber ich war halt so übervorsichtig und eher misstrauisch. Jeder der beiden hatten die Behältnisse fast voll, als plötzlich Paul anfing mit Kartoffeln in eine Ecke zu werfen. „Eine Maus, eine Maus", rief er und machte dabei so komische Figuren, dass Wanda und ich so lachen mussten und auch Paul wohl über seinen Blödsinn, dass wir alle nicht mehr aufhören konnten. Noch einige Possen veranstaltete Paul und mir tat der Bauch schon weh, soviel hatte ich gelacht. Wir kamen oben im Haus wieder an und Paul hatte nur wenige Kartoffeln im Eimer. Beim Erzählen von der angeblichen Maus die er mit einer Kartoffel bewarf, begannen wir wieder zu lachen. Ich denke mir, dass sich da Mama riesig über mein Verhalten gefreut hat. „Komm mal her Paul", sagte die Tante. „Guck mal da" und sie zeigte auf den vorderen Bereich seiner Hose. Das waren Hosen, die kurz über oder am Knie endeten. Pauls Gesicht wechselte die Farbe. Ganz rot wurde er und rannte hinaus. Seine Mutter hatte ihn vor uns bloßgestellt, er hatte nämlich vor lauter lachen in die Hosen gepullert (gepinkelt). Man konnte es sehen. Tante Olga war mir gar nicht sympathisch – nicht deshalb, weil sie Paul blamierte, sondern ich fand sie so spitz und eckig, wo doch meine Mama so schön war. Ja, Mama war eine schöne Frau. Aber diese Tante, naja! Wanda war auch wunderschön und Paul sah auch gut aus. Wanda kam mir wie eine Prinzessin vor. Onkel Paul war ein, wie man so sagt, stattlicher und schöner Mann. Seine Körperfülle strahlte etwas Gemütliches und Gutmütiges aus. Er war immer guter Laune und ich glaube, vieles hat mein Onkel in dieser Zeit gerade gebogen, was seine Frau verpatzt hatte. Wir drei hatten ein Zimmer für uns. Opapa in einem und Mama und ich in einem anderen Bett. Es war immer eine Tortour am Abend in das Bett zu kommen. Das Bett war sehr hoch und ein dickes Unterbett noch darauf. Mama hob mich immer ins Bett. Dann die zu dicke Zudecke, prall gefüllt mit Gänsefedern.

Sehr unangenehm war mir jeden Abend das „Gutenachtsagen" und umarmen. Bei allen ging es, nur bei Tante Olga schauerte es mich direkt. Aber ich musste sie immer umarmen, d. h. umhalsen und der Hals war ja so dürre. Ganz eklig dünn fand ich ihn. Wenn ich da meine Mama umarmte... Eines Abends musste ich alleine ins Bett, denn die Erwachsenen wollten sicher mal unter sich sein, ging die Tante mit mir. Sie gebot mir die Hände zu falten und laut zu beten. Das tat ich aber nicht. Ich habe ja mit ihr direkt überhaupt noch nicht gesprochen. Sie versprach mir, dass ich am anderen Tag etwas Schönes bekäme. Trotzdem sagte ich nichts. Ich konnte schon ein Gebet, nämlich: „Lieber Gott, mach mich fromm, dass ich zu dir in den Himmel komm - Amen." Aber das bekam sie von mir nicht zu hören. So ein böses Gesicht, wie sie damals machte, das habe ich nicht vergessen. Am Morgen, wenn ich aus dem Bett stieg, rutschte ich nicht selten aus und ich tat mir dabei weh. Das waren nur die „verflüschten" (verflixten) Bettvorleger auf dem spiegelglatten gebohnerten und polierten Dielen, die rotbraun waren. Mama legte kurzerhand am Abend den Vorleger weg und ich glaube auch beim Opapa. Denn wenn der sich wehgetan hätte...

Für einen Nachmittag wurde ein Photograph ins Haus bestellt. Eine ganze Stunde – oder länger – warteten wir alle schön angezogen auf ihn. Endlich kam er. Bis der so seine Aufbauten zum Fotografieren zurechtgestellt hatte, das dauerte sehr lange. Das war ein hoher Dreibeinständer, auf den die große Kamera festgeschraubt wurde. Es gab noch andere verschiedene Kasten und Kästchen, die auch auf einem hochbeinigen kleinen Tisch platziert waren. Über die Kamera legte der Photograph ein großes schwarzes Tuch, so wie man es heute in alten Spielfilmen noch sehen kann. Wir mussten uns alle nun nach seinen Anweisungen hinsetzen. Dann maß er von uns, bis zur Kamera, mit Schritten die Entfernung, immer und immer wieder. Wir waren alle schon genervt. Dann ging es los. „Alle zu mir sehen und lächeln!" Er steckte seinen Kopf unter das schwarze Tuch. „Achtung, jetzt lächeln!" Und schon tat es einen „Puff", ein Blitz mit einem unangenehmen Geruch. „Sitzen oder so stehen bleiben, bitte!" befahl er uns. „Ich muss diese Aufnahme noch einmal wiederholen." Und wir parierten. Ich hielt eine Puppe im Arm, die Wanda mir rasch reichte. Ja, die hielt ich natürlich ganz fest. Mehrere Male knipste er noch. Na endlich! Das Zusammenpacken dauerte auch lange, aber das störte uns nicht mehr so sehr. Dieser Mann hatte polnisch und auch deutsch gesprochen. Onkel Paul verlangte, dass die Bilder schnell gemacht wurden, damit wir sie mitnehmen konnten. Es klappte auch bis zum Abfahrtstag.

Am dritten oder vierten Tag fuhren wir mit einer Kutsche ins Kloster zu Henryk. Den habe ich dort auch zum ersten Mal gesehen. Ein hagerer, blasser ca.15-jähriger Junge. Fast total Glatze, nur an der Stirn ein paar Haare. So setzte er sich fast stumm neben uns auf die harte Bank, die in dem leeren Raum stand. Die einzige Unterbrechung im Raum waren mehrere Kruzifixe. Ich kannte Jesus-Kreuze, denn viele Leute waren auch bei uns daheim in Oppeln katholisch, ja in der Überzahl waren sie katholisch. Auch Mama war einst katholisch wie sie erzählte und wechselte zu ihrer Hochzeit zum Evangelismus. (Das war auch ein Punkt, den die Mutter meines Vaters nicht akzeptierte, dass eine Katholikin ausgerechnet ihren Erich heiraten musste).

In dem Kloster, wo Henryk wohnte und die Priesterlehre begann, hatte ich und wie Mama mir später sagte, ein ganz beklommenes Gefühl. Henryk schien uns unnahbar. Zum Abschied gab er jedem von uns brav die Hand. Paul und Wanda waren nicht mit gewesen und auch vor seinem Vater verneigte er sich nur. Eine Umarmung war da nicht drin. Nach der Verabschiedung nahm ihn ein Priester in Empfang und wir gingen wieder nach draußen Die Taxikutsche ließ Onkel Paul warten. Natürlich kostete das viel mehr, aber er wusste wohl genau, dass es keinen langen Aufenthalt geben würde. Übrigens, Henryk wurde später auch zum deutschen Militär eingezogen und wurde alles andere als Priester. Er war ein heller Kopf und war in Büros beschäftigt, heiratete und bekam zwei Kinder. Ich fröstelte so an dem damaligen Tag in Rybnik und es hatte den Anschein, als würde ich krank werden. Tatsächlich steckte mich Mama für einen halben Tag ins Bett. Die Woche neigte sich dem Ende zu. Noch zwei Tage und dann ging es wieder heim. Ich freute mich schon darauf, obwohl es ja immer etwas für mich Neues oder Anderes zu sehen gab. Immer öfter klemmte ich mich zwischen Opapas Beine. Er hielt mich so lieb fest. Er hatte mich, seine kleine Gerditzko, wohl auch lieb. Ich durfte bei ihm immer die Schnurrbarthaare glätten und er konnte so schön verschmitzt lachen, so wie ein Nikolaus. Am vorletzten Tag war ein Theaterbesuch geplant. Ich wunderte mich schon, dass der Onkel immer daheim war. Er hatte Urlaub genommen. Er war er dort der Chef in der großen Kantine. Er holte da auch zwischendurch die leckersten Getränke. Alles schmeckte wirklich prima und Opapa konnte sein „flaches Fläschchen" stecken lassen. Sein Sohn Paul, auf den er mächtig stolz war, hatte ihm des Öfteren aus einer großen Flasche Schnaps eingeschenkt. Also, es ging wieder im Taxi, dieser Kutsche, zum Theater.

Es wurde ein Kinderstück gespielt. Der Saal war voll und ich wartete, was da wohl kommt. Tante Olga und Paul waren nicht mitgekommen. Ob Paul gerade an diesem Tag Schule hatte? Ich weiß es nicht. Ich erhielt von meiner Tante noch einen riesigen Apfel. Ja, der war so groß, dass ich noch einen Rest in der Hand hatte, als das Theaterstück zu Ende war. Schöne Figuren waren auf der Bühne zu sehen, auch Gesänge usw. Aber verstehen konnte ich gar nichts, es war alles in polnischer Sprache. Es war gut, dass wir dann wieder in die Kutsche steigen konnten. Am Abend ging es dann munter zu. Wir Kinder mussten in einer riesigen Zinkwanne baden. Einer nach dem anderen und jeder bekam frisches warmes Wasser. Der große Topf auf dem Herd dampfte nur so. Als ich dran war, mussten alle außer Mama aus der Stube. Schön war doch so ein Bad. Frisch gewaschen, frisch gekämmt, so fanden wir uns alle wieder zusammen in der Küche. Tante

Olga und Wanda holten Mehl, Eier, Zucker und kneteten einen Teig, der ganz dünn ausgerollt wurde und mit einem zackigen „Rädler" in Stücke zerteilt wurde. Ich weiß nur, dass die zu Schleifen gedrehten Stücke in heißem Fett gebräunt wurden und köstlich schmeckten. Am letzten Abend holte Onkel Paul das Grammophon mit dem großen Trichter heraus. Einen ganzen Stoß Schallplatten hatte er. Nach den Melodien sangen fast alle mit und Onkel Paul tanzte mit seiner Schwester Auguste, meiner Mama. Sie konnte wundervoll tanzen. Dagegen sah Olga wie ein staksendes Tier in Onkel Pauls Armen aus. Ja, das sah ich ganz genau. Der Opapa klopfte mit seinem Krückstock den Takt dazu. Immer wieder wurden andere Schallplatten aufgelegt und Wanda und sogar das Paulchen tanzten mit dem Vater. Paulchen stakste auch nur. Ein neues Stück begann und Onkel fragte Mama, ob er mal mit mir tanzen dürfe. Mama sah mich an, ich sah Mama an und alles hätte ich abgeschlagen, aber nicht das Tanzen. Ich nickte und strahlte. Erstaunt war ich, als der Onkel mich auf den Arm nahm und sich mit mir rhythmisch wiegte. Mama sah mein enttäuschtes Gesicht und sagte: „Nein, so nicht Paul – lass die Gerda runter. Sie kann so tanzen." So tat er es auch und in etwas gebeugter Stellung führte mich so, als ob ich erwachsen wäre. Da war ich in meinem Element. Ich konnte tanzen. Ich konnte mit fünf Jahren sogar damals gut tanzen, weil Mama und Fred sehr oft mit uns Mädels nach Grammophonmusik tanzten und uns die richtigen Schritte und Bewegungen zu bestimmter Musik beibrachten. Ein Potpourri also. Das war gerade das Richtige für mich. Vom Walzer zum Foxtrott, von Tango zum Rheinländer oder Englisch-Walz, alles tanzte ich und Onkels Augen wurden immer größer. Ich hätte mich nicht einmal vertanzt. Das erzählte Mama später immer und immer wieder. Sicherlich war ich auch ein wenig stolz auf mich. Das war ein schöner Abschiedsabend.

Nächsten Tag brachte uns Onkel Paul wieder zur Bahn und fuhr sogar ein paar Stationen mit. Als wir drei wieder an der polnisch-deutschen Grenze ankamen, dasselbe Theater wie auf der Hinfahrt. Wir bekamen von Rybnik zwei geschlachtete, aber noch ungerupfte Fasane mit, die ein Freund von Onkel für uns geschossen hat. Daheim fanden wir noch Schrotkugeln im Fleisch. Wieder Leibesvisitation, so erzählte es Mama und Opapa. Als wir endlich wieder im Zug saßen und der Bahnhof Oppeln ausgerufen wurde, waren wir auch wieder froh zu Hause zu sein. Der stündlich verkehrende Omnibus brachte uns anschließend wieder heim, das war gut. Vieles hatten wir zu erzählen und für mich war es wie eine kleine Weltreise. Papa, Fred, Ossi, Erika und Anni waren froh, dass wir wieder da waren. Wenn ich so denke, erst im Jahre 1974 habe ich, als ich mit meinem Mann nach Oppeln und auch nach Rybnik fuhr, Tante Olga, Henryk und Paul wieder gesehen. Mein Onkel war schon gestorben und Wanda wohnte in Swinemünde, das war sehr weit weg. Übrigens, Eva, die Schwester von Mama war schon 1943/44 in Breslau gestorben. Meine Schwester Erika erbte einige Möbel und andere Sachen. Diese wurden, so glaube ich, mit einem großen Auto zu uns nach Oppeln geschafft, wo sie auf unserem Dachboden eingelagert wurden. Tante Eva hatte keine Kinder. Sie war Schneidermeisterin gewesen und hatte auch Gehilfinnen. Als Tante Eva damals erfuhr, dass ich so ein großes Interesse am Nähen habe, sagte sie immer: „Die Gerda muss mal zu mir in die Lehre kommen." Ich glaube, das hätte ich auch gemacht. Aber es kam alles ganz anders...

Ein einziges Mal war ich mit in Breslau bei Tante Eva. Komischerweise habe ich nur eine verschwommene Erinnerung. Es wurde erzählt, dass Tante Eva sieben Katzen und einen Kater besaß. Sie muss ein sehr tierliebender Mensch gewesen sein. Nach einem Einkauf von Lebensmitteln in der Stadt, verstaute sie alles rasch und ging in ihre Schneiderstube, denn sie hatte noch viel zu nähen.
Am Abend als sie in der Küche ihr frisch gekauftes Gehacktes (Hackfleisch) und zu „Fleischbrotel" (Frikadellen) formen wollte, bemerkte sie, dass nur noch das Einwickelpapier da lag. Sie hatte am Nachmittag in der Eile das Gehackte auf dem Tisch liegen gelassen. Sieben Katzen und ein Kater! Wohlerzogen waren alle Katzen und nie hätten sie etwas vom Tisch gestohlen – und jetzt? Wie Mama uns erzählte, sagte Tante in schlesischer Mundart: „Wer von euch hat das Fleesch gefressen?" und wiederholte es immer und immer wieder. Der Reihe nach schaute sie in die so „unschuldigen" Katzengesichter. „Du warst's nich, du warst's nich" und sie zählte sieben Katzen. Ja, wo ist denn der Kater? Der Kater saß ganz oben auf dem Kachelofen und schaute wie hilflos der Tante in die Augen. Mit ausgestrecktem Finger deutete Tante Eva auf ihn. „ Du hast das Fleesch gefressen!" Sie sah den dicken Bauch und wusste, dass er keine seiner Frauen an den guten Schmaus herangelassen hatte. Der Kater hätte sich noch bis zum nächsten Tag verkrochen, so erzählte Mama. Dann war es sicher auch seitens der Tante vergessen. Es sagt uns aber, dass vielleicht auch Tiere ein „Schuldgefühl" oder etwas Ähnliches haben.

Ich beschreibe hier also nur meine kindlichen Erinnerungen. Vieles ist mir sicher entfallen. Meine älteren Geschwister könnten sicher viel mehr erzählen, weil sie ja ein paar Jahre länger als ich in Oppeln lebten. Aber es soll eine Wiedergabe meines Lebens sein und mein Leben oder besser gesagt, die Erinnerungen daran, soll dieses Buch beinhalten.

Ich war vielleicht so fünf, sechs Jahre alt und der große Nutzgarten hinter dem Haus, wir wohnten noch am Kirschenweg, war herrlich zum Spielen. Sand, Steine, Hölzer, Spaten, Rechen, Besen und vieles mehr gab es da. Es war auch ein herrlich warmer Tag. Meine Eltern waren nicht da. Fred, Erika, Anni und ich, jeder von uns hatte irgendetwas zu tun – freiwillig. Was es war, weiß ich nicht mehr so genau. Ich glaube, dass Fred seine Karnickelställe mistete. Es war am späten Nachmittag. An unserem Außentor hatte jemand gerufen. Anni sauste mal eben barfuss schnell dorthin. Auf dem Weg trat Anni mit voller Wucht in einen, mit den Zinken nach oben liegenden Rechen. Ein Schrei und Anni fiel zur Seite. Der Rechen steckte tief drin. Wir waren alle zu ihr geeilt. Da zog Fred mit viel Kraft und Überwindung den Eisenrechen aus Annis Fuß. Na, da konnte man das Blut spritzen sehen. Sie schrie laut auf dabei, dann wimmerte sie nur. Wir waren alle erschrocken bei diesem Anblick. Anni wurde auf einen Stuhl gesetzt, der im Garten herumstand. Fred schleppte eine große Schüssel mit Wasser heran und Anni tunkte den Fuß hinein. Erika tröstete sie so gut sie konnte. Sie hatte einen ganz roten Kopf vor Aufregung und meinte: „So ein Pech, dass Mama und Papa gerade nicht da sind. Was machen wir bloß?" Anni hatte große Schmerzen und das Blut, das viele Blut... Das frische Wasser, das Fred immer wieder herbeischleppte, färbte sich gleich rot und Erika jammerte schon mit, so leid tat es ihr auch. Aus einiger Entfernung schaute ich dem „Treiben" zu. Ich dachte auch nur, wenn doch nur schon Mama und Papa da wären. Wir hatten alle wirklich Angst um Anni. Auf eine hohe Wassertonne mit halbem Deckel schwang ich mich hinauf und habe von oben die Schüssel voller Blutwasser noch deutlicher gesehen. Meine Tränen kullerten ganz sicher auch, denn ich war ja sowieso „nah ans Wasser gebaut", wie man so sagt. So viel ich weiß, kam Ossi mit seinem Fahrrad nach Hause geradelt. Ich saß noch auf der Tonne. Ich verlor plötzlich die Balance und plumpste in die Tonne – der halbe Deckel war wohl von mir beiseite geschoben worden. Ich steckte so drin, dass meine Beine und ein Teil meines Oberkörpers herausragten. Befreien konnte ich mich aus meiner misslichen Lage aber nicht und so oft ich auch rief, dass mich jemand hochziehen möge, so oft hat es eben keiner meiner Geschwister gehört, da sie mit Anni zugange waren.

Tücher wurden ihre gerade um den Fuß gewickelt und was soll ich sagen, unsere Eltern tauchten plötzlich auf, denn sie hatten einen Bus früher genommen. Endlich, sie sind da. Das sie sehr erschrocken und aufgeregt waren, versteht sich von selbst. Plötzlich saß Anni auf der Fahrradstange von Ossi und meine Eltern gingen eiligen Schrittes neben her. Sie wollten zum Arzt. Gott sei Dank, er war in seiner Praxis und versorgte Annis großen Aufriss. Daheim angekommen, lächelte sie uns wieder an und es war eine Erleichterung auch für uns. Alles drehte sich nun um die Verletzte. Einige Nachbarn kamen, um sich das Drama erzählen zu lassen. Noch heute glaube ich, dass ich nicht nur wegen Annis Fuß, sondern auch wegen meinen Abschürfungen und der ganzen Situation, weinte. An solche und viele andere kleine und große Ereignisse in meinem damals jungen Leben, kann ich mich sehr genau erinnern und vieles noch riechen, wie ich schon beschrieb. So auch das Blut von Anni. Ich weiß jetzt, wie Blut riecht. Anni hatte übrigens lange mit ihrem Fuß zu tun und konnte nicht zur Schule gehen. Erika war in der gleichen Schule, natürlich in einer anderen Klasse als Anni und sie musste dem Lehrer oder der Lehrerin das Entschuldigungsschreiben übergeben. Meine Geschwister gingen alle in die evangelische Schule am Friedrichsplatz in der Stadtmitte von Oppeln. Von uns aus eine stramme halbe Stunde zu laufen. Aber meine Geschwister benutzten ja die günstigen Omnibusfahrten. Erika fühlte sich ohne Anni gar nicht wohl. Denn sie konnte sich nicht so schnell anderen Kindern anschließen, so ähnlich wie ich. Aber sie hatte eine sehr gute Schulfreundin, deren Eltern sie des Öfteren sogar zum Mittagessen einlud. Erikas Schulfreundin hing in einigen Schulfächern hinterher und brauchte Unterstützung, die Erika ihr bot. Erika war auch sehr klug und begriff alles sehr schnell. So erzählte sie uns dann immer, wenn sie von so einem Tag bei ihrer Freundin heimkam, wie gut es ihr dort gefallen hat. Ungefähr zehn Minuten von der Friedrichschule entfernt, war das elegante Zuhause ihrer Freundin. In Wilhelmstal, da wo auch Onkel Paul und Tante Hedel wohnten. Einen sehr großen, parkähnlichen Garten hatten diese gut gestellten Leute. Die Beschäftigungsmöglichkeiten in dem Haus waren sehr vielseitig, so sagte Erika. Manchmal war es schon dunkel, wenn Erika heim kam. Aber die Bushaltestelle war ja nur einen Katzensprung von unserer Wohnung entfernt. Schön war es, wenn wir alle wieder daheim waren. Eigentlich büchsten die zwei großen Brüder öfter mal aus. Es war ja ein lockeres Verhältnis bei uns. Das Vertrauen meiner Eltern war groß, sodass sie sicher waren, dass ihre Kinder nichts Böses anstellten oder über die Maßen lange fern blieben. Manchmal dachten wir, Ossi wäre auch weg,

31

aber er hockte in irgendeiner Ecke des kleinen Zimmers der beiden Jungen und schmökerte. Ossi verschlang nur so die Bücher. Dabei rieb er sich die ganze Zeit seine Handflächen. Er merkte es selbst gar nicht, obwohl diese schon ganz rot waren. Das war so Ossis Eigenheit beim Lesen. Er tauschte die Bücher mit seinen Freunden oder er ging mit Papa in die kleine Bibliothek in der Stadt, um sich die schönsten Abenteuerromane für ein geringes Entgelt auszuleihen. Papa war ein genauso eifriger „Schmökerer". Er vergaß oft dabei Zeit und Raum, zum Unwillen seiner Frau. Ossi war so ein richtiger Filou. Er hatte sich Späße oder Tricks ausgedacht, mit denen er uns immer wieder überraschte. So spazierte er z. B. durch die Straße und blies aus einem Mundwinkel Rauch aus. Er hatte nichts im Mund, keine Zigarre oder Tabakpfeife etwa, nein rein gar nichts. Alle staunten und nicht selten liefen sie einige Meter hinter oder neben ihm her um dieses „Phänomen" zu sehen. Wie machte er es bloß?! Des Rätsels Lösung war, ein Pfeifenkopf mit Tabak in dem ein ca. ein Meter langer Schlauch mit einem Fahrradventil steckte. Den angezündeten Tabak im Pfeifenkopf in der Hosentasche, das Ventil unter der Jacke entlang geführt und am Kragen, der hellen Farbe des Schlauches wegen, an Ossis Wange nicht zu sehen, aber aus dem Mundwinkel stetig Rauch ziehend, verblüffte er alle. Einen Riesenspaß hatte er dabei. Fred verstand sich dafür wieder gut im Spielkartenzaubern. Wir kamen nicht dahinter, wie er es so machte. Meistens saß Fred vor irgendwelchen Zeichnungen. Er war ein großes Talent und bis zu seinem viel zu frühen Tod, er hatte ein krankes Herz, „frönte" er diesem Hobby. Am 15.März 1963 verstarb unser Peppel (Fred) kläglich. Gerade knapp 48 Jahre alt wurde er. Seine letzten Worte die Anni von ihm hörte waren leise und schleppend: „Und ich hätte so gern noch ein bissel gelebt." Mir kommen die Tränen bei dieser Erinnerung. Ja, unser Peppel, wie wir Fred mit Kosenamen nannten, hatte als Kind schon großes Pech gehabt. Ich weiß es nur von Erzählungen. Fred war so etwa 12 Jahre und Ossi 11 Jahre alt. Bei einer Turnübung in der Schulaula, stürzte Fred von einer hohen Leiter und fiel auf den harten Boden. Er soll kurz das Bewusstsein verloren haben. Der Arzt konnte danach keine Schäden, außer das Fred Rückenschmerzen hatte, feststellen. Die Schmerzen ließen aber nach und der Vorfall war bald vergessen. Nur Ossi wunderte sich ein paar Monate später, dass er zu Leibesübungen abkommandiert wurde. Auf seine Frage warum, antwortete man ihm, der Schularzt hat es so angeordnet. Also ging Ossi zu den gymnastischen Übungen. Auf den Bauch legen, linkes Bein, rechter Arm und umgekehrt und andere Streckübungen...

Monatelang oder länger ging das so. Er war nicht der einzige Junge, der solche oder ähnliche Übungen machen musste. Fred war ja eine Klasse höher und wie er viel später erfuhr, sollten diese Übungen ihm gelten. Im Nachhinein sagte man nur, das war ein Versehen, denn Ossi hatte ja keinen Unfall erlitten. Der Schularzt ging nur nach dem Namen und landete prompt in Ossis Klasse. Ja, so war es. Leider! Dem Fred hätte es gut getan...

Beide Jungen, so erzählten die Eltern, wuchsen tüchtig heran. Beide waren gute Schüler. Ossi überholte in Größe schließlich seinen Bruder und eines Tages wurde erkannt, dass Fred eine schiefe Haltung einnahm. Der Arzt stellte nun eine nicht mehr zu behebende Rückradverkrümmung fest. Da war der Kummer groß und Fred machte ab sofort alle Übungen mit. Aber jetzt erst wusste er, warum sein Bruder immer zum Turnen musste und wie gerne hätte er auch mit geturnt. Er war damals richtig neidisch auf Ossi. Jetzt brachte es ihm nichts mehr. Die eine Seite des Oberkörpers hatte damals einen ordentlichen Schlag abbekommen und nun wuchs die eine Seite nicht mehr so richtig mit und es entstand mit den Jahren ein richtiger einseitiger Rundrücken. Lange Beine hatte Fred. Er wäre sicherlich größer, oder mindestens genauso groß wie Ossi geworden. Dazu hatte Fred auch noch als junger Mann eine fast nur sitzende Tätigkeit in der „OSTAG". Fred war höchstens 157 bis 160 cm groß, aber er war uns doch allen lieb. Ach, es sind so Erinnerungen. Zum Beispiel hatte er es gerne, wenn ich ihn kämmte. Ich benetzte sein Haar mit etwas Wasser und es ließ sich nach allen Richtungen kämmen. Fred, unser Peppel, schlief dabei stets ein. Ich flocht ihm auch kleine Zöpfchen – ach, sah das lustig aus. Manchmal wickelte ich auch das längste Haarbüschel um einen Lockenwickler. Die Lockenwickler waren aus Holz und selbst geschnitzt. Auch ich hatte mich schon im Schnitzen versucht und es gelang. Das war ganz einfach. Ein längliches Stückchen Holz, ca. 8 cm lang, Durchmesser 1 cm und oben und unten eine Kerbe, indem ein Gummi von einem Fahrradschlauch eingehängt wurde. Sodann wickelte man das Haar herum und spannte noch einen Gummi darüber. Nun hielt alles bombenfest. Bei „Peppels" Haar gab es also eine schöne Locke. Da musste ich ihn einfach mal wach machen. Er sah sich im Spiegel und musste laut lachen. „Soll ich jetzt so rumlaufen?" sagte er und ich sagte: „Ja, du siehst so ganz anders aus." Ich merkte, dass er ernsthaft überlegte, was er machen sollte. Was soll ich sagen, er feuchtete den Kamm an und strich alles wieder in seine gewohnte Frisur. Witze konnte Fred genauso gut wie Ossi erzählen. Oft erzählten die Beiden etwas so, das ich es glaubte. Na ja, ich war eben ein paar Jahre jünger. Fred hatte ja noch ein Hobby. Er fotografierte gerne, so wie Papa auch. Geld für Fotoplatten und Fotopapier, Entwicklerflüssigkeit und das dazugehörige „Fixativ", machte er locker. Immer wieder fand er etwas zum „knipsen". Mich hat er sehr oft fotografiert. Nur schade, dass so wenige, eigentlich nur noch ein Foto von mir existiert. Das ist das Foto auf dem Buchumschlag, wo ich die Arme verschränkend aus dem Fenster schaue. Mir selbst gefällt das Bild sehr gut. Wenn ich mich da so anschaue, mich, die so oft in sich zurückgezogene Gerda, meine ich gerade, mein damaliges Stimmungstief deutlich zu erkennen. Ich sagte ja schon, dass ich mich oft verkroch und nur für mich sein wollte. Ich hätte eine Schnecke sein können, die sich immer wieder in ihr Schneckenhaus zurückzieht.

Ich musste Fred auch fotografieren. Er gab mir genaue Anweisungen. Ach ja! Schade, dass Fred so früh sterben musste. Ich schicke auch oft liebe Gedanken zu ihm...

Bei schönem Wetter im Sommer gingen wir ab und zu in den Tierpark. Der befand sich auf der Bolkohalbinsel gleich bei Wilhelmstal, einem Stadtteil Oppelns. Ein schöner Tierpark war das mit vielen, vielen großen und kleinen Tieren. Auch Exoten waren darunter. Es war natürlich eine gute Stunde zu laufen von uns aus, denn ich meine, die Omnibusse sind sonntags höchstens dreimal gefahren und zu Zeiten, die uns nicht passten. Es war herrlich in den „Bolko-Park" zu gehen. Die große Hängebrücke über Oder und der Winski, war für mich als Kind immer sehr interessant. Die großen Schiffe und Dampfer sah man schon von fern ankommen und ich wollte immer so lange stehen bleiben, bis die Schiffe unter der Brücke auf der wir standen. durchfuhren. Die Dampfer zogen ihren Schornstein ein – fantastisch! Wir gingen weiter und waren gleich in Bolko.

Nun war es nicht mehr weit bis zum Tierpark. Vor dem großen Tor des Tierparks waren Buden aufgestellt. Die hatten so allerlei, was besonders uns Kindern gefiel. So wünschte ich mir jedes Mal einen Zuckerschaum-Fisch an einer kleinen Angel. Das eine mal weiß ich, sind wir gerade durch das Tor gegangen und ich hopste vergnügt mit meinem Fisch an den Käfigen vorbei. Zuerst waren Vögel zu sehen und ich wollte so schnell wie möglich zu den Elefanten, Löwen und Bären. Mein Zuckerfisch tanzte an der kleinen Angel, als er sich plötzlich im Zaun der Vögel verhängte. Er riss ab und mit ihm meine gute Laune. Den Vögeln schmeckte auch Süßes gut. Aus dem Tierpark raus konnte Papa nicht mehr, um mir einen anderen Fisch zu kaufen. Er hätte ja noch mal Eintrittsgeld zahlen müssen. Ich schluchzte leise wegen diesem Verlust. Mama sagte barsch zu mir: „Hör endlich auf zu naatschen." (schluchzen) Anni und Erika waren auch mit und ein Stück weiter gegangen, aber die beiden großen Brüder nicht. Denen war es zu langweilig im Zoo. Zu oft hatten sie schon die Tiere besichtigt. Bis wir Fünfe nach zwei Stunden alles wieder mal gesehen hatten, merkten wir, dass wir auch Beine hatten, die taten uns nämlich ganz schön weh. Papa sagte: „Nun lasst uns zum Ausgang gehen. Ich habe eine gute Idee." Noch in Bolko-Park vor der Hängebrücke, d. h. ein ganzes Stück vor der Hängebrücke, gab es ein Ausflugslokal namens „Kynast". Das steuerten wir an und im angeschlossenen Gartenlokal mit Außentanzfläche setzten wir uns nieder. Bald hatte jeder ein großes Glas roter Limonade vor sich stehen. Die Musik fing an zu spielen. Ich kann mich eigentlich nur an Geiger erinnern, aber eine wundervolle Musik war das – so wie „Rosamunde" und „Am Abend auf der Heide" usw. wurde gespielt. Was soll ich sagen? Plötzlich verbeugte sich ein junger Mann vor Anni. Vor Anni und nicht vor Erika, die ja etwas älter war und bat um einen Tanz. Die rote Birne (Kopf), die Anni bekam, war nicht zu übersehen. Wie hilfesuchend schaute sie zu Mama und diese nickte und sagte: „Na geh schon!" Tatsächlich stand Anni auf, sie war ja erst höchstens 12 Jahre alt. Aber sie muss wohl älter ausgesehen haben, jedenfalls für den jungen Mann und tanzte. Ich kicherte und fragte, wer denn der Mann sei. Keiner konnte es sagen und ich wunderte mich. Mit einem fremden Mann tanzt die Anni? Papa war Nichttänzer und Erika saß etwas betröppelt (traurig) da. Ich meine ganz gewiss, als Anni die 2. Tour tanzte, dass auch jemand Erika zum Tanz aufforderte. Mit genau so roten Wangen tanzte sie. Wie schnell waren die Mädels wieder bei uns am Tisch und die Musik machte Pause. So erhoben wir uns und gingen heimwärts. Die Mädels gingen ein ganzes Stück hinter uns und erzählten und lachten. Ich glaube, die kommende Nacht hatten sie sicher von ihren Tanzpartnern geträumt.

Es muss, wenn Anni 12 Jahre alt war, 1939 gewesen sein. Eigentlich wäre Papa da schon in Oschersleben an der Bode gewesen. Da arbeitete er in einem Flugzeugwerk. Vielleicht hat er aber auch Urlaub bekommen. Beinahe denke ich, es war erst 1938, denn ich war ja auch noch ziemlich jung mit meinem Jahrgang 1931. Na, egal – alles kann ich unmöglich so genau wissen. Ich weiß nur, dass Papa eine gut bezahlte Arbeit als Feinmechaniker für Flugzeugeinzelteile in Oschersleben hatte. Wie er erzählte, musste er nach komplizierten Zeichnungen arbeiten. Es wurde ihm dazu Zeit gelassen und er war wie selbstständig. Vereidigt – oder so in etwa

– wurde er auch. Er war Geheimnisträger. Heimlich hatte Adolf Hitler, der 1933 an die Macht kam, zum Kriegsrüsten angefangen. Unruhe machte sich breit. Ein Flugzeug nach dem anderen verließ die Werft. Papa kam selten nach Hause. Die Fabrik war zu weit weg. Er hatte ein kleines Zimmer angemietet und gegessen hat er in der Kantine. Er erzählte immer, dass zu befürchten ist, dass bald ein Krieg ausbricht. „Ja, kann man denn nicht mal etwas sorgloser leben", so war zu hören. Die Menschen waren froh, endlich aus der Arbeitslosigkeit herausgekommen zu sein und nun wird überall von Krieg gemunkelt. Arbeit gab es deshalb, weil Hitler aufrüstete und in allen Berufssparten für militärische Zwecke gearbeitet wurde. Die NSDAP - (National Sozialistische Deutsche Arbeiter Partei) - wurde immer stärker. Ich bekam das alles damals nicht so genau mit. Ich lebte so in den Tag hinein. Ossi hat sich von einem etwas älteren Freund belatschern (überreden) lassen. Der sagte zu ihm, wie schön es ist, das „Kühemelken" zu lernen und wie gut das Essen, da wo er war, ist und dass so viel Freizeit und auch hübsche Mädchen da wären usw. Das hatte dieser Herbert dem Ossi erzählt und Ossi wollte danach absolut zu dem Ort (Reisau bei Strehlen) in das große Gut, um Melker zu werden. Es wurde wahrhaftig wahr. Bald wurden seine „sieben Sachen" gepackt und Ossi sagte uns Auf Wiedersehen. Nach knapp einem halben Jahr kam mein großer Bruder auf Urlaub. Das er mir die ganze Zeit und nicht nur mir sehr gefehlt hat, versteht sich von selbst, wo er doch immer mal mit mir „einkaufen" ging, wo ich so allerhand von ihm gekauft bekam und auch Papa bekam regelmäßig von Ossi damals eine Flasche Malzbier mitgebracht. Was Mama bekam, weiß ich nicht mehr. Ob er am gleichen Tage jeweils den Mädels auch etwas gekauft hat, weiß ich auch nicht. Sein wöchentlicher Lohn war ja gering. Aber so viel ich weiß, hatte er in der Lehre als Melker auch nicht mehr Geld. Jedenfalls war Feiertag, solange Ossi bei uns zu Hause auf Urlaub war. Er musste uns viele Einzelheiten seines Tagesablaufes in Reisau erzählen. Viele, viele Stunden musste er arbeiten und viele Milchkühe und auch Bullen mussten versorgt werden. Ich kam aus dem Staunen nicht heraus. Ossi hatte an den Daumen so dicke Knuppel vom Melken bekommen. Immer wieder musste und wollte ich sie anfassen und auch daran riechen. Eigenartig rochen die „Knuppel", so nach etwas ranziger Butter oder käseähnlich – aber nicht unangenehm – eben fremdartig und außerdem waren es Ossis Daumen und die konnten riechen wie sie wollten. Ossi war für mich ein Besonderer. Dass er so viel arbeiten musste, mit seinen 18 Jahren, das hatte er auch nicht erwartet. Sein Freund Herbert schilderte ihm alles so rosig, dass er glaubte, er hätte dort in Reisau eine Lehrstelle so zwischen Lernen, Arbeit und Urlaub. Das war bei weitem nicht so. Aber er machte alles und war gegenüber seinen Kollegen der Fleißigste. Das wurde ihm auch bescheinigt. Schnell gingen seine Urlaubstage vorüber und ich heulte und naatschte (weinte) schon vorher. Bestimmt war ich, als er abfuhr, erst einmal nicht ansprechbar, so kenne ich mich. Fred war ja noch da, das war gut und ich suchte seine Nähe. Oft kam er ziemlich nervös von der „OSTAG" nach Hause. Wenn da mal etwas schief gelaufen war und ich ihn abends noch mit irgendetwas nervte, oder auch die Mädels, da konnte er ganz schön ausrasten. Er brüllte und schimpfte wie „Pjernicka" und „Alles geht schief" und er schmiss nicht selten irgendetwas durch die Gegend, was er gerade in der Hand hielt. Etwas jähzornig war er schon und die Mädels bekamen schon mal eine gelangt, was bei Ossi nie vorkam. Wenn Ossi sich ärgerte, ging er raus und kam erst nach 1 bis 2 Stunden wieder. Dann hatte er sich irgendwie abreagiert, meist mit sportlicher Betätigung. Ich kann mich nicht erinnern, dass Ossi ausfällig wurde oder mich ohrfeigte. Darum liebte ich meinen Bruder ja so sehr und liebe ihn noch heute, meinen großen alten Bruder und ich weine jetzt schon bei dem Gedanken, es könnte ihn eines Tages nicht mehr geben. Er ist genau zehn Jahre älter als ich und wenn es der Reihe nach geht... Ich bete, dass er mir und meinen Geschwistern noch viele Jahre erhalten bleibt. Wir haben so schon relativ wenig voneinander, da Ossi 400 km von uns entfernt wohnt. Gottlob leben wir fünf Geschwister alle noch. Der Jüngste ist bereits schon 65 Jahre alt. Warum ich jetzt erst all meine Kindheitserinnerungen aufschreibe? Vielleicht, weil im Alter die Erinnerungen ganz besonders lebendig werden. Ja, ganz sicher ist das so.

Aber komme ich zurück in meine Kinderzeit.
Wenn ich am Kirschenweg draußen mit den Kindern spielte, gab es für mich genug Abwechslung. Gerne spielten wir „Para" - das ist so ein Hüpfspiel oder Seilspringen (wir sagten immer „Hopser"). Ich hüpfte besonders lange ohne Fehler. Aber sonst war ich ziemlich unsportlich veranlagt. Tanzen war mein Lieblingssport. Manchmal hockten wir Kinder uns auf den Erdboden, um mit bunten Kullern (Murmeln) zu spielen. Da war ich gerade nicht die Beste. An einem schönen Sommerabend war ich besonders lange mit meinen Schwestern und anderen Kindern auf der Straße. Es wurde schon dunkel und plötzlich merkten die Mädels, dass ich, die kleine Gerda, noch draußen war. Mama und Papa waren irgendwo eingeladen und nicht daheim. Auch Ossi und Fred ermahnten mich nun rein zu kommen um ins Bett zu gehen. Aber durch das angeregte Spiel vergaßen

sie eine Weile wieder auf mich zu achten. Aber dann... marsch, ab ins Bett hieß es und ich musste ins Haus gehen. Eine der Mädels ging mit mir noch bis zur Haustür und dann machte ich mich allein zur Nacht fertig. Als ich ins Bett gehen wollte, ich knipste erst das große Licht aus, erschrak ich zu Tode. Etwas Rotes leuchtete unter meinem Bett. Ja wirklich. Ich lief schreiend hinaus und keiner glaubte es mir. „Ich gehe da nicht mehr rein, ein Gespenst ist unter meinem Bett." Nein, ich wollte nicht mehr hinein gehen. Ich hatte ja eine so große Angst. Nun wurde ich begleitet, denn es war reichlich spät für mich und wenn unsere Eltern jetzt heim kämen, da gäbe es Ärger. Also, nun hatte ich Begleitung und bei dem hellen Licht in der Stube war nichts zu sehen. „Bleibt hier, bis ich im Bett bin und kommt auch gleich wieder, ja?" So bettelte ich. Ich war noch nicht im Bett, da löschten sie das Licht und ich erschrak wieder und klammerte mich an eine meiner Schwestern. Tatsächlich! Ein Gespenst – ganz rot – und in dem Moment kroch Ossi, ja mein lieber Bruder Ossi, unter dem Bett hervor und lachte sich kaputt. Er hatte eine Stabtaschenlampe in der Hand, die er angeschaltet im Mund hatte und so das unheimliche Leuchten hervorrief. So ein Gaunerstrick! Er musste es uns im Dunkeln noch einmal vorführen, sonst hätte ich es ihm nicht geglaubt. Schlafen konnte ich aber erst, als Mama heim kam, mich beruhigte und Ossi die Leviten gelesen bekam. Es sollte von Ossis Seite aus doch nur ein Spaß gewesen sein, denn wir wissen alle, dass er immer zu Späßen aufgelegt war.

Die Sommer waren immer schön, zumal auf unserem schönen Fluss „Oder" wundervolle Schiffe und Dampfer fuhren. Da gab es immer etwas zu sehen und die schönen Wellen, die der Dampfer „Helene" machte...
Wir alle gingen oft zum Baden und zum Spielen an die Oder. Mama packte dann Butterbrote und Limonade oder Kaffee ein. Eine Decke wurde unter dem Arm geklemmt und ab ging es. Höchstens sieben Minuten bis an die Oder waren zu gehen. Wir hatten meist unseren gleichen Liegeplatz. Direkt am Wasser und doch von großen Sträuchern gegen zu arge Sonnenstrahlen geschützt. Ich spielte und „pamperte" im Sand oder im lehmigen Boden. Ich badete im seichten Wasser und alberte mit anderen Nachbarskindern. Ach war das herrlich! Wenn Papa in die Oder schwamm, rief ich: „Papa, mach Dampfer!"
Dampfer machen war, wenn er sich auf den Rücken legte und kräftig mit den Beinen strampelte und sich so fortbewegte, wie ein Dampfer eben. Auch Mama war mit von der Partie, hatte aber immer ein scharfes Auge auf uns Kinder. Wenn ich mir heute das noch vorhandene Foto anschaue: Diese

tollen Badeanzüge – es waren ja beinahe Kostüme, da muss ich schmunzeln. Ich hatte nur Schlüpfer an. Dies fand Mama genügend und mir war es auch egal. Oft hatte ich aber doch zu viel Sonne abbekommen und meine Haut brannte schon. Da musste ich nur noch im Schatten sitzen. Langweilig war es trotzdem nicht. Es kamen vollbeladene Schiffe vorbei und steuerten den nahen Hafen an. Da wurden sie ent- und beladen. Getreide, Holz, Gerätschaften, Kohlen und manchmal auch Tiere, waren ihre Fracht. Wir Kinder riefen dem Schiffer immer zu: „Schifferkolle, haste Grund, steck die Pfeife in den Mund." Wir sahen die „Kapitäne" oft Pfeife rauchen – vielleicht riefen wir deshalb. Die Wäsche flatterte oft an einer Leine auf den Schiffen und kleinere Kinder liefen alleine hin und her und winkten uns am Ufer zu. Ich dachte immer, wenn die jetzt ins Wasser fallen. Aber diese Kinder bewegten sich so sicher wie ich am Land. Es gab also an der Oder immer etwas zu sehen. Am Abend sahen die Ausflugsdampfer mit Beleuchtung wundervoll aus. Da hörte man Musik und für mich war es etwas ganz Fernes, das ich wohl nie erreichen konnte. Wenn wir von einem Badetag an der Oder heimgingen, hatte Mama meist noch eine Menge Butterschnitten im Papier. Die Schnitten hatten sich von der Hitze gekrümmt und die Butter war längst geschmolzen. Es schmeckte uns nicht mehr. Mama und Papa hatten auch immer ihre „Schmöker" dabei. Zum Lesen kamen sie aber selten. Am Abend gab es von der Oder aus die reinste Völkerwanderung. So viele Familien tummelten sich am Ufer. Da es dort viele Büsche und Sträucher gab, waren die Menschen erst zu sehen, wenn sie ins Wasser oder dann nach Hause gingen. Spät abends war die „Promenade" nur für Verliebte da. Das verstand ich erst ein wenig später. Die „Hoppapferdel" (Heuschrecken) hörte man von den Wiesen an der Oder bis nach Hause. Ich mochte die Hoppapferdel nicht.

Die oft nach ganz heißen Tagen aufkommenden Gewitter, waren meist kurz, aber heftig. Unser Peppel, der Fred, soll als Kind immer gesagt haben: „Horch, der Himmelpapa schimpft", wenn es ordentlich donnerte. Ich erinnere mich wie schön es nach einem kräftigen Gewitterregen war, in den Luuschen (Pfützen) herumzutapsen. Die Wege waren ja alle unbefestigt und so gab es eine wunderbare warme Pampe (Matsch), die mit bloßen Füßen durchlaufen, ein herrliches Gefühl gab. Zwischen den Zehen quitschelte die weiche Pampe und ich konnte nicht genug kriegen. Wenn sich nach dem Gewitter noch ein wunderschöner Regenbogen zeigte, war Blitz und Donner total vergessen.

Mir kommt es so vor, als wäre auch das Wetter wie so vieles andere damals anders gewesen. Wir hatten monatelang richtigen Sommer und wenn es mal regnete, hielt es nicht wie heutzutage wochenlang an. Die Winter waren auch sehr lang, aber mit viel Schnee, der ewig liegen blieb. Da konnte man rodeln oder „kaascheln" (schlittern) oder Schlittschuh laufen gehen, es war herrlich. Das Rodeln war ein wenig schwierig, wenn man allein mit den Schlitten unterwegs war. Denn Hügel oder gar Berge gab es bei uns, in und um Oppeln herum, nicht. Doch in ein paar Kilometern Entfernung waren die „Wienauer Berge", eben bei dem Ort Wienau. Es waren mehr Hügel. Als Kind trottete ich mit meinem Rodelschlitten zu einer Sandgrube, die nicht mehr weiter ausgehoben wurde. Die war unmittelbar vor der Oder gelegen und viele, viele Kinder, darunter auch ich, fanden sich ein. Der Sandabhang war fest gefroren und total mit Schnee und Eis bedeckt. Einer nach dem anderen rodelte hinab und jeder wollte so weit wie möglich fahren. Das kam natürlich auch auf die Kufen des Schlittens an. Schön glatt geschliffen mussten sie sein und wenn es ein großer Rodelschlitten war, der auch noch mit zwei oder drei Mann besetzt war, na da ging „die Post ab!" Dauernd war zu hören: „Bahn frei!" Ich, als die Vorsichtige, musste schon genau gucken, dass vor und gleich nach mir keiner war, sonst habe ich gewartet und gewartet. Oft spürte ich meine Füße fast nicht mehr. Die großen Zehen wurden zuerst taub und taten dann auch nicht mehr so weh. Festes Schuhwerk hatte ich wohl an. Das waren knöchelhohe Schnürschuhe, über diese immer der Umschlag meiner Wollsöckchen zu sehen waren. Ja, erst lange Strümpfe, die an den Knopfbändern eines so genannten „Leibchens" befestigt waren und dann noch die Söckchen darüber. Warm gefütterte Schuhe und Stiefel, wie es sie heutzutage gibt, gab es damals nicht. Man hatte ja nur ein Paar „feste" Schuhe und wenn die mal nass wurden...

Unsere Schuhe wurden mindestens zwei Nummern größer gekauft, damit sie drei Jahre lang und länger getragen werden konnten. Dann wurden die Schuhe immer noch weitervererbt. Große Schuhe hatten ja einen Vorteil. Über die Strümpfe konnte noch Zeitungspapier gewickelt werden. Papier wärmt bekanntermaßen. Dicke Schlüpfer hatte wohl jedes Mädchen im eisigen Winter an. Es waren solche mit Gummizug am Beinabschluss – diese hielten doch etwas warm, denn darüber war ja so wie bei mir, nur ein Rock und dann hatte ich nur eine Bluse, einen Pullover und eine Strickjacke an. Wenn es da mal anhaltend schneite, saugte die Wollfaser die ganze Feuchtigkeit auf und sehr oft kam ich ganz durchnässt und halb erfroren daheim an. Die Handschuhe waren am ehesten durchnässt, weil ich mit den Händen den meisten Kontakt mit dem Schnee hatte. Da konnte ich mich nicht einfach mal schnell umziehen und wieder rodeln gehen – nein, es gab so gut wie keine Ersatzkleider. Jedenfalls keine warmen Kleider. Mützen und Kappen hatte ich mehrere, denn Mama häkelte mir und auch den Mädels welche.

Diese trugen wir mit Stolz. Die Mädels kamen manchmal einen Bus später aus der Schule in Oppeln, weil die Jungen die Mädchen abpassten und sie „einseiften" (mit Schnee bewarfen). Die Jungen, das muss man wissen, gingen in die eine Hälfte des Schulgebäudes zum Unterricht – die Mädchen in die andere Hälfte. Warum die Geschlechter so streng getrennt unterrichtet wurden, weiß ich nicht und ich kann es bis heute absolut nicht verstehen. Kein Wunder also, wenn die Jungen mal Kontakt mit den Mädchen haben wollten, wenn auch oft auf eine unmanierliche Art und Weise. Als Erika und Anni in die ersten Jahre zur Schule gingen, waren Ossi und Fred ja auch noch in dieser Schule. In der Pause sahen sie sich nur durch den hohen Maschendrahtzaun, schon komisch. Erika, so sagte ich ja schon, war auch ziemlich schüchtern. Jedenfalls wägte sie genau ab, mit wem sie es zu tun bekam oder als Freundin haben wollte. Erika plapperte auch nicht einfach so spontan – manchmal musste man ihr die Worte förmlich „aus der Nase ziehen". Sie war sehr fleißig in der Schule und die Lehrerinnen mochten sie. Anni war ebenfalls gut in der Schule und stolz brachten die Mädels gute Schulzensuren (Noten) mit nach Hause. So „schlau" wollte ich auch werden, das nahm ich mir vor. Ich wurde ja erst mit sieben Jahren eingeschult. Ich musste noch ein Weilchen auf diesen großen Tag warten. Ich war so mager und immer sehr blass, sodass es besser war, noch ein Jahr mit dem Schulbeginn zu warten, so sagte man. Es war gut so, denn ich war noch sehr verspielt und es war schön, dass ich mit Mama sehr oft in die Stadt gehen oder fahren konnte. Ab und zu besuchte uns der Opapa. Er hatte für jeden von uns etwas mitgebracht, wenn er kam. Er sagte zu uns Dreien: Eritzko, Annitzko und ich war die Gerditzko. Das sind polnische Namen. Opapa, mit Vornamen Pius, sprach mit Mama oft das so genannte „Wasserpolnisch". Das ist verdeutschtes Polnisch oder verpolnischtes Deutsch. Opapa stammte aus dem Ort Bodsanowitz, einem Grenzort an der deutsch-polnischen Grenze. Da wurde wohl aber überwiegend polnisch gesprochen. Ich konnte Opapas Sprache nicht verstehen und meine Geschwister auch nicht. Aufgefallen ist nur, wenn Mama mit ihrem Vater sprach, dass sie ihn „siezte". Also etwa: „Vater, wie geht es Ihnen?" oder „Möchten Sie noch etwas Soße?"

Mama merkte das gar nicht – es war so üblich in ihrer Familie, dass der Vater mit „Sie" angeredet wurde. Das hat wohl mit einer Verehrung und Ehrerbietung oder auch Unterwürfigkeit der Kinder gegenüber dem Vater zu tun. Heute noch ist in Polen der Handkuss üblich. Je älter die zu begrüßende Dame ist, desto ehrerbietiger war alles. Ich selbst habe es bei meinen oberschlesischen Polenbesuchen, viele Jahre nach dem 2. Weltkrieg, erlebt. Ja, so gibt es Sitten und Gebräuche. Opapa ging bald ins Altersheim. Er war noch keine 80 Jahre alt, aber sein Körper war arg strapaziert durch die schweren körperlichen Arbeiten, der er ein Leben lang machte. Bis zuletzt war er in der Oppelner Zementfabrik beschäftigt. Von dem großen Steinbruch neben der Hauptstraße zu der Fabrik, die diese Steine zu Zementmehl verarbeitete, war eine Verbindung – also ein Übergang, vielleicht so ca. drei Meter breit und hoch über diese Verkehrsstraße. Opapa soll als noch relativ junger Mann von hoch oben aus einer Öffnung auf die harte Straße gefallen sein. So berichtete es uns Mama. Schwere Verletzungen im Rücken (ich kenn ihn nur als gekrümmt gehender Mann) und am Kopf soll er davon getragen haben. Seine Nase war auch gebrochen und ich weiß heute noch, dass Opapa einen Knuppel, so einen Auswuchs, an der Nase hatte. Lange soll er krank gewesen sein – aber er arbeitete danach weiter in dieser „Knochenmühle", bis er eben gar nicht mehr konnte. Wir Kinder merkten, wie sehr Mama ihren Vater liebte. Oft ist sie nach „Stephanshöh" gefahren, einem Ort hinter Oppeln, um ihren Vater im Altersheim zu besuchen und ihm irgendetwas schönes mitzubringen. Ich bin öfter mit zum Opapa. Wir stiegen in Oppeln in einen anderen Bus um, der uns nach Stephanshöh brachte. Vorher kauften wir etwas ein. Ich erinnere mich genau an einen bestimmten Tag, auf dem Weg zu Opapa. Wir gingen in das Kaufhaus „EHAPE" am Ring – also am Rathausplatz – doch da staunten wir: Alles war mit weißen Tüchern abgedeckt und nichts bekamen wir zu kaufen. In fast allen Geschäften das Gleiche. Es war Ende des Jahres 1939.

Der zweite Weltkrieg war im September ausgebrochen. Alles musste Inventur machen und sofort hatten alle Haushalte erste Lebensmittelkarten erhalten. Also alles war rationiert worden, bis auf ein paar Ausnahmen, vorläufig! In einer Bäckerei hatten wir noch ein schönes Gebäck zu kaufen bekommen. Ich jammerte, das weiß ich noch und meine Mama war geschockt. Ich wollte an diesem Tag, auf dem Weg nach Hause, irgendetwas mit ihr kaufen. Was es war, kann ich nicht mehr sagen und nun so etwas. Als Mama und ich im Altersheim ankamen und wir Opapa berichteten, war er untröstlich. Der Beginn des Krieges, der Polenfeldzug und Besetzung dieses Landes von uns Deutschen, hat uns schon erstes Zittern beschert. Onkel Paul, Tante Olga und deren Kinder wohnten doch in Polen. Aber kein Lebenszeichen war aus Rybnik zu bekommen und nun kam es so, wie es kommen musste. Opapa wusste, was Krieg, Rationalisierung und alles darauf unweigerlich Kommende bedeutete. Er hatte schließlich schon erlebt, was Krieg und Entbehrung waren. Er war tief traurig und er musste es gleich seinem Freund, dem blinden Herrn Pawlik, berichten. Wir drei gingen vom 1. Stock, wo Opapa wohnte, nach unten und über den Hof in ein Nebengebäude. Drei Stufen, eine kleine Tür, es war nicht anders als wenn man in einen kleinen Kellerraum geht, saß ein kleiner Mann – ziemlich mager sah er aus. Das war Opapas guter und einziger Freund in diesem tristen Altersheim. Sie waren Bettnachbarn. Ungefähr zehn oder mehr Betten waren in dem großen Saal. Ein unwürdiges Leben dort. Mama litt sehr darunter, aber wir hatten keinen Platz in unserer Siedlungshälfte. Ich spürte als Kind die Düsternis in diesem Heim und ich wurde auch traurig. Bei Herrn Pawlik roch es so gut nach Zigarren. Es war ein Feiertag für den total blinden Mann, wenn Mama ihm jedes Mal drei Zigarren oder Zigarillos mitbrachte. Ich glaube, dass er nur heimlich rauchen durfte. Alles wurde ja den Männern abgenommen. Um ihre eigenen Habseligkeiten mussten sie betteln und das meiste, was ihnen abgenommen wurde, tauchte nie wieder auf. Mama war bei jedem Besuch in dem Büro des Altersheimes, um irgendetwas, das ihrem Vater gehörte, zurückzufordern. Ein stetiger Kampf. Dem blinden Herrn Pawlik haben die besonders zugesetzt und mein Opapa setzte sich voll für seinen Freund, den guten Pawlik, ein. Die Folge: Schimpfe, Essensentzug und vieles mehr. Schlimm waren damals diese Zustände! Beten wir, dass es in der jetzigen Zeit nicht mehr zu solchen Missständen kommt. Aber die ersten Ansätze sind teilweise leider heute schon bemerkbar. Herr Pawlik war ein Meister im Bürstenmachen. Ich staunte immer wieder wie geschickt und schnell er Bürsten aller Art, Kehrbesen, Handfeger usw. in Perfektion fertigte, wo er doch gar nichts sah. Irgendwann sind ihm beide Augen verätzt worden. Es waren nur Augenschlitze zu sehen, aber keinen Augapfel. Ich musste immer und immer wieder auf diese „Augen" gucken. Er reichte mir die Hand und streichelte sie und dann fuhr er mir ganz leicht über den Kopf und sagte: „Ach was hast du so eine schöne bunte Schleife im Haar. Schön siehst du aus." Da zweifelte ich doch an seinem Sehvermögen, aber Herr Pawlik hatte absolute Finsternis um sich. „Wenn ich meinen Freund Pius nicht hätte... nicht wahr, mein Freund?" Und er sprach dies direkt in Richtung Opapa. Als Blinder hatte der Mann ein super feines Gespür für alles. So begrüßte er uns alle auch gleich bei Eintritt in seiner kalten Werkstatt, obwohl wir noch kein Wort gesagt hatten. „Schön, dass Sie wieder da sind mit der Kleinen." Er konnte Menschen „riechen". Immer erzählte er mir eine Kurzgeschichte, meist etwas Lustiges. Als Opapa plötzlich eines Tages – Mama war allein zu ihrem Vater gefahren – im Beisein von Mama tot umfiel, wollte Herr Pawlik auch nicht mehr leben. Sein einziger Freund, der Pius – tot? Mama hatte ihren geliebten Vater verloren und wir unseren lieben Opapa. Herr Pawlik war untröstlich. Einmal danach besuchten Mama und ich Herrn Pawlik. Ich sehe ihn noch genau vor mir, wie aus seinen „toten" Augen die Tränen rannen. Armer, alter Mann! Als kurz darauf Mama wieder in das Altersheim zu dem guten alten Herrn wollte, war die Werkstatt verschlossen. Auf Mamas Nachfrage wurde ihr gesagt, dass er vor zwei Wochen verstorben ist. Einige „Insassen" gingen Mama nach und sagten, dass Herr Pawlik sich aufgehängt hatte. Es wären nach Pius, meinem Opapa, schon zehn alte Leute plötzlich verstorben. Das ließ Mama keine Ruhe. Sie war der festen Überzeugung, dass ihr Vater vergiftet worden ist. Mama traute sich aber nicht, der Sache auf den Grund zu gehen. „Vater ist tot, den bringt mir keiner mehr zurück", waren ihre Worte. Ich meine, er war nicht mal 80 Jahre alt geworden – schade! Nun hatte ich nur noch eine Omama, Papas Mutter, die aber auch nicht mehr lange lebte.

Das Leben der Menschen war in keiner Epoche immer nur rosig. Es gab immer Höhen und Tiefen, viel Freude, viel Trauer und wir Menschen können den Tod eines geliebten Angehörigen nicht verschmerzen. Eigentlich wissen wir doch alle, dass unser Leben endlich ist, dass wir schon mit jedem Tag nach der Geburt einen Schritt dem Tode entgegengehen. Aber es ist gut, nicht immer an das Sterben zu denken. Es ist schön auf dieser Welt sein zu dürfen. Während ich hier meine Kindheitserfahrungen und Erlebnisse niederschreibe, meine ich, ich müsste schon 100 Jahre alt sein und das was ich niederschreibe, sind doch immer nur Begebenheiten eines kurzen Abschnitts meines Lebens. Die vielen, vielen Jahre meines Lebens im Erwachsenenalter, die wie die Jahreszeiten, mir Frühling, Sommer, Herbst und Winter brachten, bedürften in einer Art Memoiren, mehrerer Bücher. Das will ich aber gar nicht. Dieses Buch wird das Einzige sein, in dem ich ganz ungeniert, aber auch ganz ehrlich gute und schlechte Zeiten meiner Kindheit offenbare. Ich spüre, es tut mir gut zu schreiben. Ich „lebe" dadurch noch einmal mein Leben und in manchem ist mir klar geworden, warum ich so bin und wie ich bin. Nun aber will ich noch etwas in meinem „Gehirnkasten" kramen.

Es war Anfang Dezember, möglicherweise im Jahre 1936, ich war also fünf, sechs Jahre alt. Der Schnee hatte die Landschaft schon wie mit weißer Watte überzogen. Der frisch gefallene Schnee war immer ein Erlebnis. Da konnte man so schöne Schneemänner bauen. Mir musste immer geholfen werden. Fred oder Ossi rollten zuerst eine dicke Schneekugel aus, dann die nächst kleinere und dann noch eine kleinere Kugel. Also, Rumpf, die Brust und der Kopf. Den Kopf setzte ich meistens selbst auf. Mama hatte immer die besten Einfälle. Ein alter umgedrehter Topf oder ein alter Kiff (Hut) wurde draufgesetzt und ich bekam zwei Kohlestücke, die ich als Augen platzierte. Einen kurzen, dicken Ast als Nase, das genügte schon. Einen Mund brauchte der Schneemann gar nicht. Wir hatten manchmal eine Mohrrübe für die Nase verwandt, die bis zum nächsten Tag längst von den Raben geholt worden war. An der Seite des Schneemannes wurde ein alter kleiner Reisigbesen angebracht. Man bekam fast einen Schrecken, wenn man ihn so unverhofft erblickte. Natürlich stand er im Vorgarten, damit die anderen Kinder meinen „Mann" sehen konnten.

Der Nikolaustag rückte näher. Immer wieder und immer öfter wurde von einem eventuell bevorstehenden Besuch des Nikolauses gesprochen. Wir Kinder waren schon etwas aufgeregt. Ich hatte schon einmal einen Nikolaus gesehen – im Vorjahr – der legte mir aber nur ein paar Süßigkeiten und Nüsse vor die Tür. Da war ich bestimmt nicht böse. Ich sah auch einen großen, sich bewegenden Nikolaus in einem Schaufenster. Schaurig-schön sah der aus. Aber was wäre, wenn er selbst zu uns käme? Meine Eltern meinten: „Na, dieses Jahr wird er bestimmt auch zu uns kommen. Abwarten!" Am 5. Dezember war zunächst „Straßennikel". Der Nikel (Nikolaus) kam an diesem Tag bei Dunkelheit plötzlich aus einer Hausnische und klopfte mehr oder weniger auf die Vorübergehenden ein. Da gab es manche Schreckensschreie. Nach Möglichkeit gingen wir am Abend nicht mehr auf die Straße. Anni hat es mal erwischt. Mama brauchte unbedingt für diesen Abend noch etwas vom Kaufmann. Erika war dazu nicht mehr zu bewegen, also musste Anni mal schnell gehen. Schnell ging sie zwar hin, aber heim konnte oder wollte sie so schnell nicht. Erst ist sie wieder in den Laden zurück, als sie vor der Tür einen „Straßennikel" sah. Es war gleich Ladenschluss und außerdem brauchte Mama die Zutaten um das Essen oder um den Kuchen machen zu können. Als Anni glaubte, die

„Luft sei rein", rannte sie aus dem Laden. Aber weit kam sie nicht, so erzählte sie es uns. Da kamen zwei, drei Straßennikel auf sie zugestürmt und gaben komische Laute von sich, schwangen die Ruten und klopften ziemlich heftig auf Annis Körper. Natürlich haben die nicht zu hart zugeschlagen – es waren meist größere Jungen, die unerkannt die Mädchen ärgerten und auch etwas verkeilen (verhauen) wollten. Prustend traf Anni nun daheim ein und Mama rügte sie schon, weil sie so lange wegblieb. Doch als sie von den Straßennikel erfuhr, tat ihr Anni leid. Schimpfe und böse Worte bekam Erika von Anni, weil die nicht zum Kaufmann gehen wollte. Anni sagte, dass die Erika auch mal ein paar Hiebe hätte abkriegen sollen. Ja, das waren so Sitten und Gebräuche damals und im Nachhinein zum Schmunzeln. Der nächste Tag, der 6. Dezember, war für mich ein Tag der Erwartung und der Angst zugleich. Ich wollte gerne, dass der Nikolaus mir etwas Schönes bringen möge, aber etwas vor die Tür zu legen, wäre besser oder? So verbrachte ich den Tag ziemlich aufgeregt. Die Dunkelheit kam viel zu schnell und Mama sagte zu mir: „Komm Gerda, zieh dein schönes Kleid an, damit du hübsch aussiehst, wenn der Nikolaus zu dir kommt. Ich meine, ich hätte vorhin im Haus gegenüber den Nikel schon reingehen sehen." Ohje! „Na, wir sind doch alle da", so tröstete Papa mich und ich musste mich ins Unabänderliche fügen. Meine Schnitte Brot würgte ich nur runter. Dauernd hörte ich schon schwere Schritte. „Komm mit", sagten die Mädels, „wir gehen mal in die Stube" und ich hörte nur, wie Mama sagte, sie wolle nur rasch ein paar Eimer Kohlen aus dem kleinen Schuppen im Garten holen. Das Feuer im Herd würde sonst bald ausgehen. Die Mädels lenkten mich in der Stube ab. Nach einer kurzen Zeit hörte ich vorne an der Küchentür so ein dumpfes Klopfen. Wir alle schauten uns an: „Der Nikel kommt!" Das war wie ein Aufschrei und ich soll leichenblass geworden sein. Tatsächlich – jetzt hörte ich eine Glocke bimmeln und die schlürfenden Schritte kamen immer näher. Da! Jetzt schlägt der Nikolaus mit seiner Rute gegen die Stubentür. Diese ging auf und Papa ließ den großen Nikolaus eintreten. Ich war wie erstarrt und schaute auf den Nikolaus. Sein langer Mantel und den langen weißen Bart - ich stand wie verzaubert da. Wo ist Mama? Wo ist Mama? Aber Papa war da und strich mir beruhigend über den Kopf. Zuerst wandte sich der Nikolaus an meine Geschwister und mit ermahnenden Worten zur Gehorsamkeit den Eltern gegenüber und mit tiefer gütiger Stimme wandte er sich mir zu. „Ach, da ist ja noch ein kleines Mädchen." Mein Herz klopfte zum Zerspringen. „Da muss ich doch mal sehen..." und Nikolaus holte sein großes Buch hervor – darin wohl alles über mich geschrieben

stand – schaute hinein und sah mich an und sagte: „Wie heißt du denn?"
Ich ganz leise: „Gerda". „Das ist ja ein sehr, sehr schöner Name." Und
weiter ging es, wie alt ich bin und ob ich auch ein artiges Mädchen bin usw.
Ich glaube, ich nickte dann immer nur. Ich war furchtbar aufgeregt und die
ersten Kullertränen rollten schon. Und nun kam das: „Kannst du auch
beten?" Ich nickte. „Na?" Fragend beugte sich der Nikolaus etwas zu mir.
Ich fing mit total zitternder Stimme an: „Lieber Gott... mach mich, mach
mich... mach mich..." Ich hatte wohl den Text des Gebetes vergessen, da
plötzlich beugte sich der große Nikolaus zu mir und sprach wie mit Mamas
Stimme: „Mein Sonnele" und drückte mich an sich. Ich war erstarrt. In
sekundenschnelle rasten meine Gedanken. Ich war geschockt. Ja, wirklich
geschockt. Ich zitterte nur so. Der Nikolaus hatte eine Stimme, wie die von
Mama und nahm plötzlich seine schöne Mütze und die Maske ab – es war
Mama! Tatsächlich! Ich schaute ungläubig, so erzählte man es mir, es war
aber wirklich meine Mama, die sich perfekt als Nikolaus verkleidet hatte.
Mama erzählte dann, dass sie mit mir „gelitten" hätte und ihre Gefühle
nicht mehr im Zaum halten konnte. Sie wollte mich einfach nur trösten.
Das hätte sie lieber nicht so tun dürfen. Alles brach zusammen in mir, ich
war nicht zu beruhigen. Der Schock, dass der Nikolaus meine Mutter war,
es drehte sich alles bei mir im Kopf. Noch heute weiß ich genau, wie ich
damals in dieser Verfassung war. Ich tue mir heute noch selber leid. Ich
arme kleine Gerda, Mamas Sonnele! Später ebbte das Erlebte natürlich ab
und wir alle sprachen darüber – nur konnte ich es nicht ertragen, wenn
meine Geschwister darüber lächelten. Wenn sie wüssten, wie ich armes
Würmchen vor Angst wie erstarrt war, das war zu viel für mich und ich
musste weinen. Aufgelockert wurde diese Episode nur durch das Erzählen
von Mamas anderen Besuchen als Nikolaus. Sie erzählte uns wunderbare
Sachen, die sie in Verkleidung erlebt hat. Viele liebe Kinder hat sie
beschenken dürfen (die Eltern hatten zuvor die Geschenke gekauft). Sie
hatte Ermahnungen ausgesprochen und Prügel angedroht usw. Zu einer
befreundeten Familie war sie auch bestellt worden. Die Kinder waren so
einigermaßen in Ordnung, es waren zwei Jungen, aber das
Familienoberhaupt ließ zu Wünschen übrig. Dieser Familienvater kam öfter
zu spät nach Hause, hatte manchmal schon „einen im Tee", wollte der Frau
nur ungern zur Hand gehen, auch wenn es eine schwerere Arbeit war und
ging gar nicht so liebevoll mit ihr um. Gesellig war er schon, denn Mama
war ab und zu zum Plausch oder zum Kartenspiel in der Familie. Im Laufe
des Nachmittags war ich ja auch dabei. Der Sohn hieß Helmut. Das war
vielleicht ein verrückter Kerl. Der sagte nicht Gerda, sondern „Mona" zur

mir und er wollte mich dauernd drücken und sogar küssen. Ich ging gar nicht mehr gerne in die Familie, wegen diesem Helmut. Der etwas ältere Bruder war ein ganz ruhiger. Helmut war etwa ein Jahr älter als ich. Nun, am Nikolausabend trottete Mama verkleidet in dieses Haus. Die Kinder wurden beschenkt, aber der Hausherr... der bekam ordentlich von ihr die Leviten gelesen. Eine ganze Menge hatte der Nikolaus in seinem Buch stehen und immer wieder bekam er ein paar Schläge mit der Rute. Das wiederholte sich und die Schläge wurden heftiger. So war es dem Nikolaus angetragen worden, bis der Mann plötzlich die Geduld verlor und die Maske herunterziehen wollte. Wie Mama sagte, „rettete" sie sich mit einem nochmaligen abwehrenden Rutenschlag und ging schnell aus dem Haus. Das war knapp! Die Frau hat sich sehr darüber gefreut, dass alles doch so gut geklappt hatte und sie versprach Mama, dass er nicht erfahren würde, wer der Nikolaus war. Mama musste an sich halten, um sich nicht zu verraten, als dieser Mann beim nächsten Spieleabend diese „Geschichte" zum Besten gab. „Wenn ich den erwische...", sagte er. Ja, ich hatte eigentlich eine mutige und starke Mutter.

Der Dezember brachte in diesem Jahr sehr viel Schnee. Ich weiß es deshalb, weil ich an dem darauf folgenden Weihnachtsfest und nicht nur ich, sondern die ganze Familie, krank war. Papa war noch bis zuletzt der Gesündeste und Mama wurschtelte trotz Grippe so herum. Papa fuhr so etwa zwei Tage vor Heilig Abend noch mal in die Stadt und auch zu seinem Bruder Paul. Eigenartigerweise sagte Papa immer nur „Richard" zu seinem Bruder. Er klagte aber schon über großes Unwohlsein. Auch viele Leute in der Nachbarschaft waren an Grippe erkrankt. Heilig Abend kam und wir lagen alle krank herum – ganz trostlos war alles. Mama versorgte uns so gut sie konnte. Es war schon lange dunkel und plötzlich hörten wir das Gartentor einschnacken. Da kommt doch jemand? Es klopfte an der äußeren Haustür – und siehe da, Onkel Paul kam zu uns. Er brachte uns einen ganzen Karton „Heumann's Tee", damit wir alle bald wieder gesund werden, sagte er und hatte auch Bücklinge oder andere Fische und ich glaube noch ganz viele Äpfel mitgebracht. Die Überraschung war gelungen. Er hatte jedenfalls keine Angst, sich bei uns anzustecken. Wir alle strahlten. Onkel Paul war das „Christkind". Er brachte Gaben und er tat es bestimmt gerne – nur lange blieb er nicht, denn er hatte seiner Frau Hedel nicht gesagt, dass er zu uns fahren würde. Wir alle wurden der Freude wegen, gleich ein Stück gesünder, ja wirklich.

48

Nach Weihnachten ging es uns allen endlich besser. Draußen war es sehr kalt und nur zögerlich gingen wir raus. Der eine oder andere hüstelte noch vor sich hin, doch es musste der Alltag bewältigt werden. Papa ging als erster seiner Tätigkeit nach. Die Zeitungsfirma konnte Fred und Ossi auch nicht entbehren – das Leben ging weiter. Ich muss wohl sehr geschwächt gewesen sein. Jedenfalls dauerte es im Allgemeinen immer länger, bis ich ganz gesund wurde. Zu mager und sehr blass war ich und hatte wohl weniger Widerstandskräfte. Aber was soll's – gesund wurde ich immer. Eine Weile schaute ich den Kindern draußen zu, wie sie sich mit Schneebällen bewarfen, sich im Schnee wälzten oder auf ihren kleinen Semmeln (Schlitten in Form einer Semmel) mit Anlauf „Bauchplatscher" machten. Der Schlitten wurde schnell vor sich her geschoben, um dann bäuchlings wie ganz von alleine ein Stück zu gleiten. Lange hielt ich es nun nicht mehr in der Stube aus. Erst „rodelte" ich auf dem Weg im Garten, dann aber mischte ich mich unter die anderen Kinder. Natürlich hatte ich wieder mal Angst, es könnte mich jemand schubsen oder mich vom Schlitten stoßen. Ach, was war ich doch damals ein Angsthase. Wie ich schon einmal erwähnte, waren die Winter immer sehr lange. Mir gefiel die warme Jahreszeit auf jeden Fall besser. Na ja – sie kam ja auch! Da konnte man wieder an die Oder, wo immer etwas los war. Papa war in den Sommertagen, so in den frühen Abendstunden, oft für längere Zeit verschwunden. Mama schimpfte deshalb mit ihm. Er „schmökert" wieder, so hörte ich sie sagen, wenn Papa nirgends zu sehen war. Er radelte an eine ruhige Stelle an der Oder und lag mit einem Buch in der Hand auf dem Bauch. Was er las? Er lernte! Ja er lernte Sprachen. Französisch und die Weltsprache – heute sagt man die Kunstsprache „Esperanto". Er sprach immer halblaut vor sich hin und manchmal immer dasselbe. Mama entdeckte ihn bei ihrer Suche an der Oder. Da er nicht total stumm beim lesen war, war er leichter zu finden. So kam er in Begleitung von Mama nach Hause, das Fahrrad neben sich führend. Bei ihm war es wie eine Sucht, sich diese Sprachen anzueignen. Er büchste immer wieder am späten Nachmittag aus, sehr zum Unwillen seiner Frau. Manchmal hatte er einen Freund dabei und er sagte uns, dass dieser ihn abhören könnte. Er übte und übte und ließ sich von Experten bestätigen, dass er immer perfekter wurde – und das in Wort und Schrift und vor allem in tadelloser Aussprache. Viele Hefte hatte er voll geschrieben und kam öfter mit Französisch und Esperanto sprechenden Menschen zusammen. Es war erstaunlich – so sagte man – dass jemand in Eigenstudium so perfekt sprechen konnte. Er war glücklich! Bald wurde er gebeten, hier und da zu unterrichten und er tat es auch. Der sonst so zurückhaltende Erich – mein Vater – ging förmlich aus sich heraus, so sagte es uns Mama später. Er war ein regelrechtes Sprachgenie und war auf vielen Gebieten sehr bewandert. Er las auch viele Bücher und ich denke, es waren gute Bücher. Sicher brauchte Mama ihn für vieles im Haus, aber er war meist weg, so erinnere ich mich, so das Mama sich beklagte. Aber ewig ging das auch nicht. Es war für mich spaßig, wenn Mama sich auch in Esperanto versuchte. Er konnte sie ein wenig dafür begeistern und alles war jetzt erst „recht in Butter". Beide machten sich einen Spaß daraus, sich vor uns Kindern in Esperanto zu unterhalten. Natürlich waren das nur kurze Sätze, aber wir konnten nichts verstehen. Papa wollte uns Kindern in den späteren Jahren eine Sprache beibringen. Er fand Esperanto als wichtige Weltsprache und Französisch als schönste erlernenswert. Außer einigen Worten hatte leider keiner von uns diese Sprachen gelernt. Als junge Frauen und Mütter hatten wir einfach keine Zeit dafür. Ich dachte mir, wenn die Kinder erst mal aus dem Haus sind, werde ich alles das tun, was mir Spaß macht. Viele Ideen und Hobbys hatte ich im Kopf und so auch das Lernen von Sprachen mit Papa. Es kam aber ganz anders. Ich hatte berufliche Aufgaben, die die Tageszeit voll in Anspruch nahm. Zudem starb meine Mutter viel zu früh – mit 61 Jahren – und Papa wurschtelte sich noch neun Jahre so durchs Leben. Er starb in der Zeit, da auch ich gerade im Krankenhaus lag, mit 71 Jahren. Papas Tod hat mir einen schweren Schlag versetzt. Er fehlte und fehlt mir bis zum heutigen Tag sehr. Er war ein liebenswerter Gesprächspartner und noch vieles mehr. Meinen Vater – den gibt es nicht mehr. Schlimm genug war der Verlust von meiner Mutter, die bis zu ihrem Tode fast zehn Jahre lang schrecklich leiden musste. Ich gönne beiden die ewige Ruhe, aber fehlen werden sie mir immer. Im Nachhinein meine ich, das, wenn ich es ernsthaft gewollt hätte, immer etwas Zeit da gewesen wäre, um bei Papa Sprachen zu lernen. Zu spät ... vorbei! Aber immer denke ich gerne an die Zeit zurück, da meine Eltern für mich und ich für sie da sein konnte. Diese kleinen, ja kleinsten Freuden oder besser gesagt, Lebensaufhellungen, ließen uns alle in den schweren Nachkriegszeiten am Leben erhalten und das Leben trotz allem, lebenswert finden. Hier in unserer hessischen kleinen Stadt, in Lauterbach, hatte Papa die Korrespondenz zu ausländischen Sprachinteressierten, in erster Linie die Weltsprache Esperanto, aufgebaut. Als die ersten Briefe kamen, war er glücklich und auch Mama und wir alle freuten uns mit ihm. Er übersetzte uns alles und es war wundervoll, was das für ein interessanter Gedankenaustausch war. Über unseren damaligen kleinen Rundfunkempfänger wurde Papas Name öfters genannt und er wurde herzlichst von den Esperantisten über Radio Luxemburg, Warschau und noch anderen Stationen, gegrüßt und sich öffentlich für die wunderbaren Briefe die er schrieb, bedankt. Das war was! Diese kleinen Freuden waren ja so wichtig in der schweren Nachkriegszeit. Er nahm auch in der hiesigen Umgebung Kontakte mit esperantosprechenden Menschen auf. Diese Menschen waren zwar dünn gesät, aber es war wunderbar. Es war ein Studienrat aus Fulda, ein Professor und zwei Schullehrer. Das Treffen fand in kurzen Abständen in unserer Wohnung statt. Ich war zu diesem Zeitpunkt schon verheiratet und hatte für die Zusammenkünfte mehr Platz in der Wohnung als Mama und Papa. Wir alle freuten uns mit ihm, wenn er glücklich war. Ein Interessent für Sprachen, war ein ganz junger Lehrer, der durch Papa Esperanto erlernte, um diese, wie er sagte, wichtige Sprache in seiner Oberschulklasse zu lehren. Er hatte zunächst Erfolg, doch leider war die Beteiligung freiwillig und so ließ das Interesse zunehmend nach. Papa erlebte es nicht mehr, es hätte ihn in Unglauben und Enttäuschung versetzt. So, das war mal eine Kurzbeschreibung einer Episode aus dem Leben meines Vaters.

Ich gehe jetzt wieder zurück in meine Kinderzeit, in der ich so wenig und für meinen Begriff doch so viel erlebte. Es sind eben diese Kindheitserlebnisse, die gar nichts außergewöhnliches haben, aber für mich irgendwie wichtig sind und ich denke, indem ich es hier niederschreibe, erlebe ich ein Stück Kindheit noch einmal. Ich schwelge in Erinnerungen und fühle genau, wie ich mich damals in verschiedenen Situationen fühlte. Eine Kindheit hatte ich, eine Jugendlichkeit, wie man damals sagte, eine „Backfischzeit", hatte ich wohl weniger. Die Zeiten damals waren zu karg und ich war eher „erwachsen" wie mir lieb war. Zu viel wurde mir auf und nach der Flucht in mein Kinderherz gepflanzt, so dass ich tatsächlich vom Kind zum Erwachsenen wurde. Aber das wäre ein ganz anderes Kapitel. Ich wurde eine glückliche junge Frau und Mutter, erstmals Mutter schon mit achtzehn Jahren. Das war gut so. Meinen zweiten Sohn gebar ich mit zweiundzwanzig. Mein Mann ist ein echter Hesse und ich muss sagen, die Mischung Oberschlesien und Hessen ist gut gelungen. Wir haben zwei tolle Söhne. Ich weiß, dass jeder Mensch viele Erinnerungen an frühere Zeiten hat – nur – ich bringe meine Erinnerungen zu Papier und ich spüre immer wieder, dass es mir gut tut. Denn wer würde schon so lange zu hören, wie ich zu erzählen habe? Eine Erzählung in einem Buch kann man unterbrechen und bei Bedarf zu jeder Zeit weiter lesen. Für meine Kinder und Enkel sind diese Erzählungen hauptsächlich gedacht. Alles wächst so schnell heran, vieles ändert sich und die Entfernungen zu meinen Lieben sind, kilometermäßig gesehen, sehr weit von mir. So können mich auch noch später, wenn ich nicht mehr da bin, etwas besser kennen lernen. Auch nach dem Tode kann man Zwiesprache halten. Auch nachträglich kann man verdammen, verstehen oder lieben. Ich weiß es genau und ich bin froh darüber, dass ich einiges von meinen Eltern und Großeltern weiß. Bis zum heutigen Tag sind mir meine verstorbenen Angehörigen nah. Man sagt doch: Endgültig tot ist man erst, wenn man die geistige Verbindung, die Erinnerung nicht mehr da ist.

Es ist fantastisch, was unser Gehirn alles speichern, ja in Bildern und sogar Gerüchen und Empfindungen nach ...zig Jahren vor dem geistigen Auge wiedergeben kann. Immer Neues wird gespeichert. Aber ist es nicht doch wert, ab und zu im „Gehirnkasten" zu kramen? Von ganz unten hole ich etwas hervor und weiter möchte ich nun erzählen.

Ein empfindsames Mädchen war ich, aber ich hatte auch so meinen „Kopf", wenn es z.b. um Anziehsachen ging. So genügsam ich war, so bestimmend war ich beim Auswählen der Kleidung und der Schuhe. Gar nicht zweckmäßig waren die Schuhe die ich wollte, nämlich Lackschuhe. Ja, Lackschuhe und nicht nur einfarbige. Die Schuhe mussten schon etwas Besonderes haben - ein rote Lackpaspelierung oder ähnliches – ja, die stille Gerdel hatte so ihren Kopf. Ich weiß, dass im Schuhgeschäft viele, viele Kartons um mich aufgebaut waren. Es half kein Zureden von Mama oder der Verkäuferin, ich wählte so lange bis ich schließlich zufrieden mit meiner Wahl war und glücklich und stolz nach Hause ging. Immer wieder schaute ich auf meine Füße, denn die neuen Schuhe musste ich natürlich gleich anziehen. Daheim wollte ich von meinen Geschwistern nur hören, wie schön meine Schuhe sind. Freilich wären rustikale Schuhe viel preiswerter und auch langlebiger gewesen, aber zu dieser Zeit zählte für mich nur die Schönheit. Mama konnte mir, ihrem „Sonnele", selten etwas abschlagen. Wahrscheinlich hatte ich so einen bittenden Blick und auch meine Geschwister schlugen mir selten einen Wunsch ab. So nahm mich auch Ossi oder Fred auf dem Fahrrad mit, weil ich es gern wollte. Auf der Stange saß ich nicht gerade bequem, aber dennoch ... Noch etwas muss ich von Ossi erzählen. Er war und ist heute noch in seinem betagten Alter von fast 85 Jahren, ein Naturmensch. Er liebt alles Natürliche und er kennt die Dinge gut und nennt sie auch beim richtigen Namen. Für kleine Überraschungen und Besonderheiten für einen zu Beschenkenden, war und ist er immer bereit.

So erinnere ich mich, dass er – es mag so 1938 gewesen sein – eines frühen Morgens, ohne jemanden etwas zu sagen, mit dem Fahrrad wegfuhr. Als es Mittag wurde und Ossi nicht zurück war, machte Mama sich schon Sorgen. Wir alle hielten Ausschau nach ihm, aber nichts! Als er am Nachmittag endlich eintrudelte und Mama schon ein paar strenge Worte auf der Zunge hatte, schluckte sie diese ganz schnell hinunter, denn sie und wir alle erblickten in sein strahlendes Gesicht und schon hob er einen großen Korb von seinem Gepäckträger. Der Korb war voller frischer Pilze. Ich glaube, es waren nur Steinpilze und Pfifferlinge. Das war eine Überraschung! Mama erhielt den Korb voller Pilze und er verschwand ins Haus. Ich glaube, er hat fast die ganze Wasserleitung leer getrunken, so einen Durst hatte er und Hunger natürlich auch, denn nichts hatte er sich am Morgen mitgenommen. Er musste ja viele Kilometer weit radeln, bis er in einen Wald gelangte und dann ging das Suchen los. Ich denke, dass Opapa dem Ossi das Wissen und Erkennen der Pilzarten beibrachte. Es ist mir so schwach in Erinnerung. Jedenfalls stand damals fest, heute noch gibt es ein herrliches Pilzgericht. Mama machte sich auch gleich an die Arbeit und man staune, Ossi putzte auch die Pilze mit. Er freute sich so riesig, dass wir uns freuten, es war unbeschreiblich. Als Papa und Fred am Abend nach Hause kamen, duftete es schon wunderbar nach geschmorten Pilzen. Mama konnte diese herrlich zubereiten. Dazu gab es Salzkartoffeln und ganz sicher hat sich jeder den Bauch so vollgeschlagen, dass wir nicht mehr „japsen" konnten. Meine Schwestern und ich hingen abwechselnd an unserem tollen Bruder und der erzählte nun einige Erlebnisse im Wald. Er sah viele Tiere und durchstreifte mit dem Fahrrad ein großes Waldgelände. Wie er sagte, war es ihm ab zu etwas mulmig, weil er keine Lichtung sehen konnte, geschweige denn wusste, in welche Richtung es ihn zog. Mutig war er ja und erst als der Korb voll erlesener Pilze war, dachte er ans Heimkehren. Da war all seine Intelligenz oder besser gesagt seine Spürnase und Instinkt gefragt. Er führte sein Rad mit dem vollen Korb gottlob glücklich aus dem Wald heraus und er staunte nicht schlecht, als er ganz woanders herauskam, als er vermutete. Ein paar Kilometer waren anschließend mehr zu radeln gewesen. Wir Geschwister waren aufmerksame Zuhörer. Ja, Ossi hatte öfter mal etwas zu essen besorgt. Er ging auch mit Fred fischen und sie brachten nicht selten Flusskrebse mit nach Hause. Ach, es waren damals schon tolle Kerle. Wir Mädchen waren immer mächtig stolz auf sie. Eines Spätnachmittags klemmte sich Ossi einen Kartoffelsack unter den Arm, holte vom Schuppen eine Harke, nahm sein Fahrrad und radelte von dannen. Nach ca. zwei Stunden kam er wieder und hatte den ganzen Sack voller frischer Kartoffeln. Er war also „kartoffelstoppeln". Bestimmt war das einen halben Zentner. Das abgeerntete Kartoffelfeld konnte von der Bevölkerung betreten und es konnte „nachgebuddelt" werden. Mit Kind und Kegel ging es aufs Feld. Kartoffeln und ganz umsonst! Auch ich habe mich des Öfteren am „stoppeln" in den späteren Jahren beteiligt. Es war anstrengend, aber schön. Vor allem, wenn die Kartoffelkrautfeuer brannten und jeder ein paar seiner ausgebuddelten Kartoffeln ins Feuer warf, um sie dann nach ca. 15 Minuten mit einem Stock wieder herauszufischen. Eine ganz dicke schwarzgebrannte Kruste hatten die Kartoffeln und diese wurden an Ort und Stelle, so gut es ging, gepellt und gegessen. Hände und Mund verrieten sofort, mit was wir zugange waren. Alles roch herrlich nach Kartoffelfeuer. Ja, so etwas muss man erlebt haben. Bis es dunkel wurde, wurde das Feuer geschürt. Ein unvergessliches Erlebnis – damals – und wen man da alles auf dem Felde traf! Ossis Menge an gestoppelten Kartoffeln konnten wir auf einmal natürlich nicht verzehren. Er und wir Mädchen mussten uns sofort ans Kartoffelschälen machen. An diesem Tag erinnere ich mich, dass Mama nicht da und wahrscheinlich in der Stadt war. Das passte uns gut, denn es gab für unsere Eltern wieder einmal ein Überraschungsessen. Ein Wassereimer voller Kartoffeln war schon geschält und Ossi schnitt diese in längliche Stücke, damit sie in die Maschine passten. In den Fleischwolf mussten sie hinein. Eine Extrascheibe wurde eingelegt und nun ging alles sehr schnell. Einer drehte, ein anderer stopfte. Es ergab eine Riesenschüssel voller rohem Kartoffelbrei. Ossi hatte die Oberaufsicht (waren ja auch seine Kartoffeln) und er würzte alles gut. Als Fred heimkam, musste er für die richtige Hitze im Herd sorgen. Kohlen wurden nachgelegt, aber nur so viele, dass die Herdplatte nicht etwa zum Glühen kam und dann belegte Ossi die ganze Herdplatte mit dem „Platzekteig", dem Kartoffelpufferteig. Schöne runde Platzeks wurden goldbraun (manche natürlich etwas dunkler) gebraten. Ganz ohne Fett, versteht sich und diese wurden ganz am Rand des Herdes aufeinander gestapelt. Keiner durfte einen Platzek etwa schon vorher essen. Nein! Da passte Ossi aber auf. Als unsere Eltern in die Küche kamen, staunten sie nicht schlecht und sobald alle gebacken waren, ging es los. Jeder holte sich welche auf seinen Teller und strich sich etwas Margarine darauf. Wenn man sich danach den Platzek noch etwas bräunen lassen wollte, verbrannte er gleich und es stank bis draußen. Na ja, man musste ja erst einmal alles ausprobiert haben. Geschmeckt haben diese frischen Kartoffelpuffer wie noch nie. Wer würde oder könnte heute noch Kartoffelpuffer fettlos auf der Platte backen? Es war ein armes, aber gesundes und köstliches Essen. Anspruchsvoll waren wir alle nicht und verwöhnt schon gar nicht. Eigentlich gut so, denn wie schwer hätten wir alle es wohl gehabt in der nahenden Kriegszeit. Uns ist es jedenfalls leichter gefallen, mit weniger Lebensmitteln auszukommen, als diese Leute, die im Wohlstand geschwelgt haben. Bald sollte der Krieg kommen. Wie ich schon sagte, war Papa ab 1938 im Flugzeugwerk in Oschersleben an der Bode. Wir alle, außer Ossi, der in dem Ort „Reisern" als Melker arbeitete, zogen vom Kirschenweg fort. Heute glaube ich, dass es wegen der schwierigen Nachbarn war. Ich fand es sehr, sehr schade. Ohne den großen Garten war alles nur noch halb so schön. Aber unsere Eltern haben so entschieden und wir mussten es eben hinnehmen. Die Busse fuhren direkt vor unserer Nase vorbei und natürlich auch alles andere Gefährt. Zu sehen gab es zwar mehr, muss aber erwähnen, dass ich noch am Kirschweg wohnend mein Einschulalter erreichte und ich zur Schule musste. Da meine beiden Schwester Erika und Anni in die evangelische Schule in Oppeln/ Mitte gingen, war es klar, dass auch ich dort eingeschult wurde. Eine große Ostertüte (Schultüte) bekam ich und den schönsten „Propeller" steckte mir Mama ins Haar. Es war ein großer Tag für mich. Nun bin ich auch in der Schule. Ich fand mich direkt groß und erhaben. Eine Stunde dauerte ungefähr die Aufnahme und stolz trug ich meine braunfarbige lederne Büchertasche (Schultasche). Ich muss sagen, dass es mir Spaß machte, in die Schule zu gehen und sehr gern habe ich geschrieben und gerechnet. Es war damals ein ganz anderes schulisches Einsteigen als heute. Ganz allmählich wurden Striche und Rundungen der Buchstaben geübt. Erst wenn die Begriffe für Buchstaben „saßen", wurden diese gelesen. Heutzutage gibt es ganz andere Lernprogramme. So werden Bilder „gelesen", ohne die Buchstaben wirklich erlernt zu haben. Alles soll sich so allmählich im Kopf festsetzen, weil Buchstaben sich ja ständig wiederholen. Dieser Methode gebe ich persönlich die Schuld, dass manche Menschen nie genau die Rechtschreibung beherrschen. Alles wird nicht mehr intensiv genug gelernt und ein wahres Sprichwort heißt: „Was Hänschen nicht lernt, lernt Hans nimmer mehr". Ich schrieb damals auf meiner Schiefertafel mit einem so genannten „Mehlstift" meine anfangs natürlich noch holprigen Buchstaben und Zahlen. Immer wieder konnte ich mit dem feuchten kleinen Schwamm, der in einer Dose lag, Unschönes oder Fehlerhaftes abwischen. Mit einem weichen Trockentuch wurde nachgewischt. Die Tafel war also immer wieder neu benutzbar. Das war doch toll! Schwamm und Lappen hingen an einem Schnürchen, das durch das kleine Loch am Rand der Tafel durchgezogen war. Dieses baumelte lustig neben der Büchertasche und jedes Kind kokettierte mit den schönsten und originellsten Lappen. Ganz stolz war ich, als ich am zweiten Schultag ein buntes Lesebuch erhielt. Na, da gab es viel zu sehen. Ich freute mich riesig. Jeden Morgen gegen neun Uhr kam ich und Mama in meiner Schule am Friedrichsplatz an. Die Bushaltestelle war nicht allzu weit davon entfernt. Fast 14 Tage lang begleitete mich Mama zur Schule, dann ließ sie mich schon ein letztes Stück alleine gehen und sie sah, dass alles klappte. Es war für mich auch schön zu wissen, dass meine beiden Schwestern im gleichen Schulgebäude Unterricht hatten. In den Pausen kamen wir zusammen und aßen unser Frühstück. Milch bekamen wir auch in der Schule, wenn wir mochten. Wie ich schon einmal kurz erwähnte, war diese Schule streng zwischen Mädchen und Jungen getrennt. Das war eigentlich nicht gut, naja – es war eben dort so. Mama stand immer pünktlich bei Schulschluss vor dem Gebäude oder in dem angrenzenden Park, dem Friedrichsplatz, der mit vielen Blumen, Sträuchern und Bänken ausgestattet war. Sie erledigte während meiner Schulstunden einiges in der Stadt, denn es lohnte sich nicht, in dieser Zeit nach Hause zu fahren. Ich war zunächst froh darüber. Aber sie zeigte mir genau, wenn ich mal alleine heimkommen wollte, an welcher Haltestelle ich in welchen Omnibus einsteigen musste. Fahrgeld hatte ich immer dabei. So vergingen einige Tage. Sie holte mich noch täglich ab und alles war gut so. Ich lief die letzten ca. 50 Meter alleine zur Schule. Ich winkte ihr noch zu und sie war bald nicht mehr zu sehen. Als ich ins Schulgebäude gehen wollte, kamen mir einige Kinder entgegen und sagten, dass wir heute keine Schule, also keinen Unterricht haben. Es kamen immer mehr Kinder an, die ins Gebäude wollten, aber immer wieder hörte man, dass wir heimgehen können. Was also machen? Mama war längst weg und ich würde sie in der Stadt gewiss nicht finden. Alles raste in meinem kleinen Köpfchen. Geld hatte ich ausgerechnet an diesem Tage nicht bei mir. Bus fahren konnte ich also nicht und alleine war ich sowieso auch noch nie gefahren. Also trottete ich die Straßen entlang, denn ich wusste die Richtung, wo es heimwärts ging. Wäre ich stramm gegangen, wäre ich einer halben Stunde zu Hause gewesen, aber ich aber trappelte, mich immer wieder orientierend, ich glaube so eine gute Stunde mit meinen kleinen Füßen nach Hause. Ganz aufgeregt war ich und wünschte mir nur, dass Mama mir begegnen möge. Aber nichts da. Ich war ja schon auf dem nun geradeaus führenden Weg, direkt neben der Hauptstraße und dem Fahrradweg und da war ich ja bald zu Hause. Ich gelangte auch unbeschadet an, aber Mama war noch nicht da. Ich setzte mich vor das Tor und siehe da, sie kam. „Gott sei Dank", waren ihre ersten Worte und umarmte mich. Gerdel, mein Tschipele, warum bist du schon hier und bist du ganz alleine nach Hause gelaufen? Ich erzählte, dass die Schule ausfiel und da musste ich doch irgendwie nach Hause kommen. Wie mir dann Mama erzählte, ging sie wie immer zu der Schule, um mich abzuholen. Es kam ihr der Lehrer mit Namen Waschowiak entgegen und berichtete, dass wohl ein oder mehrere Kinder die Lüge verbreiteten, dass heute kein Schulunterricht stattfinden würde. Als der Lehrer vor einer fast leeren Klasse stand, schickte er die restlichen Kinder auch nach Hause. Mama sagte mir noch, dass ich in Zukunft nur auf einen Lehrer oder auf eine Lehrerin hören sollte und nicht auf irgendwelche Kinder. Na, es war ja trotzdem alles gut gegangen. Anni wechselte mit dem Einverständnis unserer Eltern und des Schulrates in eine andere Schule und zwar in eine kleinere Schule bei uns im Stadtteil Oppelns. Auch mich „versetzten" sie nach einem viertel Jahr in die erste Klasse in dieser Schule. Ich wollte es auch. Anni war ja schließlich auch da. Erika befand sich zu dieser Zeit schon in einer der letzten Klassen und wollte deshalb die Schule nicht mehr wechseln. Zudem war sie immer öfter bis spät Nachmittags bei ihrer Freundin. So kam ich also in eine andere Schule, die nur ein Stockwerk hatte. Im unteren Bereich waren vier Klassenräume und oben nur drei. Dafür gab es einen großen Bodenraum, der für viele aufzubewahrenden Gerätschaften diente und auch als Filmvorführungsraum benutzt wurde. Für mich war die neue Schule natürlich wieder eine Umstellung, aber es waren nette Mädchen in der Klasse und man staune – auch Jungen. Ungefähr fünfzig Kinder fasste unser Klassenraum und war somit voll besetzt. Jede Stunde gab es eine kurze Pause. Die „Zehnerpause" war dafür 20 Minuten lang. Da konnte man in dem unmittelbar neben dem Schulgebäude befindlichen „Kramladen" auch mal etwas kaufen gehen. Offiziell war es nicht erlaubt, aber so genau konnte keine Lehrkraft alle Schüler in den Pausen beobachten. Wichtig für mich war auch, dass Anni und ich in den Pausen zusammenkamen. Natürlich zog es sie zu ihren Klassenkameradinnen und diese alberten nur so um die Wette. Anni war zu dieser Zeit, meine ich, schon in der fünften Klasse und ich bin ja erst Ostern eingeschult worden. Jetzt war es Sommer und der Schulhof musste vor den Pausen vom Hausmeister öfter nass gesprengt werden, damit wir beim Jagen und Fangen spielen nicht im Staub versinken. Ja, so ein Schulhof wie in der Stadt am Friedrichsplatz war das bei weitem nicht, aber ich möchte sagen, viel persönlicher und gemütlicher war die Schule. Jedenfalls gab es kein Kind, dem man in den Pausen nicht ab und zu begegnet wäre. Man kannte sich also. Wenn die Pausen zu Ende waren, wurde mit der Hand eine Glocke geläutet. Durch die in den Pausen offene, große Schultür schallte es ganz laut in den Hof hinaus. Nun mussten sich die Klassen in Zweierreihen aufstellen und nur wenn die aufsichtshabende Lehrkraft mit Handzeichen uns zu verstehen gab, dass wir ins Gebäude konnten, marschierten wir los. Gesittet, versteht sich. In der Klasse selbst hatte Ruhe zu herrschen, was nicht so leicht war. Wir alle brabbelten doch gerne noch etwas. Der Herr Lehrer kam rein und alles verstummte. Heute würde man sagen, da war noch Zucht und Ordnung dahinter. Ich sehe es aber doch aus der heutigen Sicht etwas anders. Zu unterwürfig finde ich es. Das Kind hatte dem Erwachsenen also immer Folge zu leisten. Ja, wir alle wurden so allmählich „gedrillt" in dieser nationalsozialistischen Zeit. Selbstbestimmung und Aufbegehren waren für uns ein Tabu. Viele junge Menschen von heute, können das absolut nicht verstehen. Es war ein anderes System damals aufgebaut worden und unmerklich fügten wir uns in diese Begebenheiten. Ein wenig Strenge und Durchgreifen würde sicherlich manchen jungen Menschen heute vor Verwahrlosung und Abdriften schützen. So sind die Zeiten eben anders geworden und was tun wir heute? Wir fügen uns also wieder! Ist das gut so?

Auch in meiner Schule gab es damals Unruhe. Unser guter Lehrer wurde zum Militär eingezogen und fiel in Polenfeldzug. Unsere neue Lehrerin verkündete es uns und wir waren sehr traurig darüber. Die ältliche Lehrerin war eigentlich auch sehr nett. Das „Fräulein Tschauder" mochte ich ganz gerne. Sie hatte so etwas Mütterliches. Das erste Jahr ging so schnell herum und bis ich mich versah, wurde ich in Klasse zwei versetzt. Mir machte das Lernen Spaß, jedenfalls bis dahin. Es war ja noch alles recht einfach, obwohl einige meiner Schulkameradinnen schon Schwierigkeiten hatten. Oftmals bekamen wir Märchenfilme gezeigt. Das war dann immer ein besonders schöner Schultag. Natürlich waren das alles Stummfilme und ein Helfer war stets dabei, um die Filmspule gleichmäßig mit der Hand abzudrehen. Auf dem Dachboden, wo die Filmvorführungen immer stattfanden, war so ein eigenartiger Geruch. Es roch nach alten Büchern. Nicht unangenehm, aber der Geruch, so ist mir, habe ich heute noch in der Nase. So gibt es ja viele Gerüche, die man im Leben nie vergisst. Sicherlich geht es vielen Menschen so.
Anni sah ich weiterhin in den Pausen. Das war für mich sehr beruhigend. Manchmal tauschten wir auch unser Frühstück aus oder sie gab mir etwas zu trinken. Meist aber kicherte sie mit ihren Freundinnen herum und kümmerte sich nicht um mich. Ich kam ja auch alleine gut zurecht. Nur

hielt ich mich in den Pausen von den Jungs fern. Die waren immer gleich zu grob und machten nichts wie Blödsinn. Das war für mein Gemüt gleich gar nichts. In einer Zehnerpause hatte sich Anni mit ihrer besten Freundin vom Schulhof entfernt. Jemand munkelte, dass eine Leiche in der Oder zu sehen war. Die Oder war ja in unmittelbarer Nähe und der Hafen auch. Wie Anni uns später erzählte, hasteten beide an die Oder und da, wo schon viele Leute standen, da lag auch die Leiche. Tatsächlich – eine männliche Leiche. Man fischte diesen jungen Mann gerade heraus. Anni bekam einen mächtigen Schreck, als sie den Namen unseres Cousins 2. Grades hörte. Tatsächlich – es war Herbert. 18 oder 19 Jahre war er. Gestern, am Sonntag noch, sagte er zu unserem Vater noch freudestrahlend. „Onkel Erich, ich habe endlich auch einen Einberufungsbefehl bekommen. Morgen früh muss ich mich melden." Herbert wollte durchaus Soldat werden. Er soll den Sonntag über regelrecht gefeiert haben und auch noch in den späten Abendstunden mit Freunden direkt an der Oder. Er wurde die ganze Nacht über vermisst und nun? Herbert war tot, sein Wunsch Soldat zu werden, ging nicht in Erfüllung. Anni und Freundin Keta vergaßen den Unterricht und kamen fast eine Stunde später erst wieder zur Schule zurück. Beide wurden vor der ganzen Klasse gerügt, aber als Anni sagte, dass ein Verwandter ertrunken sei, erließ man ihr eine Strafe. Beide bekamen, so glaube ich, nur mehr Hausaufgaben als die anderen auf. Wir bedauerten sehr, dass Herbert so sterben musste und er tat unserer ganzen Familie leid – vor allem die Eltern. Mama tröstete, so gut sie konnte Herberts Mutter. Es gab in der Oder ab und zu Wasserleichen. Nach so einem Vorfall verging uns erst einmal die Lust, in der Oder zu baden. Ich war so zwischen neun und zehn Jahren alt, da besuchte ich öfters das Schwimmbad, unser Stadion. Wir sagten immer nur, wir gehen ins Stadion, weil es da mehrere Schwimmbecken gab. In diesem Stadion gleich mit integriert, fanden großen sportliche Wettkämpfe statt. Dieses Stadion konnte sich sehen lassen. Da war aber auch alles vorhanden. In dem Schwimmareal also, versuchte ich schwimmen zu lernen. Das war mir jedenfalls sicherer, als in der tiefen Oder. Anni, Erika und manchmal auch Mama oder Papa beobachteten mich bei meinen Schwimmübungen. Natürlich gab es da auch einen Bademeister, doch wenn ich den schon sah, bekam ich es mit der Angst zu tun. Er sah nicht nur grimmig aus, er drillte die Kinder und schrie sie auch an. Na, so einer war bei mir nicht ins Konzept passend. Ich versuchte immer wieder bei meinen Schwimmbewegungen den Kopf endlich etwas länger aus dem Wasser ragen zu lassen und jedes Mal ging es schief. Die Tiefe des Beckens war so, dass man sich immer noch hinstellen konnte. Eines Tages hatte ich es doch geschafft, den Kopf über Wasser zu halten und immer öfters bettelte ich Mama mindestens zwanzig Pfennig ab, um ins Stadion gehen zu können. Zehn Pfennig kostete es Eintritt und dafür bekam man auch noch eine Kabine, also einen schmalen Spind für die Kleidung. Ich selbst habe nie so einen Spind bekommen. Es hieß immer, Kinder bekommen ihn nicht. Na denn. Unsere Klamotten, ich war ja immer mit Freundinnen da, hatten wir selber im Auge. Zwei Schnitten Brot hatte ich auch meist dabei. Für zehn Pfennige konnte ich mir auch ein großes Glas Zitronenlimonade kaufen. Das Anstehen um so ein Glas Zitrone, dauerte oft sehr lange. Ich Kleine wurde von brutalen Erwachsenen meist unwirsch zur Seite geschoben und ich fragte mich da schon, warum ich gerade geschoben werde, warum ich? Ich hatte da schon das Gefühl, dass ich immer irgendwie Pech hatte. Schlimm war es, als ich auf dem Weg zum Stadion, der ca. 20 bis 25 Minuten dauerte, mal „musste" und meinen ganzen „Klamüser" in die Hände eines Mädchens gab. Was soll ich sagen? An der Stadionkasse angekommen, merkte ich, dass in meinem kleinen Stofftäschchen kein Geld mehr war. Wo war das Geld? Ohne Geld kein Einlass. Es war damals ein schlechtes Mädchen dabei und ich war ziemlich sicher, diese hatte mir das Geld geklaut. Lachend gingen die Mädels, die Unguten, ins Schwimmbad und ich in dieser großen Hitze wieder nach Hause. Ein zweites Mal bin ich an diesem Tag nicht mehr hin gelaufen. Mit diesem einen Mädchen, ging ich nie wieder. Sie hatte mein Vertrauen verloren. So ähnlich geht es mir heute noch, wenn mich jemand tief enttäuscht. Meine Eltern haben mich gelehrt, ehrlich und aufrichtig zu sein, das sowieso meinem Naturell entsprach. Nie hätte ich jemanden etwas weggenommen, so ganz heimlich, aber da fällt mir doch tatsächlich eine Begebenheit ein, wo ich in einem Kaufhaus etwas „erwarb", was ich nicht bezahlt habe. Ich werde es wohl nie vergessen. In der „EHAPE", einem Kaufhaus in Oppeln, gab es so genanntes „Kunstobst". Äpfel, Birnen, Bananen, Trauben usw. waren aus gewachstem Pappmaschee. Aber richtig echt aussehend. Alle Leute die von dieser großen Schütte etwas kaufen wollten, suchten sich das passende Obst heraus. Es war ganz billig. Mich faszinierte es auch und wollte nun auch so eine Birne, die mir am besten gefiel, kaufen. Auch ich hielt die Birne so wie es die Leute taten in der Hand und das Geld dazu auch. Ich bekam plötzlich einen gewaltigen Schubs, sodass ich zur Seite flog. Die Birne und das Geld hatte ich aber noch fest in der Hand. Aber so viel und so lange ich mich auch bemühte, diese Birne endlich zu bezahlen, ich kam nicht dazu, da der Andrang sehr groß war. Ich meine, diese Birne hat 20 Pfennige gekostet. Was sollte ich machen? Ich konnte nicht bezahlen. Langsam und mit schlechtestem Gewissen, ging ich aus der Kaufhalle, die Birne offen in meiner Hand tragend. Ich weinte. So etwas ist mir noch nie passiert, denn öfter schon konnte ich irgendwas einkaufen gehen. Ich hätte mit dem nächsten Bus heimfahren können, aber ich lief nach Hause. Ich hatte direkt Angst, mit diesem unbezahlten Stück heimzukommen. Ich weiß auch nicht, warum ich dann nichts von dem Vorfall erzählte. Mama lobte mich und freute sich sehr über diese Kunstbirne. Ich glaube, an diesem Abend zog ich mich beizeiten ins Bett zurück. Viele Wochen später – ich musste immer noch daran denken – sagte ich es Mama. Sie schaute mich ein wenig ungläubig an und sagte schließlich zu meiner Erleichterung, dass sie die von mir beschriebene Verkäuferin kenne und sie es bei der nächsten Gelegenheit erledigen werde. Ich vertraute Mama und es war mir urplötzlich ein Stein von der Brust genommen. Aber vergessen habe ich den Tag bis heute nicht. Auch in kleinsten Dingen war ich immer ein grundehrlicher Mensch und ich denke, so kommt man besser durchs Leben. Es heißt doch: „Ein gutes Gewissen ist ein sanftes Ruhekissen".

Im darauf folgendem Jahr wagte ich mich in Begleitung meiner großen Schwestern, in der Oder zu schwimmen. Ich fühlte mich sicher, das war wichtig. Die meisten meines Alters, hatten Schwimmen noch gar nicht gelernt und diese staunten nicht schlecht, als sie mich munter drauflos schwimmen sahen. Ich wagte sogar, die Schiffseinfahrtsschneise zum Verladehafen zu durchschwimmen. Viele schwammen darüber, denn da konnte man, wenn man wollte, sich stundenlang auf einer so genannten Landzunge aufhalten. Viele Kroatzbeeren, also Brombeersträucher, gab es da und auch ich aß mir den Bauch voll. Meine Schwestern mahnten mich meist zur Rückkehr. Junge Kerle hatten auf dieser anderen Seite so eine Art Sprungbrett gebaut. An einer tiefen Stelle also konnte jeder kopfüber ins Wasser springen. Als das Brett mal leer war, wagte auch ich mich an die vorderste Spitze. Ein Angsthase war ich! Immer verließ mich der Mut – ich wollte zurück, aber da bekam ich schon einen Schubs von einem, der auch springen wollte und ich landete natürlich voll im tiefen Wasser. Ich saß förmlich am Boden, die Augen geschlossen und fühlte mit den Händen Sand und Steine. Sicherlich fing ich aus Panik an, mit den Armen zu rudern und plötzlich war ich auch wieder an der Wasseroberfläche. Ach, war ich froh und Anni sagte noch: „Warum bist du denn da gesprungen?" Eine ganze Weile musste vergehen, ehe ich mich entschloss, wieder ans andere Ufer zu schwimmen. Das blieb in meinem Leben jedenfalls das einzige

Taucherlebnis. Schwimmen blieb trotzdem mein schönster Sport. In den so genannten schulischen „Leibesübungen" war ich eine Niete. Ja, es war so! Wettlaufen oder Ballweitwurf – das war immer eine Blamage. Radfahren, das lernte ich mit Papa sehr früh. Er bastelte mir ein Rad zusammen, das zwar eine Stange, wie bei den Herrenrädern hatte, aber durch etwas kleinere Räder doch niedriger war. Es machte mir großen Spaß zu radeln und Papa nahm mich immer öfter im „Schlepptau" mit, wenn es um weitere Strecken ging. Ach, war das herrlich. Ich beherrschte das Radfahren immer besser und ich wagte auch alleine etwas weitere Strecken. Unsere Gegend um Oppeln herum war ja total eben. Da bedurfte es keiner großen Anstrengung. Was mir Papa aber auf den Weg gab, war Flickzeug. Oft genug hatte ich ihm beim Fahrradflicken zugeschaut und einen Schlauch schon selbst repariert. Schnellreparaturen führte er aus und arbeitsaufwendigere Reparaturen, die natürlich auch besser hielten. Vor allem durfte die Luftpumpe nicht fehlen. Es war schade, dass nicht allzu viele Kinder ein Fahrrad besaßen. Eines war fast in jeder Familie vorhanden, aber das wurde von Erwachsenen benutzt. Ich weiß, dass ich mit meiner Freundin ein paar Kilometer weit wegfuhr. Wir kannten da ein großes Feld mit reifem Mohn. So ehrlich wie ich sonst war, so pflückte ich mir viele, viele große Mohnkapseln in die Taschen. Komischerweise sah ich das nicht als „geklaut" an. Es gab ja so viele davon. Die Krone einer reifen bräunlichen Mohnkapsel habe ich aufgehoben, die in der Kapsel befindlichen vielen Samenkörner in die hohle Hand geschüttet und in den Mund gesteckt. Durch fleißiges kauen entstand ein prima Geschmack und ich wurde richtig satt davon. Wenn ich am Abend todmüde ins Bett fiel, hatte es wohl seinen Grund. Nicht das viele Fahrradfahren hatte mich müde gemacht, sondern das Opium, das beim Mohnkauen freigesetzt wurde und im Körper seine Aufgabe erfüllte. Damals aber hatte sich keiner Gedanken darüber gemacht und außerdem war das gerade so viel, dass jemand müde wurde, aber keinerlei Schaden davon trug. In jeder Familie gab es pfundweise Mohn, weil sehr oft ein schmackhafter Mohnkuchen gebacken wurde. Mama konnte auch hervorragend Kuchen backen. Sie erzählte uns Kindern lachend folgende Geschichte. Als ganz junge Ehefrau wollte sie auch, so wie andere, selbst einen Kuchen backen. Einen echt schlesischer Streuselkuchen sollte es sein. Mehl, Zucker, Butter, Hefe und Milch, alles besorgte sie sich, verarbeitete und knetete den Teig, setzte dicke Streusel an Streusel und brachte das große Kuchenblech zum Bäcker, der ihn mit vielen anderen Kuchen abbackte. Kleiner Kuchen wurden auch mal zu Hause gebacken, aber die meisten Leute ließen gegen ein geringes Entgelt, den Kuchen vom Bäcker abbacken. Ein Namensschildchen steckte immer in einer Ecke des Kuchenbleches, denn oftmals ähnelten sich die Kuchen sehr und Verwechslungen wurden somit vorgebeugt. Mama erzählte weiter, dass sie ihren Kuchen erst am späten Nachmittag beim Bäcker abholen konnte und dieser sie schon empfing und wie entschuldigend zu ihr sagte, dass er nicht ganz verhindern konnte, dass das gute Marzipan teilweise vom Kuchenblech lief. Marzipan? Mama stutze: „Ich habe kein Marzipan in dem Kuchen." Da erzählte sie dem Bäcker, wie viel Butter sie für den Teig und für die Streusel genommen habe. Der Mann schlug die Hände über dem Kopf zusammen. „Kein Wunder", sagte er. „Der ganze Kuchen schwimmt also nur so in Butter. Na, liebes Frauchen, das nächste Mal machen sie es anders" und er gab ihr wertvolle Tipps. Ja, so erzählte Mama es uns und sagte, dass sie doch einen besonders guten Kuchen für ihren Erich backen wollte und da fand sie Butter natürlich sehr vorteilhaft dafür. Wir amüsierten uns alle, wie sie das so erzählte. Sie hatte nie backen erlernen können. Ihre Mutter verstarb, als sie im achten Lebensjahr war. So klein wie sie war, hatte sie mit einfachen Mitteln täglich eine Suppe für ihren Vater und ihren Bruder Paul, der ca. vier Jahre älter war, gekocht. Vater kam abends sehr müde von der schweren Zementwerkarbeit nach Hause. Manchmal, so sagte sie, kam eine freundliche Nachbarin, die uns allen etwas zu essen brachte. Keiner hatte damals viel übrig, aber ab und zu gab es doch gute Menschen. Mamas Vater revanchierte sich, in dem er Schuhe besohlte. Das konnte er perfekt. Schuhe mussten schon immer so lange wie möglich halten und wurden immer wieder an die Jüngeren weiter gegeben. Absatzgummis wurde von alten Fahrradmänteln zurecht geschnitten. Das wurde auch noch im 2. Weltkrieg praktiziert. Natürlich waren die nicht ganz so lange haltbar wie fertig gekaufte, aber die Schuhe wurden eben öfters besohlt. Wenn ich daran denke, wie in der jetzigen Zeit mit Schuhen umgegangen wird… Der Schuster hat meist nur „Absätzchen" zu machen oder die dünnen Riemchen der Damenschuhe wieder anzunähen. Schuhe besohlen lassen? Diese Leute sind rar geworden – höchstens Ältere, so wie ich wissen, dass es sich bei Lederschuhen immer lohnt. Eher haben heutzutage die orthopädischen Schuhmacher zu tun. Eben durch die Schuhmode, die oft den Füßen eher schadet als nutzt, werden die Füße kaputt gemacht. Nicht selten gibt es auch Knöchelbrüche, wegen der hochhackigen Schuhe. Männer haben doch ein wenig bequemeres Schuhwerk – auf hochhackigen Absätzen müssen die wenigstens bis heute noch nicht herumlaufen. In schlechten Zeiten wurde sowieso immer viel improvisiert, experimentiert und ausprobiert. Zu der

Zeit, als Mama noch ein Kind war und sicherlich mit allem sehr überfordert war, klangen Worte ihres Vaters zunächst sehr gut. Er sagte: „Ich kenne eine Frau, die wird für uns alle kochen und waschen. Sie wird bei uns wohnen und ihr beiden, du und Paul, bekommen auch noch Kinder, die mit euch spielen können." Wie gesagt, es klang zunächst ganz gut. Weiter sprach Vater Pius, dass er diese Frau – die so glaube ich, schon vier Kinder hatte – auch heiraten werde. Nach kurzer Zeit kam die neue Familie tatsächlich ins Haus und ich meine, dass Mama uns erzählte, eine andere größere Wohnung bezogen werden musste. Acht Personen sind sie plötzlich geworden. Sie sagte, dass es anfangs auch ganz gut ging. Wenn der Vater heim kam, erkundigte er sich stets bei Mama und Paul, ob alles in Ordnung war. Aber lange hielt das nicht an. Die Mädchen der neuen „Mutter" waren verlogen. Sie stellten irgendetwas an und Mama soll es gewesen sein. Aber Vater Pius sah nur seine Tochter und seinen Sohn an und da wusste er, dass er seinen eigenen Kindern vertrauen konnte. Natürlich nahm die Stiefmutter ihre Kinder in Schutz, auch wenn alles ziemlich offensichtlich war. Mama erzählte uns, wie sie beim Mittagessen von den Stiefschwestern arg bedrängt wurde. Alle aßen sehr schnell ihren Teller leer und dann beugten sie ihre lausigen Köpfe über Mamas Teller und klauten auch mit den Fingern das Gute heraus. Vor Ekel geschüttelt, zumal noch Rotznasen im Spiel waren, lief Mama vom Tisch weg. Da stürzten die anderen sich über das Essen. So etwas kann man sich kaum vorstellen. Vater Pius sah, dass seine geliebte Tochter Auguste immer weniger wurde und nur noch weinte. Es schlug mächtig Krach. Das machte die Sache aber nur noch schlimmer. Wenn Mama vom Schulunterricht nach Hause kam, bekam sie nur noch die Reste zu essen und Schulaufgaben konnte sie nie ungestört erledigen. Immer öfter ging sie aus dem Haus, da es für sie kein wahres zu Hause mehr war. Immer öfter stand sie schon Stunden vor Feierabend vor der Fabrik ihres Vaters und wartete auf ihn. Mama meinte, dass ihr Vater es nicht nur einmal schon bitter bereut hatte, diese Familie geheiratet zu haben. Die kleine Auguste wuchs heran und die Pubertät begann. Als sie ihre Periode erstmals bekam, war sie zu Tode erschrocken – so erzählte sie es uns. Sie dachte nur: „Was habe ich, bin ich bin krank – vielleicht muss ich bald sterben?" Sie lief an die Oder und besah sich ihre Unterwäsche, die sich natürlich schon arg verfärbt hatte. Früher, das muss man wissen, gab es lange weiße Leinenunterhemden, die bis zu den Knien reichten. Sie zog also das vordere Ende nach hinten und umgekehrt. Nach kurzer Zeit sah das Hemd richtig „gefährlich" und sie zog es kurzerhand aus. Was jetzt tun? Es fing an zu dunkel zu werden. Sie

wollte ja nach Hause gehen, aber wenn die Stiefmutter etwas merkte...
Mama hatte Angst vor ihr, denn oft bekam sie Ohrfeigen, die sie absolut
nicht verdient hatte. Das Hemd zu einer Rolle gedreht, schlich sie langsam
in Richtung Stadt – dann ging sie wieder ein Stück zurück an die Oder und
da, wo ein paar dichtere Sträucher wuchsen, buddelte sie mit ihren Händen
ein Loch und vergrub ihr Unterhemd. Dann machte sie sich auf den
Heimweg. Vater hielt schon Ausschau nach ihr und war erleichtert als sie
endlich kam. Als Mama sagte, dass sie gar keinen Hunger habe und lieber
gleich ins Bett will, da ahnte ihr Vater doch etwas. Er forderte sie auf zu
erzählen, ob die Mädels sie wieder mal traktiert haben. Da musste Mama
immer und immer wieder beteuern, dass man ihr nichts angetan hätte. Aber
sie weinte und als Vater sie in den Arm nehmen wollte und die Bettdecke
etwas beiseite schob, sah er, dass seine Tochter an der Schwelle des
„Frauwerdens" stand. Viele liebe Worte und endlich eine Erklärung für
dieses Phänomen, hatte er für seine Tochter. Das alles hatte sie nicht
gewusst. Niemand hatte sie aufgeklärt und sie dachte schon, sie wäre ganz
schlimm krank. Nun hoffte sie nur, dass die Stiefmutter das gute Hemd
nicht vermisste. Dem war nicht so, denn Unordnung wurde bei dieser Frau
groß geschrieben. Man muss sich diese Zeit, wo man gewisse Dinge nur
hinter vorgehaltener Hand sprach, vorstellen. In allem musste sich mit
primitiven Dingen beholfen werden und Hygiene war fast ein Fremdwort.
Wenn Mama nicht von Natur aus ein sauberes Mädchen gewesen wäre und
immer auf etwas Sauberkeit geachtet hätte, na ich weiß nicht. Meine Mutter
tut mir heute noch leid. Sie hatte keine Mutter mehr, die sie liebkoste und
sie in vielen Dingen des Lebens anleiten konnte. Sie war ein wirklich
bedauernswertes Mädchen. Ich kann mir vorstellen, dass sie sehr froh war,
als sie später Papa kennen und lieben lernte. Sie sagte uns, dass sie sich bei
Papa so sicher und geborgen fühle. Mama hat sich erst in ihrer Ehe viele
Fertigkeiten erarbeitet. Nette Nachbarn haben ihr mit Rat und Tat beiseite
gestanden, denn wie ich schon erwähnte, war Papas Mutter für sie keine
Schwiegermutter, die sie sich so sehr gewünscht hätte. Aber darüber
erzählte ich schon.

Wenn die Sache nicht so ernst wäre, könnte man auch darüber lachen.
Mama erwartet ihr erstes Kind. Sie war tapfer und war eine starke junge
Frau. Ihr Bauch wurde dicker und dicker und irgendjemand sagte zu ihr und
Papa, dass es sicher zwei Kinder sind, die sie bekommen würde. Sie würde
sie bekommen, aber wie? Ja, aus diesem Bauch musste das Kind „raus",
das war klar – aber wie kamen die Kinder „raus"? Das muss man sich mal

überlegen – für uns ist es unmöglich in der heutigen Zeit einen Menschen nicht in allen Einzelheiten aufgeklärt zu wissen, nicht wahr? Aber Mama wusste nichts und Papa wusste auch nichts. Er selbst hatte sieben Geschwister, doch da er der jüngste war, konnte er die Schwangerschaften seiner Mutter nicht im Entferntesten nachvollziehen oder irgendetwas davon verstehen. Mama wusste aber wenn Bauschmerzen auftreten, sie ins Krankenhaus muss. Es war eines Tages so weit. Beide gingen zum Krankenhauseingang und Papa, so erzählte sie, sagte ihr, dass sie sich freuen soll und das er sich auch schon freute. Mit Küsschen hätten sie sich verabschiedet und sie wusste noch genau, was sie zu ihm sagte. „Geh aber nicht von hier weg, so lange wird es ja nicht dauern und dann gehen wir mit dem Kind gemeinsam nach Hause." Ach du liebe Güte! Keine Ahnung hatte sie, wie so eine Entbindung von statten geht. Sie hätte nur groß gestaunt, sagt sie, wo so ein Kind nun tatsächlich zum Vorschein kam. Zwölf Pfund wog mein Bruder Fred, ja zwölf Pfund! Ein Riesenkind! Darum war Mama so rund gewesen. Aber als sie der Hebamme sagte, dass sie jetzt heim will und ihr Mann unten vor dem Tor auf sie wartet, da musste sie doch lächeln. Sie schickte natürlich Papa nach Hause. Es klingt regelrecht mittelalterlich so eine „Geschichte" aber so etwas hatte meine Mutter tatsächlich erlebt. Nach meinem Bruder Fred kamen wir „Fünfe" noch zur Welt, in einer Zeitspanne von 21 Jahren. Alle Kinder hatte sie dann daheim zur Welt gebracht. Wenn ich darüber so nachdenke, wie die Zeit, als meine Eltern jung waren, wohl alles andere als leicht gewesen sein muss, kann ich direkt traurig werden. Wichtig war immer eine gesunde Familie zu haben und natürlich regelmäßige Arbeit. Täglich ausreichend zu essen und alles war gut.

Von damals bis heute hat sich auf der ganzen Welt sehr viel verändert, wie in keinem anderen Jahrhundert. Noch leben, so wie ich auch, ein paar Zeitzeugen. Nicht mehr lange und man wird alles nur noch nachlesen können, wie die Menschen früher lebten und keiner kann mehr selbst das Erlebte erzählen. Und warum schreibe ich es auf, wie meine Kindheit war? Weil ich schon jetzt leider nicht die Gelegenheit habe, meinen Kindern und Enkeln vieles zu erzählen. Nur ein paar Mal im Jahr kann ich meine Lieben in die Arme schließen, der kilometerweiten Entfernung wegen. Aber vielleicht wirst du oder du einmal diese Zeilen etwas nachdenklicher lesen, vielleicht kannst du dich in einige von mir beschriebene Situationen hineindenken. Vielleicht liest gerade du es nicht nur so wie man halt eine Geschichte oder ein Märchen liest, ja – vielleicht bist gerade du es, der mich versteht, auch wenn ich längst nicht mehr bin – das wäre ein Wunsch von mir. So will ich also weiter in meinem „Steppel" (Kopf) kramen und alles niederschreiben.

Ich kam in der Schule gut voran. Die Zeugnisse waren gut und meine Eltern lobten mich. Ich merkte täglich, dass ich die letzte Schulstunde geradezu herbeisehnte. Immer öfter wurde ich sehr schlapp und müde. Ich konnte mich manchmal kaum noch konzentrieren. Gott sei Dank merkte es keiner. Ich bin ja nicht eingeschlafen, aber ich kämpfte immer wieder gegen diese schreckliche Müdigkeit an. Ich war immer sehr blass. Scheinbar war ich der Typ wie mein Vater. Der war auch nicht gerade rotbackig. Jedenfalls ging Mama mit mir zum Arzt, der mich wiederum an einen anderen weitergab. Dieser Stadtarzt fand mich viel zu mager und zu blutarm. Er schlug vor, mich in Erholung zu schicken. Mama bat sich Bedenkzeit aus und wollte zunächst mit Papa darüber sprechen. Ich war ganz traurig, weil ich mir vorstellte, wie es sein könnte, so weit weg von Zuhause zu sein. Aber, um mir etwas Gutes zu tun, willigten meine Eltern ein und der Termin zur „Erholung" wurde festgelegt. Es war so um den 10. November 1940 in etwa und die Reise sollte nach Zinnowitz an der Ostsee gehen. Auf der Landkarte sah ich wie weit es ist, aber in Wirklichkeit war es ja noch sehr viel weiter. Kurz und gut, es wurde ein Koffer gepackt. Wir hatten einen Zettel bekommen, wo alles Wichtige darauf stand. So auch nicht mehr als fünf Mark und auch kein Spielzeug. Alle trösteten mich und sprachen mir Mut zu. Ossi war nämlich auch schon mal in Erholung gewesen und es gefiel ihm, so glaube ich, nicht allzu schlecht. Es war beschlossene Sache, dass ich fahre und bald ging es zum Bahnhof. Zuvor drückte ich noch mal meine Puppe „Bubi" ans Herz. Am Abend musste losgefahren werden. Mit gemischten Gefühlen stieg ich in den Zug. Mama und Papa gingen noch mit ins Abteil und eine „Schwester" nahm sich meiner und den anderen Kinder an. In Oppeln selbst stiegen ca. fünf Kinder in den Zug, die auch zur Erholung wollten. Die Verabschiedung von meinen Eltern ging so plötzlich und so schnell und schon setzte sich der Nachtzug in Bewegung. Mir war ganz mulmig zumute. Mein Koffer mit meinem Namen darauf wurde ins Gepäcknetz gehievt, die Tasche und noch eine in Papier gewickelte Kaffeeflasche hielt ich fest im Arm. Ich saß, so wie alle anderen, auf einer harten Bank. Es war ein kleines Abteil für höchstens zehn Personen, fünf auf der einen und fünf auf der gegenüberliegenden Seite. Ein besonders kleines Mädchen saß mir mit ihrer etwas älteren Schwester gegenüber. Diese beiden schienen sehr lustig und lachten oft. Ich konnte sie absolut nicht verstehen. Ich fand mich ja so einsam und verlassen. Ich war da zwar schon neun Jahre alt, aber so alleine unter Fremden und auch noch im Zug, das hatte ich noch nicht erlebt. Die fünf Kinder also, die auch in Oppeln zugestiegen waren, hatten auch ein großes Schild um den Hals gehängt bekommen, so wie ich, damit wir nicht „verloren" gingen. Da stand Name, Adresse und das Ziel der Reise darauf. Es war sehr düster im Abteil, denn die Fenster waren mit Rollos verdunkelt. Sicher, es war zwar Nacht geworden, aber man darf nicht vergessen, dass wir im zweiten Kriegsjahr und die Bombardierungen in vollem Gange waren. Natürlich wurden wir belehrt, dass der Feind sehr böse war und wir als Kinder mussten ja alles oder sollten alles glauben. Adolf Hitler war an der Macht und viel Schlimmes stand uns noch bevor. Im Zugabteil fühlte ich mich immer unwohler. Ich musste mal pullern, aber ich traute mich nicht zu fragen, wo ich ein Klosett finden konnte. Ich hielt also ein, bis endlich andere Kinder auch „mussten", da ging ich mit. Sehr lange kam mir die Bahnfahrt vor. Als der Zug stehen blieb, dachte ich schon, wir wären am Ziel. Aber der Zug musste in völliger Dunkelheit stehen bleiben. Uns wurde gesagt, bald ginge es weiter und als es hell wurde, waren wir in Berlin. „Alles aussteigen!" rief unsere Betreuerin und jeder bekam seinen Koffer in die Hand gedrückt. Eine riesige Halle empfing uns und wir wurden zur Eile ermahnt, da wir den Anschlusszug erreichen mussten. Für mich unübersehbar viele Treppenstufen mussten mit dem Gepäck bewältigt werden. Schon auf einer der ersten Stufen der Treppe, die in eine andere Gleisebene führte, riss mir die eine Seite des Koffergriffes ab. Herrjemine! Immer nur zwei bis drei Stufen schaffte ich den Koffer hinauf, zumal ich noch eine kleine Tasche und die Flasche in der Hand hatte. Ich war verzweifelt und Angst erfasste mich, denn ich habe kaum mehr die Kinder mit der Betreuerin gesehen. Die waren längst schon oben. Ein freundlicher Mann sagte plötzlich zu mir: „Komm, ich trage dir den Koffer." Was war ich froh! Nun hörte ich zu allem Übel, dass wir auf dem falschen Bahnsteig waren. Also wieder runter und dann wieder rauf. Ich strengte mich so gut es ging an, den Koffer, der immer schwerer zu werden schien, zu schleppen. Abwechselnd steckte ich mal den Zeige, Mittel oder Ringfinger durch die kleine Metallöse am Koffergriff. Erst bei den allerletzten Stufen im Bahnhof, merkte unsere „Tante", dass ich stehen blieb und nicht mehr weiter konnte. Das mir nicht alleine von den schmerzenden Händen die Tränen kullerten, bräuchte ich eigentlich nicht zu erwähnen. Wenn ich so daran denke, verspüre ich noch heute ganz deutlich meine Hilflosigkeit. Diese „Tante", unsere Betreuerin, schleppte mir den Koffer nun bis in den Zug hinein. Natürlich musste sie auf uns alle ein Auge haben. Wir waren auf einmal so viele Kinder – Mädchen und Jungen. Die meisten müssen wohl schon im Zug gesessen haben, als ich in Oppeln einstieg. Auf irgendeiner Station unterwegs, sind sicherlich auch noch Kinder zugestiegen. Der Zug bewegte sich nun wieder und ich weiß nur, dass wir in Stettin etwas Aufenthalt hatten und dann - oh Wunder - ohne ausgestiegen zu sein, mitten auf dem Wasser landeten. Wir schauten aus den Fenstern und sahen rechts und links nur Wasser. Die Lösung: Unser Zug fuhr auf ein großes Schiff, das auch Schienen hatte. Das war schon ein Erlebnis. Schließlich landeten wir im Laufe des Nachmittags, mit einiger Verspätung am Bahnhof in Zinnowitz an der Ostsee. Ich war froh, dass ich meinen Koffer nicht selbst tragen musste. Wir alle hatten nur auszusteigen und auf ein Fuhrwerk zu klettern. Einige Pferdewagen luden uns auf und in einem Extrawagen unser Gepäck. Bald waren wir im Zinnowitzer Heim für Jungen und Mädchen. Die Jungen wurden in ein anderes Gebäude dirigiert. Aber zunächst sah ich nur schwarzgekleidete Figuren. Uns empfingen Nonnen! Es war richtig komisch, keine andere Person zu sehen. Diese Nonnen, in ihren schwarzen Gewändern, gingen uns voran ins große Gebäude und hielten eine kleine Ansprache. Unser Gepäck wurde von zwei Männern abgeladen und wir sollten jeder unseren Koffer oder Tasche raussuchen und wieder ins Haus kommen. Was soll ich sagen? Mein Koffer war nicht dabei. Das Fuhrwerk fuhr ab und ich hatte keinen Koffer. Eine Nonne sah mich und rief mich rein. Ungläubig schaute sie, als ich sagte, dass ich meinen Koffer nicht habe. Ausgerechnet ich habe wieder so ein Pech, dachte ich mir. Ich ging ins Haus. Nun wurde alles gezeigt und wir befanden uns in einem großen Schlafsaal. Da sollten wir zunächst unsere Sachen in den kleinen Spind legen, uns die Hände im Waschraum waschen und dann wieder in den großen Speisesaal zurückkehren. Ich traute mich nicht, noch einmal zu sagen, dass ich keinen Koffer hatte. Wir bekamen etwas Warmes zu trinken und dann auch Abendbrot. Es war uns allen noch kalt. Schließlich hatten wir November und die Räume, so empfand ich, waren jedenfalls alles andere als warm. Ich sah mich um, alles fremd – alles Fremde. Ich, die immer so ein schönes Zuhause hatte – und hier? Inmitten der Masse von Kindern saß ich da. Plötzlich wurde mein Name aufgerufen. Ich streckte den Finger, so wie ich es in der Schule gelernt habe und sagte: „Hier!" Aber man hörte meine schwache Stimme nicht. Schließlich kam ziemlich unwirsch eine Nonne auf mich zu und rügte mich, weil ich mich angeblich nicht gemeldet hätte. Hier ist dein Koffer. Einer wird dich zu deinem Spind begleiten, dann packst du aus und stellst den Koffer zu den anderen im Nebenraum. Ich tat es und ging wieder zurück, wie befohlen. Aber die Kinder waren nicht mehr da und ich stand suchend herum. Eine Nonne bemerkte es und rügte mich wieder, weil ich scheinbar den Anschluss verpasste. Sie führte mich in einen Raum, der schrecklich stank. In Reih und Glied waren die Kinder gestanden und flott wurde einer nach dem anderen „abgefertigt." Bluse und Jacke musste aufgeknöpft werden, Haarspangen oder Schleife mussten abgelegt werden und schon bekam jedes Kind einen pulvrigen „Schuss" in die Kleidung hinein und über den Kopf. Es nahm mir förmlich die Luft. Schnell mussten wir den vernebelten Raum verlassen. Gegen Läuse war das Zeug. Das war am ersten Tag, das erste Erlebnis in dem Erholungsheim, wo ich nun sechs Wochen zu bleiben hatte. Übrigens, mein Koffer war versehentlich im „Jungentrakt" gelandet, darum wurde er mir erst später ausgehändigt. Ich fühlte mich vom ersten Tag an nicht besonders wohl. Alles sah so steril und geglättet aus. Wir mussten nach dem gemeinsamen Waschen, (ich fand es so schrecklich) gemeinsam unsere Betten genau nach Vorschrift selber machen. Während wir frühstückten, wurden die Betten inspiziert. Am Anfang mussten wir fast alle noch einmal unter Aufsicht die Betten erneut machen. Es wurde uns von Anbeginn gesagt, dass wenn irgendetwas im Schlafraum auf, vor oder unter dem Bett liegen bleibt, wir zehn Pfennige Strafe zu bezahlen hätten. Meine fünf Mark, die ich von zu Hause mitbekam, waren, wie auch bei den anderen, längst in Verwahrung genommen worden. Über jedes Kind wurde eine Liste geführt und so konnte automatisch für irgendetwas Geld einbehalten werden. Wir konnten uns also eine schöne Ansichtskarte bei einer Nonne an einem bestimmten Tag, zu einer bestimmten Stunde kaufen, dazu die Briefmarke. Wer keinen eigenen Bleistift hatte, konnte einen bekommen, natürlich gegen Bezahlung. Wenn ein Kamm kaputt ging, kaufte man einen Neuen. Mir kam im großen Waschraum meine Seife abhanden und so musste ich mir ein neues Stück kaufen. Eine kleine Haarspange hatte ich in der Eile am morgen auf dem glatt gezogenen Bett vergessen - zehn Pfennige Strafe waren fällig! Zu Unrecht wurde ich beschuldigt, zwei Zinken eines Kammes vor meinem Bett liegen gelassen zu haben – das kostete wieder zehn Pfennige (mein Kamm hatte keine Zinken verloren). Ich fand es so gemein und hatte diese eine, sehr strenge Nonne, im Verdacht, einfach so ab und zu Geld zu „kassieren". Es kam auch bei anderen Kindern vor, die etwas angeblich vergessen hatten, dessen sie sich nicht bewusst waren. Diese „guten" Nonnen! Ja, ich muss es einfach mal sagen, wie sehr ich von Anfang an – und nicht nur ich – von diesen Gottesdienerinnen enttäuscht war und noch heute bin. Warmherzig und gutmütig werden die Nonnen uns immer beschrieben. Sollten wirklich nur die Nonnen in Zinnowitz so böse gewesen sein?

Es war wieder der Tag, da ich schreiben konnte. Ungefähr die dritte Woche war ich schon da. Ich hatte so Heimweh. Mir schmeckte das Essen nicht mehr – aber essen musste ich. Ich schrieb also, dass ich so gerne daheim wäre und das die Tage schnell vorüber gehen mögen. Alles wurde ja gelesen und vor meinen Augen zerriss man mir die schöne Ansichtskarte. Ich solle so etwas nicht schreiben. Ich habe es doch so gut hier und Heimweh gibt es nicht. Ich kaufte mir eine andere Karte samt neuer Briefmarke. Ich setzte mich an die äußerste Ecke am langen Tisch und konnte meinen Tränen keinen Einhalt gebieten. Ich schrieb die Karte unter Tränen. Tinte wäre verwischt worden, Bleistift aber nicht. Wie glücklich war ich, als ich Post von Mama und Papa bekam. Aber da bekam ich erst recht Sehnsucht. Eines Tages bekam ich sogar ein Päckchen mit guten Sachen geschickt. Viele Bonbons waren auch dabei. Aber ich ahnte schon, was da kam. So wie bei den anderen Kindern, die etwas geschickt bekamen, wurde von der Schwester das Päckchen geöffnet und sorgfältig sortiert, damit jeder etwas davon abbekam. Ich dachte nur: „Wie gemein, das ist doch mein Päckchen." Aber so war es dort. Ich fühlte mich gar nicht gut. Immer beten und sogar in die katholische Kapelle gehen. Schön war es immer, wenn es hieß, dass wir einen Strandspaziergang machen wollen. Einmal jede Woche stand es auf dem Plan. Es war lausig kalt draußen und immer sehr windig. Wir konnten nach Bernsteinen suchen und wir fanden auch welche. Ich hatte zwar nur kleine Steine gefunden und ich wickelte diese in mein Taschentuch, das ich an einer Ecke zum Knoten band. Ach war das schön und so viel Wasser hatte ich vorher noch nie gesehen. Als die Sicht mal klar war, konnte man in der Ferne die Insel Rügen sehen. Einiges vom Meer haben wir erzählt bekommen und anschließend hatten wir im Heim einen Aufsatz zu schreiben. Ja, wir bekamen jeden Tag etwas Schulunterricht. Mir machte es nichts aus, aber vielen Kindern wurden ihre Niederschriften durchgestrichen und sie mussten alles noch einmal schreiben. Wir Kinder wurden nicht gut in diesem Heim behandelt. Ich erinnere mich noch genau an folgende Situation: Ein Mädchen, so ungefähr 11 Jahre alt, fühlte sich nicht wohl, hatte Halsschmerzen und Fieber. Sie bekam geschimpft, weil sie das Essen nicht „runter" brachte. Sie brach förmlich zusammen und wurde ins Krankenlager abtransportiert. Eine ganze Woche lag sie fest im Bett und keiner durfte sie besuchen. Eines

Mittags wurde sie zu uns rüber gelassen. Ach, wie sah dieses hübsche Mädchen aus. Ganz blass und wackelig war sie. Die Stimme klang so, als hätte sie einen dicken Kloß im Hals. Sie setzte sich zu uns und bekam das gleiche Essen wie wir alle. Wir waren längst fertig, da hatte sie noch den halben Teller voll. „Der Hals tut so weh", beklagte sie sich. Eine strenge Schwester ging zu ihr und versetzte dem bedauernswerten Mädchen einen ordentlichen Schlag mit der Hand auf ihren Nacken. In dem Moment erbrach sie sich. Das brachte diese „liebe" Schwester zur Weißglut und wir sahen noch beim Hinausgehen, wie sie noch eine versetzt bekam. Als wir nach zwei Stunden Bettruhe in den Saal zurückkamen, saß das Mädchen noch immer da und würgte Bröckchen für Bröckchen runter, auch das Erbrochene. Es schüttelt mich heute noch und ich weiß, dass dieses Mädchen ein Leben lang, sei sie auch noch so katholisch gewesen, allen Glauben an die guten Nonnen verloren hat. So schlichen die Tage für mich viel zu lange dahin. Es gab keinen Tag, an dem ich nicht weinte. Meistens im Klosett. Im Bett konnte ich nicht weinen und wenn, dann nur sehr leise unter der Bettdecke. Die ganze Nacht über wachte eine der Schwestern im Nebenraum. Ein kleines Fenster war in die Wand zum Schlafsaal eingebaut und wir mussten alle nach dem gemeinsamen Gebet, das ich manchmal nicht konnte, weil ich evangelisch bin, total verstummen. Wenn ein Kind noch etwas sagte oder kicherte, wurde es bestraft und das mit einem Stöckchen. Schrecklich, ein reines Martyrium war dieser Aufenthalt im Zinnowitzer Heim für mich. Immer öfter wurden wir gewogen und mir kam es vor. als wären meine Essensportionen immer größer geworden. Es gab nicht viel Abwechslung im Essen. Morgens und abends gab es jedenfalls immer dasselbe Essen. Nachmittags natürlich auch. Noch satt von den zwei riesigen Marmeladenstullen, nur Marmelade und keine Butter darunter, wurde zum Abendessen geklingelt. Immer dasselbe: Eine Haferflockenmilchsuppe, nur leicht gesalzen und vier Schnitten eines großen Brotlaibs. Für mich war es immer schwerer, diese Masse an Essen runterzuwürgen. Ausgerechnet ich hatte gerade den Teller leer, aber das meiste Brot noch zu essen, ging die Schwester mit den Topf durch die Reihen und ehe ich mich versah, hatte ich noch einen großen Schöpflöffel voll in meinem Teller. Ich kaute schon immer langsamer und fiel schon als „Langsamkauerin" auf. Ich sah auf meine beiden großen Schnitten, die ich noch zu essen hatte und ich wusste, ich schaffe es nicht. In einem Moment, wo ich mich unbeobachtet fühlte, schob ich die Butterschnitten seitlich in meinen Schlüpfer. Jawohl, Schlüpfer! Die Gummis an den Schlüpferbeinen hielten die Brote fest. Es war die einzige Rettung so zu tun, als hätte ich alles aufgegessen, damit ich endlich auch ins Bett gehen konnte. Wie ich das angestellt habe, die Brote bis ins Bett zu transportieren, weiß ich nicht mehr. Ich weiß nur, dass ich mir immer sagte: „Ich darf nicht schlafen, ich muss das Brot in der Nacht heimlich essen." Was soll ich sagen, es gelang mir, aber am Morgen hatte ich absolut keinen Hunger. Nichts durfte jemand zurückgeben. Alles musste aufgegessen werden. Die mästeten uns mit minderwertigem Essen, so sehe ich das heute. In den sechs Wochen Aufenthalt musste jeder zugenommen haben. Auch ich hatte zugenommen, zwei Pfund! Was war das schon in sechs Wochen? Tatsächlich nahte die letzte Woche meines „Erholungsaufenthaltes". Ich freute mich schon riesig auf den Spaziergang am Strand. Einige schöne Bernsteine hatte ich ja schon gesammelt und beim letzten Mal hoffte ich noch auf ein paar mehr. Da werden die daheim gucken, dachte ich mir. Wir formierten uns in Zweierreihen und tippelten zum Ostseestrand. Es war jetzt noch kälter geworden, denn mittlerweile war es Dezember 1940. Die Wellen schlugen ziemlich hoch und viel Schlick und alle möglichen Hölzer waren an Land gespült worden. An diesem Tage sind wir sogar der Jungengruppe am Strand begegnet. Nie vorher war das der Fall. Unsere Schwestern hatten ein Treffen sicher zu verhindern gewusst. Komisch! Wir alle waren doch in den Schulen und überall „gemischt" und hier? Heute denke ich, dass die keuschen Nonnen jeden Kontakt zu den Jungs vermeiden wollten, weil es auch schon 14-jährige darunter gab. Na, sei es wie es sei! Kalt, aber herrlich am Zinnowitzer Strand! Die vielen Muscheln und vor allem die Suche nach dem goldgelben Steinen, machte unheimlich Spaß. Wenn doch nur die beiden Schwestern nicht so schnell gehen würden. Immer gingen die so schnell am Strand entlang. Ein paar Mädchen und ich blieben ein wenig zurück. Die Jungengruppe war ganz nah und ein größerer Junge sagte: „Im angespülten Schlick müsst ihr suchen." Und er zeigte uns einen gefundenen Bernstein in Größe eines 10 Pfennigstückes. Da staunten wir. Gleich stocherten wir mit Stöckchen oder mit den Händen im Schlick. Da fand ich doch tatsächlich einen Bernstein. Etwas klein war er schon, aber immerhin. Ich knotete mein Taschentuch auf und legte den Stein zu den anderen, um alles gleich wieder sorgfältig zu verknoten. Da bekam ich mit, dass unsere Schwester mit den anderen schon ein ganzes Stück weg war und es wurde uns mit den Armen gewunken. Wir rannten zu unserer Gruppe. Als ich in meine Manteltasche griff, bekam ich einen Schrecken. Mein Taschentuch mit allen Bernsteinen hatte ich verloren. Ich sah mich um und meinte von weitem etwas Weißes am Boden liegen zu sehen. „Schwester, ich habe eben meine Steine im Taschentuch verloren, kann ich schnell zurücklaufen?" Diese Frage konnte ich mir ersparen. Ein strenges: „Nein und da hättest du besser aufpassen müssen", war die Antwort. Ich trottete traurig mit. Warum war diese Schwester nur immer so böse – und dann: Warum muss mir das wieder passieren? Alle Kinder erfreuten sich ihrer Ausbeute und ich? Zwei ganz kleine Steine hatte ich noch so lose in der Manteltasche gehabt. Ich umklammerte diese Beiden. Zwei Tage später wurde unser restliches Geld von den Schwestern gezählt. Manche hatten noch eine oder zwei Mark. Ich jedenfalls hatte nur noch 50 Pfennige. Wir gingen alle in den kleinen Laden, um uns noch ein Andenken zu kaufen. Ich suchte und suchte, aber was bekomme ich schon für nur 50 Pfennige? Da war doch etwas. Ich fragte: „Kostet da der kleine Fisch 50 Pfennige?" „Ja", sagte die nette Verkäuferin. „Das ist eine Bernstein-Flunder." Ich nahm sie glücklich in die Hand. Ein schönes Tütchen bekam ich auch noch dazu. Sicher, ich sah, wie manche Kinder viel größere Bernsteindinge gekauft hatten. Aber ich hatte ja auch etwas aus Bernstein. Nur ärgerte es mich sehr, dass ich mein Bernsteintüchlein am Strand verloren hatte. Aber die Flunder, die sogar zu Anstecken war, die hatte ich. Am nächsten Tag mussten wir Koffer packen und ich sah nun wieder meinen kaputten Koffer. Ich wagte es tatsächlich, die Schwester auf meinen abgerissenen Henkel aufmerksam zu machen, aber die sagte nur, dass es zu spät sei, ihn zu reparieren. So, da hatte ich es! Ein letztes Mal ging es wie allmorgendlich zum Frühsport, vor dem Frühstück versteht sich und nur leicht angezogen. Wir sollten abgehärtet werden. Dann die letzte Hafersuppe mit den dazugehörigen Schnitten. Unsere Koffer waren schon auf dem Wagen. Und nun wir. Endlich, endlich, endlich!!! Wir bestiegen den Zug und kamen aber nur bis Breslau. Warum genau, weiß ich nicht. Ich denke, es hing mit einer Bombardierung zusammen. Wir marschierten nun vom Breslauer Bahnhof aus, einer ziemlich weiten Strecke, bis zu dem Gebäude, indem wir übernachten sollten. Gott sei Dank brauchten wir die Koffer nicht zu schleppen. Ich weiß heute gar nicht mehr, wo sich diese befanden, als wir in einem großen Raum übernachteten. Da war Strohsack an Strohsack auf dem Fußboden ausgelegt und so wie wir ankamen, wurde uns ein Lagerplatz zum Schlafen zugewiesen. Dicht an dicht also. Nur Mütze, Mantel und Schuhe mussten wir ausziehen, alles andere nicht. Eine dünne Decke gab es zum Zudecken. Ich hatte ja gleich entdeckt, dass ein riesiger Blutfleck auf meiner Strohmatratze war, aber ich kam nicht dazu oder vielmehr, es wäre zwecklos gewesen, etwas zu sagen. Ich ekelte mich sehr. Ganz auf die eine Seite bin ich gerutscht, aber da sagte schon die Aufsichtsperson, dass ich mich so wie alle anderen auf den Rücken zu

74

legen hätte. Sie sagte dies tatsächlich in einem bestimmenden Ton, dass wir auf dem Rücken mit ausgestreckten Beinen zu liegen hätten. Das wäre die gesündeste Form zum Schlafen. Diese Sätze vergesse ich auch nie. Ich dachte, hoffentlich ist bald Morgen und wir fahren nach Hause. Aber ich hatte doch wieder einmal Pech gehabt – mit dem Blutfleck meine ich – oder? Nach einem kargen und schnellen Frühstück ging es endlich weiter zum Bahnhof. Da wurden wir noch ein wenig hin und her geschoben, bis wir endlich im Zug nach Oppeln waren. Endlich! Es wurde wieder Abend und alle Abteilfenster wurden wieder verdunkelt, also zugehängt. Das war im Krieg Vorschrift. Es war nicht viel mehr, als eine Woche vor Weihnachten. Weihnachten ... das ist doch das schönste Fest und Zuhause, da war es doch so schön. Zuhause, ja Zuhause! Ich war ganz aufgeregt. Zwischen Breslau und Oppeln liegen nur ca. achtzig Kilometer, aber mit dem Bummelzug ging es halt nicht so rasend schnell. Mein Koffer war, wie auf der Hinfahrt, wieder im Gepäcknetz und die kleine Taschen obenauf. Mir gegenüber war es „deponiert", das weiß ich noch, denn ich hatte meine Sachen so immer im Auge.

Der Hauptbahnhof in Oppeln war erreicht. Meinen Mantel hatte ich schon längst angezogen und den Koffer neben mich gestellt. Ich musste aber, wie die anderen auch, noch sitzen bleiben. Endlich – der Zug hält. Alles Gepäck wurde eiligst auf den Bahnsteig gestellt und dann war der Moment da. Ich stieg aus, schaute und schon sah ich Mama und Papa auf mich zukommen. Ich wurde in die Arme genommen, geherzt und geküsst und ich? Ich heulte einfach los. Allen Frust, alle Ängste, alle Verzweiflung, alle Sehnsüchte wurden von mir erst einmal weggeheult. Mama und Papa waren ziemlich erstaunt, wegen der vielen Tränen. Ich konnte noch nicht sprechen und klammerte mich an meine Mutter. Wir konnten noch den letzten Omnibus erwischen und so gab es erst daheim eine Begrüßungszeremonie mit der verheulten Gerdel. Allmählich und ganz durcheinander konnte ich von dieser abscheulichen und schrecklichen Erholung erzählen. Nie, nie wieder fahre ich weg. Niemals wieder oder so ähnlich, rief ich. Meine Eltern waren schockiert und sie wollten es dem Gesundheitsamt und beim Arzt melden. Ob sie es wirklich taten, weiß ich nicht. Ich würde nie wieder zur Erholung fahren, das wusste ich gewiss. Meine beiden Söhne hätte ich in späterer Zeit, dank meiner schlimmen Erfahrung, nie in Erholung geschickt, damit es ihnen nicht so ginge, wie es mir erging. Es war für mich ein Martyrium und nicht nur mir, sondern den meisten Mädchen hatte der Aufenthalt in Zinnowitz einen richtigen Knacks versetzt.

Es schwächt sich alles schlimm Erlebte im Laufe der Jahre und Jahrzehnte ab. Nur, wenn die Erinnerung, so wie eben zurückkommt, erlebe ich und spüre ich die Misere von damals ganz deutlich. Nach über fünfzig Jahren machte mein Mann und ich und mit meiner Schwester Anni und Schwager Urlaub auf der Insel Usedom. Endlich konnte man wieder ein Deutschland betreten, das viele Jahre für uns nicht zugängig war. Von Anfang an spielte ich mit dem Gedanken, diese Stätte, wenn sie noch existierte, noch einmal aufzusuchen. Ich bin meinem Mann dankbar dafür, dass er meine Gedanken lesen konnte und wir alle nach Zinnowitz fuhren. Tatsächlich gibt es noch dieses Erholungsheim. Manches etwas angebaut, aber grundlegend dasselbe Heim. Ich holte mir in der Verwaltung die Genehmigung, mich umschauen zu dürfen. Vieles, vieles kannte ich genau. Auch die Kapelle war noch da. Diesmal wäre ich freiwillig hinein gegangen, aber sie war an diesem Nachmittag geschlossen. Ich unterhielt mich einige Zeit mit den Büroangestellten und ließ aber auch kein gutes Haar an der damaligen Zeit mit den Nonnen. Diese jungen Angestellten wussten zwar, dass es ein altes Kinderheim war, wussten aber nicht, dass damals fast ausschließlich Nonnen das Zepter führten. Wie es wohl zu DDR-Zeiten gewesen sein mag, ich weiß es nicht. Wir vier Urlauber spazierten noch eine Weile in Zinnowitz herum und wir speisten in einem gemütlichen Lokal. Meine Gefühle waren ziemlich aufgewühlt. Auf dem Weg wieder zurück, in unseren Urlaubsstandort bei dem Ostseebad Ahlbeck, besuchten wir noch einige Seebäder und fanden es einfach wunderbar, immer wieder ein Stück an der Ostsee entlang zu laufen. Ich bin dankbar, das alles erlebt zu haben. Nun möchte ich aber wieder zu der Zeit zurückblicken, wo ich als 9-jährige von meinem sechswöchigen Aufenthalt wieder heim kam. Ich war so glücklich und ich nahm meine Puppe „Bubi" liebevoll in den Arm. Bubi war meine einzige Puppe. Sie war eine Babypuppe und Mama hatte für sie einen wunderschönen dunkelroten Anzug gehäkelt – darum war die Puppe ein Junge!
Meine Freundinnen hatten so eine schöne Puppe mit so schönen Schlafaugen nicht. Eigentlich war ich ja schon viel zu groß, um mit Puppen zu spielen, aber ich nahm sie ja nur noch in den Arm, wenn ich alleine war.

Weihnachten stand vor der Tür. Die letzten Lebkuchen wurden gebacken. Es gab vor Weihnachten immer so eine Geheimnistuerei. Jeder hatte schon irgendetwas im Kopf, mit dem er andere überraschen wollte. Ich sah wie Mama manchmal etwas kaufte und was mich wunderte, nicht allzu gut versteckte, wie sie es mit unseren Geschenken eigentlich immer tat. Ich schaute hin und Mama sagte: "Komm mal zu mir, Gerdel. Du wirst bald ein Schwesterchen oder Brüderchen bekommen." Meine Wangen wurden ganz heiß. „Ist das wirklich wahr?" Nun nickte auch Papa zustimmend. Ich lief zu den Mädels, die es schon wussten. Naja, ich war ja so lange nicht da gewesen. Ich wusste, dass das Kind im Bauch von Mama ist und ich beobachtete sie nun genauer. Ja, der Bauch war eigentlich dicker als sonst und er wurde auch noch dicker und dicker. Windeln und ganz kleine Hemdchen und Jäckchen waren im Vertikot verstaut. Im April sollte mein Geschwisterchen kommen, so sagte es Mama. Zunächst ging ich nach den Weihnachtsferien wieder zur Schule. Unsere Handarbeitslehrerin wollte uns das Sticken beibringen und wir Mädchen bekamen den Auftrag, einen so genannten „Javastoff" zu kaufen und mindestens zwei Farben Stickgarn dazu. Sie nannte uns ein Geschäft in der Stadt, die dieses noch hatte. Ohne Textilpunktkarten gab es aber nichts mehr und so musste mir Mama einen Abschnitt von diesen Textilpunktkarten für den Stoff geben. Zum Glück erhielt ich den Stoff noch. Kurz darauf war er nämlich ausverkauft und einige meiner Schulkameradinnen hatten Pech. Diese konnten das Sticken nicht erlernen. Sie mussten Strümpfe mit Löchern mitbringen und sie lernten eben das Stopfen. Ich erinnere mich, dass ich ein längliches Deckchen stickte. Aber stricken machte mir mehr Spaß. Aus Wollresten wurde so allerhand fertig gestellt. Unsere Handarbeitslehrerin war auch gleichzeitig unsere Zeichen- und Sportlehrerin. Nur ein einziges Mal, so erinnere ich mich, war ich mit der ganzen Klasse zum Rodeln. Da es bei uns nur kleine Hügel gab, war das Schlittenfahren ziemlich uninteressant, außer wenn ich mit meiner Freundin und anderen Mädchen an den freien Nachmittagen in der Sandgrube, die im Winter doll mit Schnee bedeckt war, runter rodelte. Einmal saßen wir zu dritt auf dem kleinen Schlitten. Ich ganz hinten und ab ging es mit richtig Tempo über eine kleine „Hopsasa" (Erdwölbung). Bei der „Hopsasa" schnellte ich ein Stück nach oben und setzte mit meinem Steißbein genau auf die harte Kante des Schlittens auf. Da war der Nachmittag gelaufen. Ich konnte nur schlecht heimgehen, solche Schmerzen hatte ich. Ich weiß nur, dass ich viele Wochen lang nicht richtig sitzen konnte. In Zukunft bin ich jedenfalls immer allein den Hügel runter gefahren, da hatte ich doch mehr Platz auf meinem Schlitten. Die Schneeschmelze kam und da war ganz schön was los an der Oder und Umgebung. Die Oder war längst über die Ufer getreten und dicke Eisschollen schipperten herum. Waghalsige Jungen sprangen von Scholle zu Scholle. Oder wie mein Bruder Fred, der schipperte mit einem Freund in einer alten Zinkbadewanne zwischen den Schollen. Die beiden wurden etwas weiter abgetrieben und schließlich eingekeilt. Die Dunkelheit nahte und so viel sie auch riefen und mit den Armen winkten, wer schon konnte den Beiden helfen? Wenn die Wanne kenterte und sie ins eiskalte Wasser fielen, waren sie nicht mehr zu retten. Die dicken Eisschollen würden sie begraben. Irgendwie muss doch ein beherzter Mensch ihnen zu Hilfe gekommen sein. Ich weiß nur, dass es immer hieß: Nie auf oder gar zwischen großen Eisschollen seinen Mut beweisen. Wir alle waren froh und ich denke Fred auch, dass alles gut gegangen ist. Bei Überschwemmungen im Frühjahr war die Oder doppelt, ja dreimal so breit. Alle Wiesen waren dann überschwemmt. Erst wenn der normale Wasserstand wieder erreicht war, konnten die Schiffer ihre Schleppkähne wieder beladen werden. Der Verdienst musste eingeholt werden. In unserer Klasse hatten wir gelegentlich Kinder von Schifferfamilien. Die haben uns vieles von Schiffen und vom Wasser erzählt. Wir alle merkten aber, dass diese Kinder längst nicht so weit im Unterricht waren wie wir. Kein Wunder, diese Kinder konnten ja nur zur Schule gehen, wenn angelandet wurde, also das Schiff fest machte. Für uns waren die Kinder wie aus einer anderen Welt. Auch die Sprache war oft anders und wir amüsierten uns köstlich. Es war nur irgendein Dialekt, aber es klang total fremd.

Der Frühling war da und im April sollte Mama das Kind bekommen. Ich freute mich schon riesig. Einen Kinderwagen hatten Mama und Papa auch schon gekauft. Ich konnte es noch gar nicht glauben, dass auch ich ein Geschwisterchen bekommen sollte. Einige meiner Schulkameradinnen sah ich am Nachmittag manchmal einen Kinderwagen schieben. Da lagen oft so süße kleine Kinder darin, die wie Puppen aussahen. Immer öfter fragte ich Mama, wann es denn soweit sei. Aber es hieß immer: „Es ist noch etwas Zeit."
Eines Morgens hatte sie es irgendwie eilig, mich nach draußen zu schicken. Als ich Fragen stellte, sagte sie, dass heute noch das Kind da sein wird und sie zog sich gleich wieder ins Schlafzimmer zurück. Erika hantierte irgendwie eifrig herum. Sie durfte mit ins Schlafzimmer und Papa auch. Heute war Sonntag und zudem noch der Geburtstag des Diktators „Adolf Hitler". Darum waren wir auch alle daheim und hatten frei. Eine Frau kam mit einem Köfferchen in der Hand. Sie war die Hebamme und wollte Mama helfen. Ich bekam, ich glaube von Erika, eine Schnitte Brot in die Hand und etwas zum Trinken und musste wieder nach draußen verschwinden. Auch Anni trieb sich draußen herum. Ich hatte die Haustür stets im Auge, wartete ich doch auf ein Zeichen, dass ich rein gehen

78

konnte. Aber vorerst nichts. Als Papa aus der Tür trat, dachten Anni und ich, dass wir jubeln könnten – aber nichts da. Es war schon Nachmittag. Papa ging zur kleinen Poststelle und telefonierte oder ließ telefonieren, dass ein Arzt kommen möge. Wir kannten alle die Poststelleninhaberin gut und diese wohnte auch in dem gleichen Haus der Poststelle. Für solche Ausnahmefälle war sie gerne bereit zu helfen.

Einen Arzt! Ich wäre so gern zur Mama ins Zimmer gegangen, aber die Hebamme ließ keinen von uns rein. Ich meine, sie jammern gehört zu haben, aber Anni, die ja schon 13 Jahre alt war, sagte, dass sie nichts gehört hätte. Papa schaute immer wieder zur Straße, ob denn der Arzt nicht bald käme – aber nichts. Endlich, endlich kam er. Er ließ lange auf sich warten. Ich weiß heute nicht mehr, ob er mit einem Auto oder Fahrrad kam. Vielmehr meine ich, er wäre mit einem Motorrad aus der Stadt gekommen. Ich lief neben ihm her bis zur Haustüre, in der die Hebamme stand, um ihn zu empfangen. Als er mich neben Anni sah, sagte er: „Na Kleine, geh mal drüben ins Feld, vielleicht hat der Osterhase noch etwas für dich hingelegt." Das sagte er tatsächlich! „So ein Blöder", sagte ich zu Anni. „Denkt er, ich bin noch so klein, dass ich an den Osterhasen glaube? Und außerdem ist Ostern längst vorbei!" Anni dachte sich auch ihren Teil, so sagte sie mir später. „Hast du gesehen, wie der aussieht?" fragte ich Anni und die sagte, dass ein Arzt eigentlich anders aussehen müsste. Wie soll ich ihn beschreiben? Wie ein „Bullenbeißer" also, so ein vierschrötiger Mann war er und weiter sagte ich: „Der tut der Mama nur weh. Was macht er denn so lange da drin?" Mir rollten vor Angst die Tränen. Anni sagte immer, dass es wohl nicht mehr lange dauert und der Doktor will Mama nur helfen, dass das kleine Kind auf die Welt kommt. Ja, Anni gab sich richtig erwachsen. Sie sah auch wirklich schon wie 15 Jahre aus. Allein wäre ich draußen nicht geblieben. Ein paar „Verrückte" gingen und radelten an diesem 20. April mit Hakenkreuzfähnchen in der Hand, durch die Gegend. Ich lief dann tatsächlich ein Stück ins nahe gelegene Feld. Denn ich war verheult und wollte nicht, dass mich jemand so sieht. Nun sah ich Papa aus der Haustüre kommen und fast gleichzeitig Erika. Die schüttelten aber nur den Kopf und ich wusste Bescheid. Noch kein Geschwisterchen. Ich hatte nur einen Gedanken: Wenn nur der unsympathische Doktor endlich wegginge! Die Hebamme war auch einmal kurz zu sehen - wie komisch! Jetzt hatte ich noch mehr Angst um Mama. Was macht der Arzt bloß so lange bei ihr? Ich war einfach unglücklich und wendete keinen Blick von der Haustür. Erika blieb jetzt auch vor der Tür stehen. Wahrscheinlich durfte sie jetzt nicht im Schlafzimmer dabei sein. Die Zeit kam mir unendlich lange vor. Endlich,

endlich wurden wir hinein gewunken „Ein kleiner Junge ist da!" Der Arzt ging gerade wieder aus dem Haus – Gott sei Dank! Tatsächlich... auf dem Küchentisch lag ein kleines Kind und es weinte. Mein Brüderchen lag weich auf einem Kopfkissen, aber noch ganz nackt. Die Hebamme zog dem Kleinen gerade ein Hemdchen an. Weil das Kind weinte, dachte ich, dass es friert. Ich konnte die Augen nicht von dem kleinen Kerl lassen, so süß war er. Alle standen wir um den Küchentisch herum und beobachteten jeden Handgriff der Hebamme. Jetzt steckte sie den kleinen Kerl in ein Steckkissen. Das war ein ca. 40 cm breites und etwa 120 cm langes Kissen, das zu zweidrittel eingeschlagen wurde, sodass, wenn das Kind drin lag, nur der Kopf und die Händchen rausguckten. An beiden Seiten waren Bänder angebracht, die zu Schleifen gebunden wurden. „Darf ich zu Mama?", war meine Frage und ich durfte. Mama lächelte müde. Ich habe ihr jedenfalls gesagt, wie ich mich freue und wie schön mein kleiner Bruder ist. „Wie heißt er denn?" Mama sagte, dass er Heinz Georg heißen wird. Heinz, das ist doch ein schöner Name. Und Papa saß neben Mama am Bett. Er wird sehr froh gewesen sein, dass seine Gustel alles überstanden hatte. Mama war ja schon fast 42 Jahre alt und es waren auch schon fast zehn Jahre her, seitdem ich geboren wurde. Das kleine Kind lag nun in Mamas Arm. Ich konnte meinen Blick nicht abwenden. Aber die Hebamme kam rein und schickte uns alle hinaus. Nach einer Weile verabschiedete sie sich und sprach mit Papa und Erika noch irgendetwas. Ich bin wieder ins Schlafzimmer gegangen und sah, dass mein Brüderchen ganz selig schlief. Mama schien auch sehr müde. Am späteren Abend erzählte sie folgendes: Der Arzt kam mit einer Alkoholfahne zu ihr ans Bett. Er war ziemlich stark betrunken. Er sagte ihr, dass er von Hitlers Geburtstagsfeier weggerufen wurde. Mama sagte uns, dass sie ihn in diesem Moment ganz übel fand, aber sie brauchte ja Hilfe. Das Kind wollte und wollte nicht kommen und da musste ja gehandelt werden. Aber so ein Besoffener... Der Arzt hatte schon der Hebamme gesagt, dass sie ins Krankenhaus gebracht müsse. Das hatten wir draußen ja nicht gewusst. Unser kleiner Bruder hatte sich es wohl überlegt und äugte auf die Welt. Als aber der Arzt sah, dass es ein Junge war, rief er laut: „Ein Adolf ist geboren!" Mama hätte ihm dann prompt gesagt, dass der Name schon feststand, nämlich Heinz Georg. „Nein, nein", hätte er gesagt, „das gibt einen Adolf." (weil Adolf Hitler heute, am 20. April Geburtstag hat) Knallrot sei der Kopf vom Doktor gewesen. Sicherlich wegen des Alkohols. Endlich sei er dann verschwunden.

Meine Eltern waren alles andere als für Hitler. Aber das musste ganz verborgen bleiben, denn vielen Menschen ist es damals schlecht ergangen, wenn sie sich öffentlich gegen Hitler bekannten. Sie wurden von der Gestapo (Geheime Staatspolizei) abgeholt und waren nie mehr gesehen. Zu dieser Zeit wussten wir alle nichts von einem „KZ" (Konzentrationslager). Papa sagte immer: „Die kommen ins Arbeitshaus." Das war schlimmer wie Gefängnis, das war Zuchthaus mit strengsten Maßnahmen. Nein, von einem „KZ" haben wir alle nichts gewusst. Nach dem Krieg und bis zur heutigen Zeit wird aber behauptet, dass wir es alle gewusst haben müssten. Erst nach dem Krieg erfuhren wir von diesen schrecklichen Stätten. Es gab sicher viele, die direkt oder indirekt damit zu tun hatten und zu strengstem Schweigen verurteilt waren. Wisser und Mitwisser, die etwas verlauteten, wurden damals „an die Wand gestellt" (erschossen). Das erfuhren wir erst 1945 – also nach Kriegsende.

Auf alle Fälle hatte ich einen Bruder Namens Heinz und er entwickelte sich gut. Der kleine Heinzel war so niedlich. Ich bin stolz neben Mama am Kinderwagen hergegangen und ich durfte ihn auch selbst schieben. Es wurde Sommer und Spätherbst und Heinzel bekam schon mit dem Löffelchen zu essen. So einen matschigen Zwiebackbrei wollte ich gewiss nicht essen müssen. Aber Heinzel schmeckte es sicherlich. Er wuchs heran und ich durfte immer öfter, wenn ich von der Schule kam, Heinzel im Kinderwagen ausfahren, ich allein versteht sich. Ich war ja jetzt auch schon 10 Jahre alt geworden. Meine großen Brüder waren zu dieser Zeit nicht mehr daheim. Ossi wurde von seiner Melkerausbildung zum Militär eingezogen und Fred wohnte zu dieser Zeit, ich glaube bei einer Freundin. Ich kann mich auch nicht mehr daran erinnern, wann die beiden Großen ihren kleinen Bruder bewundern konnten. Der Krieg war in vollem Gange und erste Post kam von Ossi von seiner Militärausbildungsstätte, später dann von der Front. Fred blieb, wegen seines schiefen Rückens, zunächst noch verschont. Er arbeitete weiter bei der O/S Tageszeitung, ging aber so seine Wege. Sicherlich war er verliebt. Ich habe es damals nicht so genau mitbekommen. Die Lebensmittel waren streng rationiert, aber die Säuglinge, so wie Heinz einer war, bekamen auf die Lebensmittelkarten Sonderzuteilungen verschiedenster Art. Zum Beispiel mehr Milch, Butter, Grieß usw. Das war auch gut so. Auch Mama bekam eine Zeit lang mehr Milch als tägliche Ration, weil sie eine stillende Mutter war. Nun bekamen auch alle Frauen über 18 Jahre Raucherkarten zur Beschaffung von Tabakwaren. Und was war? Mama begann zu rauchen. Papa war notorischer Nichtraucher. Ihre Bekannten rauchten, also rauchte sie auch. Als Erika 18 Jahre alt wurde, bekam auch sie eine Raucherkarte mit Zuteilungen der Zigaretten. Na, da hatte Mama doch gleich mehr, denn Erika rauchte nicht. Erika war mitten in der Ausbildung zur Buchhalterin und war in einer großen Buchhandlung tätig. Das fand ich prima, denn wenn es mir einmal im Winter kalt war, ging ich schnell einmal zu ihr ins Geschäft. Ja, ich war ganz stolz auf meine große Schwester. Manchmal hatte ich auch eine Freundin dabei und die konnten sehen, wie meine Schwester so toll Schreibmaschine schreiben konnte. Oft aber sagte Erika, dass wir wieder gehen sollten – sie hatte ja zu tun. Ihr Chef war aber immer nett zu mir. Erika imponierte mir immer. Vielleicht weil ich es so empfand, als sei sie etwas Besonderes. Sie sprach nie zu viel und gab mir immer eine Antwort, wenn ich sie etwas fragte. Auch bei schweren schulischen Rechenaufgaben half sie mir. Im Rechnen war ich ja gut, aber diese dummen Textaufgaben...

Erika erklärte es mir so präzise und ich war sehr froh. Natürlich hätte ich auch meine Eltern oder Anni fragen können, aber Anni hatte meistens keine Zeit. Anni erlernte den Beruf einer Schuhverkäuferin. In dem größten Schuhhaus Oppelns war sie beschäftigt. Durch ihre Freundin bekam sie Spaß an dem Beruf und bewarb sich ebenfalls als Verkäuferin. Nun konnte ich auch sie in dem großen Geschäft bewundern. Wenn viele Leute in dem Laden waren, fiel ich gar nicht auf und ich konnte sehen, wie perfekt und freundlich sie die Kunden bediente. Richtig stolz war ich und auch da mussten meine Freundinnen mit hin, na klar! Manchmal sah ich auch Anni im großen Schaufenster ihres Schuhgeschäftes oder im Passagenfenster. Da wurden Schuhe, Strümpfe und sonstiges ausgestellt.

Sie war so eifrig bei der Sache, dass sie mich vor dem Schaufenster stehend gar nicht wahrnahm. Ja, so musste es auch sein. Ich sah mir immer gerne schön dekorierte Schaufenster an. Ich war gerne in der Stadtmitte, wurde ich allmählich ja auch etwas älter. Mich interessierten Dinge, die meine Schulkolleginnen gar nicht wahrnahmen. So auch das lange gläserne Bein im Schaufenster von Annis Firma. Drumherum gab es natürlich viele Kleinigkeiten und auch schöne Damen- und Herrenschuhe, dazu passende Socken. Ich selbst schaute auf die Art der Dekorierung, also wie alles um das gläserne Bein gelegt war. Oder in einem anderen Fenster waren wunderschöne echte Blätter eines Baumes zwischen Textilien verstreut. Wenn dann noch ein sich dauernd bewegendes Teil, z.B. einen nickender Nikolaus zu sehen war, begeisterte es mich sehr. Es war eine andere Welt, eine sehr interessante Welt für mich. Natürlich waren damals in der

Kriegszeit manche ausgestellten Artikel unverkäuflich. Wie ich schon erwähnte, war alles streng rationiert und es gab allmählich immer weniger zu kaufen. Satt wurden wir aber immer, denn die Grundnahrungsmittel waren noch ausreichend. Ab und zu gab es Sonderzuteilungen. Besonders vor Weihnachten gab es auf einen Abschnitt zwei Eier statt einem Ei, 1 Pfund Zucker oder 1 Pfund Kunsthonig mehr. Das fantasiere ich jetzt einmal so zusammen, aber ähnlich ging es schon zu. Für das Weihnachtsfest wurde immer früher angefangen zu sammeln, d. h. Lebensmittel, Mehl, Zucker usw.

Gebackenes gab es immer und das ist ja auch heute noch in den meisten Familien üblich. Die Zuteilungen von Textilien wurden auch immer geringer. Das deutsche Militär brauchte Uniformen und warme Wintersachen, sagte man uns und die Rohstoffe wurden immer knapper. Lange musste man in den Stoffgeschäften anstehen, um irgendetwas zu ergattern. Mama nahm mich öfters zu ihren Einkäufen mit. Der kleine Heinz wurde da meist nur in ein Tragetuch gelegt, das dicht an Mamas Körper war. Da fühlte sich Heinzele recht wohl. Außerdem hatte es den Vorteil, denn nicht selten wurde Mama vorgelassen, wegen des kleinen Kindes. Ich bekam für einen Faltenrock, den ich mir schon immer wünschte, ich glaube zwei Meter karierten Wollstoff. Für die Mädels hatte Mama schon vorher etwas ergattert. Bei uns, am Rande der Stadt, waren zwei gute Schneiderinnen tätig. Es waren zwei Schwestern. Diese Frauen konnten wirklich perfekt nähen. Nie wurde etwas anders, als wir es uns vorgestellt hatten oder wie es in der Modezeitung war. Ganz nach Wunsch machten sie Abänderungen usw. Ich blätterte immer gerne in den Modeheften, die bei den Schneiderinnen auslagen. Mein Faltenrock brauchte keine besondere Anleitung. Ich war so glücklich, als ich diesen Rock zum Weihnachtsfest bekam. Nur konnte ich ihn im Winter nicht vorführen, dazu war es draußen viel zu kalt. Aber im Frühjahr wollte ich es nachholen.

Ende März 1942 erkrankte ich. Ich bekam hohes Fieber und mein Hals tat sehr weh. Überhaupt, mir tat alles weh. Ich bekam so kleine rote Flecken und da gab es für meine Eltern nur eines, den Arzt holen. Noch am gleichen Tage musste ich ins Krankenhaus, aber nicht etwa im Krankenwagen, wie es üblich ist, nein – im Omnibus! Jawohl im Omnibus bin ich mit Mama gefahren und musste noch ein ganzes Stück zum Krankenhaus laufen. Das was der Arzt schon sagte, bestätigte man uns, Scharlach! Ach du lieber Himmel, das war ja höchst ansteckend. In der unteren Etage des

Krankenhauses, der Typhusstation, ging es eine Treppe höher in die Isolierstation für Scharlach und Diphteriekranke. Mama gab mich ab und musste die Station gleich verlassen. Ich wusste nicht, wie mir geschah. Ich bekam ein Bett zugewiesen, in einem Zimmer in dem noch 3 Betten waren. Zwei etwas ältere Mädels und eine junge Frau lagen darin. Ich war so fertig und hatte so große Schluckbeschwerden, dass ich förmlich ins Bett fiel. Alles war so fremd und warum muss gerade ich hier landen. Ich kam nicht zum nachdenken und schon wurde ich wieder aus dem Bett geholt und nochmals untersucht. Ich bekam eine Tablette, die ich vor dem Arzt schlucken musste. Das tat fürchterlich weh. Dann pinselte man mir im Hals herum. Ein schrecklicher Geschmack war das. Endlich durfte ich ins Bett zurück und alle wollten wissen, was sie mit mir gemacht haben. Sagen konnte ich nichts. Aber genickt habe ich. Ich bin dann sicherlich erschöpft eingeschlafen. Am nächsten Tag erfuhr ich, dass alle drei in dem Zimmer ebenfalls Scharlach hatten. Ich fand die so gesund gegen mich. Die hatten fast oder keine Halsschmerzen mehr und konnten alles gut schlucken. Man sagte mir auch, dass ich 4 bis 6 Wochen im Krankenhaus bleiben müsste. Mir wurde ganz ängstlich zu Mute. So lange? Das gibt es doch gar nicht. Na, wenn morgen Mama kommt, will ich sie fragen. Sie kam zwar, durfte aber nur meine Unterwäsche durch ein Fensterchen an der äußeren Korridortür abgeben. Es wurde mir ein Gruß ausgerichtet. Da wurde mir ganz elend zumute – natürlich kullerten mir die Tränen. Die junge Frau im Zimmer war sehr nett zu mir und sie tröstete mich. Ach, was fühlte ich mich so schlecht! Das Fieber ließ endlich nach und mein Kopf und mein Hals taten nicht mehr ganz so schlimm weh. So verging die erste Woche. Ich durfte niemanden aus meiner Familie sehen. Ich durfte nicht aufstehen, nur zum Betten machen und zum Toilettengang. Ich war ganz schön wackelig auf den Beinen. Oft bekam ich aber Post von Papa und Mama. Ganz lieb haben sie geschrieben, aber gerade deshalb war ich danach furchtbar traurig. Schreiben durfte ich auch. Meine Post wurde durch das Fensterchen an Mama gereicht, aber nicht bevor der Briefbogen sorgfältig abgespritzt, also desinfiziert wurde. Gut, dass ich nur mit einem Bleistift schrieb, sonst wäre sicher alles verwischt worden. Nach knapp 14 Tagen, es ging mir eigentlich schon ganz gut, kam ein Rückschlag. Hohes Fieber, Halsschmerzen, Ohrenschmerzen und ich bekam durch die Nase ganz schlecht Luft. Man erzählte sich so manches Schauermärchen, dass auf der Station schon einige gestorben wären. Muss ich jetzt auch sterben? Meine Gedanken überschlugen sich. Ich war so erledigt.

Die junge hübsche Frau in dem Zimmer tröstete mich wieder und sagte, dass es meist einen Fieberrückfall gäbe. Sie hatte es auch so erwischt. Ja, was half es schon? Ich lag allein und war krank. Ich dachte an meinen kleinen Heinzel und hatte Sehnsucht nach allen. Heinzel geht es gut, so schrieben meine Eltern und allen anderen auch. Keiner hatte sich, Gott sei Dank, von mir angesteckt.

Die hübsche Frau sang wunderschöne Lieder. Manche kannte ich auch. Und dann sang sie das Lied: „Wo die Nordseewellen..." und sie sang das Lied sehr komisch, wie ich fand. Natürlich! Es war plattdeutsch und sie erklärte uns, was die einzelnen Worte in Platt zu bedeuten hätten. Sie war von der Nordsee und ihr Mann stammte aus der Oppelner Gegend. Ich sah, dass auch sie manchmal traurig war. Ihr Mann war an der Front und sie hatte länger nichts von ihm gehört. Als eines Tages ihr ein Feldpostbrief überbracht wurde, war sie glücklich. Es war ein lieber Brief, so sagte sie, von ihrem lieben Schatz. Sie lag im Bett, drehte sich zur Wand und war für die nächsten 1 bis 2 Stunden nicht ansprechbar, das weiß ich noch genau. Am anderen Tag fand ich sie wie total gesund. Sie durfte schon auf dem langen Flur im Kleid hin und her gehen. Den beiden Mädels im Zimmer ging es auch ganz gut. Die eine wurde entlassen und die andere kam wohl auf eine andere Station, ich weiß es nicht genau. Zu uns kam ein anderes Mädchen. Mir aber ging es gar nicht gut. Meine Nase war total zu. Eine Schwester holte mich von nun an täglich zur Nasendusche. Das war was! Eine lange Kartusche wurde abwechselnd in jedes Nasenloch weit hinein geschoben, um dann mit Druck eine Menge wässrige Flüssigkeit in die Nase zu drücken. Oft meckerte und schimpfte die Schwester, weil meine Nasenlöcher so klein waren und die Kanüle ziemlich dick war. Wenn die Flüssigkeit abgedrückt wurde, dachte ich, der Kopf müsste mir auseinanderplatzen. Und dann ergoss sich ein ekliger Wasserschleim aus meiner Nase. Der Arzt besah sich alles und stellte jetzt eine Nasendiphtherie fest, die zusätzlich mit Spritzen behandelt werden musste. Ich bekam nun jeden Abend eine Spritze ins Gesäß, aber was für ein Kaliber! Es dauerte „ewig", bis alles aus der Spritze war. Es war mir, als schwoll alles an. Anschließend konnte ich nur einseitig sitzen oder liegen. Das Essen schmeckte mir auch nicht besonders, obwohl ich jetzt schon wieder besser schlucken konnte. Ich wusste, dass Mama und Papa am anderen Tag kommen wollten. Irgendetwas Nettes und etwas zum Naschen war immer in dem kleinen Päckchen, das sie mitbrachten. Oh Wunder, mir wurde erlaubt, mit meinen Eltern zu sprechen. Ich durfte an die Glastür mit dem kleinen Fensterchen. Mama und Papa kamen und ich ging im

Nachthemd zur Tür, aber da wurde ich gleich wieder zurückgedrängt. Zwei Meter Abstand war es bestimmt bis zur Tür. Das Fensterchen wurde geöffnet und ich konnte endlich die vertrauten Stimmen hören. Ich wäre so gerne näher herangegangen, aber wegen der Ansteckungsgefahr durfte ich nicht. Viel zu kurz war der Moment und schon mussten wir uns verabschieden.

Im Bett las ich den Brief, der beigelegt war und da stand zu lesen, dass sie an einem bestimmten Tag mit Heinz kämen. Es war nicht irgendein Tag, nein, es war Heinzels erster Geburtstag. Sie wollten unten im Park warten, bis ich ans Fenster ginge. Ich freute mich schon sehr auf diesen Tag. Die Prozedur mit meiner Nase war auch noch nicht abgeschlossen. Sie lief und lief ekelhaft. Nur allmählich ging es besser. Immer wieder hatte ich Fieber und ich war sicherlich sehr geschwächt. Da plötzlich riss es mir durch das linke Ohr. Was war denn das? Es tat immer mehr weh. Es klopfte und hämmerte Tag und Nacht. Ich bekam Ohrentropfen und wurde dem Arzt vorgestellt. Wenn der Arzt untersuchte, wurden auf dem Korridor alle Zimmer verschlossen. Es war schon komisch. Ein Behandlungszimmer war wohl nicht da. Der Arzt stellte bei mir eine Mittelohrvereiterung fest. Ich hörte so etwas wie „Operation", da bekam ich Angst. Ich dachte, vielleicht habe ich mich ja verhört. Aber die Schwester bestätigte es mir und sagte aber gleichzeitig, dass sie noch nicht ganz sicher seien. Prompt am nächsten Morgen wurden unsere Tür wieder verschlossen. Es wird operiert, hieß es. Alle sollten noch mal auf die Toilette gehen und dann zurück ins Bett. Unmittelbar und gerade vor unserer Tür, wurden Tische und alles mögliche Zubehör aufgebaut. Kurz darauf ging es schon los. Ein Kind schrie fürchterlich und es schien nicht aufzuhören. Wir hörten Stimmen vom Arzt und den Schwestern und immer noch die des Kindes und langsam verstummte es. Es war uns im Zimmer unheimlich zumute. Ich selbst hatte nur denken können: Bald komm auch ich dran. „Nein, nein", schrie es in mir. Ich weiß noch genau, dass ich auf keinen Fall am Ohr operiert werden wollte. Ach ja, mein Ohr... Hinter dem Ohr tat es mächtig weh und vorne lief nur so der Eiter heraus. Die Zellstoffunterlagen waren schon ganz klebrig davon. Es musste mit dem Material gespart werden und darum wurde alles so lange wie möglich benutzt. Auch Narkosemittel waren knapp. Die verwundeten Soldaten brauchten das an der Front und in den Lazaretten in der Heimat. In einem Trakt des Krankenhauses waren auch verwundete Soldaten untergebracht. Darum also die Enge in diesem Haus und die Notbehelfe. Wir hörten schauerliche Geschichten von der Typhusstation. Da würden ja dauernd welche sterben. Mich beschlichen ganz komische Gefühle. „Ich will nach Hause, ich will nach Hause." Das dachte ich immer öfter. Vier Wochen war ich schon hier und noch immer nicht gesund. Mein Ohr tat weh! Wenn der Doktor mit seinem Hölzchen im Ohr herumstocherte, wurde es noch schlimmer und immer meinte ich zu hören, dass ich bald operiert werden müsse. Innerlich sträubte ich mich mit Händen und Füßen.

Der Tag kam, als meine Eltern Heinz mitbrachten und tatsächlich, ich stand am Fenster, aber es blieb verschlossen. Alle Fenster waren mit einem „Drücker" verschlossen. Auch bei schlechtester Luft im Raum, konnten wir die Fenster selbst nicht öffnen. Wie im Gefängnis! So schaute ich durch die Fensterscheiben vom ersten Stock hinunter in den kleinen parkähnlichen Garten. Ich winkte und ich sah meinen kleinen Bruder mit Mama und Papa und was sah ich da noch? Ich sah, dass Heinz aus dem Sportwagen gehoben wurde und er stand und fing gleich ein paar Schritte zu laufen an. Ja, das hatte ich noch nicht gesehen. Unser Heinzel kann laufen! Und bums, da fiel er schon hin. Ich bekam einen Schreck. Mama bemerkte es das ich erschrak und sie lachte und winkte nun mit Heinz auf dem Arm mir zu. Wie gerne wäre ich da unten dabei gewesen, aber ich musste wieder ins Bett und was tat ich? Ich weinte jämmerlich. Jetzt hatte ich noch mehr Sehnsucht und wollte so bald wie möglich nach Hause. Dem Arzt sagte ich, dass mein Ohr gar nicht mehr so weh tut. Ich habe natürlich gelogen. Nach zwei Tagen wurde ich in den Baderaum gerufen. Warum ich allein? Außerdem war ja erst Badetag gewesen. Aber da wusste ich es. Ich soll operiert werden. Jetzt fiel mir ein, dass alle am Abend vorher gebadet werden, die unters Messer müssen. Jetzt war alles aus! Ach, wenn ich doch nur meinen Eltern das erzählen könnte...
Aus der Schwester war nichts herauszubekommen. Meine Zimmergenossinnen waren auch ganz sicher, dass ich operiert werden sollte. Ich glaube, ich habe die kommende Nacht ganz wenig geschlafen. Der nächste Morgen kam und ich wurde im Flur wieder dem Arzt „vorgeführt". Es war ein anderer Arzt als sonst. Er stocherte und drückte am Ohr herum. „Tut es weh?", fragte er mich. Ich sagte: „Ja, etwas." Dabei tat es mir höllisch weh. Er drückte und guckte und klopfte das Ohr ab. Ich biss die Zähne zusammen. Es tut gar nicht mehr viel weh oder so ähnlich habe ich dem Arzt gesagt und ich wurde wieder ins Bett geschickt. Ich empfand das als Glück. Der andere Arzt hätte mir das vielleicht nicht geglaubt. Noch mal davon gekommen! Ich wischte und wischte mit meinen eigenen Taschentüchern den Eiter weg, der aus dem Ohr lief. So blieben

wenigstens die Zellstofftücher ziemlich sauber und die Schwester musste tatsächlich annehmen, dass das Ohr heilte. Etwas raffiniert war ich da schon vorgegangen. 3 bis 4 Tage später, die 6. Woche hatte schon begonnen, musste ich mein Bett räumen.

Ach ja! Da war ja noch der kleine Junge am Ende des Flures im letzten Zimmer. Alles munkelte, dass der Kleine im Sterben liege und ich sah selbst, als ich zur Toilette musste, einen Pfarrer in das besagte Zimmer gehen. Es stimmte also und der Kleine war wirklich gestorben. Der Hals, bzw. die geschwollenen Mandeln, drückten ihm die Luft ab – so erzählte man. Ich wurde also an dem Nachmittag ausquartiert, musste mich vollständig anziehen und kam in eine lange Baracke, die am Ende des kleinen Parks lag. Mir wurde ein Bett zugewiesen, so mitten drin. Eine lange Reihe von Betten – alle belegt. Es waren alles Genesende. Ich schätze heute, dass in diesem Saal mindestens 15 Betten standen. Ich wollte mich ausziehen, da sagte die eine Schwester zu mir, dass wir alle 1 bis 2 Stunden im dem Park spazieren gehen können. Natürlich ging ich da auch mit raus und siehe da, die Mama kam gerade an. Sie traute ihren Augen nicht. „Gerdel, mein Tschiepele" und sie nahm mich in die Arme. Jetzt darf ich bestimmt bald nach Hause, dachte ich.

Es war an diesem Tag wohl sonnig, aber ein ganz kalter Wind wehte. Das weiß ich noch, denn mir wurde ganz schön kalt und ich war ja das erste Mal nach so langer Zeit wieder an der Luft. Mama durfte nicht mit in die Baracke, aber sie schickte mich bald hinein. Ich merkte, wie es mir im Ohr zog und hämmerte. Nur nicht wieder, dachte ich. Im Bett konnte ich nicht warm werden. Ich zitterte, ohne mein Dazutun und bekam hohes Fieber. An meinem Bett sagte eine Schwester zur anderen, dass ich doch noch nicht hätte in den Park gehen dürfen. Sie hatten übersehen, dass ich ein „Neuzugang" war. Wackelig ging ich in den Gemeinschaftswaschraum. Nach der anderen Seite ging die Tür auf und ich erinnere mich noch genau, dass es ein Mann war, der fürchterlich hustete und auf den Steinboden spuckte. Wie eklig! Der Mann sah ganz dünn aus in seinem Schlafanzug. Dann lugte noch ein anderer Mann hinein und ich konnte bei der offen gelassenen Tür, ebenfalls einen langen Gang sehen wie auf meiner Seite. Plötzlich ein Schimpfen der Schwester und die Männer verschwanden. Ich erfuhr, dass dieser Trakt voll mit tuberkulosekranken Männern war. Ich erzählte es beim nächsten Besuch Mama und sie erkundigte sich, ob das stimmte. Ja, es stimmte. Jetzt wollte sie, dass ich schnell entlassen werden sollte, aber ich musste noch etwas bleiben. Wieder bekam ich

Halsschmerzen und Fieber. Ich merkte es selbst schon. Die Fieberthermometer wurden verteilt und jeder wusste, was er zu tun hatte. Ich schaute unter meiner Bettdecke auf den Thermometerstand. Ich weiß nur, dass das Fieber sehr hoch war und – was tat ich? Ich sah die Schwester kommen, die von Bett zu Bett die Thermometer wieder einsammelte und etwas in die Mappe schrieb. Ich schlug heimlich, so gut ich konnte, das Thermometer runter. Ich kannte das ja. Unter der Decke steckte ich es erst kurz bevor die Schwester an mein Bett kam. Sie nahm es mir ab und sagte so etwa: „Nanu, du hast heute ja wieder etwas Fieber." Mir fiel das Herz in die Hosentasche. Kurz darauf wurde mir verkündet, dass ich morgen nach Hause darf. Ich wusste, dass Mama morgen kommen wollte und so war für mich zunächst erst einmal der Abschnitt „Krankenhaus" abgehakt. Ich fühlte mich noch krank, aber glücklich nach Hause zu dürfen!

Endlich daheim. Alle waren froh, dass ich wieder da war und am meisten freute es ich mich. Ich hatte meinen kleinen Bruder wieder und was der schon alles konnte. Ich habe nur gestaunt. Ja, sechs Wochen waren doch eine lange Zeit. Über ein Jahr war es her, seit ich ebenfalls sechs Wochen zu Erholung war. Ich fehlte also öfter im Unterricht als die anderen. Nun musste ich zudem noch einmal eine ganze Woche warten, ehe ich zur Schule gehen durfte. Einiges Neues als Lehrstoff gab es da schon, aber schnell hatte ich alles aufgeholt. Mein nachgereichtes Versetzungszeugnis war wieder gut. Nur langsam erholte ich mich nach dem Scharlach und seinen tückischen Nachkrankheiten, die danach meistens zu erwarten waren. Mindestens noch drei Monate lang kam noch eitriges Sekret aus meinem linken Ohr. Ich versaute ganz schön meine Kleidung. Nach ...zig Jahren wurde bei mir ein vergrößerter Gehörgang und ein kleines Loch im Mittelohr festgestellt, das mir bis heute aber gar keine Beschwerden macht.

Damals, 1942, gab es wie immer einen schönen langen Sommer. An der Oder, auf der ufernahen Wiese liegen oder im Wasser zu planschen, zu schwimmen, das war einfach herrlich. Geärgert habe ich mich jedes Mal, wenn ich, seit dem ich zehn Jahre alt war, zu den „Jungmädeln", man kann sagen – gezogen wurde und bei dem schönsten Wetter zum politischen Unterricht oder sportlicher Betätigung musste. „Jungmädel" musste in der Nazizeit jedes Mädchen im Alter von 10 bis 14 Jahren sein. Mit 14 Jahren waren die Mädchen beim BDM (Bund Deutscher Mädchen). Bei den Jungen hieß es „Pimpfe" oder „Jungvolk" und dann „Hitlerjugend". Ein Hitlerjunge bekam meist schon ein Seitenmesser, ein so genanntes

Fahrtenmesser. Für mich und viele andere war es ein unfreiwilliger politischer Drill. Jeder sollte in Uniform erscheinen. Jedes Mädel hatte einen dunkelblauen Rock, eine blütenweiße Bluse und das dazugehörige schwarze Dreiecktuch mit geflochtenem Lederknoten zu besitzen. Einige Mädels, so auch ich, sind zum Unterricht des Öfteren in Zivil gegangen. Da gab es Ärger und unsererseits Ausreden wie, die Uniform ist in der Wäsche oder Mutter hatte keine Zeit zu bügeln usw. Ich erinnere mich, dass ich einfach keine Lust hatte, die blöde Uniform anzuziehen und so wurde ich in Begleitung eines „100% Mädchens" nach Hause begleitet, um mir da schleunigst die Uniform anzuziehen. Ja, ein gewisser Zwang war für alle da. Das war unabhängig davon, ob die Eltern in der NSDAP (Nationalsozialistische Deutsche Arbeiterpartei) waren oder nicht. Wir wurden eben so nach und nach eingeschüchtert. Schrecklich fand ich auch die Appelle, die hundertprozentig klappen mussten. Meist hat sogar ein „SA-Mann" den Appell abgenommen. Die Prozedur ging über eine Stunde lang und war sehr anstrengend. Im Sommer zu heiß, im Winter zu kalt. Wenn uns auch bald die Knochen abfroren, ich sage das mal so krass, hatten wir nicht zu klagen – so nach dem Motto: „Ein Soldat kennt keinen Schmerz". Alle Weile mussten wir irgendwo aufmarschieren. In großen Fabrikhallen wurden stundenlange Ansprachen von „BDM-Führerinnen" und „Hitlerjugendführer" gehalten. Wir bekamen Filme von den tapferen deutschen Soldaten gezeigt und es wurden nur politische Lieder gesungen. Und immer wieder den Gruß „Heil Hitler", den wir sagen mussten. Eigentlich kam das „Heil Hitler" schon, sei es im Laden oder auf der Straße, ganz automatisch von den Lippen. Ich weiß, dass mein Vater meistens „Moin, Moin" zum Gruße sagte. Meine Eltern waren Gegner dieser Diktatur Hitlers. Das wusste eigentlich auch ich in so jungen Jahren. Sehr gefährlich war das Wissen der Kinder allgemein, denn es kam immer wieder vor, dass sogar in der Schule Fangfragen gestellt wurden wie: „Da gibt es doch einen feindlichen Sender der unwahre Propaganda und Hetze gegen unseren Führer im Radio verbreitet." Dieser Sender hatte ein bestimmtes Erkennungssignal. Wenn da ein Kind freudig berichtete, dass der Sender sich mit einer Erkennungsmelodie und „Hier ist England, hier ist England, hier ist England" meldete, da war es geschehen. Mindestens ein Elternteil wurde abgeholt und das auf Nimmerwiedersehen. Auf mich konnten sich meine Eltern voll und ganz verlassen. Zu dieser Zeit war Verschwiegenheit die beste Tugend. Wir hatten uns alle also längst an den Krieg gewöhnt und vieles lief ja trotzdem noch ganz normal ab. Natürlich wurden immer mehr Männer in den Krieg gezogen und die Frauen übernahmen die Tätigkeiten, auch schwere Arbeiten. Wir waren alle froh, dass wir unseren Vater in der Heimat hatten. Wie ich schon erwähnte, ist Papa aus gesundheitlichen Gründen einige Zeit nach dem Polenfeldzug vom Militär freigestellt, aber dennoch dienstverpflichtet worden. Eben in die Orthopädische Werkstatt, die im Auftrage des Militärs arbeitete. Da ich öfters in der Stadt war, bin ich nicht selten zu Papa in die Werkstatt gegangen. Seine Arbeitskollegen waren immer ausgesprochen nett zu mir und ich durfte ganz nah an den Arbeitstischen, den Dreh- und Schwabbelbänken stehen und zuschauen, wie künstliche Glieder und vieles mehr gefertigt wurden. Jeder der arbeitenden Männer hatte irgendetwas, weshalb er nicht Soldat sein konnte. Ich weiß, dass einer ein Glasauge hatte. Papa sagte es mir – ich hätte das niemals gemerkt und einer, auch ein ganz netter, hatte ein künstliches Bein.

Eines Tages erzählte uns Papa, dass der 18-jährige Bruder eines Kollegen standrechtlich erschossen wurde. Dieser junge Mensch geriet in Panik, als die Kanonenkugeln an vorderster Front ihm um die Ohren flogen. Er soll ein paar Schritte schreiend zurückgelaufen sein. Das war „Fahnenflucht". Er wurde also wegen „Feigheit vor dem Feinde", so hieß es wörtlich, sofort erschossen. Dies wurde auch seinen Eltern übermittelt. Wie furchtbar war das! Ich meine, heute kommt es doch auf die menschliche Psyche an. Jeder kann doch nicht hart sein. Das Hitlerregime war schrecklich. Es sollte stets Zucht und Ordnung im Deutschen Reich herrschen. Für manches war eine gewisse Strenge gut, so glaubt man es heute. Denn würden in bestimmten Fällen in der heutigen Zeit die Zügel, vor allem bei der Jugend, etwas gestrafft sein, gäbe es sicherlich etwas weniger, ich sag es mal fein ausgedrückt, „Halodries". Wir Kinder bekamen damals Gehorsam beigebracht. Im Schulunterricht hatten wir stets die Vormärsche unserer Soldaten und die eingenommenen feindlichen Gebiete auf der Landkarte genau anzuzeigen. Wir sollten uns freuen. Wie die Wirklichkeit aussah und unter welchen Bedingungen fremdes Land erobert wurde und was der kämpfenden Truppe alles abverlangt wurde, stand auf einem anderen Blatt.

Wir alle spürten die zunehmende Unruhe des Krieges. In der Nachbarschaft wurden bereits einige „Für Führer, Volk und Vaterland" gefallene junge Menschen gemeldet. Wenn da ein Elternteil in großer Trauer und Verzweiflung etwa auf den verfluchten Krieg mit allem Drum und Dran schimpften, mussten sie mit strengsten Maßnahmen gegen sie rechnen. Es war schon grausam, dieser „Gehorsam". Das Hitlerregime streckte also sehr weit seine Fühler aus, so wie eine riesige Krake, vor der sich jedermann in

Acht nehmen musste. Ich war zu diesem Zeitpunkt wirklich noch sehr jung und trotzdem ist mir sehr viel im Gedächtnis haften geblieben. Vielleicht kommt es daher, weil ich auch heute noch nicht leiden kann, wenn andere über mich verfügen oder für mich Entscheidungen treffen wollen. Ja, ich merke, dass jede Zeit einen Menschen prägt – negativ oder positiv. In diesem Kriegsjahr war ich jedenfalls noch ganz Kind. Das Sparen und Improvisieren lernte ich auch. Ich sah wie Mama „verlängerte Butter" machte. Die Rezepte wurden unter den Nachbarsfrauen ausgetauscht. Ein Mehl oder ein Stärkemehlbrei wurde gekocht und mit der Abkühlung wurde Butter untergerührt. Dieser Brotaufstrich schmeckte wohl nach Butter, war aber keine. Wichtig war, dass die Butter bis Monatsende und bis zu Beginn der neuen Lebensmittelkarten reichte. Es wurde ja auch gerne Kuchen für den Sonntag gebacken und Mama backte gerne den schlesischen Streuselkuchen.

Da muss ich jetzt etwas erzählen. Anni und ihre Freundin bekamen eines Samstags den Auftrag, von der Mutter der Freundin den selbstgemachten Kuchen, es war ein „Abgerührter" (Rührkuchen) vom Bäcker abzuholen. Die Mutter hatte ihn total vergessen. Es war schon längst nach Ladenschluss und auch schon dunkel. Aber morgen, am Sonntag, bräuchte man doch den Kuchen. Dennoch trotteten sie widerwillig zu dem besagten Bäcker. Der Weg führte an der kleinen Totenkapelle vorbei und beide Mädels wussten, dass der vor einem Tag verstorbene „Bibelforscher", unser ehemaliger komischer Nachbar, dort aufgebahrt lag. Beim Bäcker bekamen sie auch zu verspäteter Zeit noch die „Abgerührten". Die Bäckersleute waren immer sehr freundlich. Nun gingen sie rasch heimwärts, denn sie hatten noch irgendetwas am Abend vor. Beide waren ja immerhin schon ungefähr 16 Jahre alt. Wieder kamen sie an der Totenkapelle vorbei und Anni erzählte uns, dass wohl der Teufel die Freundin geritten hätte. Diese Freundin blieb vor der Kapelle plötzlich stehen und überredete Anni, mit ihr in die Kapelle zu gehen um diesen Bibelforscher tot zu sehen. Ganz dunkel war es zu dieser Stunde nicht, da der Mond ziemlich hell schien. Anni glaubte, die Freundin scherze, aber diese ging, den Kuchen im Arm, die Stufen bis zur Tür hinauf. „Es ist doch zu, komm runter", hätte Anni ihr gesagt, aber schon drückte sie die Klinke und – die Tür war nicht verschlossen. Nie war die Tür verschlossen, so erfuhren wir es alle später. Anni folgte der Aufforderung ihrer Freundin. Schon standen beide im Raum und in der Mitte der geschlossene Sarg. Der Kuchen wurde auf die Bank gestellt. „Ich will sehen, ob der Bibelforscher wirklich darin liegt", hätte die Freundin gesagt und schob am Kopfende den Sargdeckel etwas beiseite. Die bleiche Glatze konnten beide im hellen Mondlicht sehen und sie erschraken plötzlich sehr. Mit einem Aufschrei liefen sie hinaus – nichts wie weg! Sie rannten, als wäre der tote Bibelforscher hinter ihnen her. Da merkten sie plötzlich, dass der Abgerührte in der Kapelle liegen gelassen wurde. Nein, da gehen sie nicht mehr hin. Die Mutter der Freundin wollte es erst nicht glauben und schimpfte nicht schlecht. Sie befahl beiden, den Kuchen zu holen. Aber es half nichts. Die Mädels waren noch total geschockt. Alles würden sie tun, aber nicht den Kuchen holen. Was soll ich sagen? Diese Mutter machte sich auf den Weg und kam tatsächlich mit dem Kuchen nach Hause. Wie das so eine Frau fertig bringen konnte, ist mir ein Rätsel. Ob die Frau den Deckel wieder schloss, ebenfalls wieder die Tür, das weiß ich nicht. Wichtig war, der Kuchen für den Sonntag war gerettet. Na, denn guten Appetit noch nachträglich!

Meine Schwester Anni kann heute noch jede Einzelheit erzählen. Übrigens, ihre beste Freundin starb, ich glaube an Hirnhautentzündung, im Alter von 17 ½ Jahren. Anni war untröstlich. Vieles hatte sie mit ihr erlebt, denn sie war ein prima Mädel gewesen – abgesehen von der Kapellenepisode – und sie war ja auch ihre gute Kollegin im Schuhgeschäft. Ja, wir alle waren von dem frühen Tode geschockt. Ein Foto von ihr hat Anni bis hier nach Hessen mitgenommen. Ich glaube, sie wird sie nie vergessen. Übrigens kam der Bibelforscher in das Grab von Mamas Mutter, meiner Omama, das ca. 35 Jahre bestand und wieder belegt wurde. Nun brauchten wir am 1. November, also an Allerheiligen, nicht mehr am Abend an das Grab der Omama zu gehen, um die Kerzen anzuzünden. Es war ein katholischer Brauch. Anni ärgerte sich regelrecht, wenn sie an diesem Tag, es war ihr Geburtstag, am Grabe hockte – natürlich mit uns allen. Ich weiß noch, wie Mama weinte, als sie damals aus der Stadt kam. Sie hatte mit dem Totengräber ausgemacht, dass sie zugegen sein durfte, wenn das Grab ihrer Mutter ausgehoben wird. Sie bekam den Kopf ihrer Mutter zu sehen, an dem noch ein Büschel dunkler Haare waren. Alle Zähne waren vollständig vorhanden. Ja, da glaube ich schon, dass dies Mama sehr erschüttert hat. Sie war damals erst sieben Jahre alt, als ihre Mutter starb.

Nun will ich aber wieder an etwas anderes denken. Erinnerungen über Erinnerungen – alles ist in meinem Kopf gespeichert. Sie fallen förmlich aus meinem Gehirnkasten und ich schreibe und schreibe.
So z. B. sehe ich mich, das eine oder andere Nachbarsmädel ist auch dabei, wie ich mit einer 3 Liter Kanne in eine Fleischerei ging. Fünf, sechs

Minuten waren zu gehen. Freilich kam ich zuvor an einem anderen Fleischerladen vorbei, aber da gab es nicht so eine gute Wurstsuppe. Wurstsuppe ist die Brühe, in der alle Wurstsorten gekocht wurden. Je mehr Würste darin gekocht wurden, desto besser war die Suppe. Nein, ich ging ein Stück weiter zu dem Fleischer „Warczecha". Im Laden bediente meist die alte Frau. Für mich war sie eine alte Frau, denn sie hatte nur noch ein paar einzelne Zähne im Mund, dazu lachte sie gerne und man konnte alle Zahnlücken sehen. Wir alle waren den Anblick gewohnt. Von der jungen Frau ließen wir uns weniger gern bedienen. Diese wog nämlich auf das Gramm genau alles ab. Dagegen war die Ältere großzügig, trotz Rationalisierung der Waren. Wir Kinder bekamen ab und zu ein kleines Stückchen Wurst zugesteckt, aber nur, wenn sie alleine im kleinen Laden bediente. Ihre Schürze war meist nicht die Sauberste, aber das störte uns nicht. Nun war ich auf dem Weg, um Wurstsuppe zu bekommen. An Fleischers Haus vorbei und gleich um die Ecke, da wo die Wurstküche war. Zwei Mädchen sind mit mir in den dampfenden Raum gegangen. Wir hatten gehört, dass einige Kinder ohne gefüllte Kannen wieder weggeschickt wurden. Das waren aber Kinder, die die Mutter zum zweiten oder gar zum dritten Mal hintereinander in die Wurstküche schickte. Ja, der ältliche Fleischergeselle passte genau auf. Ein großer dicker Mann war er. Nun standen wir Drei im Eingang. Dicke Nebelschwaden ließen das Umfeld kaum erkennen. Die zwei Mädels drängten sich gleich in Richtung Wurstkessel. Der Dicke guckte und schöpfte die Kannen voll. Ziemlich tief schöpfte der Dicke aus dem Kessel. Ich hatte Bange, dass ich nichts mehr bekäme. Der vierschrötige Fleischer schaute mich an. „Na gib` schon." Da merkte ich erst jetzt, dass ich meine Kanne fast versteckt an der Seite hielt. Nicht ganz voll bekam ich die Kanne geschöpft, aber er gab sie mir wieder zurück und gleichzeitig sagte er: „Gib noch mal her" und ich traute meinen Augen nicht: Eine Wellwurst balancierte er mit der Kelle in meine Kanne. „Nu geh!" Ich ging rasch hinaus und jubelte innerlich. Da wird Mama aber gucken. Gut, dass die zwei Mädels längst voraus gegangen waren. Die hätten es mir nicht gegönnt. Ja, das war Fleischerei „Warczecha". Ganz sicher hat Mama von der Brühe einen kräftigen Eintopf gekocht.

In dem Stadtteil Oppelns, in dem wir wohnten, ging es beinahe dörflich zu. Ja, tatsächlich waren am Rande 2 bis 3 Gehöfte und außerdem auch eine große Domäne in der Nähe. Die hatten unzählige Tiere und viele Fuhrwerke und Gerätschaften. Wir hatten auch ein Kartoffel- und Gemüsegeschäft, zwei Kohlenhändler, sechs Kolonialwarengeschäfte, vier

Bäckerläden, drei Fleischer, zwei große Gärtnereien, einen Kindergarten, einen Arzt, ein Bankgebäude, eine Polizeistation, ein Postamt, eine Schule, einen Milchladen, vier Bushaltestellen, ein Telefonhäuschen, einen Friedhof, zwei Zementfabriken und drei Gastwirtschaften. So, ich denke, dass ich so ziemlich alle aufgeführt habe. Schuster und Schneiderinnen waren natürlich auch da. Nur eine Kirche gab es nicht. Die Kirchen waren in der Stadtmitte. Es ist schließlich 61 Jahre nach Kriegsende und 61 Jahre ist unser Oberschlesien schon polnisch. Da ist es kein Wunder, wenn ich mich an einzelne Gebäude nicht mehr genau erinnern kann. Nie hätten wir gedacht, einmal Oberschlesien fluchtartig verlassen zu müssen. Wir wohnten also in einem kleinen Stadtviertel Oppelns. Oppeln selbst hatte schon Großstadtcharakter. Da gab es so viele Geschäfte, die könnte ich nicht aufzählen. Oppeln, die Regierungshauptstadt Oberschlesiens, konnte sich schon sehen lassen. Alleine das große Rathaus mit dem hohen Uhrturm und den großen Platz. Wir nannten ihn „Ring" und er war sehenswert. Auf diesem Ring wurden damals in Kriegszeiten des Öfteren Appelle abgehalten, ebenso Ansprachen der Hitlerjugend und der Standartenführer oder wie sie alle hießen. Aber der Ring war natürlich auch für alle sonstigen Menschen begehbar, man traf sich eben zum Plausch. Rundherum waren Geschäfte an Geschäfte und selbst zu Kriegszeiten herrschte reges Treiben. Ich sehe die vielen Brücken, wenn ich an Oppeln denke. Man sagte ja auch, Oppeln, die Brückenstadt. Die Oder war an manchen Stellen besonders breit und da sie mitten durch die Stadt floss – und heute natürlich immer noch fließt – musste es ja viele Brücken geben. Die ganze Stadt zu beschreiben, wäre ich nicht imstande. Aber ich will weiterhin von Begebenheiten der einzelnen Straßen, Ecken oder Plätze erzählen. Ich erinnere mich, dass wir als „Jungmädel" zum Aufstellen auf der großen „Adolf Hitler Brücke" abkommandiert wurden. Viele, viele Soldaten marschierten in Viererreihen an uns, die wir den Brückenrand säumten, im zackigen Schritt vorbei. Dann wieder Fahrzeuge, die ganz langsam fuhren und wieder singende Soldaten. Wir bewarfen die Soldaten mit Blumen und kleinen Geschenken. Als dann eine ganze Menge Autos vorbeifuhren, hieß es, der Führer Adolf Hitler hätte in einem Auto gesessen. Vielleicht hatte ich gerade mein Augenmerk auf andere Dinge gelenkt. Nur musste ich immer mit in das „Heil, Heil, Heil" einstimmen. Ich hatte ihn nicht gesehen und fand es gar nicht schlimm. Ich weiß nur, dass ich auf der Brücke, auf der wir alle mindestens vier Stunden stehen mussten, schrecklich fror. Außerdem „musste" ich ganz dringend mal, aber keiner von uns durfte sich fortbewegen. Ich und bestimmt noch viele andere, waren froh, als es nach Hause ging. Mit fröhlichem Gesang mussten wir zudem auch noch gehen. Alles sträubte sich in mir damals schon, gegen solche Zwänge und Bevormundungen. Ja, in jeder Minute lernt man doch im Leben für das Leben. Auch aus schlechten Erfahrungen werden wunderbare reife Früchte. Alles hat also irgendwie etwas Sinnvolles.

In der damaligen Kriegszeit war vieles anders. Wenn die Winter bei uns recht streng waren, dachten wir alle gleich an unsere, an der Front kämpfenden Soldaten. Immer wieder gab es Aufrufe zur Kleiderspende. Aus Lumpen wurde wieder verwertbare Ware geschaffen und somit wurden die Soldaten eingekleidet. In der Schule strickten oder häkelten wir quadratische Stücke, die zu einer großen Decke zusammengefügt wurden. Diese waren auch für die Soldaten bestimmt. Ob die aber je ankamen? Interessant waren die Spielsachen für Kinder aus Holz oder Stoffresten. Die Jungen sägten und klebten und wir Mädchen fertigten nach Vorlagen Tiere aller Art. Ich muss sagen, diese Stofftiere sahen oft sehr schön aus. Auch Bälle aus Stoff wurden gefertigt. Ich verstand mich besonders gut darin. So ein Ball bestand aus mindestens acht ellipsenförmigen Einzelteilen. Mit kleinsten Flicken wurde ausgestopft, zugenäht und fertig war der Ball. Alle diese Dinge kamen zum Weihnachtsfest kinderreichen Familien zugute. Das war wenigstens etwas Sinnvolles. Ich erinnere mich, dass Mama uns Kindern, aus älteren Kleidungsstücken von unserer bekannten Schneiderin, ein neues Kleid, Rock, Jacke oder sonst etwas nähen ließ. Meistens wurde der Stoff, ich meine die Stoffteile, „gewendet". Also die linke Seite, die meist nicht verblasst war, wurde zum Oberstoff. Deshalb sah das Kleidungsstück oft wie neu aus. Meine Freundin Dora, die mit mir in die gleiche Schulkasse ging, war damals wirklich das bestangezogenste Mädchen. Des Rätsels Lösung: Ihre Mutter war Schneiderin und nicht selten bekamen im Allgemeinen die Schneider und Schneiderinnen ein Stück Stoff oder einen alten Mantel usw., als Lohn. Doras Mutter war eine erstklassige Näherin. Aus kleinsten Teilen zauberte sie für Tochter Dora und Tochter Heidel, die ca. vier Jahre jünger war, entzückende Kleidung. Meist wurden die Sachen auch noch wundervoll bestickt. Diese Frau hatte direkt künstlerisches Talent. Ich bewunderte meine Freundin Dora in ihren tollen Sachen. Dora war ein hübsches Mädchen mit dunklen Naturlocken. Sie ist noch heute eine schöne Frau. Wir beide verstanden uns gut und nie gab es Streit zwischen uns. Dora ist mir eine liebe Freundin und Schulkameradin gewesen. Und was soll ich sagen? Sie ist noch heute meine einzige echte Freundin, wenn sie auch viele Kilometer weit entfernt ist.

Durch die Flucht 1945 wurden wir getrennt und sahen uns erst nach dreißig Jahren wieder. Sie war in Oppeln geblieben, dem jetzigen Opole in Polen, verheiratet und vierfache Mutter geworden. Ich, wohnhaft in Lauterbach in Hessen, zweifache Mutter. Das Wiedersehen werden wir beide nie vergessen. Mein erster Besuch nach so vielen Jahren in meiner Heimat und Geburtsstadt Oppeln war so ergreifend schön, dass sogar mein Mann sehr gerührt war. Ich konnte meinen Mann in Oppeln vieles zeigen, wovon ich ihm oft erzählt habe. Er sah mich nur an und sein Verständnis, sein Mitempfinden war einmalig. Ich war ihm so dankbar, obwohl er immer sagte, dass es doch selbstverständlich sei, mit mir zu fühlen und alles zu erleben. Unvergesslich die Zeit der alten Erinnerungen und der Findung meiner einzigen guten Freundin Dora. Sie war genauso glücklich wie ich. Sie hatte einen liebevollen Ehemann, der uns auch mochte. Wir verstanden uns und ich hatte vor allen Dingen meine Freundin wieder. Nie mehr wollten wir uns aus den Augen verlieren. Gegenseitige Besuche wurden ermöglicht. Es war wunderbar. Nun erlaubt es unser Alter nicht mehr, dass wir mal schnell zueinander kommen können. Wir schreiben uns öfter und telefonieren auch ab und zu. Was wir da reden? Na, oft über Begebenheiten aus unserer Schulzeit. Ich hoffe und bete, dass keine von uns zu früh gehen muss. Wir waren früher an den freien Nachmittagen immer zusammen und ich muss sagen, meist war ich bei ihr zu Hause. Die Mutter hatte immer viel zu nähen, aber die Oma, die mit im Haus wohnte, kümmerte sich liebevoll um uns. Die kleine Heidel, ihre Schwester, war damals ein recht aufgewecktes und keckes Mädel. Natürlich wollten wir beide sie nicht immer dabei haben, wenn wir draußen rumschlenderten. Da war Heidel manchmal ganz schön sauer. Aber Dora – eigentlich wurde sie von allen „Dordel" genannt – verstand es, ihre kleine Schwester zu besänftigen und Heidel lachte wieder. Ich erinnere mich, dass ich mit Einverständnis unserer Eltern einmal bei Dora übernachten durfte. Doras Mutter war mit Oma für einen Tag verreist. Es war gerade Ferienzeit, so genannte „Kartoffelferien". So wurden die Herbstferien genannt, weil zu dieser Zeit die Kartoffeln geerntet wurden. Ich bin also am Vormittag schon zu Dora. Wir spielten mit Heidel und tobten im Garten. Dann machten wir uns etwas zu essen. Es war kein Feuer im Herd und eine kleine elektrische, offene Spiralen-Kochplatte wurde aufgestellt. Diese kleine runde Kochplatte rutschte aber vom Hocker und die Spiralen, durch die dann der Strom fließen sollte, sprangen aus der Führung und zerbrachen in zwei Teile. Ein Glück, dass der Stecker noch nicht drin war, sonst wäre die Spirale schon glühend gewesen. Wir hatten daheim genau so einen Kocher. Die Spirale hatte sich auch schon mal voneinander gelöst und Mama drehte die sie wieder zusammen und die Platte funktionierte wieder. So einfach war das. Nun, da ich wusste, wie schnell man so etwas reparieren kann, wollte ich nun auch meine Künste walten lassen. Ich sagte zu Dora: „Ich mache das schon, du darfst aber auf keinen Fall, während ich repariere den Stecker ins Stromnetz stecken, hörst du?" Sie sagte: „Ja, gut." Ich nahm beide Spiralenden in die Hand, um sie zunächst wieder in die Führung zu legen. Ich weiß genau, dass ich nochmals meine Warnung an Dora wiederholte. Ob es meiner Freundin Dora zu lange dauerte bis alles fertig war, oder ob sie der Teufel geritten hatte, ich weiß es nicht. Ein so gewaltiger Elektroschlag schoss von beiden Armen in meinen ganzen Körper. Es waren Schläge wie mit Stahlhämmern. Alles zuckte an mir. Dora hatte den Stecker ins Netz gedrückt. Entweder zog sie bei meinem Anblick wieder den Stecker raus oder ich konnte mich selbst der Spiralen entledigen, die mir den Schock versetzten. Der Strom war weg, aber ich zitterte am ganzen Körper und brachte keinen Ton heraus. Ich hörte in diesem Moment Doras kleine Schwester lachen. Sie sah es als Spaß an, den ich mir erlaubte und Dora fand es auch, komischerweise, ganz lustig. Als ich endlich wieder sprechen konnte, aber noch ganz wackelig war, sagte ich nur: „Du hast den Stecker reingesteckt. Warum hast du den Stecker reingesteckt?" Durch meinen Vater, der mit Elektrosachen äußerst vorsichtig war, wusste ich, was Strom im Körper anrichten kann. Eines weiß ich gewiss, meine Freundin wollte mir nichts Böses. Es war so ein jugendlicher Leichtsinn, so ein Unbedachtsein. Dora merkte schließlich, dass es mir richtig schlecht ging und meine Füße mich nicht mehr trugen. Ich setzte mich auf einen Stuhl und war in der nächsten Stunde einfach nur fertig. Dora tat ihr Verhalten nachher sehr leid und sie brachte den kaputten Kocher einfach weg. Ich trage ihr diesbezüglich natürlich nichts nach und unserer guten Freundschaft hat das keineswegs geschadet. Ich erzähle eben so einige Erlebnisse und Episoden. An diesem Abend machten wir es uns noch so richtig schön. Mir ging es wieder ganz gut. Da Doras Mutter Schneiderin war und selbst sehr schicke Kleider hatte, sowie Hüte und Tücher, Handschuhe, Ohrringe, Broschen und Lippenstifte, war es uns ein Leichtes, so eine Art Modenschau zu machen. Die kleine Heidel musste immer sagen, ob wir gut oder unmöglich aussahen. Ein sehr großer Spiegel war vorhanden und wir beide zogen uns einige Male anders an und schminkten uns. In den hochhackigen Schuhen konnten wir kaum stehen. Ach, wir fanden uns echt toll und kamen aus dem Lachen nicht heraus. Es war schon recht spät geworden, als wir aufhörten uns umzuziehen. Alle Kleider und

Zubehör lagen um uns herum. Provisorisch räumten wir auf und legten uns schließlich ins Bett. Ich habe mit Dora in einem Bett geschlafen. Lange alberten wir noch herum und erzählten uns manche Schauergeschichten. Am nächsten Morgen half ich noch etwas aufzuräumen und ging wieder nach Hause. Dora erzählte mir am nächsten Tag, dass ihre Mutter merkte, dass alle ihre Kleidungsstücke durcheinander waren. Außerdem hatten wir den schönen Lippenstift abgebrochen. Ich glaube, Doras Mutter war „gnädig" und mich ließ sie es auch nie spüren. Alles war wieder in Butter. Dora und ich – was kann es anderes geben? Andere Schulkameradinnen waren eben nur Kameradinnen – wir beiden blieben unzertrennliche Freundinnen. Unsere jüngeren Lehrer in der Schule waren längst vom Militär einberufen worden. Wir wurden meist von Lehrerinnen und älteren Lehrern unterrichtet. Das waren nicht immer die Schlechtesten. Unsere Klasse hatte einen Hauptlehrer für fast alle Fächer. Er hieß mit Nachnamen Mexner, wurde aber „Hühner" genannt. In der großen Standtafel war der Name Hühner wohl mit einem dicken Nagel eingekratzt worden. Warum er Hühner hieß, habe ich nie erfahren können. Unser Lehrer Hühner also war ein großer, ziemlich hagerer Mann. Er hatte schütteres Haar und ganz lange Beine. Er saß immer seitlich auf dem Stuhl hinter dem Pult. Wir konnte immer sehen, was er für Socken an hatte, denn beim Sitzen rutschte die Hose ein Stück nach oben. Sobald es die Temperatur zuließ, steckten seine Füße ohne Socken in den halbhohen Schnürschuhen. Das sah komisch aus. Ein Stück nacktes Bein lugte immer hervor. Wir wussten, wann unser Lehrer Geburtstag hatte und schenkten ihm unter anderem ein Paar Socken. Ja, tatsächlich! Irgendeine Schulkameradin oder Kamerad brachte ein Paar neue Socken mit, obwohl doch alles rationiert war. Natürlich freute sich unser Lehrer riesig, zog diese Socken aber noch lange nicht an – wir beobachteten es genau. Erst als es draußen kalt wurde, wurden seine Füße bekleidet. Auf seinem alten Fahrrad kam er jeden Morgen aus der Innenstadt angeradelt. Man sagte, er habe keine Frau und das glaube ich auch. Er kleidete sich oft so komisch. So waren seine Jackenärmel viel zu kurz für seine langen Arme. Aber, das muss ich sagen, er lehrte uns präzise alle notwendigen und wichtigen Dinge in Wort und Schrift. Es gab viele Wiederholungen, bis alles „saß". Ich finde das im Nachhinein gut, so haben wir uns alles einprägen können. Brav mussten wir auf unseren harten Bänken sitzen und die Hände mussten sichtbar auf der Schreibunterlage sein. Aufregung herrschte meist im Klassenzimmer, wenn ein Diktat anstand. Hauptsächlich die Jungens bibberten schon vorher. Ohne mich hier irgendwie selbst zu loben, hatte ich überhaupt keine Bange, denn in

Deutsch schriftlich und mündlich war ich gut. Meist schrieb ich absolut fehlerfrei und bekam die Zensur eins oder zwei. Meine Handschrift war damals auch gut und wurde vom Lehrer nicht selten als „Vorbild" in Fleiß und Aufmerksamkeit herausgestellt. War mir das peinlich! Ich musste dabei aufstehen und meine Kopf wurde ganz heiß. „So", sagte der Lehrer meist zu den dümmeren Jungen gewandt, „so, jetzt werde ich den ganzen Aufsatz noch einmal diktieren und du Gerda schreibst es so, wie ich es diktiere gleich an die große Tafel, damit die Dummen sehen, wie man was schreibt." Ich musste also zur Tafel, es war für mich total ungewohnt und mit Kreide alles gut lesbar schreiben. Als ich endlich fertig war und mich setzen konnte, sah ich schon ein paar drohende Fäuste und ich wusste, was das bedeutete. Die Jungen wollten sich rächen. Tatsächlich bin ich nach Schulschluss ein paar Mal wieder zurück ins Schulgebäude. Dora blieb Gott sei Dank an meiner Seite, bis die Schule vom Herrn Rektor, der gleich nebenan wohnte, abgeschlossen wurde. Nun rannte ich los und trotzdem erhielt ich von einem dreisten Schulkameraden ein paar Hiebe mit einer langen Gerte. Das hatte ich nun davon. Aber ich wollte mich doch gar nicht hervortun. Nun, das ging auch vorüber. Zum Abschluss der vierten Klasse war ich für eine weiterführende Schule mit noch drei Mädchen und einem Jungen vorgeschlagen worden. Eine Kommission aus der Stadt war eines Tages zugegen. Wir Fünfe standen also vorne neben dem Pult. Unsere Zeugnisse wurden nochmals sorgfältig gelesen und dann bekamen wir ein bedrucktes Blatt Papier mit, das unsere Eltern unterschreiben sollten. Es war die Einverständniserklärung für eine andere Schule. Papa und Mama waren sehr erfreut, da sie mit den beiden anderen Töchtern die gleiche Erfahrung gemacht haben. Meine Eltern sagten: „Na, willst du?" und ich schüttelte heftig den Kopf. „Ich will nicht, ich gehe nicht, ich will in keine andere Schule gehen!" Meine Eltern sahen wie ernst es mir war und ließen meinen Lehrer wissen, dass sie also nicht unterschreiben. Ein Stein ist mir vom Herzen gefallen. Ich fühlte mich wohl in dieser kleinen Schule und blieb gerne. Aber ein Jahr später, von der fünften zur sechsten Klasse, ging das gleiche wieder los. Wieder setzte ich meinen Willen durch. Ich meine, es war gut so.

Wir hatten das Jahr 1943. Unsere Soldaten kämpften an mehreren Fronten und die Zivilbevölkerung hatte immer mehr Angst, dass ihre geliebten Männer oder Söhne nicht mehr heim kämen. Viele und es wurden immer mehr, sind leider wie es hieß, „Für Führer, Volk und Vaterland" gefallen. Immer mehr trauernde Menschen gab es, auch bei uns in unmittelbarer

Nachbarschaft. Grausam! Meine beiden Brüder, auch Fred mit dem schiefen Rücken, waren an der Front. Erika war ca. eineinhalb Jahre vorher noch zur Erholung nach Crailsheim im Württembergischen geschickt worden, jetzt wurde sie wieder verschickt. Aber diesmal in ein so genanntes „Pflichtjahr". Erika war aus der Schule entlassen und konfirmiert worden. Sie musste aufs Land und das hieß: „Landjahr".
Ein ganzes Jahr arbeitete sie bei Bauern und war so ziemlich für alles zuständig, auch für die Kinder. Sicher hatte sie erst vieles erlernen müssen. Das Jahr ging jedenfalls auch herum und wir alle waren froh, sie wieder daheim zu haben. Mir fehlte Erika auch sehr. Sie war ja immer nett zu mir. Anni konnte gleich nach der Schule ihre Lehre als Schuhverkäuferin beginnen. Ich selbst, das muss ich ehrlich sagen, machte mir beruflich noch keine Gedanken. Schließlich hatte ich ja noch gute zweieinhalb Jahre Schulunterricht zu absolvieren. Aber auch das kam ganz anders. Davon werde ich noch berichten.

Der Sommer 1943 war wieder schön. Ich weiß es, weil ich in diesem Jahr die meiste Zeit an der Oder verbrachte. Wenn wir nicht durch die dauernden Sondermeldungen von Kämpfen und natürlich Siegen „bombardiert" worden wären, hatte fast alles wie in Friedenszeiten aussehen können. In den Sträuchern der Oder verfingen sich so genannte „Lamettastreifen". Das waren von feindlichen Fliegern abgeworfene glänzende Stanniolstreifen, die ein Nichterkennen der Flugzeuge zum Ziel hatten. Etwas primitiv klingt das heute, aber Radarerkennung in höchster Präzision wie es heute der Fall ist, war damals noch nicht möglich. Mehr weiß ich nicht von diesem „Lametta". An einem besonders schönen Nachmittag, durfte ich meinen kleinen Bruder Heinz auf die Wiese an der Oder mitnehmen. Ich freute mich und Heinzel tapste mit seinen zweieinhalb Jahren neben mir bis zu einem schönen Platz direkt am Wasser an der Hafeneinfahrt. Viele bekannte Mädels und Jungs waren auch da und auch kleinere Kinder, so wie Heinzel. Wir hockten auf unserer Decke, spielten und wir beide fühlten uns wohl. Heiß war es schon und das Wasser lockte. Ich setzte mich mit Heinzel ganz nah an das Wasser, so dass ich wenigstens meine Füße im Wasser baumeln lassen konnte. Viele Steine lagen um uns herum und mein kleiner Bruder jauchzte vor Freude, wenn er einen Stein ins Wasser werfen konnte. Mir war es unerträglich heiß geworden und Heinz bekam von mir ab und zu ein paar Wasserspritzer ab. Meine Bekannten schwammen im Wasser und riefen: „Komm doch auch rein!" Das Wasser lockte und ich weiß noch, dass ich sagte: „Heinzele, bleib schön hier sitzen, ich geh nur kurz ins Wasser und komme gleich wieder." „Ja", sagte Heinz und ich wagte es tatsächlich ein paar Schwimmzüge zu machen – drehte auch gleich wieder um und sah... ich sah wie ein etwa 12-jähriger Junge meinen Heinzel an den Haaren aus dem Wasser zog. Schon war ich wieder an Land und nahm den prustenden und schreienden Bruder in den Arm, trug ihn zur Decke und trocknete ihn ab. Er weinte noch immer und hustete, sicherlich hatte er Wasser geschluckt. Heinz muss direkt nach mir ins Wasser geplumpst sein. Wäre da nicht dieser mutige Junge gewesen... es hätte keinen Heinzel mehr gegeben. Nicht auszudenken! Heinz beruhigte sich schließlich und ich zeigte ihm die schönen Bilder in seinem Bilderbuch. Der Abend nahte und fast alle Kinder gingen schon nach Hause, aber ich verharrte immer noch. Soll ich es Mama sagen? Sicher werde ich es ihr sagen. Zudem sagte Heinz immerzu: „Wasser plumps macht." Seine Spielhöschen waren auch noch nass. Heinzel wurde unruhig und hatte sicherlich Hunger, genau wie ich. Ein paar Schluck Kaffee waren noch in der Bierflasche drin. Plötzlich hörte ich ein Trillern. Das ist Mama die ruft uns, wusste ich. Mama brauchte keine Trillerpfeife, denn sie trillerte mit den Lippen und das war viel lauter. Öfters wurden wir Mädels so von Mama heimgerufen. Da – wieder das Trillern. Es war Zeit zu gehen. Da sah ich sie schon, die eiligen Schrittes uns entgegenlief und als erstes Heinz in den Arm nahm. „Ist es wahr Gerdel, dass Heinzele fast ertrunken wäre, ist das wahr?" Ich nickte nur und war selbst untröstlich wegen meiner verletzten Aufsichtspflicht. Mama hatte es von Kindern erzählt bekommen. Papa hielt mir auch eine „Gardinenpredigt". Ohje, wie schlimm hätte es ausgehen können. Ich habe nur immer das Bild vor mir gesehen, wie Heinz triefend aus dem Wasser gezogen wurde. Ich danke dem Himmel, dass er ein Schutzengel gesandt hat. Mir war gar nicht wohl, zog mich zurück und war sehr traurig. Nun wird Mama mir meinen kleinen Bruder wohl nicht so schnell wieder anvertrauen, dachte ich. Heinzel war längst wieder putzmunter und er wollte mit mir spielen. Ich aber zog mich zurück. Mir schmeckte das Abendbrot gar nicht, zumal meine Schwestern mich auch noch wegen dieses Vorfalls rügten. Ich fühlte mich sehr schuldbeladen. Es dauerte Tage, bis ich wieder Lust hatte mit anderen Mädchen an die Oder zu gehen. Ja, ich war sehr empfindlich und so jung wie ich war, ich war meiner Schuld voll bewusst und fantasierte immer wieder... und wenn Heinzel ertrunken wäre? Mama erkannte wohl meine Verletzlichkeit und wenn sie mir Heinz in den Sportwagen setzte, damit ich mit ihm spazieren fahren konnte, so gab sie mir Gott sei Dank keine Ermahnungen mit auf den Weg.

Sie sah mich nur an und wusste genau, dass ich meinen kleinen Bruder nicht mehr aus den Augen lassen würde.

Ab und zu kam in unseren Stadtteil ein Eismann durch die Straßen gefahren – mit dem Fahrrad natürlich. Einen weißen Kastenanhänger mit zwei silbernen Glockendeckeln zog er hinter sich her. „Der Eismann ist da", riefen wir und Mama oder Papa machten ein paar Fünfer locker. Nun hieß es sich anstellen. Im nu waren nämlich viele Leute gekommen, um sich ein Eis zu kaufen. Umständlich setzte der Mann eine weiße Mütze auf und hob die Deckel ab, die das herrliche Speiseeis sichtbar machten. Die zwei Bottiche waren gut gefüllt und rundherum war das in Stücke gehauene Natureis gelagert. So hielt das Eis seine Konsistenz. Für fünf Pfennige bekam man eine halbe Muschelwaffel oder eine Waffeltüte mit einer ordentlichen Portion Eis. Nach Gutdünken wurde das Eis mit einem Spachtel aufgestrichen. Eis vor der Haustür, das war jedes Mal ein Erlebnis. Zur nächsten Straßenecke schob der Eismann sein Fahrrad. Er klingelte kurz mit der silbrigen Glocke und alle kamen. Bald waren die Eisbottiche leer. Wann er wieder kommt? Es war unbestimmt. Diese kleinen Freuden genossen wir mit allen unseren Sinnen. Ab und zu karrte auch ein alter Mann ein Fässchen Bier durch unsere Straßen und Gassen. „Jungbier – hier gibt's Jungbier", rief er laut und mit Milchkannen wurde das schmackhafte Bier geholt. Halbeliterweise wurde es verkauft und natürlich viel billiger als in der nahen Schänke. Das war z. B. „Der Gasthof zum Anker". Meist holten wir Kinder für die Eltern ebenfalls in der Milchkanne „geschnittenes Bier" aus der Schänke. Geschnitten war halb hell, halb dunkles Bier. Flaschenbier wurde ganz selten gekauft, das war ja auch gleich viel teurer. Die Zeit um 1943 war schon wieder anders. Der Eismann und der Biermann kamen nicht mehr. In der Stadtmitte gab es noch Eisläden und lange Schlangen bildeten sich davor. Irgendwie schmeckte das Eis immer wässriger. Ja, der Krieg hielt alles in Schach. Jetzt gab es immer öfter Fliegeralarm. Immer wieder waren feindliche Flugzeuge im Anflug. Andere Städte wurden schon lange bombardiert. Oppeln blieb Gott sei Dank noch verschont. Aber ängstlich wurden wir alle. Zu dieser Zeit wurde mein Bruder Ossi verwundet. Schon etliche Male war er verwundet worden und wurde anschließend immer wieder an die Front geschickt. Dieses Mal hatten ihn Geschosse in die Gelenke im linken Arm getroffen. Er wurde in ein Lazarett nach Oppeln verlegt. Der ganze Brustkorb samt Arm wurde eingegipst und Ossi lief ein paar Wochen damit herum. Man nannte diesen in Gips gelegten und horizontalen abgespreizten

Arm „Fieseler Storch". Ich meine, dass der Fieseler Storch ein Flugzeug war. Warum dieser Name beim abgespreizten Arm so genannt wurde, ist mir unbekannt. Es war ein großes Glück für uns und insbesondere für Ossi, dass er im nahen Lazarett lag. Er besuchte uns öfters mit dem Bus und er hatte in dieser Zeit seine große und einzige Liebe gefunden, nämlich Else. Ossi schwebte vor Glück. Else stammte aus Proskau bei Oppeln und war am Hauptpostamt am Schalter beschäftigt. Sie hatte die Frauen-Arbeitsdienstzeit schon absolviert. Arbeitsdienst war die Vorstufe zum Militärdienst. Ja, auch Mädchen die um die 17 bis 18 Jahre alt waren, wurden „eingezogen". Nun aber war Else Angestellte am Postamt. Der Schalterraum der Hauptpost war groß und es gab vier bis fünf Schalter, Abfertigungs- und Verkaufsschalter. Ossi verriet uns, wo seine geliebte Else saß und wir konnten sie beäugen. Eines Tages, der Beschreibung nach musste es diese Else gewesen sein, gingen Mama und ich bei ihr Briefmarken kaufen. Mit dem Geld sollte ich ein Foto von Ossi hinlegen. Ich tat es und ich kann nur sagen, dass Else ganz verdutzt und fragend mich anschaute. Da gab sich Mama auch zu erkennen und Else stammelte nur: „Moment, bitte warten Sie, ich komme gleich." Sie ließ sich einen Moment vertreten und wir begrüßten uns nebenan und lernten uns kennen. Else war eine wunderbare junge Frau, eigentlich ein junges Mädchen von 19 Jahren. Wir haben Else gleich ins Herz geschlossen und ich konnte nicht aufhören von ihr zu schwärmen. Für Ossi stand fest, die oder keine! Er musste aber wieder fort und erneut für den Krieg seine Knochen hinhalten. Noch einmal bekam er Anfang 1944 Urlaub. Da war er natürlich nur für seine geliebte Else da. Wir lernten uns alle in dieser Zeit kennen, wenn auch nur oberflächlich. Was soll ich sagen, im September des gleichen Jahres, bekam Ossi „Heiratsurlaub", aber nur, weil er und Else vortäuschten, dass ein Kind unterwegs sei. Es wurde geheiratet. Ossi in Unteroffiziersuniform und Else in einem wunderschönen weißen Brautkleid mit Schleier. Der Brautstrauß bestand aus roten Nelken, mit passendem Grün dazwischen und rankte von ihrem Arm bis etwa zu den Knien herunter. Meine Eltern hatten im Auftrag von Ossi, diesen wunderschönen Brautstrauß in einer unserer Gärtnereien anfertigen lassen. Es war ein schönes Paar. Nach der kirchlich-katholischen Hochzeitszeremonie, wurde in Elses Elternhaus in Proskau gefeiert. Unsere ganze Familie war schon einen Tag früher da und wir halfen etwas mit bei den Vorbereitungen. Wir übernachteten auch. Es war ein großes Försterhaus mit einem parkähnlichen Garten. Elses Vater war Förster, ja etwas mehr, aber den Titel weiß ich nicht mehr. Große und dicke Bäume standen im Garten und spendeten Schatten an heißen Tagen.

Das Haus war weinumrankt und sah aus wie ein kleines Schloss. Davor befand sich noch ein tiefer Brunnen. Elses Eltern waren total natürliche Leute und ihr Bruder Günther war auch da. Ich glaubte, dass er auch irgendwie dienstverpflichtet war. Zwei Frauen waren engagiert worden, die perfekt backen, kochen und servieren konnten. Alles klappte wie am Schnürchen und beim Traubenpflücken, fast bei Dunkelheit am Vorabend mit Elses Vater, hatten Anni und ich einen Riesenspaß. Der Mann war witzig und hatte immer gute Laune, es war wunderbar. Die Feier war einmalig schön. Wir „tafelten" regelrecht in diesem großen, nur mit schweren Eichenmöbeln bestückten Esszimmer, an einem ganz langen Tisch. Unvergessen, diese Feier und das glückliche Brautpaar. Ein paar Tage später und unser Ossi musste wieder und direkt an die russische Front.

Auch bei uns in der Heimat wurde alles knapper und Alternativen und Improvisationen waren gefragt. Wir wurden immer genügsamer und waren schon froh, wenn nach einem Fliegeralarm keine Bomben fielen. Immer mehr Städte wurden bombardiert. Meist waren Fabriken das Ziel, da dort Munitionen und anderes gefertigt wurden. Jedes mal gab es auch viele Opfer unter der Bevölkerung. In der Stadt Heidebreck gab es mehrere große Munitionslager. Die Stadt brannte nach einem Bombenangriff so schlimm, dass wir den vom Feuer geröteten Himmel in der Nacht sehen konnten, obwohl Heidebreck viele Kilometer weit entfernt war. Im Frühjahr des Jahres 1944 ging es gerade noch so. Alles lief oberflächlich weiter. Die Kasernen, die rund um unsere Stadt waren, hatten immer volle Häuser. Es waren Auszubildende, ganz junge Kerle und viele Verwundete. Oft gab es dann den „Tag der offenen Tür" und wir ließen uns varieteähnliche Vorführungen servieren. Menschenmassen kamen in die Kasernen. Mein Freundin Dora und ich waren natürlich auch meist dabei, schon allein wegen der guten Erbsensuppe aus der Gulaschkanone, die erstens nichts kostete und zweitens ohne Lebensmittelmarken zu bekommen war. Einen kleinen Topf, ein so genanntes „Tüppelchen", hatten wir immer dabei. Außerdem war eine tolle Marschmusik zu hören und die Varietenummern waren auch nicht schlecht. Nur hatten wir einen mehrere Kilometer langen Weg wieder nach Hause zu laufen. Aber, es machte Spaß.

Eines Tages bekam ich fürchterliche Zahnschmerzen. Weil ich diesen Schmerz schon mehrere Tage lang verspürte, ging Mama mit mir zum Zahnarzt. Ein älticher Arzt und eine Assistentin waren Vorort. Na klar, die jungen Ärzte waren alle an der Front. Ich hatte höllische Angst und das stundenlange Sitzen im Wartezimmer tat das seine noch dazu. Nun kamen wir dran. Mama stand dicht neben mir, als mir der Arzt in den Mund guckte und sagte: „Der muss raus!" Und ehe ich mich versah, riss er meinen Mund nochmals auf – ja, er riss ihn auf, weil nachher meine beiden Mundwinkel eingerissen waren und bluteten und zog mir ohne Betäubung des Zahn. Er zog und zog, ich war vor Schmerz fast weggetreten. Als er die Prozedur beendete, sprang ich mit einem Satz aus dem Stuhl. Ich weinte laut, denn es tat ja so fürchterlich weh und überall war ich blutig. Ich ließ den Arzt nicht mehr an mein Gesicht. Mama war erbost, weil er ohne eine Betäubungsspritze den Zahn, der offensichtlich noch ziemlich fest saß, gezogen hatte. Die Antwort war: „Wir müssen mit Betäubungsspritzen ganz sparsam umgehen, wir haben nur wenige zur Verfügung. Die Lazarette benötigen alles Material dringender." So – das war's! Wir sind noch, bevor wir mit dem nächsten Bus heimfuhren, zu Papa in die orthopädische Werkstatt gegangen und er war auch erstaunt, dass man mir, seinem Liebling, so wehtat. Solche Dinge vergesse ich auch nie. Bald ging es mir ja wieder gut. Ich war perfekt im Fahrradfahren und so schickte mich Mama in das ca. 8 – 10 km entfernte Dorf „Rothaus" zu einem kleinen Bäcker namens „Blasius Kotulla". Komischer Name nicht wahr? Dieser Bäcker „Blasius Kotulla" verkaufte sein Brot auch an zwei Tagen in der Woche am großen Markt. Das Brot schmeckte besser oder jedenfalls anders als üblich. Mama erfuhr so unter der Hand, dass er auch ab und zu für nur 150g Fleischzuteilung auf Marken, ein ganzes Dreipfundbrot hergab. Ein benachbartes Mädel kannte den Weg nach Rothaus genau und so fuhren wir beide dahin. Zuerst waren wir enttäuscht, weil die Bäckersfrau von nichts wusste. Ihr Mann sei auf dem Acker sagte sie und wir sollen an einem anderen Tag wiederkommen. Aber so schnell gaben wir nicht auf. Wir warteten einen Weg weiter und behielten den Laden im Auge. Na, da kam doch der Bäcker! Ich erkannte ihn auch gleich, weil ich ihn ja am Markt in der Stadt gesehen hatte. Er arbeitete noch etwas draußen herum und als wir uns ihm näherten und ihm sagten, was wir wollten, ging er mit uns rasch ins Haus. Da war im Flur so eine ganz primitive Verkaufstheke – mehr ein breiteres Brett. Er nahm von uns die Fleischmarken und das Geld und jeder hatte schon sein Dreipfundbrot in der Tasche. Dann aber nichts wie ab nach Hause. Wir waren fast vier Stunden unterwegs gewesen. Sicher, die Fleischmarken haben uns in der Familie gefehlt, aber man musste abwägen, von was man mehr hatte und vom Brot hatten wir mehr. Wie ich schon sagte, satt wurden wir immer und

Milchzuteilungen gab es ziemlich ausreichend. Jeden Vormittag kam der Milchmann mit seiner Pferdekutsche durch die Straßen. An etwa jedem vierten Haus blieb er mit seinem klapprigen Pferd stehen. Dann kamen die Leute, so auch wir, mit einer Kanne oder mit einem Topf. Die Milchmarken durften wir auch nicht vergessen. Erst wurde eine Marke von der Karte geschnitten oder durchgestrichen, dann erst bekam man seine Milch. Von der Magermilch bekam man meist die doppelte Menge, aber die war total fettarm und ich hatte es doch so gern, wenn nach dem Erkalten der guten abgekochten Vollmilch, sich ein dicker Rahmpelz bildete. Ich legte diesen Pelz auf ein Stück Brot und es schmeckte so herrlich sahnig. Heinzel und ich waren die Abnehmer. Weißkäse (Quark) gab es auch am Wagen auf Marken, ebenfalls Butter. Weißkäse und Butter wurden nun in eine Art Packpapier eingeschlagen. Empfindlich war damals keiner, wichtig war die Ware. Beim Kaufmann wurde auch Marmelade, Sauerkraut und vieles andere nur in solch einem Papier verkauft. Interessant waren damals die Läden. Ausgestattet mit Fächern, Schubladen, Schuten usw. Heute kann man solche nur noch in Museen oder in Bilderbüchern sehen. An der großen Waage gab es eine Vorrichtung, in die die spitzen Tüten eingehängt wurden, um mit einer kleinen Schaufel Mehl, Zucker, Grieß, Erbsen usw. einzufüllen. Es faszinierte mich immer wie die Kaufleute so schnell, geschickt und schön die Tüten und Beutel mit dem Inhalt füllten. Wie mit dem Lineal gezogen sahen diese aus. Der eine Kaufmann und Bäcker zugleich, hatte hinter seinem Haus eine Stube, in der eine große Rollenvorrichtung war. Eine Wäschemangel also. Von früh bis spät war dort Betrieb. Auch wir karrten unsere gewaschene und getrocknete Wäsche dahin. Das Einlegen der Wäschestücke musste verstanden sein, sonst hatte man mehr Knitter in der Wäsche als vorher. Zwei Personen mussten sein, wenn die Wäsche gerollt, also gemangelt wurde. Einer legte ein, der andere drehte die schwere Kurbel. Die war wirklich schwer zu drehen, denn ich habe es einige Male versucht. Die Wäschestücke wurden richtig unter den zwei langen Rollen und dem schweren Kasten ganz platt gedrückt. An Ort und Stelle legte man die Wäsche schrankfertig zusammen und so konnte man sich für ein geringes Entgelt, daheim die Plätterei (Bügeln) sparen. Plätten konnte man nur, wenn die Öfen oder die Herdplatten richtig heiß waren. Darauf wurden die Plätt-(Bügel)Eisen gestellt. Gut war es, wenn jemand zwei Bügeleisen hatte. Da konnte man abwechselnd mit dem einen bügeln und das andere konnte aufgeheizt werden. Recht schwer waren diese Eisen und danach taten die Handgelenke weh. Es heißt ja heute noch „Bügeleisen", obwohl die „Eisen" heute ganz leicht sind, das ist der Name von früher. Kleinere Sachen bügelte ich, ich war ja noch ein Kind, sehr gerne und freute mich, dass alles so schön glatt wurde. Das erzählte Mama einer bekannten Schneiderin und diese sagte prompt, dass ich doch an irgendeinem Tag zu ihr kommen möge. Da könnte ich, weil ich es so gerne tat, Kleinigkeiten bügeln. Da diese Frau auch schon für uns etwas geschneidert hatte, meinte Mama, ich solle doch so gefällig sein. Also, der Tag kam und nach den Schulaufgaben ging ich zu ihr. Sie wohnte nicht weit von meiner Freundin Dora entfernt. Ich klopfte an der Tür und schon bellte ein Hund. Ein Hund? Ich hatte doch so eine große Angst vor Hunden. Schon wurde die Tür aufgemacht und diese Frau stand, den kleinen Hund zurückhaltend, vor mir. Sie merkte, dass ich Angst hatte und brachte erst einmal den Hund in seinen Gartenzwinger. „Komm", sagte sie, „das ist aber schön, dass du da bist. Im Moment ist ein wenig mehr zu bügelnde Wäsche vorhanden, aber deine Mama sagte mir, dass du gut und gerne bügelst." Sie legte auf dem Küchentisch eine Decke, das Feuer im Ofen war geschürt (es war so schon heiß genug zu dieser Jahreszeit) und die Eisen waren bügelbereit. Sie müsse dringend im Garten etwas tun und ging hinaus. Beim Anblick dieser Berge von Wäsche wurde mir Himmelangst und Bange. Das alles sollte ich plätten? Ich wusste nicht, wo ich anfangen sollte. Aus dem Gewirr von großen Wäschestücken, es waren zwei große Wäschekörbe voll, suchte ich mir zunächst nur Taschentücher, Deckchen und Unterwäsche heraus. Das war schon anstrengend genug für mich. Etwa 12 Jahre alt war ich damals. Meistens war es Bettwäsche und Tischdecken. Ich erinnere mich, dass ich schon mindestens zwei Stunden bügelte und man sah nicht, dass der Wäschehaufen weniger wurde. Warum hatte Mama nur gesagt, dass ich gerne plätte? Das ging mir im Kopf herum und ich glaube, dass ich da recht böse auf Mama war. Ich kann das nicht, ging es mir durch den Kopf. Am liebsten wäre ich einfach weggerannt. Aber das war nicht meine Art. Endlich kam die Frau zu mir in die Küche. Die Hitze war schon unerträglich. Zum Glück reichte sie mir ein Glas Limonade. „Sieh mal hier", sagte die Frau, „so musst du das bügeln und so zusammenlegen. Na, du wirst es schon machen" und ging wieder hinaus. Ich war der Verzweiflung nahe und den Tränen natürlich auch. Ich bekam einen großen Bettbezug nicht gebügelt und nicht gelegt. Wie ich es auch anstellte, es rutschte mir alles vom Tisch. Als am Spätnachmittag die Frau zu mir kam, sah ich ihr fast böses Gesicht. „Es hat keinen Sinn, am Besten ist, du gehst jetzt nach Hause." Das war ein erlösender Satz. Daheim erzählte ich es und Mama war der festen Meinung, dass diese Schneiderin nur ein paar kleine Sachen zu bügeln gehabt hätte. „Wenn ich das gewusst hätte...", sagte Mama und ich tat ihr sehr leid. Gebraucht hatten wir diese Schneiderin einmal doch, weil wir erfuhren, dass sie Kleidung heimlich anfertigte, deren Stoffe nicht legal beschafft wurden. Diese Frau tat es und was das Wichtigste in dieser Nationalsozialistischen Zeit war, sie konnte schweigen. Auch unsere Familie nahm diesbezüglich diese Frau in Anspruch.

Eines Tages zischperte Anni mit Mama etwas. Ich konnte nichts davon verstehen und auch Papa wurde hinzugezogen. Der wiegte so bedenklich den Kopf hin und her. Als am nächsten Tag auch Erika in das Gespräch mit einbezogen wurde, ließ man mich nun auch hören, um was es ging. Es ging um Hakenkreuzfahnen aus Stoff. Anni brachte in ihrer großen Tasche zwei oder drei ca. 2 Meter lange Fahnen mit. Irgendwie hatten sie und ihre gute Freundin, ich meine mit Wissen ihrer Chefin, die offensichtlich eine Gegnerin des Hitlerregimes war, diese Fahnen „ergattert". Diese Fahnen sollten zweckentfremdet werden. So saßen Anni und Erika und Mama, am Abend natürlich und bei verschlossener Tür und sie trennten mit einer Rasierklinge das schwarze große Hakenkreuz auf der roten Fahne ganz sorgfältig ab. Die schwarzen Abfälle wurden sofort im Ofen verbrannt und die Fahnen steckte Mama erst einmal in die Waschwanne. Getrocknet wurden diese im Zimmer, denn es durfte um Gotteswillen keiner mitbekommen. Nicht auszudenken, was uns passiert wäre, wenn unser Tun raus gekommen wäre. Ich denke, darauf stand die Todesstrafe. Die Fahnen waren doch ein Symbol des Deutschen Volkes. Fahnen wurden doch wie ein Heiligtum gewertet. In unserer Familie natürlich keinesfalls, aber das wussten nur wir selbst und mussten es auch für uns behalten. Wir bekamen automatisch das Schweigen schon gelehrt. Nun, diese Fahnen brachte Mama, nachdem diese gewaschen, gebügelt und von den Spuren des Hakenkreuzes entledigt worden waren, eben zu dieser Schneiderin, bei der ich die Wäsche plätten durfte. Alles war auch mit dieser Frau abgemacht und besprochen. Sie selbst ließ wissen, dass sie in ihrer Familie solche Fahnen längst vernäht hatte. In der Stadt, in einem Textilgeschäft, gab es zufälligerweise auf die so genannten „Punktkarten" für Textilien, rot karierten Stoff. Mama hatte ganz früh angestanden und bekam etwa so zwei, drei Meter Stoff. Diesen brachte sie sofort zu der Schneiderin und was soll ich sagen, sie fertigte für mich ein wunderschönes Kleid – Verbindung roter Fahnen mit Karostoff. Wunderhübsch sah mein Kleid an mir aus. Ich meine, dass die Mädels Blusen genäht bekamen und der kleine Heinz Spielhöschen. Was das für ein Risiko war, wurde uns allen erst im

Nachhinein erst so richtig bewusst. Immer waren wir vorsichtig und jetzt? Es ging ja gut, aber unruhig waren wir doch stets danach.

So denke ich auch an die späten Abende, an denen Papa den englischen „Feindsender London" heimlich abhörte. Er hatte mit Onkel Paul zusammen ein Rundfunkgerät gebastelt, das eine größere Reichweite hatte. Etwas primitiv sah der große Kasten aus, aber er erfüllte seinen Zweck. Sehr leise war die Lautstärke eingestellt, wenn Papa die Nachrichten vom Londoner Sender in deutscher Sprache abhörte. Nur er konnte hören. Sein Ohr legte er direkt an das Radio. Ich sehe Papa in dieser Stellung noch genau vor mir. Wenn er abhörte, mussten wir Mädchen abwechselnd vor dem Haus auf und ab gehen, um eventuell sofort zu melden, wenn sich ein Nachbar oder sonst jemand näherte. Ich konnte manchmal ganz leise im Radio hören: „Hier ist London, hier ist London, hier ist London!" Dann folgten nach der Begrüßung die neuesten Berichte und Verluste der deutschen Soldaten an den Fronten. Das waren meist total gegenteilige Meldungen, als die deutschen Nachrichtensender von sich gaben. Hier im Londoner Sender wurden die wahren Rückzüge, Gefangenen usw. bekannt gegeben. Ja, es folgten dann viele, viele Namen von deutschen Soldaten, die in Gefangenschaft waren. Zum Teil grüßten die Soldaten selbst ihre Angehörigen, in der Hoffnung, sie mögen es hören und nicht selten erhielten die Familien so nach langer Zeit, das erste Lebenszeichen ihres Mannes oder Sohnes. Nur raus kommen durfte nicht, dass sie es vorher schon wussten. Wir passten also höllisch auf. Manchmal wünschten wir uns, dass Ossi oder Fred in englisch/amerikanische Gefangenschaft kämen. Da blieben sie wenigstens am Leben und der Krieg wäre erst einmal zu Ende für sie. Das war aber leider nicht möglich, denn Fred war in Kroatien und Ossi in Russland. In Gefangenschaft zu geraten, das wollte keiner. Ossi ließ einmal im Urlaub verlauten: Da würde er sich lieber selbst erschießen. Diese Angst, die in allen Familien herrschte, war unbeschreiblich. Wer wollte schon einen geliebten Menschen an den verfluchten Krieg verlieren?

Die Wintermonate schleppten sich so dahin. Anfang 1944 hatten wir auch in der Nacht immer weniger Ruhe, wegen des Fliegeralarms. Ich weiß, dass nachts russische Flugzeuge Deutschland unruhig machten. Die Russen kamen sehr oft und meist gegen 23 und 24 Uhr. Sie warfen so genannte „Christbäume" ab, das heißt, sie warfen Leuchtstäbe ab, deren Inhalt Phosphor war und die tatsächlich in der Luft standen und eine ganze Stadt hell erleuchteten. Sie waren zum Ausspionieren wichtiger Anlagen und

Fabriken gedacht, die bombardiert werden sollten. Sirenengeheul, so wie heutzutage die Feuerwehr bei einem Brand Vollalarm auslöst, so war dieses Geheul. Ein absolutes „Angstmache-Geheul". Also, raus aus dem Bett und erst einmal lauschen. Ich weiß, dass wir komischer Weise nachts nicht in einen Schutzkeller gingen, vielleicht weil eben diese russischen Flieger bisher keine Bomben bei uns abgeworfen hatten. Wir alle bekamen wenig Schlaf und das machte sich bei mir im Schulunterricht bemerkbar. Ich hatte sowieso die Veranlagung der Müdigkeit und da merkte ich es besonders. Ich musste in der dritten, vierten Stunde sehr dagegen ankämpfen. Ein Glück, dass ich alles sonst gut begriff und es diesbezüglich keine Schwierigkeiten gab. Im Krieg war das ganze Leben anders. Wir fanden uns so ungeschützt, so ausgeliefert. Wenn ich an Krieg denke, überläuft es mich kalt und ich kann mitempfinden, wenn in anderen Ländern Krieg und sinnlose Zerstörung herrscht. Was haben wir für eine Welt? Was sind wir für Menschen? Warum machen wir unsere Welt kaputt?

In Kriegszeiten hat wohl jeder ums tägliche Brot, ja ums Überleben zu kämpfen. Und trotzdem gab es nicht so eine „Ellbogengesellschaft" wie heute im 21. Jahrhundert. Ich bemerkte als Kind in der Kriegszeit, wie die Menschen sich zu helfen wussten, ja füreinander da waren. Jeder hatte Kummer und Leid und ich denke, das schweißt Menschen mehr zusammen. Ansprüche – das Wort gab es damals bei uns gar nicht. „Pflichterfüllung", das war das Schlagwort, leider! Wichtig war, das Füreinander da sein, sich mit seinen Angehörigen zu freuen oder zu trauern, ein Dach über dem Kopf, Essen und Trinken zu haben und von Bombenangriffen verschont zu bleiben. Das waren die größten Wünsche in dieser Zeit. Eine warme Stube sollte im Winter auch sein. Bei uns in der Nähe gab es zwei Kohlenhändler. Diese hatten immer viel zu tun, wenn ein Waggon Kohle, Brikett oder Braunkohle abgeladen wurde. Schnell verbreitete sich die Nachricht in der Nachbarschaft und alle karrten mit Handwagen und Schlitten zum Kohlehändler hin. Natürlich hatte jede Familie nur eine bestimmte Zentneranzahl zu erwarten. Auch Kohlezuteilungen waren streng rationiert. Aber ich kann aus meiner Erinnerung erzählen, dass wir immer eine warme Stube hatten, also wird es ausreichend Brennmaterial gegeben haben. Anmachholz war ganz rar. Nur die Ansteherei war nicht so schön, zumal im Winter. Es spielte sich beim Kohlekauf ja alles im Freien ab, versteht sich. Es wimmelte da nur so von Menschen. Jede halbe Stunde etwa hat man sich abgelöst und ging sich erst einmal daheim aufwärmen. Mama und ich, wir wechselten uns ab. Einer blieb immer beim kleinen, inzwischen fast 3-jährigen Heinz. Die anderen waren ja in der Stadt zur Arbeit. Nusskohle war uns am liebsten. Das waren schöne Glanzkohlestücke von ca. fünf Zentimeter Durchmesser. Die heizten gut und hielten die Wärme. Kleine Stücke „backten" im Herd förmlich zusammen und es gab viel Ruß. Die Braunkohle war für uns wirklich minderwertig. Eierkohlen waren auch nicht schlecht, ebenfalls die Braunkohlebriketts. So, jetzt habe ich mal einige Sorten Kohlen beschrieben. Die jüngeren Leser dieses Buches, werden außer Grillkohle wohl noch nie anderen Kohlesorten „begegnet" sein. Ich hoffe und wünsche mir, dass meine Erzählungen einigermaßen gut verstanden werden. Ich denke auch diese Lebensabschnitte, sollte ich nicht vorenthalten. Meine Kindheit war schön, aber zu kurz für die erste Hälfte. Die zweite Kindheitshälfte war nicht so schön, aber auch relativ kurz. Eine Jugend, also eine Teenagerzeit hatte ich kaum. Ich wurde zu schnell, wegen der bis jetzt beschriebenen Erlebnisse, vom Kind zur Frau. Ich möchte also hiermit meine Kindheitszeit verlängern, darum schreibe ich mutig drauf los, alles, was mir so in den Sinn kommt und was natürlich wahre Begebenheiten sind.

Wir waren immer eine ehrliche Familie und doch machten wir in dieser damaligen Kriegszeit so einige Sachen... So klauten wir vom nahe gelegenen großen Zuckerrübenfeld eben diese Zuckerrüben. Eine ganze Waschwanne voll. Diese Rüben wurden entblättert, mit einer Bürste im Wasser abgeschrubbt, in Scheiben geschnitten und im großen Waschtopf gegart. Sodann wurde alles in Leinensäckchen geschüttet bis das Rübenwasser ablief. Anschließend wurde kräftig mit der Hand nachgedrückt. Dieser Sud kam wiederum in einen Topf und man ließ es so lange köcheln bis die meiste Flüssigkeit verdampfte und der Sud dicker und dunkler wurde. Fertig war der wundervolle Sirup. Na, Lust es einmal selbst auszuprobieren?

Wenn ein Monat zu Ende ging und es waren noch einige Abschnitte auf den Lebensmittelkarten vorhanden, das war gut. Es war ja auch gut organisiert. Man konnte z. B. auf dem Abschnitt „Woche 1" nichts für die „Woche 4" bekommen. Also – Woche für Woche gab es nur bestimmte Nahrungsmittel. Ganz wenige Dinge gab es nur noch ohne Marken, so etwa saure Gurken oder Sauerkraut. Salzheringe gab es selten, aber manchmal konnten wir welche ergattern. Das Geschäft „Nordsee" hatte ab und zu etwas ohne Marken und so war es angebracht, dass einer von uns öfter durch die Geschäftsstraßen ging und sich da anstellte, wo schon Leute anstanden. Am Ende war es ganz egal, was es da „ohne" gab. Mama freute sich auch, wenn ich z. B. eine Glasschüssel oder einen Kleiderbügel oder aber auch von der „Nordsee" irgendeinen Gemüsesalat mitbrachte. Brauchen konnte man schließlich alles. Ich weiß, dass ich einmal mit einem Nachbarsmädel in der Nordsee geschnitzelte Rote Beete gekauft habe. Ich kannte diese Roten Beete (rote Rüben) nicht. Ich naschte etwas davon und schon warf ich diese im hohen Bogen in eine Ecke. Mir schmeckte es ganz ekelig. Ich hatte es mir der Farbe wegen, süß vorgestellt. Das diese Beete aber einen wunderbaren Salat ergaben, wenn man ihn süß-sauer würzte, das konnte ich nicht ahnen. Meine Mutter hatte nie „so ein Zeug" gemacht. Hier in Hessen habe ich viel Gutes zuzubereiten gelernt. Ich koche alle Spezialitäten der hessischen Region. Meiner Schwiegermutter habe ich diesbezüglich viel zu verdanken. Sie wies mich in die hessischen Kochkünste ein. Ganz langsam nur in meiner jungen Ehe, hatte ich einige schlesische Gerichte gekocht, von denen „meine Leute" aber nicht sehr begeistert waren. Einige behalte ich trotzdem bis heute in meinem Kochrepertoire, so auch die berühmten schlesischen „Mohklösel" (Mohnklösse). Oder den schlesischen Streuselkuchen – da kommt der hessische „Riwwelkuche" nicht mit. Die Mohklösel bereitet mir meine liebe Schwester Erika seit längerer Zeit alljährlich zum Heiligen Abend. Ohne Erikas wohlschmeckende Mohklösel, ist es für mich kein Weihnachtsfest. Es ist zum Heilig Abend ein Stück Kindheit, Erinnerung und Besinnlichkeit. Ich bin zwar 61 Jahre hier in Hessen und fühle mich hier voll dazugehörig, doch ganz tief im Herzen lebt noch ein kleiner schlesischer Funke. Würde ich dies alles sonst schreiben? Wir, meine Geschwister und ich, erzählen uns immer öfter Begebenheiten unserer ehemaligen oberschlesischen Heimat. Meine liebe Schwester Anni wohnt mit ihrer Familie leider 140 km von mir entfernt. Es gibt nur noch selten die Gelegenheit des Wiedersehens. Wir gehen schließlich alle auf die Achtzig zu und da ist alles nicht mehr ganz so einfach. Telefonieren aber werden wir weiter. Unserem „kleinen Heinzel" der auch schon 65 Jahre alt ist, können wir nur von der Stadt und dem Land, in dem er geboren wurde, erzählen. Es mag sich auch für ihn wie eine interessante Geschichte anhören. Es war zu jung, um solche Erinnerungen zu haben, wie ich sie beschreibe.

So, jetzt begebe ich mich wieder gerne in meine Kindheit zurück. Wie ich schon erwähnte, gab es ganz in unserer Nähe zwei große Gärtnereien. Die eine hatte eine riesige Beerenplantage und die brauchte Leute zum

113

Beerenpflücken. Anni und ich waren auch mit von der Partie. In Eimern wurden die Johannisbeeren gepflückt und dann zum Wiegen gebracht. Sorgfältig wurden alle Namen und die Pflückmenge in kg aufgeschrieben. Natürlich haben wir uns auch den Bauch richtig voll gegessen. Mama ging am äußeren Zaun der Gärtnerei mit Heinz vorbei und hat uns tatsächlich zwischen den vielen großen Sträuchern entdeckt. Sie reichte uns etwas zum Trinken. Ja, Mama dachte an alles. Da haben wir ihr Beeren über den Zaun gereicht. Natürlich war das nicht rechtens, aber fast alle machten das. Ein Kontrolleur merkte es jedoch und wir wurden alle verwarnt. Abends bekamen wir, je nach gepflückter Menge, unser Geld und jeder bekam noch einen großen Behälter mit Beeren mit nach Hause. Mama hat sie am nächsten Tag verarbeitet. Meist, wenn sie in der Küche war, klopfte es nicht selten an der Tür. Es waren polnische Frauen, die Zwangsarbeiten in Deutschland verrichten mussten. Polen war als erstes Land von den Deutschen erobert worden. Die Frauen waren in einem Gemeinschaftshaus in der Nähe der Domäne, in der auch viele arbeiteten, untergebracht. Andere wieder, die in Fabriken beschäftigt waren, aber wohl nicht ausreichend zu essen bekamen, hungerten mehr. Jedenfalls kamen die Polinnen in Privathaushalte, um etwas zu ergattern. Wenn sie beim Betteln erwischt wurden, bekamen sie verstärkte Arbeitsstunden und weniger Essen. Ob das alles so stimmte, was die Frauen erzählten, weiß ich nicht. Etwas deutsch konnte schon jede. Meine Mama ließ die Frauen immer zu uns herein. Ich kann mich erinnern, dass es an einem Sonntag war und wir hatten ausnahmsweise Hasenbraten und „Klösel" mit Blaukraut. Den Hasen hatte sie bei einer ehemaligen Nachbarin vom Kirschenweg mitfüttern lassen. Alle Kartoffel-, Rüben- oder Krautabfälle brachte sie für „unseren" Hasen zu ihr hin. Ich weiß noch wie Mama den frisch erschlagenen Hasen nach Hause brachte und da wie immer nur ich da war, musste ich ihr beim Fellabziehen behilflich sein. Mir ist schlecht geworden. Der warme Dunst, der von dem Hasen beim Fellabziehen ausströmte und dann die Därme – ach, wenn ich daran denke, wird es mir jetzt noch übel. Mama musste den Rest alleine machen. Eben dieser Hase stand am Sonntag schön gebraten auf dem Tisch. Die Augen der Polin wurden immer größer und was tat meine Mutter? Sie schöpfte in dem mitgebrachten Topf Klöße, Kraut, Soße und ein Stück Fleisch. Diese junge Polin küsste Mama die Hände und weinte. Da Mama etwas polnisch konnte, sprach sie noch etwas mit ihr. Dann guckte Mama erst, ob die Luft rein war, denn wenn diese Frau mit Essen erwischt werden würde... Keiner sollte wissen, von wem das Essen stammt. Für uns war das Risiko genauso groß. Aber gegen ein gutes Herz

114

kann man eben nichts machen. Ich habe sowieso kein Bröckchen Fleisch davon gegessen, denn ich hatte immer noch den Schlachtgeruch in der Nase. So hat diese fremde Frau sozusagen meinen Anteil bekommen. Mama erzählte, dass die junge Polin schwanger war. Sie hätte es noch nicht gemeldet und hatte große Angst. Im Großen und Ganzen ließen wir uns sagen, hätten es die Polen, ob Mann oder Frau, im Gegensatz zu den gefangenen Russen, gut gehabt (was man so gut nennt). Wir sahen öfter eine ganze Kolonne russischer Gefangener. In Zweierreihen, mit strenger deutscher Bewachung und stets mit aufgepflanztem Bajonett, schritten diese Männer, ziemlich verlumpt und ausgezehrt, zur Arbeitsstätte in die Fabriken. Die Kommandos der Bewacher flößte uns Angst ein. Auf keinen Fall durften wir ein Lächeln zu den Männern schicken. Es war alles zu gefährlich für uns. Wir hatten in unserem Stadtteil auch gefangene Engländer. Diese waren in der Nähe des Hafengeländes stationiert. Meine Freundin Dora und ich und auch andere Leute, konnten da ganz ruhig am hohen Drahtzaun, hinter dem sich die Männer im Hof des Gebäudes aufhielten, vorbeigehen oder auch stehen bleiben. Verstehen konnten wir auch diese Sprache nicht, aber das freundliche Lachen, das Ziehharmonikaspielen und die Gesänge gefielen uns sehr. Wenn diese Männer frei gewesen wären, hätte es bestimmt viele Liebschaften gegeben. So wurden also Unterschiede zwischen den Nationalitäten gemacht. Ich finde das überhaupt nicht in Ordnung.

Jeder Tag war damals mit Angst und Hoffnung gepaart. Jeden Tag Hoffnung auf Post von der Front und jeden Tag Angst, dass eine Todesnachricht eintreffen könnte. In jeder Familie fehlten ein oder mehrere Männer. Immer öfter sah man Frauen schwarz gekleidet. Noch nicht einmal ein Grab konnten sie pflegen. Die Männer und Söhne lagen irgendwo, verstümmelt und kaputtgegangen im fernen fremden Land. Es war ein Elend. In einer Familie sind kurz hintereinander drei Angehörige im grausigen Krieg gefallen. Zudem oft noch ein Onkel, ein Neffe usw. Der Schmerz muss unermesslich gewesen sein. Und vor solch einem Schmerz hatten wir Angst. Ossi in Russland, Fred in Kroatien. Wie glücklich waren wir, wenn Post von der Front kam, die so genannte „Feldpost". Wir wussten genau, dass unsere beiden Großen nur das schrieben, was sie schreiben durften. Aber oftmals konnte man zwischen den Zeilen lesen. „Der verfluchte Krieg!", schimpfte Papa leise vor sich hin. Gut, dass er nach dem Polenfeldzug wieder in der Heimat dienstverpflichtet wurde. Der kleine Heinz brauchte seinen Papa doch auch sehr.

Eines Morgens war Mama im Hof beim Wäschewaschen. Die Wäsche wurde immer mit dem Waschbrett geschrubbt. Ein Waschbrett ist eine Holzauflage mit einer wellenartigen Alubeschichtung. Eine neue Seife gab es eines Tages auch und zwar die „Schwimmseife". Die schwamm wirklich. Diese Schwimmseife war viel weniger wertvoll als Kernseife, aber man musste nehmen, was man bekam. Also, Mama wusch Wäsche und äugte dabei immer nach der Straße, ob nicht bald die Briefträgerin mit Post kam. Tatsächlich sah sie eine kommen, aber es schien eine fremde Briefträgerin zu sein. Diese schaute und schaute und hielt einen Brief in der Hand, den Mama erschauern ließ. Irgendwie muss man den Briefen angesehen haben, dass sie nicht die erwartete Post war. „Eine Todesnachricht", schoss es Mama durch den Kopf und sie war einer Ohnmacht nahe. Die Postbotin kam näher und fragte nach einem Namen, der Gottlob nicht unserer war. Da fiel ihr ein Stein vom Herzen. Sie erzählte es uns dann. Aber es war wirklich eine amtliche Todesnachricht. Wen hatte es da wohl getroffen…?

Onkel Paul und Tante Hedel waren in dieser Beziehung gut dran. Sie hatten keine Kinder. „Ich liefere kein Kanonenfutter", war Onkel Pauls Spruch. Die beiden radelten mit einem Tandem bei schönem Wetter durch die Gegend. Ich hatte es auch mal mit Papa auf dem Tandem probiert. Das war ein ganz anderes Fahren. Ja, Onkel Paul bastelte so allerhand. Radios, Lautsprecheranlagen, d. h. so etwas wie Haustelefone, Fahrräder und auch Höhensonnen. Er konnte wirklich sehr viel. Alles technische begeisterte ihn und Papa konnte verzwickte technische Apparate mit seinem Bruder basteln. Onkel Paul konnte auch hypnotisieren. Er erzählte uns, dass er es erst bei Tieren ausprobiert hatte. Die mussten für seine Experimente bei seinen Freunden herhalten. Mein Papa hätte sich nicht von seinem Bruder hypnotisieren lassen. Ja, er hatte es ihm verboten. Onkel Paul hatte genug Freunde und Papa war manchmal zugegen, wenn er jemanden in der „Mache" hatte. Schockhypnose war sein Liebstes. Alles blieb aber im Rahmen und alle hatten viel Spaß. Ich selbst konnte noch erleben, dass Onkel Paul auch noch im hohen Alter, die Kraft des Hypnotisierens hatte. Kleine „Vorführungen" machte er und er war vernünftig genug, es schließlich ganz bleiben zu lassen. Er meinte, dass seine Kraft nachlasse und das Aufwachen einer Person ihm schon Mühe machte. Gut so! Onkel Paul wollte gerne über 100 Jahre alt werden – er schaffte es leider nur bis 93 Jahre.

Das Jahr 1944 war ein sehr ereignisreiches und auch sehr aufregendes Jahr. Ich wurde älter und merkte, dass ich langsam erwachsen wurde. Mir wuchs ein Busen! Die kleinen Brüste taten weh. Nun schämte ich mich erst recht, mich im Schwimmbad mit meinen Freundinnen nackt auszuziehen. Auch sogar vor meinen Schwestern schämte ich mich. Das Baden in der großen Zinkwanne in der Küche (ein Badezimmer oder Dusche gab es damals nicht), gestaltete sich immer schwieriger. Alle mussten aus der Küche raus, nur Mama durfte dableiben, um mir den Rücken zu waschen. Meine noch kleinen Brüste taten anfangs ganz schön weh. Aber meine Freundin Dora hatte auch schon Busen und mehr als ich. Im Sommer wurde ich 13 Jahre und schüchtern war ich immer noch. Oftmals hätte ich gern mitgeredet oder gehandelt, aber ich traute mir gar nichts zu. Ich beguckte mich im Spiegel und – ich fand mich absolut nicht gut aussehend. Die Nase war zu dick, das Kinn zu spitz, die Schultern zu eckig, die Beine überhaupt nicht schön, die Augen sahen mich müde an und meine Zähne waren auch nicht schön. Das Einzige waren meine Haare, aber die gefielen mir nur, wenn ich sie mit einer schicken Haarspange schön raffen konnte. Da passierte mir doch eines Tages, dass ich mich ständig am Kopf kratzen musste. Ich wachte nachts auf und musste mich tüchtig kratzen. Das ging so zwei, drei Tage lang. Mama sah nun, dass ich eine Menge Läuse hatte. O Gott, o Gott! Ich weiß von anderen Kindern, so auch von Klassenkameradinnen, dass diese alle schon mal Läuse gehabt hatten. Was tat meine Mama? Sie gab mir am Abend ein Handtuch, das ich vor Augen und Nase halten musste und rieb mir den ganzen Kopf mit Spiritus ein. Es stank schrecklich. Anschließend umwickelte sie meinen Kopf mit einem Tuch und das musste ich die ganze Nacht behalten. Frühzeitig wurden die Haare kräftig eingeschäumt und ausgewaschen und siehe da – nichts juckte mehr. Ich war froh. Nur dem Haar sah man es an, es glänzte wie Speck. Ja, so etwas habe ich auch erlebt. Sicherlich hatte ich mir die Läuse im Klassenzimmer geholt. Da steckten wir Mädchen doch öfter einmal die Köpfe zusammen.

In die Stadt bin ich oft und gerne gegangen oder mit dem Bus gefahren. Des Öfteren hatte ich für den Unterricht etwas zu besorgen. Mama hatte auch Aufträge für mich. Ich hatte einiges schon in der Tasche und da es dunkel wurde, es war im November, entschloss ich mich mit dem Bus nach Hause zu fahren. Ich lief sogar noch eine Station dem Bus entgegen, damit ich wirklich noch mitkam, denn die Busse waren immer voll besetzt. Alles voller Stehplätze. Nun, ich war ja eine Station früher da. Der Bus kommt, ich will einsteigen, da stößt mich regelrecht die Schaffnerin von dem Einstieg runter und sagte: „Du nicht, es kommen nur die Berufstätigen rein!" So, da hatte ich es! Es regnete, ich war schon ganz schön nass und ich musste dringend zur Toilette. Der Bus fuhr ohne mich ab und ich konnte nicht anders, als weinen. Es war dunkel und Straßenbeleuchtung und Schaufensterbeleuchtung gab es schon lange nicht mehr. Mich konnte also auch niemand weinen sehen. Es herrschte strenge Verdunkelungspflicht aller Lichtquellen. Ich hatte nun von der Haltestelle am Hauptbahnhof eine dreiviertel Stunde bis nach Hause zu laufen. In der Stadt war ja alles gut, aber auf dem Weg zu unserem Stadtteil, war ein ganzes Stück unbewohnt und das war das schlimmste. Ich musste an einer etwa 100 Meter langen Akazienallee vorbei. Zwar war sie direkt neben der Hauptstraße, aber wann fuhr damals schon ein Auto? Die wenigen Autos waren doch alle für militärische Zwecke beschlagnahmt worden. Ein Fuhrwerk hätte höchstens fahren können, aber bei der Dunkelheit war auch keines mehr unterwegs. Auf dem Fahrradweg, der fast bis zu uns nach Hause führte, fuhren noch einige Radfahrer. Auch die Lampen an den Fahrrädern waren bis auf einen schmalen Schlitz abgeklebt. Ich musste an den sagenumwobenen, unheimlichen Akaziensträuchern vorbei, wenn ich nach Hause kommen wollte. Man erzählte sich immer von einem Geist, der den Kopf unterm Arm trug und sich ab und zu zeigte, um die Leute zu erschrecken. Tatsächlich habe ich mit anderen einmal hinter diese Sträucher, aber tagsüber, geguckt und da war ein altes Holzkreuz zu sehen. Das soll die Stelle sein, wo der Geist sein Unwesen treibt. In Wirklichkeit, das erfuhr ich erst später, haben Eltern ihre Kinder vor einem Alleingang an den Sträuchern gewarnt, weil ein verwirrter Mann junge Mädchen und Frauen belästigte. Ich war total verängstigt und weiß nicht wie ich nach Hause kam. Ein anderes Mal hatte ich wieder Glück, im Bus mitgenommen zu werden – es war ja auch tagsüber. Der Bus war aber auch wieder so voll, dass die Schaffnerin nicht die Fahrkarten verkaufen konnte. Ich wurde zwischen die Sitze gedrängt und kam auf dem Schoß eines dicken Mannes zu sitzen und fast auf mir noch ein Mensch. Es war zum Ersticken. Aber da spürte ich plötzlich wie eine Hand unter meinen Rock glitt. Der Dicke! Ich wehrte mit meiner Hand ab, aber diese Männerhand krabbelte in meinen Schlüpfer hinein. Ich hätte laut schreien mögen, warum tat ich es denn nicht? Ich war so schockiert und hatte nur einen Wunsch: Die nächste Haltestelle möge da sein. Tatsächlich hielt der Bus und ich wollte aussteigen und rief: „Halt, ich will hier raus" und ich stieß mich von dem Dicken ab, um auszusteigen. Er sagte noch: „Bleib doch noch!" So ein

Schwein!!! Natürlich war ich eine Station zu früh ausgestiegen, das war mir aber egal. Ich erzählte es daheim und meine Eltern waren sehr empört.

Der Unterricht in der Schule wurde notgedrungen immer weniger. Kaum hatten wir ein bis zwei Stunden, da gingen schon die Sirenen. Zuerst wurde immer „Voralarm" gegeben, d. h. ein dreimal lang gezogener Heulton. Damit wurde angezeigt, dass feindliche Bomber im Anflug waren, aber noch nicht zu nahe an unserer Stadt. Ich hatte es nicht weit nach Hause und so durfte ich, wie auch viele Mitschüler, nach Hause rennen, um in dem eigenen Keller Schutz zu suchen. So ging es fast jeden Tag. Nach der Entwarnung, also wenn die Bomber wieder abflogen, sind ein paar von uns wieder zum Unterricht, aber der Lehrer schickte uns meist wieder nach Hause. Man musste wirklich alles in den alarmfreien Stunden erledigen. Besorgungen in der Stadt oder Arztbesuche und vieles mehr. Papa und die Mädels arbeiteten ja mitten der Stadt und bei Vollalarm mussten sie in die städtischen Keller flüchten. Alles rannte nur so, denn die Flugzeuge waren schnell da. Wir hatten, wie fast jeden Tag, morgens gegen zehn Uhr Fliegeralarm. Nichts passierte. Mama meinte, nun könne ich ihr ganz beruhigt etwas aus einem Geschäft in der Stadt besorgen. Mit Heinz blieb sie lieber zu Hause. Zwei Nachbarsmädchen gingen mit mir. Auch sie hatten natürlich keinen Unterricht mehr und wollten etwas im Textilgeschäft namens „Just" kaufen – auf Punktmarken versteht sich. Wir drei waren in diesen Kaufhaus „Just" (Slogan: Just zieht alle Leute an!), als es plötzlich hieß: Fliegeralarm, raus, raus, raus, als wir gerade die Ware ausgehändigt bekommen sollten. Wir mussten eiligst raus, obwohl keiner im Kaufhaus die Sirenen gehört hatte. Tatsächlich – auf der Straße rannte alles in irgendwelche als Schutzkeller gekennzeichneten Keller. Uns wollten sie auch irgendwo hineinbuxieren, aber wir liefen weiter. Komisch, heute Morgen war doch erst Alarm und jetzt schon wieder? Na egal, wir liefen und liefen. Aber am Ende der Stadt wurden wir aufgehalten. Zwei ältere Männer mit Armbinde befahlen uns, sofort in den Keller zu gehen. Entweder hier hinein, das war das Amtsgericht, ein großer roter Backsteinbau oder über die Straße ins Wohlfahrtamtsgebäude. Außer uns kamen noch zwei Leute angerannt. Die beiden Männer wandten sich ebenfalls im Befehlston den beiden zu und in dem Moment rannten wir los. Wir wollten es bis nach Hause schaffen. Schon aber war ein tiefes brummeln zu hören. Wir rannten gerade an der Straße bei der Zementfabrik vorbei, da stand doch wieder ein Posten der uns streng befahl, in die Fabrik zu laufen und Schutz zu suchen. Wir waren so im Laufen, das wir nicht anhalten konnten und wollten. Da stürzte das eine Mädchen hin und blutete gleich, lief aber weiter. Nun knatterte und knallte es schon vereinzelt. Wir hatten schon keine Puste mehr, der Hals war ganz trocken und nun die Angst vor Bomben dazu. Noch ein paar hundert Meter und wir waren ja daheim. Ich habe schon nichts mehr richtig gesehen, ich konnte fast nicht mehr, da erreichte ich doch tatsächlich das Zuhause. Ich war dem Zusammenbruch nahe. Ich sah Mama in der Haustüre stehen, Heinzel auf dem Arm, die Tasche mit wichtigen Papieren neben sich und sie rief nur: „Gerdel, komm schnell!" Ich weiß nur, dass ich in der Küche meinen Mantel oder Jacke an den Haken der Türe hängte. Ich prustete und bekam kein Wort heraus, ging in dem Moment am Küchenfenster vorbei und blieb wie erstarrt davor stehen. Was ich da sah, werde ich nie vergessen. Wie ein steiler Regen kamen schwarze Striche von Himmel und schon stoben die Bahngleise, die in etwa 200 Metern Entfernung waren, wie Streichhölzer in die Luft. Das war ein „Schauspiel", so etwas hatte ich wirklich noch nie vorher gesehen. Dass es dabei laut knallte, habe ich gar nicht so vernommen. Mama war ebenfalls erstarrt. Es knallte dann immer und immer wieder und wir duckten uns in der Küche nun automatisch.

Nach einiger Zeit war das „Schauspiel" vorbei und es gab nach wenigen Minuten den herbeigesehnten „Entwarnungston" – diesen lang gestreckten Heulton. Meine Beine zitterten, ich war einfach fertig. Ein paar Schluck Wasser und es ging wieder.

Was war das? Wir schauten uns an und konnten das noch nicht richtig realisieren. Heinz klammerte sich an Mama. Dieser Kleine weinte nicht, aber ich denke, er spürte die Erregung Mamas. Heinz war ein liebes braves Kind, das muss ich mal sagen. In den größten Wirren und Nöten war unser Heinzel still, wenn man es ihm sagte und er schaute uns, die wir vor Angst in die Keller flüchteten, nur mit großen Augen an. Schlau war das Kind, er begriff alles schnell – er war damals so ein niedlicher kleiner Bengel mit goldblondem lockigem Haarschopf. Heinz war unser Nesthäkchen. Ich war es schon lange nicht mehr, aber geliebt wurde ich auch, das weiß ich gewiss.

An diesem Tag, an dem ich die Bomben wie Regen vom Himmel fallen sah, war es mir richtig mulmig ums Herz. Mama und ich dachten, hoffentlich ist den anderen in der Stadt nichts passiert. Wir hatten das Radio an und vom eingeblendeten „Ortssender Oppeln" wurden ein paar Einschläge auch inmitten des Stadtzentrums gemeldet. Dann schaltete der Sender wieder ab. Dieser Ortssender gab der Bevölkerung Auskunft über

An- und Abflug der Bomber. Er gab die Entwarnung bekannt, denn wenn man in einem tiefen Keller saß, hörte man die Sirenen nicht. Ein Rundfunkgerät war in fast allen großen Luftschutzkellern vorhanden. Wir selbst, ich erwähnte es schon, hatten einen kleinen Kellerraum und der war alles andere als besonders schützend für schwere Bombenangriffe. Langsam bewegten wir uns nun nach dem Angriff durch den Hof auf die Hauptstraße und wichen vor Schreck wieder zurück. Eine Nachdetonation nach der anderen hörten und sahen wir nun. Ganz Neugierige gingen zu den zertrümmerten Bahngleisen und mussten dabei das Feld überqueren. Auf dem ganzen Feld waren ebenfalls Einschläge der Bomben und Trichter an Trichter zu sehen. Und schon explodierten die Zeitzünder, einer nach dem anderen. Die Menschen, die in die relativ kleinen Krater schauten, flogen durch die Luft oder überkugelten sich wie angeschossene Feldhasen. Schreie waren zu hören, blutende und verletzte Menschen zu sehen. Ein Mädchen, so ungefähr 15 Jahre alt, hatte ein Stück ihrer Wange von dem Bombensplitter weggerissen bekommen. Sie wurde erst einmal zum Verbinden abtransportiert. Ausgerechnet ihre Mutter fand den Splitter auf dem Feld mit dem Stück Fleisch ihrer Tochter. Getötet wurde zum Glück bei diesen heimtückischen Zeitzündern niemand. Zeitzünder sind leichtere Bomben, die nicht bei einem Aufschlag explodieren, sondern erst nach einer eingebauten Zeitangabe von 15 Minuten bis 2 oder mehreren Stunden und hatte verheerende Folgen. Auch in den umliegenden Gärten der Siedlungsanlagen gingen die Zeitzünder hoch. Kinder spielten anschließend in den „tollen" Löchern und hatten Spaß. Konnte man es ihnen verdenken? Nun sickerte durch, dass der Stadtrand hauptsächlich getroffen sein soll und das große Gerichts- und Wohlfahrtsgebäude total zerstört sein würde. Ich erschrak sehr. Waren es nicht die Gebäude, in deren Keller wir unbedingt hinein sollten? Ja – es waren diese Gebäude, ich überzeugte mich im Laufe des Nachmittags selbst. Große Bombentrichter waren zu sehen, wo einst die stattlichen Gebäude standen. Die Straße selbst war auch unterbrochen, also kaum mehr vorhanden. Keiner der im Keller befindlichen Menschen hatte überlebt. Zu schwer war der Einschlag der schweren Bomben. Man konnte es an den tiefen Kratern erkennen. Ich entdeckte die breite und ganz schwere Eisentüre etwa fünfzig Meter weiter auf einem anderen Anwesen. Ich erschauerte. Ich würde nicht hier stehen können, wäre ich den Anordnungen der Helfer gefolgt. Ich hatte einen (meinen) Schutzengel, der mich das tun ließ, was ich tat, oder? Manchmal ist es also gut seinen eigenen Gedanken und Gefühlen zu folgen. Meine Eltern sagten: „Nicht auszudenken, wenn du da drin gewesen wärst." Ja, das war erst so ziemlich der Anfang von den fatalen Bombardierungen auf die Stadt Oppeln und der Umgebung.

Wir versuchten alle so normal wie möglich zu leben, denn das Leben ging ja weiter. Ein Feiertag war es für uns, wenn Fred oder Ossi von der Front schrieben. Auf Postämtern waren fast nur Frauen angestellt und Briefträger gab es schon gar nicht mehr. Alle waren in „Feindesland". Meine beiden Brüder schrieben immer „Macht euch keine Sorgen, wir werden uns wieder sehen." Das waren aber nur Phrasen, um uns in der Heimat zu beruhigen. Die Männer konnten schon längst nicht mehr „ruhig kämpfen", denn sie wussten um die Bombardierungen in der Heimat. Manche Fronturlauber kamen in der Heimat ums Leben. Immer mehr Paare ließen sich „Ferntrauen". Sie schlossen ihre Ehe, tausende Kilometer voneinander entfernt. Meist bekamen die jungen Frauen ein Kind und sie wollten doch einen Vater haben. Viele der Kinder erblickten die Welt, ohne jemals den Vater kennen gelernt zu haben. Immer wieder hieß es: „Gefallen für Großdeutschland". In meiner Verwandtschaft gibt es solche Fälle. Krieg ist grausam – egal in welchem Land und wir sollten beten, dass kein Krieg bei uns mehr statt findet. Ob das Beten aber hilft? Ja, manchmal kann man den Glauben an Gott und die Welt verlieren, wenn man sieht, was es für ein Elend in manchen Ländern unserer schönen Erde gibt.

In der Zeit des Nationalsozialismus wurden Mütter mit ihren Kindern manchmal besonders geehrt. Für einige der Kinder in zahlenmäßig großen Familien, standen Adolf Hitler und seine Minister und Offiziere, Pate. Natürlich nur auf dem Papier. Es gab darum solche Namen wie Adolf, Hermann, Josef usw. Unser Heinz sollte, wenn es dem Arzt nach ging, Adolf heißen, was meinen Eltern total gegen den Strich ging. Noch haben sie selbst zu entscheiden, sagten sie. Das ganze Hitlerregime hing vielen langsam zum Hals heraus. Immer mehr wurde über die Köpfe der Menschen verfügt. Wir wehrten uns, so gut wir konnten. Ein öffentliches Auflehnen war aber zu gefährlich. Viele hofften heimlich, dass wir den Krieg bald verlören. Da wäre das grausige Schlachten wenigstens zu Ende. Aber der Propagandaminister Hitlers, Dr. Josef Goebbels, schrie nur vom Sieg. Egal wie viele Schlachten wir verloren, egal wie viele Tote es gab, angeblich gab es absolut keine oder wenige Verluste und ständig waren die deutschen Truppen im Vormarsch. Das stimmte also hinten und vorne nicht. Immer mehr Plakate wurden an den Litfaßsäulen und Häusern angeklebt, mit Sätzen: „Achtung, Feind hört mit" oder „Wer polnisch spricht, ist ein Verräter am deutschen Volkc" oder „Alle Weichen stehen auf Sieg" usw. Sie haben uns ständig mit solchen Sätzen konfrontiert. Aber alles liegt nun lange zurück. Unsere Gewohnheiten und Tagesabläufe mussten wir damals gewaltig zurückdrängen, aber Traditionen konnte man uns nicht nehmen. Der Muttertag zum Beispiel. Wir waren eifrig dabei, Geschenke für Mama zu fertigen. Pappkörbchen, die vielleicht mit Topflappen und anderem bestückt waren, wurden als Geschenk hergerichtet. Ich schmückte mit Erika und Anni sehr gerne den Tisch und den Stuhl von Mama. Blumen wurden am frühen Morgen direkt von der Wiese gepflückt. Das waren Gänseblümchen, Butterblumen (Trollblumen), Fleischerblumen (Wiesenschaumkraut), wilde Vergissmeinnicht und etliche andere. Diese hatten so einen besonderen Duft. Ich hatte immer sehr viele gepflückt und auf den Wiesen war am Morgen schon reges Treiben. Kinder, die ihre Mütter erfreuen wollten. Schön sahen der Tisch und der Stuhl so geschmückt aus. Wir drei Mädels freuten uns schon auf das Staunen von Mama. Als sie dann in die Küche herein kam, da war unser erwartetes Lächeln von ihr und wir wurden ganz lieb in den Arm genommen. Erika hatte Harmonikaunterricht genommen und konnte ihr so etwas vorspielen und vielleicht sagte Anni ein Gedicht auf. Ob auch an diesem Muttertagssonntag die Sirenen gingen, weiß ich nicht mehr.

Um diese Zeit herum wurde Annis beste Freundin todkrank und bald trug man sie zu Grabe. Auch ich war auf Beerdigungen immer dabei. Wir Kinder hatten stets weiße Kleider an. Das war so üblich. Das dieses junge Mädchen sterben musste, keiner konnte es so recht fassen. Für Anni brach eine Welt zusammen. Aber das Leben ging weiter. Der Unterricht in der Schule aber nicht, denn sie war für jeglichen Unterricht geschlossen. Das Gebäude bekam Einquartierung von sehr jungen Kerlen – so genannte „Schanzer". Das waren 14 bis 16 jährige. Alle schliefen in übereinander gebauten Betten, also in Etagenbetten. Ein Klassenzimmer wurde zum Speisesaal umfunktioniert, denn ich hatte einmal durch ein Fenster geschaut. Wie der Name schon sagt: Schanzer – sie schanzten, also schaufelten Panzersperrgräben aus. Feindliche Panzer sollten damit aufgehalten werden. So war es gedacht. Das tägliche Essen für diese Jungen wurde in Privathaushalten gekocht. Jede Familie kam einmal dran. Auch wir bekamen den Auftrag für die „Schanzer" zu kochen. In übergroßen Kochtöpfen wurde das Essen, meist war es Eintopf, gekocht. Alle Zutaten, einschließlich Fleisch wurden gestellt. Manchmal mussten wir auch einen großen Topf Kartoffeln kochen. Ich hatte keine Schule und war schließlich schon 13 Jahre alt. Ich schälte eifrig mit Mama Kartoffeln, eine Menge Kartoffeln und das Kochgut wurde pünktlich um 12 Uhr mit einem Karren abgeholt. Als Dank wurde uns eine Schüssel dieses Essens überlassen. Na, wenigstens etwas! Meine Schulkameradinnen schäkerten (flirten) am Abend mit den Jungen. Ich stand manchmal dabei und wenn mich ein fremder Junge direkt ansprach, war ich total daneben. Ich konnte nicht glauben, dass mich jemand so nett ansprach. Danach dauerte es nicht lange und ich verschwand wieder im Haus. Ich sah wohl etwas älter aus als ich es war und die Jungen konnten nicht wissen, ob ich noch Schülerin war oder nicht. Trotzdem! Ich war zu schüchtern. Die Belegung des Schulgebäudes ging über mehrere Monate. Keinen Unterricht und vorher schon kaum Unterricht gehabt und ich hatte doch noch mehr als eineinhalb Jahre zu büffeln – aber wo? Knapp zwei Jahre vor der Schulentlassung sollte auch ich zum Vorkonfirmandenunterrricht in die Odervorstadt gehen. Ich ging auch in dieses bestimmte Schulgebäude, aber nur einmal. Und warum nur einmal? Weil es vorläufig auch keinen Konfirmandenunterricht gab, wegen der Luftangriffe. Ich hatte also Pech und andere Kinder auch. Nichts konnte ich dagegen machen.

Im Herbst des gleichen Jahres fuhren viele Hausfrauen einige Stationen mit der Bahn aufs Land, um irgendein Obst zu ergattern. Mama fuhr eines Tages auch mit. Anni hatte frei oder Urlaub und somit war der kleine Heinz versorgt. Mit meinem Fahrrad radelte ich mit einem Nachbarsmädel nachmittags in die Stadt. Da das Fahrrad vom dem Bruder des Mädchens war, hatte der Sattel eine dementsprechende Höhe. Auf dem Sattel sitzend erreichte sie gerade so knapp die Pedale. Sie musste also ordentlich „Pfeffer reiben" beim Treten. Der „Dups" (Popo) rutschte rechts, links, rechts, links und ihr Popo tat ihr schon bald weh. Dagegen hatte ich ein Rad, das meiner Beinlänge entsprach. Dafür hat mein Papa schon gesorgt. Wir beide hatten vor, unsere Mütter vom Bahnhof abzuholen. Wann sie wohl ankommen und ob sie wirklich Obst mitbringen würden, das wussten wir nicht. Immer wieder kamen Menschen aus dem Bahnhofsgebäude, aber unsere Mütter waren nicht dabei. Wir entschlossen uns mit den Rädern noch einmal durch ein paar Straßen zu fahren. Ich fuhr hinter dem Mädel die Hauptverkehrsstraße hinunter und wir wollten wieder bis an den Stadtrand fahren, um dann umzukehren, um den nächsten Zug abzupassen. Doch plötzlich bog das Mädel, kurz die Hand als Richtungsweiser ausstreckend, rechts in eine Straße ein. Ich sah es, streckte den Arm ebenfalls nach rechts und übersah dabei total ein mir entgegenkommendes

Fuhrwerk, das genau nach links also in die gleiche Straße einbiegen wollte. Und schon fand ich mich zwischen Gäulen und Fuhrwerk wieder. Ich weiß, dass ich gegen eines der starken Ackergäule stieß und zu Boden fiel. Ich lag also vor dem rechten Wagenrad. Mein Fahrrad befand sich seitlich auf der Straße. Von beiden Seiten der Straßen strömten die Fußgänger herbei und ich hörte nur: „Ist dir was passiert, kannst du aufstehen?" Na, ich war schnell auf den Beinen, obwohl diese mir sehr wehtaten. Der Kutscher schimpfte fürchterlich auf mich und ich glaube, ich fing an zu zittern. Ich griff nach meinem Fahrrad, das natürlich nicht mehr rund lief und sagte nur: „Nein, nein, mir ist nichts passiert." Ich wollte nur weg! Vor lauter Menschen kam ich kaum durch. Der Verkehr stockte in diesem Moment auf der Kreuzung. Gott sei Dank fuhr der Mann mit seinen Gäulen und dem schweren eisenbereiften Wagen weiter. Ich trug fast mein Fahrrad, denn das ganze Vorderrad war verbogen, Schlauch und Mantel hatten sich halb abgelöst und ich humpelte. Das Mädel stand mit ihrem Fahrrad ca. 50 Meter weiter entfernt und wartete. „Warum bist du hier eingebogen, warum?", sagte ich und nun liefen meine Tränen. Der Schreck saß mir total in den „zerschundenen" Knochen. Ich konnte das eine Knie kaum krumm machen und es blutete stark. Die ganze Wade war aufgeschrammt und von Ellbogen bis Hand war ebenfalls alles aufgerissen. Nun trugen mich meine Beine fast nicht mehr und ich setzte mich kurzerhand auf eine kleine Mauer, das kaputte Rad neben mir. Natürlich hatte ich nicht auf den Gegenverkehr geachtet. Natürlich habe ich als Rechtsabbiegerin Vorfahrt, wenn nicht schon das Fuhrwerk halblinks eingebogen wäre und ich zu kurzfristig ebenfalls einbiegen wollte. Nachher wusste ich alles. Ich war selbst schuld oder doch nicht? Mir war jedenfalls richtig schlecht und ich spürte noch die starken Muskeln der Vorderbeine des Pferdes an meiner Brust. Ich muss also nach dem Aufprall unter dem einen Pferd durchgerutscht sein. Wenn ich an diesem Moment daran denke, meine ich genau das Pferd spüren zu können. Ich möchte noch heute nicht zu nahe an ein Pferd heran gehen. Die Erinnerung ist zu gegenwärtig.

Ich wischte also mit allen Stoffteilen die an meinem Körper waren, das Blut weg. Im nahen „Friedrichspark" setzten wir uns beide auf eine Bank. Ich war fix und fertig. Wie komme ich bloß nach Hause? Mama ist vielleicht auch schon angekommen und mit dem nächsten Bus heimgefahren. Ich konnte nicht mit dem Bus fahren und das Mädel auch nicht. Ich hatte auch gar kein Geld dabei und außerdem mein kaputtes Fahrrad. Das Blut lief nicht mehr so doll und wir beide beschlossen langsam nach Hause zu gehen. Normalerweise war es etwas über eine halbe

Stunde zu gehen. Wir brauchten jedoch mindestens die dreifache Zeit dafür. Das Hinterrad lief noch rund, aber im Vorderrad war eine „Acht". Mit meinen geschundenen Armen hob ich die ganze Strecke das Vorderrad hoch. Endlich zu Hause angekommen, stellte ich das Rad an die Hausmauer und ging in die Küche. Mama war immer noch nicht da. Papa war mit irgendetwas beschäftigt. Es war ja längst nach seinem Feierabend. „Ich wollte die Mama abholen", sagte ich nur und Papa sah nun, dass ich ganz schmutzig und blutig war. Na, er erschrak sehr und ich erzählte ihm den Vorfall. Er war heilfroh, dass mir nicht noch schlimmeres passiert ist. Er tröstete mich liebevoll, was mir sehr gut tat und ich konnte jetzt so richtig heulen ohne mich zu schämen. Als er das Fahrrad besichtigte, bekam er erst richtig einen Schrecken. „Gerdel, Gerdel, wenn ich das Fahrrad sehe, hast du wirklich viel Glück gehabt. Du hättest von dem starken Pferd oder dem eisenbeschlagenen Wagenrad zu Tode kommen können." Ach, ich wünschte mir ja so sehr, dass es nicht passiert wäre, aber leider ist es so passiert. Ich ging erst einmal wieder in die Küche und wusch mich. Ein Bade- oder Duschraum, wie es heute üblich ist, gab es damals nicht. Mit einer Schüssel warmen Wassers wusch ich also den blutigen Dreck ab. Jetzt merkte ich erst, dass ich eine Beule am Kopf und an der Wange Abschürfungen hatte. Mama kam endlich nach Hause und schleppte zwei bis drei Taschen voller Äpfeln und Birnen. Sie sah sehr abgespannt aus. Als erstes nahm sie einen Schluck Wasser aus der Leitung, dann sah sie mich und ich erzählte ihr was geschehen war. Mädel, Mädel und Mama drückte mich erst einmal an sich. Nun war alles für mich halb so schlimm. Irgendeine scharfe Tinktur träufelte sie in die Wunden. Ich konnte dabei fast in die Luft gehen, so brannte es. Aber sie sagte, dass es sein muss. Nun wurde das ganze gute Obst in eine Zinkwanne geschüttet und ich fing an zu essen. Die Äpfel schmeckten köstlich und die Birnen waren zuckersüß. Ich aß und aß und konnte nicht aufhören. Erika, meine Schwester, kam nun auch heim und auch sie sprach, so wie Anni, dem Obst tüchtig zu. Was soll ich sagen? Alle hatten wir Bauchschmerzen, sogar Heinzel, der auch ordentlich davon gegessen hatte. Mein Bauch schmerzte so sehr, dass die anderen Schmerzen fast vergessen waren. Mir wurde echt übel. Als sich dann ein tüchtiger Durchfall ankündigte, wurde ich langsam erleichtert. Es hieß: „Warum hast du auch so viel gegessen!" Am nächsten Tag wurde mir schon beim Anblick des vielen Obstes übel. Irgendwie hat Mama das Obst verarbeitet, denn zu der damaligen Zeit war jeder froh, etwas Vorrat für den Winter zu haben. Manche Leute hatten Gärten mit Obstbäumen und es

nicht nötig, so wie Mama und viele andere Frauen, Obst zu „hamstern". Schade, dachte ich immer wieder, dass wir keinen Garten mehr haben, so wie am Kirschenweg. Bei einer Frau, die am Kirschenweg wohnte und viele Beerensträucher im Garten hatte, halfen ich und ein Nachbarsmädel oft mit, die Beeren zu pflücken. Natürlich aß ich mich immer tüchtig an den Beeren satt. Diese Frau war eine vornehme Dame, denn sie hob sich von all den anderen Frauen deutlich ab. Ich meine, sie stammte aus Berlin. Sie war immer elegant gekleidet und ihr Haar war hellblond, kurz und in Wellen gelegt. Groß und schlank war sie und sie duftete immer herrlich. Es war ein ganz anderes Parfum das sie benutzte, als es bei uns zu kaufen gab. Sie erzählte uns Kindern, dass sie gerne auch ein Kind gehabt hätte, aber leider keines bekam. Ein etwa zehnjähriges Mädchen weilte ab und zu bei ihr und sie sagte, dass es das Kind ihrer Schwester sei und sie es liebte wie ihr eigenes. Ich merkte wie sehr das Mädchen umsorgt und verwöhnt wurde. Dieses Mädchen saß nur ständig auf der Schaukel, die im Torbogen des Schuppens angebracht war. Sie schaukelte hin und her oder hatte einige wunderschöne Puppen, mit denen sie spielte. Wir pflückten indessen und zerkratzten uns die Arme an den Stachel- und Brombeeren. Dieses Mädchen brauchte uns nicht zu helfen. Ihre Kleider waren auch so duftig zart, sie wären beim Pflücken schön ramponiert worden. Nein, sie machte sich ihre zarten „Klavierfinger" nicht schmutzig. Für uns war sie alles andere als ein Mädel, mit dem man spielen oder sich etwas erzählen konnte. Von den Beeren, die wir pflückten, machte die vornehme Dame wundervolle Konfitüre. Ich kannte nur Marmelade, doch sie kochte Konfitüre. Ich weiß, dass sie eine Schüssel mit Erdbeeren und Zucker rührte und rührte. Ich konnte nicht glauben, dass es einen Brotaufstrich ergeben sollte, aber tatsächlich. Ich schätze mal so nach einer Stunde Rührzeit, war die herrliche Erdbeerkonfitüre fertig.
Ich musste beim Bäcker frisches Brot holen und dann bekam ich und das Mädel eine Riesenschnitte Brot mit Butter und eben dieser Konfitüre. Ich glaube, in meinem Leben habe ich nie wieder so ein gutes Stück Brot gegessen. Ich weiß noch, dass wir die Schuhe vor der Tür immer ausziehen mussten und nur barfuss die gute Stube betreten durften. Die Frau setzte sich ans Klavier und spielte Melodien, die für unser Ohr wohl laut, aber nicht besonders schön klangen. Immer wieder erklärte sie uns irgendetwas vom jeweiligen Komponisten und dergleichen. Als wir das Haus wieder verlassen durften, war es auch wieder gut. Lohn für unsere Arbeit bekamen wir nicht. Wir hatten ja ein großes Stück Brot bekommen!

Ich schreibe hier auch solche Episoden aus meinem Leben auf, die eigentlich gar nicht von Bedeutung sind, aber es war etwas aus meinem Leben und ich versuche in dieses Buch alles hineinzupacken, was mir in den Sinn kommt – also alles aus meiner Erinnerung. Ich meine, nur so kann man sich ein Bild meines kindlichen Lebens machen und ich möchte doch so viel wie möglich von mir erzählen.

Eigentlich ergab sich im Alltag nichts Herausragendes. Als ich noch zum Unterricht gehen konnte und unser Schulgebäude noch nicht anderweitig genutzt wurde, gab es Tage, an denen wir Schüler zum Teesammeln in die Natur geschickt wurden. Anhand von Abbildungen oder Originalpflanzen, pflückten wir verschiedene Pflanzen. Ich sammelte eifrig Schafgarbe. Auf einem Wiesenstück gab es diese Schafgarbe massig und ich schleppte einen Korb voll in die Schule. Wie enttäuscht war ich, als die Lehrerin mir sagte, dass die Pflanze wohl ähnlich aussähe, aber keine echte Schafgarbe war. Alles wurde der alten Frau, die gleich neben dem Schulgebäude wohnte, für ihre Ziege gebracht. Ich war fest überzeugt, dass alles Schafgarbe war – und nun dies. Getröstet war ich, als mehrere Kinder auch das falsche Kraut brachten. Wir waren also alle keine guten Kenner der einzelnen Teepflanzen. Der Tee sollte in Lazarette geliefert werden. Na, das war wohl nichts. Eher sahen und sammelten wir die Kartoffelkäfer von den großen Kartoffelfeldern. Jedes Kind bekam eine leere Büchse, in die wir so viele Käfer wie möglich hineinfallen ließen. Ich ekelte mich sehr. Viel lieber war mir der Tag, an dem wir ein großes Feld mit Erbsenschoten abernten sollten. Mindestens drei Schulklassen befanden sich auf dem Feld. In bestimmten Abschnitten standen Behältnisse, in diese die gepflückten Schoten hineingeworfen wurden. Die zartesten Erbschen landeten natürlich im eigenen Magen. So frisch schmeckten sie köstlich und meine Jackentaschen stopfte ich mir noch tüchtig voll, bevor wir aufhören durften. Ich ging, so wie alle anderen auch, direkt nach Hause. Die Schultaschen waren sowieso an diesem Tag daheim gelassen worden. Ja, wir Kinder wurden schon zu vielen Arbeiten herangezogen. Da redete damals keiner von „verbotener Kinderarbeit". In Großfamilien mussten die Kinder auch stets mit anpacken. Es wurde eigentlich keiner überfordert. Heute wäre vieles nicht zulässig – und was machen die Jugendlichen? Na, ihr wisst schon... Durch das wir in der damaligen Zeit mit Miseren in allen Bereichen schon als Kinder konfrontiert wurden, halfen wir schon fast automatisch mit dafür Sorge zu tragen, dass wir satt zu essen hatten und auch sonst alles ordentlich verrichtet wurde. Auch wenn die Väter im

Kriege waren, so blieben wir eine richtige Familie mit einem großen Zusammengehörigkeitsgefühl. Auch die Frauen halfen sich gegenseitig und beratschlagten wie dies oder jenes besser gemacht werden könnte. Oft wurden sogar Kinder aus zerbombten Städten in Familien aufgenommen. Wir hatten sogar ein schwarzes Mädchen aus Hamburg in unserer Schulklasse. Ich glaube aber, ich erzählte schon davon. Natürlich gab es nach wie vor Familien jeden Standes, so genannte „bessere Leute" und auch ganz Arme. Die besser gestellten Leute waren z. B. Geschäftsleute und Beamte. Aber auch diese Leute konnten in dieser Kriegszeit schon lange nicht mehr aus dem Vollen schöpfen. Die meisten Männer wurden zu Soldaten berufen und die Frauen, dessen Männer nicht gerade einen Offiziersgrad hatten, bekamen auch nur ihr pauschales Unterhaltsgeld von amtlicher Stelle. Die Frauen, die ihre Ladengeschäfte meist allein weiterführen mussten, hatten es nicht leicht, Geld zu verdienen. Erstens war alles rationiert und zweitens gab es fast nur festgelegte Preise. Alle Verkaufspreise waren vorgeschrieben. Bei Textilien gab es noch Unterschiede, denn es war ja keine Einheitskleidung, wenn sich auch vieles in Muster und Art wiederholte. Ganz wichtig waren die Lebensmittelmarken. Was nützte einem viel Geld, wenn man ohne Marken nichts zu kaufen bekam. Das Geschäftsleute mit Ware „geschoben" haben, will ich nicht ausschließen. Nach dem Prinzip „eine Hand wäscht die Andere", war so etwas immer noch möglich. Auch wir Normalverbraucher bekamen ja Brot auf Fleischmarken, das beschrieb ich schon. Beim Pferdefleischer bekam man 500 Gramm Fleisch oder Wurst für 250 Gramm der Fleischmarkenabschnitte. Also das Doppelte. Ab und zu schickte uns Mama in die Odervorstadt zu einem Pferdefleischer. Riesige Menschenschlangen waren schon lange vor Öffnung des Ladens da. Es war nie klar, ob es an jenem Tag etwas gab. Da musste wohl erst so ein alter Ackergaul oder ein Unfallpferd geschlachtet werden. Ich weiß es wirklich nicht mehr so genau. Meist standen Anni und ich an, damit wir etwas mehr ergattern konnten. Eine nahm nur Fleisch und die andere nur Wurst. Ich muss sagen, dass uns allen die wunderbar geräucherte Wurst sehr gut schmeckte und das Fleisch bereitete Mama vorzüglich zu, mal als Sauerfleisch, mal als Rouladen oder einfach als Braten. Da mokierte sich keiner von uns, weil es Pferdefleisch war. Ich glaube, dass mancher schon beim Lesen hier die Nase rümpft. Ich sage es noch einmal. Das Pferdefleisch, gut zubereitet, schmeckte hervorragend.

Ja, das „Schlangestehen" war für uns schon Alltag. Sah man irgendwo viele Menschen vor einem Geschäft, stellte man sich einfach dazu. Egal – irgendetwas wird es schon geben und brauchen konnte man alles. Wenn ich so nachdenke, komm ich zu dem Schluss, dass wir genauso handelten wie die Tiere im Wald. Da geht es doch auch nur um Nahrungssuche, um Aufzucht der Jungen und um die ständige Angst gefressen oder erschossen zu werden. Wir Menschen in der schlimmen Kriegszeit, hatten alle anderen Wünsche und Ziele längst zurückgeschraubt, ja zurückschrauben müssen. Täglicher Kampf also ums Überleben. In den zwanzig, dreißig Jahren wird allen diese Zeit immer unglaublicher erscheinen. So schlimm vieles in meinem Leben gewesen sein mag, so möchte ich auf keinen Fall in der Zukunft, so etwa um 2050, leben wollen. Schon jetzt, d. h. in den letzten 50 Jahren, wurden wir Menschen mit so vielen Erneuerungen konfrontiert, mit so viel Umweltgiften belastet, mit so viel Zerstörungen unserer doch so schönen Erde und Vergiftung des Weltalls, vor allem unserer so wichtigen Ozonschicht fast den Garaus gemacht usw. - nein, ich werde „gehen dürfen", Gott sei Dank, bevor alles zusammenbricht. Gott möge meine Nachkommen beschützen.

Eine ganz andere Kindheit hatte ich, als die Kinder heute. Ich habe beigebracht bekommen, dass es nicht möglich war, das was ich mir wünschte, auch zu bekommen. Als Kind wusste ich genau, dass nie viel Geld zur Verfügung stand. Es wurde mir auch deutlich erklärt und ich denke, dass es sehr wichtig war, sonst hätte ich mich nicht mit so wenigen Nasch- oder Spielzeug begnügen können. Ja, erst fehlte das Geld und in der Kriegszeit fehlte die Ware, bzw. sie war streng rationiert. Das muss ich immer wieder betonen, damit verständlich wird, wenn meine Erzählungen einer Armut gleichen, die ich aber nie als Armut empfunden habe. Nicht nur ich, sondern alle mussten sich dem damaligen Leben anpassen und wir passten uns an. An kleinen Dingen hatten wir große Freude und diese trugen uns durch schwere Zeiten hindurch. Denn wer ohne Hoffnung lebte, war so gut wie tot. Wir hofften alle auf bessere Zeiten.

Gerne erinnere ich mich an die warme Stube an kalten Winterabenden. Die Kohlen glühten so schön im Ofen, das Grammophon wurde in Gang gesetzt und schöne Melodien waren zu hören. Manchmal wurde auch das Spiel „Mensch ärgere dich nicht" gespielt. Für das Kartenspielen war Mama zuständig. Sie konnte über Stunden spielen. Ich war noch sehr jung, aber manches Kartenspiel beherrschte ich auch gut. Mama hatte das Rauchen angefangen und ich muss sagen, das fand ich gar nicht gut. Mir gefielen alle Frauen nicht, die Zigaretten rauchten. Zudem schmökerte Mama immer öfter in billigen Schundromanen, die unter den Nachbarinnen ausgetauscht wurden. Es war für sie ein harmloses Vergnügen, doch war sie öfter so abwesend, wenn ich in die Stube kam. Naja, die Liebesromane waren sicher auch spannend, aber weil sie sich nicht mehr allzu viel mit mir beschäftigte, waren mir diese Romanhefte echt verhasst. Bis zum heutigen Tag mag ich solche Hefte nicht. Sicherlich hätte Mama auch in eine Turn- oder Singstunde gehen können. Diese war aber dann immer in parteiliche Mäntel gehüllt und das wollten Mama und wir alle nicht. Also wurde daheim geblieben und geschmökert. Mein kleiner Bruder Heinz wurde auch immer lebendiger, aber ich muss sagen, er war ein folgsamer und verständiger kleiner Kerl. Heinz hatte die viel schlechtere Kindheit. Eine schöne ruhige Vorkriegszeit erlebte er nicht, denn er wurde ja 1941 geboren und eine schöne Nachkriegszeit hatte er ebenfalls nicht. Das, was ich hier niederschreibe, wird für Heinz alles „Neuland" sein.

Sicher, im Nachhinein sagt man: Alles hat doch einen Sinn gehabt! Das kann man aber nicht in jedem Falle bestätigen. Oder war das Abschlachten der Menschen im Kriege sinnvoll? Nein! Es war mehr wie sinnlos. Das Leid, das Familien zu tragen hatten und noch heute tragen müssen, ist unermesslich. Wann werden wir Menschen endlich schlau? Wann werden wir alle wissen, dass wir füreinander nicht gegeneinander leben müssen? Ich sage ganz leise und mit Wehmut: Wohl nie! Viele Gefühle steigen in mir auf und oft ist es ein Gefühl der Ohnmacht. Vielleicht halte ich gerade deshalb meine Erinnerungen an Zeiten der verschiedensten Abschnitte wach.

Im Jahre 1944 fühlte ich mich schon fast erwachsen, wenn auch mein Inneres noch kindlich und hilfsbedürftig war. Meine Art, viel Liebe und Zuneigung zu empfangen, ab und zu Lob oder Streicheleinheiten von Mama oder Papa zu bekommen, war nach wie vor im Vordergrund. Aber ich musste leider nun viele Abstriche machen. Ich war bereits 13 Jahre und der Sog des Erwachsenwerdens war groß. Für alles was ich tat, war ich schließlich selbst verantwortlich. Heinz wurde mir immer öfter anvertraut und wenn Mama etwas später aus der Stadt kam, hatte ich oft schon Kartoffeln geschält, die Milch vom Milchwagen, der allmorgendlich kam, geholt und für mich und den Kleinen etwas zum Essen gemacht. Das Feuer im Herd durfte auch nicht ausgehen, selbst im Hochsommer musste das

Feuer geschürt werden, denn wie sollten wir sonst kochen? Mama lobte mich jedenfalls, wenn sie von der Stadt nach einem evtl. Schlangestehen erst spät nach Hause kam und die Kartoffeln schon geschält sah. Schnell gab es irgendein Gemüse oder Salat dazu und fertig war das Essen, zunächst für uns drei. Die anderen waren in der Arbeit und aßen abends warm. Zwischendurch machte ich mir öfter eine Schnitte mit Butter und streute Zucker darüber. Es schmeckte mir und dem Heinzel besser, als die komische Vierfruchtmarmelade, die es auf Sonderzuteilung gab. In dieser Marmelade waren undefinierbare Früchte und ähnliches hineingemixt worden. Wurstbrote gab es seltener bei uns und wenn, dann meist Leberwurstbrote. Die schmeckten nicht schlecht, aber der Belag war sehr dünn. Manchmal aßen wir Butterbrote mit Senf bestrichen und irgendwie schmeckte es pikant. Papa machte sich sehr gerne Bratschnitten, also am Herd trocken geröstete Brotscheiben (Toast). Anschließend wurden diese mit einer Knoblauchzehe eingerieben und mit etwas Butter oder Margarine bestrichen. Die Hauptsache war doch, wir wurden satt. Wenn auch manches Essen sehr einfach, beinahe primitiv war, so brauchten wir aber keinen Hunger zu leiden. Hunger erlebten wir erst richtig nach dem Krieg. Die Menschen waren damals sehr erfinderisch und alle experimentierten herum. Margarine wurde mit braun gerösteten Zwiebeln vermengt und man bildete sich ein, dass es vorzügliches Griebenschmalz sei. Bei Kuchenrezepten wurde am meisten herumexperimentiert. Da wurde Kuchen mit Natron statt mit Backpulver gebacken, Butter oder Margarine wurde sparsamst hinzugefügt und die Streusel wurden immer härter, weil wenig Butter zur Verfügung stand. Dann gab es Rührkuchen ganz ohne Eier, ja mit Roggenmehlbeigaben wurden sogar Kuchen gebacken. Diese Kuchen schmeckten zwar nicht so gut, aber wenn sie süß genug waren, mundeten sie uns trotzdem. Ich dachte manchmal an den schönen Käsekuchen mit Streuseln zurück, mein Lieblingskuchen. Auch den in unserer Region berühmten „Prasselkuchen", ließen uns bei deren Erinnerung das Wasser im Munde zusammenlaufen. Auch die schönen Milchflechtsemmeln gab es bald nicht mehr. Einfache Semmeln waren immer zu haben, das waren Doppelbrötchen. Ich kann mich nicht erinnern, dass es Brötchen zu kaufen gab, es gab immer nur Semmeln. Ein Bäcker in Oppeln machte das wundervoll schmeckende „Schlüterbrot". Ein dunkles, beinahe nach Malz schmeckendes Brot. Gerne wüsste ich heute das Rezept und ich würde versuchen, es zu backen. Wir Geschwister können uns alle ganz genau an dieses Schlüterbrot erinnern und der herzhaft gute Geschmack liegt förmlich auf der Zunge. Nie wurde eine Scheibe Brot weggeworfen – nein auch trockenes Brot konnte noch zur Brotsuppe verwendet werden. Einfach Wasser, Brot und etwas Zucker oder Süßstoff dazu – fertig. Oder man gab Salz und Zwiebeln hinein und eine Mahlzeit war gerettet. Auch in Sachen Kleidung oder Schminkzeug wurde alles ausprobiert. Strümpfe für Damen waren eine Raritäten. Also wurden im Sommer die Beine mit einer bräunlichen Tinktur einfach angepinselt und mit einem schwarzen Stift die Strumpfnaht, die damals so üblich war, nachgezogen. Ich weiß noch, dass diese Tinktur „NUBRANU" hieß, denn Anni und Erika hatten auch diese Fläschchen. NUBRANU war die Abkürzung für: „Nussbraun im Nu." Ich wundere mich erneut, dass ich mich an solche Dinge und Artikelnamen erinnern kann. Ich selbst trug damals noch keine Strümpfe dieser Art. Seidenstrümpfe, also Kunstseidenstrümpfe und Macco-Strümpfe gab es. Die Macco-Strümpfe waren nur für altere Damen zu gebrauchen, denn sie waren undurchsichtig und versteckten die Schönheit eines Frauenbeines. Ich brauchte also auch solche Strümpfe nicht. Ich hatte Söckchen und im Winter die dick gewirkten normalen Strümpfe. Wie ich ja schon sagte, waren damals auch alle Sorten Schuhe streng rationiert. Es gab zwischendurch im Sommer auf halbe Schuhpunktkarten bzw. Schuhbezugsscheine, eine besondere Sorte von „Klapperlatschen", nämlich Holzsohlen-Latschen. Durch zwei Einschnitte auf der Untersohle im Holz wurde der Latsch elastisch, also zum Laufen geeignet. Damit sich die Sohlen nicht so schnell abliefen, klebte oder nagelte man Gummiflecken aus alten Fahrradmänteln an. Die Oberteile, also die Riemchen, waren selten aus Leder, sondern meistens aus Stoff. Das Leder, so wie vieles andere auch, wurde für Soldatenstiefel gebraucht. Alles Mögliche war für die Kriegsverwendung ausgerichtet. Alles metallische, sogar Kirchenglocken, wurden eingeschmolzen und für Kriegszwecke verwendet. Ach, da könnte man noch vieles aufzählen...

Im Oppelner „Alleskaufhaus EHAPE" hielt ich mich gelegentlich sehr gerne auf. Fast täglich gab es da Kraut- oder Grützensuppen ohne Marken – ja, ohne Marken. Ich schmuggelte mich manchmal unter die anstehenden Erwachsenen und ich erhielt für 20 Pfennige ebenfalls eine Schale Suppe. An Stehtischen konnte man essen. Einen Löffel hatte jeder selbst mitzubringen, ansonsten konnte man die Suppe trinken. Der Erfolg, dass ich eine Suppe bekam, das war auch eine der kleinen Freuden in meinem Alltag. Zur Schule konnte ich ja nicht gehen, die war noch immer anderweitig belegt und ich ahnte damals noch nicht, dass ich ab diesem Zeitpunkt, nie wieder eine Schulbank drücken würde. Mehr wie eineinhalb Jahre müsste ich doch noch Unterricht haben. Dann hätte ich 8 Jahre

Schulzeit voll. Ich hatte aber keinen Unterricht und Mama ließ mich Gott sei Dank in die Stadt gehen oder ab und zu mit dem Bus fahren, um etwas zu besorgen. Viele Soldaten von den umliegenden Kasernen und Lazaretten, waren in der Stadt. Die Straßen waren auch in Kriegszeiten immer sehr belebt, nur bei Fliegeralarm waren sie wie leer gefegt. Papa, Erika und Anni waren im Zentrum beschäftigt, das gab mir ein sicheres Gefühl, wenn ich sie auch nur ab und zu einmal besuchen konnte. Ich beobachtete so die Menschen und ich weiß, dass ich mir manchmal wünschte, eine elegante Dame zu sein. Vor allem wollte ich gerne einmal hübsch sein. Ich konnte meinem Gesicht und meinem Körper damals nichts Schönes abgewinnen. Ich glaube, das empfinden die meisten heranwachsenden Kinder so. Ja, es gab auch in der schlechten Zeit noch gut aussehende und gut gekleidete Damen. Bald aber bekam ich mit, dass diese aufgetakelten und stark geschminkten jungen Frauen auf „Männerfang" waren. Immer öfter beobachtete ich solche Frauen, die eng umschlungen mit Soldaten zusammen standen. Eine junge Frau in unserer Nachbarschaft, machte sich täglich gegen Abend stadtfein. Auch ich traf sie manchmal, aber immer mit einem anderen Uniformierten. Heute sagt man „Die geht auf den Strich". Die Treue der Frauen, deren Männer eingezogen waren, wurde auf eine harte Probe gestellt. Auch diese Frauen konnten oft der Männerwelt, zumal in schicken Uniformen, nicht widerstehen. Ich sah manche Paare sich küssen und ahnte nicht, dass es noch mehr als Küsse gab. Ein Mädchen erzählte mir eines Tages schier unglaubliche Sachen. Trotzdem konnte ich es mir nicht vorstellen. Es blieb für mich lange ein Geheimnis, wie so etwas zustande kommt und wie ein Kind aus dem Bauch herauskommt. Ich hatte es ja beinahe miterlebt, als mein Bruder Heinz zur Welt kam – aber wie? Wie kam er zur Welt? Gedanken machte ich mir schon. Manche meiner Schulkameradinnen erzählten, dass sie ihre „Tage" alle paar Wochen bekämen und ich dachte nur, hoffentlich dauert es noch etwas bei mir. Ich bekam auch mit, dass meine beiden Schwestern und Mama ihre „Tage" hatten. Es war immer so eine Heimlichtuerei, so ein Versteckspiel. Wenn ich aber so komische Dinger an der Wäscheleine baumeln sah, da wurde mir erst recht bange. Diese „Dinger" waren Einlagen, die das Blut aufsaugten. Eigentlich wollte ich doch immer schon erwachsen werden – aber mit solchen Konsequenzen? Mama sagte mir schließlich klipp und klar, dass es so sei und ich wüsste doch, was dann zu tun sei. Na denn...

Mein Busen wuchs und wuchs. Aber einen Büstenhalter brauchte ich noch nicht – ich war auch froh darum. Mein blondes Haar fiel immer so glatt herunter und ich beschloss mir Lockenwickler ins Haar zu drehen und siehe da, ich sah mit Locken ganz anders aus, ja viel besser jedenfalls empfand ich. Ich war 13 Jahre alt und ich glaube, seit diesem Zeitpunkt habe ich mir täglich Locken gedreht. Schließlich kam mir der Gedanke, mich für eine Kinoeintrittskarte anzustellen. Der Film war erst ab 18 Jahre erlaubt, dennoch! Mein Herz klopfte, ich legte das Geld genau abgezählt hin, aber ich wurde nach dem Alter gefragt, aber lügen konnte ich nicht. Also nichts war es mit dem schönen Liebesfilm. Die Schauspieler Zarah Leander, Ida Wüst, Heli Finkenzeller, Greta Garbo, Ilse Werner, Rudolf Prack, Wolf Albach Retty, Heinz Rühmann, Johannes Heesters, Karl Schönböck usw. Von denen alle so schwärmten, ich konnte sie nicht im Film sehen. Die Filmmelodien wurden aber überall nachgesungen und die konnte ich wenigstens dann auch mitsingen. Wenn ich so erzähle, könnte man meinen, es spielt sich alles im dicksten Frieden ab, nicht wahr? Dem aber war nicht so. Tägliche Konfrontation mit Kriegsereignissen war unserer aller Los. Die Alarmsirenen heulten immer öfter und immer öfter wurde bombardiert. Wir waren immer auf dem Sprung zu einem festen Unterschlupf oder Keller. Eines Morgens, so gegen 10 Uhr, beschloss Mama mit mir und dem kleinen Heinz schon bei einem Voralarm loszurennen und zwar in den Stollen des Steinbruchs, gleich neben der Zementfabrik. Heinz wurde in seinen Sportkinderwagen gesetzt, die Tasche mit wichtigen Papieren zwischen seine Beinchen gestellt und ab ging es. Der Vollalarm erwischte uns noch bevor wir an Ort und Stelle waren. Sehr viele Menschen rannten zu dem Stollen. Rasch wurden wir Ankömmlinge in das Innere des Stollens dirigiert. Düster und ganz feucht, ja nass war alles da unten. Auf verlegten Bohlen kutschierte Mama den Kinderwagen, es war ein Balanceakt. Endlich tief im Stollen blieben wir stehen. Es herrschte ängstliche Stille. Nur kleine Kinder gaben Töne von sich. Aber im Allgemeinen herrschte Ruhe. Wir schauten uns bei geringem Notlicht ein wenig um. Es war eigentlich nur ein langer Gang, abgestützt mit Holzbalken. Erst war es kalt und dann schwül warm. Die Nässe rundherum und die Wärmeabgabe der vielen Menschen, machte die Luft richtig stickig. Mir war es ganz mulmig geworden. Meine fast noch sommerliche Kleidung, war richtig feucht. Mama hatte für Heinzel irgendetwas zum Knabbern mitgenommen. Es ist erstaunlich – die meisten kleinen Kinder, so auch unser Kleiner, verhielt sich ausgesprochen still, als wenn diese Kinder spürten, dass Gefahr drohte. Einer sagte: „Wenn oben auch Bomben fallen, sind wir alle hier unten doch geschützt." Dann und wann wurde vom Stolleneingangsbereich die derzeitige Lage durchgerufen, wie: „Bombergeschwader direkt über der Stadt – Einzelne Detonationen". Dann wieder „Feindliches Flugzeug im Abflug" und endlich dann „Entwarnung". Alles wollte so schnell wie möglich den Stollen wieder verlassen. „Bitte bleiben sie ruhig und kommen sie langsam vor", so wieder die Stimme. Als auch wir drei endlich wieder den Himmel über uns sehen konnten, atmeten wir auf, ja wir holten wirklich erst einmal tief Luft. Die Menschen verteilten sich und alle stapften den steilen Weg wieder nach oben zur Straße. Mich fröstelte, die Situation stimulierte meinen Körper noch immer, obwohl ich mich beim Schieben des Sportwagens mit Mama tüchtig angestrengt habe. Daheim angekommen, war uns bewusst, dass der Stollen so sicher er von oben vor Einschlägen war, er eine tödliche Falle für alle im Stollen befindlichen Menschen hätte sein können. Wenn nämlich bei dem Bombenangriff Felsbrocken versprengt und den Stolleneingang zugeschüttet hätten, wären alle Menschen jämmerlich erstickt. Frischluftzufuhr gab es nicht. Wir selbst hatten ja den Sauerstoffmangel schon in dieser dreiviertel Stunde zu spüren bekommen. Es war ja nur ein schmaler, niedriger Stollen. Als wir am Abend den anderen erzählten, wo wir uns heute befanden und die Möglichkeit des „Zugeschüttetwerdens" erörterten, lief uns der kalte Schauer über den Rücken. Das wäre nämlich ein ganz anderer Tod, das wäre ein Erstickungstod geworden. Aber wir haben überlebt und wir waren auch froh darüber. Eins stand für uns fest: Wir gehen nie wieder in diesen unheimlichen Stollen. Wie gut unsere Entscheidung war, vernahmen wir mit Zittern ein paar Wochen später. Die Region „Steinbruch" wurde arg bombardiert und ich weiß, dass oben am Rande des Bruchs, kleine Häuser für Bürozwecke standen. Diese Bürohäuser flogen bei diesem besagten Angriff in die Luft und stürzten hinunter in die Tiefe des ausgebaggerten Steinbruchs. Sehr viele und große Gesteinsbrocken ebenfalls. Der Eingang soll tatsächlich verschüttet worden sein, aber glücklicherweise blieb ein ganz schmaler Spalt, der unter größter Kraftaufwendung mit Gerätschaften verbreitert werden konnte, so das die Menschen sich retten konnten. Die Panik im Stollen wollte ich nicht miterlebt haben. Es war also gut, nicht wieder dahin gegangen zu sein. Fliegeralarm, d. h. Bombenalarm gab es täglich, spät abends, nachts und früh morgens. Wir alle bekamen dadurch wenig Schlaf. Aber gegenüber anderen Städten, war unsere Stadt noch ziemlich verschont geblieben. Nur ein geringer Teil Oppelns war zerstört und natürlich gab es schon etliche Tote. Wir lebten in buchstäblich ständiger Alarmbereitschaft. Schon lange konnten wir keine Radtouren mehr unternehmen oder ins Stadionschwimmbad gehen. Wo sollten wir denn so schnell hin bei einem Alarm? Auch die notwendigen Besorgungen wurden immer erst am späten Vormittag, nachdem die feindlichen Flugzeuge wieder abgeschwirrt waren, erledigt. Alles wurde mechanisch und lustlos verrichtet.

Der Herbst im Jahre 1944 war längst da. Ich zog meine Strickjacke an und Heinz wurde auch etwas wärmer angezogen und in den Sportwagen gesetzt. Mein Brüderchen jauchzte und zappelte vor Freude. Ich fuhr mit Mamas Einverständnis, ein wenig durch den Ort. Eigentlich wollte ich einmal bei meiner Freundin Dora vorbeischauen, aber schon begegnete sie mir mit ihrer Mutter. Dora sagte, dass sie in der Stadt etwas kaufen wollten. Schön sah Dora wieder aus. Sie hatte so eine schicke kurze Jacke über ihrem Wollrock. Ihre Mutter hatte wieder toll geschneidert. Ach, Dora stand überhaupt alles gut. Wir verabredeten uns damals ganz sicher für den Nachmittag. Ich schob Heinz im Wagen in Richtung Schule und dann in die kleine Nebenstraße zum Hafen. Bekannte Kinder meiner Schulklasse liefen da auch herum und sah ich wie ein Schiff entladen wurde. Viele Behältnisse packte der große Kran und stapelte alles vor einer Halle. Ich hätte zu gerne gewusst, was da drin war. Einige Jungen rannten in meine Nähe und einer rief mir noch zu: „Kindermädel, Kindermädel". So ein Dämlack (Dummkopf)! Dann lachte er noch so hämisch. Mein kleiner Bruder klatschte in die Händchen. Dieser große Kran machte ihm wohl sehr viel Spaß. Aber ewig hielt ich mich dort nicht auf. Ganz am Rande des Weges sah ich zwei schöne Ziegelsteine liegen, die wie neu aussahen. Ich ging heran und legte sie Heinzel zwischen die Beine. „So schöne Ziegelsteine, da wird sich die Mama aber freuen", sagte ich, aber Heinz verzog schon weinerlich das Gesicht, weil die scharfen Kanten der Ziegel seinen Beinen wehtaten. Nun hastete ich heim und weil ich mit dem Kinderwagen so flitzte, lachte mein kleiner Bruder wieder herzhaft. Warum ich die Ziegelsteine mitnahm? Nun, wir benötigten dringend neue, um sie im Winter schön aufgewärmt in unsere Betten zu stecken. Die in der Backröhre aufgeheizten Steine, wurden mit einem Tuch umwickelt und erst in die Mitte des Bettes und dann ans Fußende gelegt. Wir kamen so in ein schönes vorgewärmtes Bett. Am nächsten Morgen war so ein Ziegelstein immer noch etwas warm. Mama freute sich und ich versicherte, dass diese wirklich einfach so herumlagen. Ich habe doch nicht gestohlen?

Wieder hatte ich Gewissensbisse und wieder dachte ich, ich hätte wohlmöglich etwas unrechtes getan. Mama zerstreute aber schnell meine Bedenken. Sie fand es gut, dass ich an uns alle gedacht habe, als ich diese Steine mitnahm. Irgendwie war es uns Kindern ja schon anerzogen worden, alles für die Familie zu tun und zu organisieren. Ich habe diesbezüglich immer meine Augen und Ohren offen gehalten, wenn sich z.B. Erwachsene unterhielten. Wo es etwas ohne Marken zu kaufen gab, wie Küchengeschirr oder im Schreibwarenladen Löschblätter, Tinte, Radierer oder Rezepte für einfache Gerichte, die aber gut schmecken sollten, Handarbeitsvorschläge und vieles mehr, da war ich sehr aufmerksam und habe mir es bis heute gemerkt. Dreizehn Jahre war ich nun schon. War ich noch wie früher „Mamas Sonnele und Papas Liebling"? Wenn ich es auch nicht gesagt bekam, so wusste ich, dass mich meine Eltern mochten. Ich konnte mit meinen Sorgen und Nöten immer zu ihnen kommen. Aber tat ich es auch? Nein! In vielen Fällen nicht. Da waren wieder die Hemmungen und wie das so ist, ich schämte mich oder wollte meinen Eltern keine Vorwürfe machen, falls ich etwas nicht gut fand. Erwachsene sind eben anders als Kinder, so dachte ich mir. Freilich hätte ich sagen können, dass Mama mir dieselbe Bluse für den Schulunterricht zum Anziehen gab, die gestern schon diesen hässlichen Fleck hatte oder dass die Absätze meiner Schuhe schon ganz schief gelaufen waren oder sie mir einen schönen Strickrock zum Anziehen gab, der in dem Bogenmuster am Saum etwas franste. „Mit Fransen gefranst, mit Fransen gefranst", so rief und lief ein Mitschüler neben mir her und hob mit einem Stöckchen den Rock hoch. Ich war wütend und schämte mich sehr. Zwar war der eine Junge, der immer und zu allen ziemlich frech war, aber nun attackierte er mich und das war ganz etwas anderes. Ich sagte nichts zur Mama, aber ich zog mich traurig zurück. Sicherlich hat es mein Lehrer auch gesehen, dass mein Rock franste... so glitten meine Gedanken ab. Ich weiß heute, dass jede Beleidigung mich sehr traf und ich muss wiederum sagen, dass eine evtl. Beleidigung oder Bloßstellung mich noch heute wie ein Keulenschlag trifft. Noch schlimmer ist es, wenn mich jemand zu Unrecht für irgendetwas beschuldigt. Da bäumt sich alles in mir auf. Außerdem fand und finde ich ein „Belogenwerden", wie ein großer körperlicher Schmerz – damals wie heute. Mit viel Kraft und Energie habe ich im Laufe der vielen Lebensjahre gelernt, mich gegen Intrigen und ähnliches zu wehren, bzw. sie abzutun, um sie in den „Papierkorb" zu werfen. Aber damals begann ja erst die Schule des Lebens für mich. Dreizehn Jahre – mein ganzes Leben stand noch vor mir. Ich mochte meine Eltern sehr, auch wenn Mama meine schief abgelaufenen Absätze übersah und Papa immer mit Reparaturen oder Fotoarbeiten beschäftigt war – beide waren da und nicht nur für mich. Ich brauchte immer jemanden, der mir das Gefühl der Liebe und Geborgenheit gab. Noch heute lechze ich danach und manchmal muss ich mich fragen, ob mich jemand noch liebenswert findet. Ich bin heute ein Mensch geworden, der anderen Menschen viel Trost und Lebensmut geben möchte. Wenn es mir gelingt, ist es so schön, als ob ich eine wunderbare Liebe erfahren hätte. Also kann ich doch ganz zufrieden sein.

Meine Gedanken schweifen aber wieder in die Zeit meiner Kindheit. Eigenartiger Weise fühlte ich mich immer irgendwie auffallend. Ich konnte nicht dagegen an zu glauben, dass ich unangenehm auffiel und viele Menschen hämisch oder missbilligend, vielleicht auch mitleidig auf mich und mein Tun schauten. Ich war voller Minderwertigkeitsgefühle. Immer dachte ich: „Ja, die anderen, die sind besser, die werden auch nie ausgelacht." Bei der kleinsten Kleinigkeit – so etwa wenn ich mal auf der Straße stolperte, meinte ich alle Blicke auf mich zu ziehen. Alle anderen Leute sind nicht gestolpert. Warum gerade ich? Das „warum gerade ich", dachte ich sehr oft und bekam doch keine Antwort. Wenn von hundert Menschen ein Mensch mich etwas länger ansah, war es vorbei. Ich muss etwas an mir haben, das ich nicht weiß, aber andere merken. So waren schon in jungen Jahren meine Gedankengänge und diese hielten lange, zu lange an. Bis ich 18, 19 Jahre alt war und teils noch lange darüber hinaus, fühlte ich mich nicht vollwertig. Irgendetwas fand ich unschön an mir. Zum Beispiel später meinen großen Busen, meine Beine, meinen Gang, meine Nase usw. Das alles hemmte meine Entwicklung sehr, meine ich heute. Die Entwicklung sich als gleichwertiger Mensch zu fühlen, ja sich wertvoll zu fühlen. Ganz langsam lehrte das Leben mich, mich so anzunehmen, wie ich bin. „Ich bin ein normaler Mensch!" Wenn ich manchmal nicht gut aussehende Menschen oder hässliche Menschen begegnete, wollte ich nicht in deren Haut stecken. Also sah ich mich als gut aussehenden Mensch an. Endlich! Und ich machte mich hübsch. Meine blonden Haare wurden immer dichter und sahen mit einer Dauerwelle richtig gut aus. Ich war gerade gewachsen und hatte eine gute Figur. Langsam bekam ich dieses Wertgefühl und dass ich so hübsche Kinder bekam, war die Krönung. Ich – die Gerda – habe so niedliche und schlaue Kinder. Ich bin so reich beschenkt und nun glaube ich beinahe wieder auffallen zu müssen, weil ich mich positiv von anderen abheben kann. Ach, was geht nur in meinem Kopf herum? Ja, alles dauert seine Zeit, denke ich und vieles kann ich erst

heute verstehen. Das Leben formt. Wichtig ist nur, sich gute „Formen"
auszuwählen und unwichtigen Schrott wegzuwerfen. Heute fühle ich mich
über den Dingen stehend. Längst habe ich gelernt mich anzunehmen, ja mit
mir im Reinen und zufrieden zu sein. Sich selbst lieben, sich selbst voll
akzeptieren, verständnisvoll schwach zu sein, das ist eine Tugend, die sich
anzueignen lohnt. Ich kann so darüber schreiben, weil es mir vorkommt, als
spräche ich von einem Menschen, der ich nicht bin, aber mir sehr nahe ist.
Aber ich bin es selbst – ich bin!

Ich halte Rückblick.
Das Jahr 1944 war schon recht schlecht. Immer mehr Unruhen, immer
mehr Bombenangriffe, immer mehr Ängste. Eigentlich wäre es schön, in
die Schule gehen zu können, aber die war mit irgendwelchen jungen
Menschen besetzt. Es waren jedenfalls immer neue Gesichter zu sehen.
Meine Eltern meinten, dass ich wohl viel nachzuholen hätte, wenn der
Unterricht beginnt. Ich war in der siebten Klasse. Ein paar Monate war
schon kein Unterricht mehr. Wenn ich diese Zeit nachholen muss, dachte
ich, da bin ich ja fünfzehn bis zur Schulentlassung. Nun, alles kam ja
anders und ich blieb insgesamt bei meinen sehr knappen sechseinhalb
Jahren Schulunterricht. Die Wirren der Zeit, über die ich noch erzählen
werde, ließen anderes nicht zu. Gut, dass ich nicht zu schlurig in der Schule
gewesen bin. Es stände sonst schlecht um mein Wissen. Der Herbst war da
und langsam wurde es kühler. Immer wieder stand die Beschaffung von
Brennmaterial, in Form von Kohle, im Vordergrund. Wenn es abends
schön warm war in der Wohnung und Papa manchmal von seiner Kinder-
und Jugendzeit erzählte, vergaß jeder von uns für ein Weilchen die
schlimme Zeit, in der wir uns befanden. Oft wurden wir jäh aus unseren
Träumen gerissen, nämlich wenn die Sirenen heulten. Dieser verfluchte
Alarm! Wir wollten immer ruhig bleiben, aber es uns gelang nicht.
Unheimlich war das Grollen der herannahenden feindlichen Flugzeuge, der
Geschwader. Die Motoren der Flugzeuge hörten sich an wie ein
Donnergrollen. Wir hielten uns oft an den Händen und ich glaube, dass
mancher von uns still gebetet hatte. Heinzel musste aus dem Schlaf
gerissen werden und wir standen meist am Abend nur im Hausflur
zusammen, der uns bei einem Bombenangriff keinerlei Schutz bot. Aber
wo wollten wir am Abend oder in der Nacht hinrennen? Es ging ja meist
gut ab und so hofften wir, dass es wieder so sein möge. Mama schien
irgendwie Schmerzen zu haben. Aber als sie am nächsten Morgen wieder
munter erschien, machten wir uns keine Gedanken mehr darüber. Das was

man sich für den nächsten Tag vorgenommen hatte, musste wegen den Fliegeralarmen über den Haufen geworfen werden. Nach einem Bombenangriff am Vormittag auf unsere Stadt Oppeln, sah es in einem der Viertel besonders schlimm aus. Meine Schulkameradinnen rannten am Mittag neugierigerweise dort hin, wo die Häuser brannten und ich rannte mit. Das muss ich auch sehen, dachte ich mir und ich habe folgendes gesehen: Brennende Balken die auf Menschen herabstürzten und die zu ihren Angehörigen ins Haus wollten, laute Schreie, Verzweiflungsschreie, Rufen, Jammern, einfach alles. Als ein paar Männer uns wegscheuchten, sah ich noch warum. In Behältern trugen sie verkohlte Menschen aus den Trümmern. Ich kann es bis heute nicht vergessen. In einer anderen Straße hackten und schaufelten alte Männer, immer wieder innehaltend und Namen rufend. Da waren also Menschen unter den Trümmern begraben, die nach Möglichkeit noch lebend geborgen werden sollten. Ob es klappte weiß ich nicht, denn ich bin nach diesem Anblick schnell nach Hause gelaufen. Es war einfach zu viel für mich. Dazu bekam ich noch Schimpfe, weil ich mich in Gefahr begeben hatte. Papa, Erika und Anni mussten an diesem Tag weiter in der Stadt arbeiten. Wir waren froh, wenn wir am Abend alle wieder beisammen waren. Schön war es, wenn Mama mit einem Brief von Ossi oder Fred, die an der Front waren, in ihren Händen hielt. Zwar stand fast immer das Gleiche in den kurzen Feldpostbriefen, aber es war wunderbar. Manchmal schrieben sie, dass sie heute eine riesige Portion Essen aus der Gulaschkanone bekamen und dass vielleicht gerade die Sonne scheint, wenn es auch sehr kalt ist und dass im Moment keine Gefechte stattfinden. Da waren wir etwas glücklich. Manchmal richteten meine großen Brüder das Wort direkt an mich und sie bedankten sich für meinen Brief und sie wollen sehen, wie viel ich gewachsen bin, wenn sie wieder heimkämen usw. Ach, wie wünschte ich mir, dass sie bald wiederkämen. Wenn Onkel Paul mit seinem Fahrrad einmal schnell wieder zu uns geradelt kam, war es auch immer schön. Wir zeigten ihm die Post und nicht selten sagte er: „Ich liefere Gott sei Dank kein Kanonenfutter für den Krieg!" Ja, er hatte keine Kinder und viele Sorgen weniger. Onkel Paul war ein Pfeifenraucher und lange, nachdem er wieder abgefahren war, roch oder stank es noch nach seiner Tabakspfeife. Mama rauchte Zigaretten, die auch wirklich stanken. Damals sagte ich mir, dass ich nie rauchen will und ich habe es wahr gemacht. Darüber brauche ich nicht traurig zu sein – oder? Damals gab es für mich auch schon einiges zu tun. Ich half Heinz beim Anziehen und ich beschäftigte mich viel mit ihm. Er war wirklich ein niedlicher kleiner Kerl. Sein Haar lockte sich immer mehr – wie ein

Mädchen sah er fast aus, wenn er zudem noch ein Schürzchen umgebunden bekam. Er legte sein „Patschele" (Händchen) in meine Hand und wir gingen zum Bäcker um Semmeln zu holen. Mama gab uns die Brotmarke dafür mit. Heinzel hatte genau wie ich bis wir nach Hause kamen, jeder eine Semmel aufgegessen. Das war jedes Mal so. Wenn ich denke, dass heutzutage die Kinder ohne Schokolade, Eis, Kaugummi oder Gebäck nicht aus dem Laden gehen wollen…

Wir waren alle längst nicht mehr verwöhnt oder anspruchsvoll. Ich erinnere mich, dass meine Schwester Anni aus geschmolzenem Zucker Bonbons machte. Steinhart waren diese, aber sie schmeckten. Irgendjemand hatte ihr das Rezept verraten. Zucker war ja auch schon knapp und das „Bonbon machen" blieb die Ausnahme. Zudem war der Monat Dezember nicht mehr allzu weit weg. Mama hatte schon einige Pfund Mehl, so wie jedes Jahr, beiseite gelegt. Es war für den Kuchen und die Weihnachtsbäckereien gedacht. Sicherlich hat jeder von uns schon überlegt, was wohl für Geschenke für Weihnachten gebastelt werden sollten. Papa jedenfalls sägte einen Hund aus, machte drei Teile daraus und verband jedes Teil wieder mit einem Stück Leder oder Stoff um den Dackel beweglich zu machen. Vier Räder auf kurzen Querleisten wurden angebracht und wenn man den Dackel an einer Schnur zog, bewegte er sich tatsächlich wie ein Lebendiger. Das sollte für Heinz zum Weihnachtsfest sein, darum konnte er nur arbeiten, wenn Heinz schlief. Es war ja noch November, aber je eher alles fertig war, umso besser. Mama blieb eines Morgens im Bett liegen. Ich versorgte meinen kleinen Bruder. Sie meinte, dass es ihr sicher bald wieder besser gehen wird. Sie hätte so Kopfschmerzen und es ist ihr so schlecht im Magen. So ungefähr kann ich mich an ihre Worte erinnern. Sie lag tagelang im Bett und Erika oder Anni nahmen sich Urlaub, um bei ihr zu sein. Als sie fast nichts mehr aß und ich am Abend Erika – sie war ja die Älteste von uns Mädchen – mit einer Schüssel Blutwasser hantieren sah, da wurde mir Himmelangst und Bange. Der Arzt wurde geholt und sie musste daraufhin ins Krankenhaus. Was war nur los? Am letzten Tag daheim hatte sie nur noch eine ganz schwache Stimme und sie verlangte Fotos von meinen großen Brüdern, die sie sich auf die Brust legte und dabei einschlief. Tränen liefen ihr über die Wangen. Ich weinte mit und streichelte ihre Hände. Mit schwacher Stimme sagte sie zu Erika, dass sie sich um Heinz kümmern solle, wenn sie es nicht mehr kann. Ach, war das traurig! Papa lief in der Stube hin und her und immer wieder zu ihr ans Bett. Anni wusste nicht was und wie sie helfen sollte, aber sie war die Köchin und Waschfrau für uns. Und nun kam Mama ins Krankenhaus.

Papa durfte sie am nächsten Tag nur kurz besuchen. Als er heimkam, war er fix und fertig. Man hatte ihm nicht sagen können, ob Mama durchkommt. Sie hätte zu viel Blut verloren und jetzt nach der Operation noch einmal. Mama hatte eine Bauchhöhlenschwangerschaft, die sehr selten vorkommt. Wir waren alle wie zerschlagen. Ich wusste mit einer Bauchhöhlenschwangerschaft nichts anzufangen, aber wir alle waren tief traurig und unfähig, irgendetwas zu tun. Aber getan musste etwas werden, zudem forderte unser Kleiner sein Recht. Erika übernahm so gut sie konnte Mamas Stelle. Wir alle waren doch für unseren kleinen Bruder da. Ja – auf einmal war nichts mehr so wie es vorher war. Mama war nicht da. Papa durfte jeden zweiten Tag sie ganz kurz sehen. Eines Tages ging es ihr etwas besser, so berichtete er uns, doch nach zwei Tagen bekam sie hohes Fieber und es schien zu Ende zu gehen. Da haben wir Papa weinen gesehen. Keiner sonst durfte zur ihr. Uns war jetzt schon alles egal – ob Fliegeralarm oder nicht, wir dachten nur an unsere Mama. Woche für Woche verging und endlich wendete sich das Blatt. Ihr ging es langsam besser und Erika und Anni durften sie besuchen. Ich aber nicht. Unter vierzehn Jahren durften keine Kinder auf die Station. Mama im Krankenhaus, es war unglaublich. Nun aber hatten wir Hoffnung, dass sie bald wieder nach Hause kommen würde. Ungefähr 4 bis 6 Wochen musste sie im Krankenhaus bleiben und sie erzählte uns später, dass es „unmögliche" Schwestern und Ärzte gab. Sie war heilfroh, wenn auch extrem schwach, als sie wieder in unserer Mitte weilte. Wir nahmen ihr alle Arbeiten ab. Heinzel wich nicht mehr von ihrer Seite, ja er durfte sogar in ihrem Bett schlafen. Wir atmeten alle auf. Weihnachten war nun schon ganz nahe. Nun ging auch wieder das Backen los. Mama wurde immer kräftiger, aber die Mädels und sicherlich auch ich, haben die Pfefferkuchen gebacken.

Von unserem Bruder Fred war seit 14 Tagen keine Post mehr gekommen und vom Bruder Ossi kam ein Brief vor einer Woche. Unruhe machte sich breit. Hoffentlich ist den beiden nichts passiert. Mama passte die Briefträgerin ab – aber nichts. Was mag an der Front nur los sein? Wir sogen förmlich alle Nachrichten ein. Immer hörten wir nur von Vormärschen im Feindesland, nie von eigenen Verlusten. Wir wurden alle belogen. Unser Ossi kämpfte in Russland. Ja, um Gottes Willen, es darf ihm nichts passieren! Aber wir waren ja so machtlos. Na, morgen ist wieder ein Tag und vielleicht ist dann ein Brief für uns dabei, aber dem war nicht so. Alle notwendigen Arbeiten wurden ohne große Lust verrichtet, was ja kein Wunder war. Ich dachte auch immer an meine zwei großen Brüder. In

Abständen von ein paar Tagen schrieb ich beiden einen so genannten „Feldpostbrief". Ich schrieb ganz lieb und stellte mir vor, wie sie sich wohl darüber freuen würden. Wir erfuhren von etlichen Bekannten, dass sie fast alle keine Post von der russischen Front bekamen – da war was ganz faul – so Papa. „Wenn wir Pech haben, überrollen uns noch die Russen", so sprach er leise zu uns. Kein Wort davon durfte nach außen dringen.

Die Nachtalarme waren jetzt etwas weniger geworden. Russische Kampfflugzeuge erleuchteten immer wieder unsere Stadt, mit den so genannten „Christbäumen", aber Bomben fielen während der Nacht nicht. In uns allen war eine Unruhe, gepaart mit Angst und Ungewissheit. Und nun sollen wir Weihnachten feiern?
Feiern – das ist ein großes Wort – wir wollten das Weihnachtsfest „begehen". Mama hatte schon Mohn besorgt und genügend Brotmarken für die Semmeln waren auch noch da. Wie jedes Jahr, so sollte es auch diesmal wieder Mohklösel (Mohnklösse) und Weißwürschtel (Weißwurst) mit brauner Butter und Semmeln geben. Aber zunächst wurde ein Tannenbaum beschafft. Mama war zum Glück wieder ziemlich wohlauf, wenn auch der große Bauchschnitt und die dadurch entstandene Narbe noch etwas schmerzte. Auf dem Oppelner Droschkenplatz wurden Christbäume angeboten. Eine große Fläche voller Bäume – große und kleine. Meine Eltern und ich sind mit dem kleinen Rodelschlitten losgezogen. Ein wunderschöner großer Baum wurde ausgesucht und auf den Schlitten gebunden. Nach einer guten halben Stunde waren wir wieder daheim angelangt. Alle sagten: „Oh, was für ein wunderschöner Baum." Papa hatte seine Last, den sehr dicken Stamm anzuspitzen und in den Ständer zu bekommen – natürlich mit Mamas Hilfe. In eine Ecke vor einem der Fenster wurde er aufgestellt. Höchstens 30 cm blieben noch bis zur Decke. Ja, unser Baum war immer so groß. Ich schaute schon mal in die großen Kartons, in denen der Christbaumschmuck lag. Ich kann heute nicht mehr sagen, ob wir den Baum am Tag vor Heilig Abend oder erst am nächsten Vormittag geschmückt haben. Wir waren aber alle dabei und halfen mit. Viele kleine und große Kugeln, kleine Geigen, Engel, Vögelchen mit zarten seidigen Schwänzchen, Trompeten, die wirklich einen Ton von sich gaben, glänzende Zapfen und vieles andere. Außerdem natürlich eine Menge Kerzen. Lametta anbringen war eine Kunst. Wir verwendeten ja immer wieder das gebrauchte Lametta und so mussten die Fäden sorgfältig auseinandergepult werden – aber es machte Spaß. Der kleine Heinz staunte und wir mussten aufpassen, dass er nicht irgendeine Kugel zerdrückte. Er

war drei Jahre alt und bekam das Weihnachtsfest erst jetzt ganz bewusst mit. Das Christkind kommt bald, jauchzte er und es hatte immer jemand von uns ein Weihnachtslied auf den Lippen und Heinz sang in seiner Art mit. Ein paar bunte Pfefferkuchen, die mit einem Loch versehen waren, wurden auch an den Baum gehängt. Etwas Essbares hing immer am Baum, damit auch davon genascht werden konnte. Die Christbaumspitze war die Krönung. An der Spitze waren, so weit ich mich erinnere, lauter kleine Glöckchen, eingerahmt in gewundenen Silberbändern. Ich glaube, ich habe später nie mehr eine schönere Spitze gesehen. Der Baum sah zauberhaft aus. Am Morgen des 24. Dezember hieß es sich anstellen beim Fleischer, der frische Weißwürschtel verkaufte. Der kleine Laden war proppenvoll. In den meisten Familien wurde am Heilig Abend Weißwürschtel aufgetischt. Diese Wurst gab es tatsächlich nur einmal im Jahr. Die Füllung war butterweich und erst beim Anbraten nahmen sie Konsistenz an. Ein bis zwei Stunden verbrachten wir mit Warten beim Fleischer. Aber wir hatten Würste bekommen. Mama hatte in der Zeit schon die Mohklösel in einer großen Schüssel zubereitet. Die Semmeln waren geschnitten, der Mohn gemahlen und in gezuckerter Milch gekocht. Sodann wurde die Masse abwechselnd mit Semmeln geschichtet und konnte bis abends gut durchziehen. Eigentlich fehlten nur die Rosinen und Mandelstückchen, aber etwas Mandelaroma gaukelte uns echte Mandeln vor. Mohklösel sind einfach „Spitze". Meine Schwester Erika macht noch heute für uns Mohklösel und sie bekommt sie so gutschmeckend hin, wie so schnell kein anderer. Was bin ich froh! Ohne diese Mohklösel wäre es kein vollständiger Heiliger Abend. Ich schwelge dann richtig und auch in Erinnerung. 1944 – der Heilig Abend! Wer hätte da gedacht, dass es der letzte in unserer Heimat sein würde?

Alles lief irgendwie bei uns programmgemäß ab. Früher war ich total quengelig: „Es soll schon Abend werden.", hatte ich immer gejammert. Ich war nun etwas älter und war geduldiger. Das eine oder andere wurde am und um den Christbaum noch korrigiert – da, ich streifte leicht den Baum und eine der größten roten Kugeln fiel zu Boden und zerbrach. Wie schade! Mama las die Scherben auf und versuchte sie irgendwie wieder zusammen zu setzen. Es gelang ihr aber nicht. Ich trauerte um diese Kugel. Aber hätte es mir einer gesagt, dass bald unsere gesamte Habe zu Bruch gehen würde, wäre ich weniger traurig gewesen, aber wer ahnte das schon?

Nun blieb die Stube erst einmal zu und meine Eltern hantierten hinter der Tür. Dann wurde gegessen. Die Würschtel schmeckten wie jedes Jahr köstlich. Anschließend kam eine große Schüssel Mohklösel auf den Tisch.

Jeder von uns langte tüchtig zu – was für ein Hochgenuss! Heinz hopste natürlich schon aufgeregt herum und dauernd fragte er nach dem Christkind – so wie ich einst. Nun durften wir endlich alle in die wohlig warme Stube. Wie ergriffen standen wir vor dem wunderschönen Baum, an dem nun alle Kerzen brannten. Keiner sagte etwas und Mama kullerten die Tränen. Klar, wir alle dachten in diesem Moment ganz sicher an unsere zwei Brüder an der Front. Etwa singen? Das konnte keiner. Heinzel riss uns Gott sei Dank aus dieser Lethargie, aus dieser Nachdenklichkeit und das war gut so. Natürlich, da gab es etwas zu sehen und zum Anfassen. Unser Kleiner war außer Rand und Band. Den Dackel hatte er gleich erspäht und noch einiges mehr. Wir alle hatten Geschenke bekommen, der Gabentisch, wie man so sagt, war doch reichlich gedeckt. Zwar waren es alles praktische, meist selbst gemachte Sachen, aber jeder bekam etwas. Ich glaube, dass niemand von uns „Großen" vor zwölf Uhr ins Bett ging. Mit einem Ohr horchten wir nach draußen – kein Fliegeralarm – wie gut. Einer von uns ging jeden Abend hinaus, um zu sehen, ob die verdunkelten Fenster wirklich dicht waren. Kein Lichtschimmer durfte doch nach außen gelangen. Kalt war es, das weiß ich noch genau und Schnee lag sowieso schon. Ach, drinnen ist es doch gemütlicher. Noch einmal gab es Mohklösel. Die Pfefferkuchen und Kekse schmeckten auch gut. So verging der Heilig Abend und die Weihnachtsfeiertage. Am ersten Werktag ging Mama recht zeitig auf das kleine Postamt – praktisch nur ein Steinwurf entfernt, um nach Post zu fragen. Wieder nichts. Wir sahen es ihr schon an, bevor sie die Wohnung betrat. Ja, was sollte man da machen? Wir konnten nur abwarten. Der Jahreswechsel sah in jeder Hinsicht düster aus. Zwar gab es einige Sonderzuteilungen von Lebensmitteln, aber sonst...
Den ersten Tag im neuen Jahr fröhlich empfangen? Über was sollten wir uns freuen können? Alles sah so beängstigend und düster aus. Wir gingen bereits ins sechste Kriegsjahr und dieses Jahr schien besonders bedrohlich. Gleich Anfang des Jahres 1945 ging es wieder los, andauernd Fliegeralarm. Fast immer musste ich auf Toilette, ich bekam bei Alarm vor Aufregung immer Bauchschmerzen. Oft sahen wir den Himmel glutrot, wenn einige Kilometer weiter eine Stadt bombardiert wurde. Adolf Hitler sagte einmal: „Gebt mir zehn Jahre Zeit und ihr werdet Deutschland nicht wieder erkennen." Damit hatte er Recht, aber in welcher Beziehung! Wir, die Zivilbevölkerung, die noch nicht einmal die Hand gegen einen Fremden erhob, wir wurden attackiert und totgebombt, es war grausam. Das neue Jahr haben wir mit größter Skepsis und Unbehagen empfangen. Nun ging es auch Schlag auf Schlag. Die täglichen Nachrichten und

Kriegsberichterstattungen lassen zwischen den Worten – so auch von Propaganda-Minister Dr. Josef Goebbels - ganz etwas Anderes als Sieg und Zuversicht heraushören. Die ersten 10 bis 12 Tage im Januar hatten wir schon hinter uns gebracht und immer mehr Unruhe machte sich breit. Ein Glück, dass die Versorgung von Lebensmitteln noch klappte. Natürlich gab es etwas weniger, denn der Nachschub stockte. Manchmal gab es zusätzlich pro Kopf ein Ei oder Graupen oder Kunsthonig auf Lebensmittelkarten. Aber wenn nichts da war? Satt wurden wir aber immer noch, das muss ich sagen. Die Stände am Wochenmarkt gab es schon lange nicht mehr. Wie gerne dachte ich an frühere Zeiten zurück, als ich mit Mama gutes Obst und Gemüse und süße Sachen kaufen konnte. Vorbei! In ein paar Tagen wird Erika ihren 19. Geburtstag feiern. Mama und Papa wollten, dass sie einen schönen Tag mit gutem Kuchen haben soll. Das war auch so, obwohl Erika, so erinnere ich mich, noch in der Buchhandlung beschäftigt war und wir am Abend erst feiern konnten. Es gab den schlesischen Streuselkuchen und vielleicht auch einen Abgerührten (Rührkuchen), so genau weiß ich es nicht mehr. Aber ich weiß, dass Mama immer Streuselkuchen backte. So wird es am 17. Januar auch so gewesen sein. Ich will ja keine „Geschichten" erfinden, sondern alles was in meiner Erinnerung haften geblieben ist, wahrheitsgetreu wiedergeben.

Plötzlich kam die russische Front immer näher. Es sickerte durch, dass viele Menschen ihre Städte und Dörfer verlassen, um ihr Leben zu retten. Jeder wollte aber bald wieder zurückkehren. Onkel Paul und Tante Hedel waren auch fast startbereit und er riet uns, nicht allzu lange mit einer Wegreise zu zögern. Aber wohin? Natürlich – die älteste Schwester von Onkel Paul und Papa, die Auguste, lebte ja schon viele Jahre in Dresden. Ja Dresden, das war die Stadt! Wir konnten daheim keinen klaren Gedanken mehr fassen. Wir hörten, dass die russische Armee immer näher rückte. Am 19. Januar konnte keiner mehr die Flüchtenden zurückhalten, auch keiner von den Parteibonzen. Die Geschäfte und Läden waren fast alle schon geschlossen. Jeder musste jetzt an sich selbst und an sein Leben denken. Wir packten traurig ein paar wichtige Sachen in den Koffer und gingen mit unserem kleinen Rodelschlitten, nachdem unsere Wohnung gut verschlossen wurde, zum Hauptbahnhof. Wir erschraken, als wir die Menschenmassen sahen. Die wollen alle in die Züge? Langes Schlangestehen am Schalter. Trotzdem musste man noch eine Fahrkarte lösen. Nach ca. zwei Stunden kam Papa mit Fahrkarten in der Hand wieder zu uns. Es war schon spät abends, so etwa 21 Uhr. Heinz schlief schon auf den Koffern. Nun ging es auf den Bahnsteig. Es war da sehr kalt und zugig. Papa war nicht ganz gesund, er nieste oft. Wenn ein Zug einfuhr, war er fast schon ganz besetzt. Ein Gedränge gab es nun – unvorstellbar. So fuhr ein Zug nach dem anderen ohne uns davon. Was nun tun? Erst einmal wieder nach Hause. So um Mitternacht waren wir angekommen. Kalt war die Wohnung, denn wir hatten ja schon lange vorher das Feuer im Ofen ausgehen lassen, damit nichts brennen kann.

Die Nacht war kurz und man „hörte" praktisch die Unruhe. In dieser Nacht oder gleich am frühen Morgen, wurden überall Plakate angeschlagen und darauf stand in etwa: „Sammeln aller Menschen auf der Hauptstraße, die durch den Ort führt, mit etwas Handgepäck mit dem Nötigsten. Für ca. zwei bis drei Wochen. Zu unserem Schutz, bis wir wieder zurückkehren können. Der Feind wird zurückgeschlagen", so hieß es. Und - „Wir werden in Sicherheit geführt. Unterschrift: Der Ortsgruppenleiter!"

Mit der Bahn ging also nichts mehr und wir mussten uns zum Fußmarsch entscheiden, wenn wir nicht den russischen Soldaten in die Hände fallen wollten. Es wurde hektisch beraten, was mitzunehmen und was notwendig ist. Wir mussten ja an den Kleinen denken, der ja nicht getragen, sondern auf dem kleinen Schlitten sitzen musste. Leider hatten wir keinen größeren Schlitten, nur eben diesen Einmann-Schlitten. Koffer wurden wieder ausgepackt und die Sachen in zwei große Taschen verstaut. Erika ließ aber ihre zwei Koffer fertig gepackt und sie machte uns folgenden Vorschlag. Sie hätte schon mit Tante Mieze, der Stiefschwester von Mama gesprochen und die gäbe ihr einen Schlitten fürs Gepäck. Wir brauchten ja morgen unseren Schlitten, also mussten Erikas Koffer noch heute zu Tante Mieze gebracht werden und da die Tante in der Stadtmitte wohnte, war es wohl morgen früh kein Problem, Erikas Koffer auf dem Schlitten abzuholen und sie mit uns wegzugehen. Wir fanden das gar nicht schlecht und dachten, dass sicherlich Tante Mieze mitginge. Ich musste also mit Erika – es war der 20. Januar – mit unserem Schlitten in die Stadt, um die beiden Koffer zu ihr zu transportieren. Ich meine, dass Erika mich wieder heimwärts auf dem Schlitten gezogen hatte. Menschen hasteten hin und her. Daheim angekommen war es nicht anders. Mama sagte, dass wir uns morgen früh uns doppelt und dreifach warm anziehen sollen. Es waren längst mehr als 20 Grad Kälte draußen. Ich weiß noch, wie unruhig ich war. Bauchschmerzen hatte ich immer und immer wieder. So ging es mir ja öfter bei Aufregung oder wenn ich Angst hatte. Ich suchte noch einmal alles im Schrank durch und hörte Mama immer wieder sagen, wenn ich noch etwas in Händen hatte, was ich glaubte mitnehmen zu müssen, wieder zurücklegen soll. Heute weiß ich gar nicht mehr genau, was ich am nächsten Morgen, es war der 21. Januar 1945, angezogen habe. Doppelte Strümpfe und Handschuhe, das weiß ich. An diesem denkwürdigen 21. Januar waren wir alle schon ganz früh auf den Beinen. Jeder war irgendwie mit sich selbst beschäftigt. Ich hatte wieder Bauchschmerzen, aber dieses Mal hatte es einen anderen Grund. Ich hatte das erste Mal meine Periode! Was habe ich mich da erschrocken! Ich bekam richtig das Zittern. Natürlich sagte ich es gleich Mama und die sagte so etwas wie: „Ach du lieber Gott, das auch noch!" Sie deutete auf das Vertikot und sprach: „Du weißt, dass das Zeug da drin liegt, mach dir so etwas um." So – da hatte ich es. Es war wohl einfach keine Zeit für einen Zuspruch oder ähnliches. Ich musste funktionieren und ich dachte nur: „So ein Mist, gerade jetzt!" Ich habe mich also versorgt und mir war richtig schlecht. Aber es half alles nichts. Ich legte noch Brote in die Tasche, die Mama zuvor geschmiert hatte und dazu noch zwei Flaschen Malzkaffee. Ich glaube, ein „Tüppel" (Töpfchen) wurde auch mit eingepackt. Es war längst hell geworden und Papa ging ab und zu auf die Straße um zu sehen, was sich da tut. Immer wieder schüttelte er den Kopf. Was mag ihm wohl so durch den Kopf gegangen sein? Immer mehr Menschen waren auf der langen Straße direkt vor unserem Haus. Nun hieß es: „Kinder, wir müssen!" Ein Kopfkissen und zwei Wolldecken wurden unserem Heinzel auf dem Schlitten kunstgerecht umschlungen. Er saß ganz eingepfercht da, denn die Taschen waren zwischen und vor seinen Beinchen gestellt. Mama warf noch einen prüfenden Blick in unsere Wohnung, ging zurück und strich noch einmal ordentlich die Decke auf den Betten glatt, es könnte ja irgendein Fremder...

Ja, wenn ich das heute überdenke – die Wohnung musste in Ordnung sein – wir wollten ja „verreisen" und natürlich wieder kommen. So verschlossen wir unser Zuhause. Sehr viele Menschen standen so in etwa Viererreihen auf der Straße – alle abmarschbereit. Manchmal duckten wir uns, denn jetzt hörte man schon das Donnern und die Kanoneneinschläge der herankommenden Front. Wir standen immer noch alle da und warteten auf das Kommando des Abmarsches. Der Ortsgruppenleiter lief hin und her. Die Menschenschlange war nicht mehr zu übersehen. Plötzlich sagte Papa: „Moment, ich geh noch mal rein" und er ging eiligst noch mal in unsere Wohnung. Er kam bald wieder heraus und hatte den Wecker und ein kleines Messerchen in der Hand. „Damit wir wissen, wie spät es ist", sagte er. Wie gut, dass er noch daran dachte – was wären wir ohne Uhr? Sicherlich hätten wir alle gerne noch dies oder das mitgenommen, aber wenn nicht das Haus in unserer Abwesenheit von Bomben und Kanonenkugeln kaputtgehen würde, werden wir ja alles wieder haben. Ja, wir wollten zurückkommen! „Hast du auch wieder gut zugeschlossen?", fragte Mama und er bejahte und übergab ihr wieder den Schlüssel. „Alles fertig machen zum Abmarsch!", rief jemand und langsam setzte sich der ganze Zug, man kann schon sagen Karawane, in Bewegung. Unsere Gesichter waren sicher bleich. Ich denke auch, dass meine Eltern sich noch lange umgeschaut haben, bis unser Zuhause nicht mehr zu sehen war. Der Schnee knirschte nur so unter den Füßen. Immer mehr Menschen reihten sich ein. Mit Schlitten, Handwagen, Kinderwagen und auch mit Pferdewagen begaben sie sich mit Kind und Kegel auf die Straße. Schon waren wir aus unserem Stadtteil heraus und es war gut, dass wir jetzt laufen konnten, denn vom langen Stehen vor unserem Haus, bekamen wir ganz kalte Füße, richtige Eisbeine. Mama erkundigte sich beim zuständigen Begleiter, in welche Richtung wir wohl gehen werden. Erika wollte noch rasch ihre Koffer von der Tante holen und sich dann unserer Kolonne anschließen. Sie wusste nun Bescheid und ging schnelleren Schrittes voran. Na, hoffentlich beeilt sie sich und ist wieder bei uns, so dachten wir. Noch hatten wir alle einen schnellen Schritt, denn immer stärker war die russische Front wahrzunehmen. Es knallte ununterbrochen. Endlich hatten wir die große Oderbrücke passiert. Die Oder floss mitten durch die Stadt und fünf oder sechs Brücken führten über die sie, die im Moment mit Eis bedeckt war. Wir sahen die Schönheiten natürlich nicht, wir alle hatten nur ein Ziel, schnell weg und weiter, bevor uns noch die Russen erwischen. Man erzählte sich ja die grausigsten Dinge. Ganz menschenleer war die Stadt und die Umgebung sicher nicht, denn alte und kranke Menschen blieben mit ihren Angehörigen zurück und harrten dessen, was wohl kommen würde. Viele dieser Menschen haben nicht russische Soldaten, sondern „Tiere" erlebt, erdulden und haben sterben müssen. Es war also etwas Wahres an den Gerüchten. Wir jedenfalls flüchteten – wir wollten leben! Es war bei uns schon allerhöchste Zeit gewesen, denn kaum waren wir zwei, drei Kilometer von der Stadt entfernt, da gab es unheimliche Detonationen und gleich mehrere hintereinander. Automatisch blieben wir alle wie erstarrt stehen. Was wir nicht so einwandfrei deuten konnten war, dass alle Brücken die über die Oder führten, von den deutschen Soldaten gesprengt wurden, damit der Russe, der schon sehr nahe war, am Weiterkommen behindert werden sollte. Ja, es waren die Brücken – unsere schönen Oderbrücken. Erika wird es doch noch geschafft haben? Ach ja, sie läuft sicher in den hinteren Reihen und wir schauten nach hinten, soweit wir konnten. Wir ließen viele an uns vorbeigehen – immer noch nichts von Erika zu sehen. Papa sagte, dass es also keine gute Idee war, Erika ihre Koffer holen zu lassen. Aber sie war 19 Jahre alt und hatte ihren eigenen Kopf und sicher war es doch von ihr gut gedacht. Sie war also nicht zu entdecken und wir zogen weiter. Einer von uns drehte sich immer wieder einmal um. Wir gingen und zogen Heinzel auf dem Schlitten immer langsamer – nichts! Es war nicht nur bitterkalt, sondern auch sehr anstrengend im Schnee zu laufen. Tiefe Fahr- und Laufrinnen waren auf der Landstraße. Kleine Bürgersteige gab es höchstens nur in den Ortschaften und diese waren mit Schnee total zugedeckt. Es war nun schon gegen Mittag und etliche Kilometer brachten wir schon hinter uns. Unsere Gesichter waren vom Frost stark gerötet und Papas Nase war blaurot angelaufen. Seine Augenbrauen und Wimpern waren schneeweiß vom Frost. Seine Nase lief und er hustete. Er sah gar nicht gut aus und vielleicht hatte er sogar Fieber. Endlich eine größere Rast. Wir erreichten einen kleiner Ort mit Bahnanschluss. Dieser Bahnanschluss nützte uns gar nichts – einen Zug sahen wir noch fahren, dann aber nichts mehr. „Gott sei Dank", sagte Mama, „nun wird Erika gleich bei uns sein." Immer mehr Menschen auf Fuhrwerken zogen an uns vorbei. Das waren schon diese Leute, die in den umliegenden Dörfern der Stadt wohnten, die Bauernfamilien. Wir aßen unsere kalten Stullen und tranken den kalten Malzkaffee. Wir würgten alles herunter. Heinz musste aus den Decken gepackt werden, damit er sich ein wenig bewegte, außerdem „musste" er ja auch einmal, genau wie wir. Er jammerte, da er wohl sehr fror. Die Stimme des Ortsgruppenleiters, die immer sagte, wir müssen weiter, war nicht mehr zu hören. Jemand sagte, er hätte gesehen, wie er auf den noch fahrenden Zug in diesem Ort aufgesprungen wäre. So ist das also! Wir waren uns nun alle selbst überlassen. Klar – auf dieser Straße mussten wir weitergehen – Hauptsache nach Westen. Aber ohne Erika? Sie muss doch noch kommen, dachte jeder. Mama weinte. Sie und natürlich wir alle hatten Angst um Erika. Was ist, wenn sie nicht mehr rechtzeitig die Oderbrücke überqueren konnte? Oder sie gerade in der Nähe der Brücke war, als diese gesprengt wurde? Vielleicht war sie tot... Wir waren sehr traurig. Heinz schaute uns an. Der Kleine begriff ja alles nicht. Er saß wieder eingemummelt auf dem Schlitten und es ging weiter. Wir konnten nicht stehen bleiben, denn bald wurde es dunkel. Außerdem waren uns die russischen Soldaten auf den Fersen. Wir waren zwar schon sehr schlapp vom ungewohnten Laufen und der großen Kälte. Die Nasenlöcher klebten wegen des Frostes zusammen und die Tränen...? Wir wechselten uns beim Ziehen des Schlittens ab. Trotz

Laufen waren die Zehen schon wie abgestorben und erst die Finger...
Ungefähr 15 bis 18 Kilometer hatten wir schon zurückgelegt und wir
konnten anderen Menschen nicht helfen, die zusammenbrachen und einfach
so im Schnee saßen. Dann sahen wir erste tote Pferde am Straßenrand
liegen. Jammernde Menschen standen neben ihrem Fuhrwerk, das
gebrochene Räder hatte. Es gab damals nur eisenbereifte Wagenräder. Wir
konnten nicht stehen bleiben, es waren unaufhörlich Einschläge zu hören.
Wir mussten unser Leben retten, wir mussten weiter. Immer wieder fuhren
Lastwagen voll von deutschen Soldaten an uns vorbei. Dann – auf einmal
kam eine Kolonne zerlumpter Gestalten an uns vorüber. Die wurde von
Soldaten mit aufgepflanztem Bajonett bewacht und geführt. Diese
Menschen sahen jämmerlich aus, doch wussten wir nicht, ob es gefangene
Russen oder Juden waren. Kein Laut war von den Menschen zu hören. Ab
und zu waren Schüsse zu hören. Ich denke, da haben die Soldaten Leute die
nicht mehr gehen konnten, erschossen. Wir schleppten uns mehr oder
weniger auch so dahin. Die Füße wollten uns nicht mehr tragen. Wo waren
denn unsere Nachbarn geblieben? Alles fremde Menschen liefen vor und
neben uns. Noch war es hell, aber wie lange noch? Und wie lange konnten
wir noch laufen? Mama war auch noch arg geschwächt und es ist ein
Wunder, dass sie es bis jetzt schaffte. Sie stützte noch immer Heinzels
Rücken und wir weckten immer den kleinen Mann gleich auf, wenn er
einschlafen wollte. Wir hatten Angst, dass er erfror und wir würden es nicht
merken. Heinz weinte dann natürlich und schnell wischten wir ihm die
Tränchen ab, damit seine Wangen von der Eisluft nicht Schaden nahmen.
Seine kleinen Händchen rieben wir ihm zwischendurch. Mir selbst war
auch schon ganz elend. Als ich mal „musste", sah ich, wie sich der Schnee
rot färbte. Ach – diese Misere musste mir gerade heute passieren! Ich fühlte
mich im wahrsten Sinne unwohl. Ich erlebte gerade, wie es ist, zur Frau zu
werden und das unter diesen Umständen. Mir war jedenfalls nicht so gut.
Ich dachte komischerweise jetzt an meine Freundin Dora, die ihre ersten
Tage schon eine Weile hinter sich hatte und mir davon erzählte. Schade,
dass ich Dora in den letzten Tagen nicht mehr gesehen habe, jetzt hätte ich
sie gerne an meiner Seite gehabt, denn wir verstanden uns gut. Wo sie jetzt
wohl sein mag? In unserer Kolonne war sie nicht. Das war mal ein kurzes
Abschwenken meiner Gedanken und schon hatte mich die schreckliche
Realität wieder. Stapfen, „haatschen", flott gehen war absolut nicht mehr
drin. Anni und ich waren jung gegenüber unseren Eltern und trotzdem
waren wir schon ganz kaputt. Anni zog mit mir wieder mal den Schlitten
und direkt vor uns fuhr ein Pferdewagen mit ziemlich vielen Menschen

darauf. Das muss eine große Familie gewesen sein. Die eisenbereiften Wagenräder drehten sich nur langsam und die Pferde waren wohl auch schon ausgelaugt. Damit das Ziehen unseres Schlittens etwas leichter wurde, hielt sich Anni mit einer Hand an der hinteren Ecke des Fuhrwerks fest und siehe da, es ging viel besser voran. Plötzlich rutschte Anni aus, kam zu Fall und das direkt mit der rechten Hand vor dem Wagenrad. Das schwere Rad rollte langsam über Annis behandschuhten Finger. Mama stieß nur einen kurzen Schrei aus. Wir hielten alle an und Anni verzog komischerweise keine Mine, ja sie lächelte sogar, zog den Handschuh von der Hand und... nichts war ihr geschehen. Sie hatte nämlich der Kälte wegen, alle Finger aus dem Handschuh zurückgezogen und über diese eben leeren Strickfinger rollte das Eisenrad. Ach, was waren wir froh, aber der Schreck saß in den Gliedern. So ein Glück muss man eben haben!

Wie lange würden wir noch laufen können? Über 25 Kilometer waren es schon. Es fing an dunkel zu werden. Dauernd schrie irgendjemand. In den Straßengräben lagen immer wieder kaputte Wagen, oft noch mit viel Gepäck darauf. Gepäckstücke sah man immer wieder herumliegen. Es war wohl den Besitzern das Tragen zu schwer geworden. Kein Mensch hätte damals auch nur den Versuch gemacht, ein Gepäckstück an sich zu nehmen. Jeder hatte genug mit seinen Lasten und zur Not wären wir alle nur mit leeren Händen weitergelaufen, nur um unser Leben zu retten. Das deutsche Militär fuhr so dicht an uns vorbei, dass wir höllisch aufpassen mussten. Heinzel wimmerte und jammerte. Sicher hatte er auch Hunger so wie wir, aber vielmehr glaube ich, fehlte ihm der Schlaf. Es wäre nicht mehr weit in das kleine Städtchen „Falkenberg", so hieß es, da müssten wir wohl endlich ausruhen können. Papa sagte uns, dass die kämpfende Front ganz nahe sei, weil er genau orten konnte und wusste, dass die Einschläge der Granaten vor uns waren. Ja, Papa hat in zwei Kriegen kämpfen müssen und er kannte sich diesbezüglich gut aus. Unsere Eltern atmeten immer schwerer und nun ging es ihnen an die letzte Reserve. Nach der schweren Operation hatte Mama immer noch nicht ihre volle Kraft erreicht. Ein Wunder, dass sie es bis hierhin schaffte. Und Papa? Der sah richtig krank aus, was er ja wohl war. Wir waren in dem Marktflecken Falkenberg angekommen. Dunkel war es schon. Irgendjemand wies uns den Weg zu einem Schulgebäude. Dort sollten wir für eine Nacht Unterschlupf finden. So war es denn ja auch. Die große Halle war ganz dünn mit Stroh ausgelegt und wir Fünfe konnten eine Decke ausbreiten und uns hinlegen. Vorher bekamen wir noch etwas Warmes zu essen, ich glaube es war Eintopf. Wie gut, dass da Menschen waren, die es organisiert hatten. Der Saal in der Schule wurde immer voller. Nun sahen wir auch wieder Bekannte. Neben unserer Schlafstelle nahmen unsere ehemaligen Nachbarn Platz. Ich weiß noch, dass der Sohn, etwa ein Jahr älter als ich, mit seinem Freund mich mit einem Strohhalm kitzelte. Ich war sehr müde und wurde dauernd wach gemacht. Aber die beiden hatten einen Höllenspaß daran. Ich fühlte mich total unsauber und die alberten so herum. Es hat mir imponiert und doch nicht gefallen. Ich hätte mich gerne mit etwas warmen Wasser gewaschen, aber das war nicht möglich. Mama schlief auch bald ein, mit Heinz im Arm. Es war ja nicht dunkel in dem Raum. Das Licht brannte, damit jeder sich orientieren konnte. Zu schnell war wieder der Morgen da. Auf der gegenüberliegenden Straßenseite war eine Brotausgabestelle eingerichtet worden. Auch warmen Tee gab es. Das war gut so. Wir aßen, packten alles wieder zusammen und gingen auf die Straße. Wir sahen, dass deutsche Soldaten die Leute auf oder in ihren Fahrzeugen mitnahmen – gegen Westen. Wir winkten, aber nichts! Endlich – ein kleines Fahrzeug hielt an, so ähnlich wie ein Jeep und ein Soldat sagte nur: „Schnell, schnell rein!" Fünf Personen - das war eng. Wir quetschten uns hinein und Papa lag quer über der hintersten Bank. Aber wir waren drin und fuhren. Uns war es egal wohin. Hauptsache weg von der Front. Wir wurden tüchtig durchgerüttelt. Hunderte von Menschen standen an den Straßenrändern um mitgenommen zu werden. Aber nur wenige hatten Glück. In der Stadt Neiße wurden wir ausgeladen. Aber jetzt wohin? Wir gingen eben einfach den Menschen nach. Da – irgendetwas war hier. Helfer mit Armbinden zeigten uns die Richtung zu einem Hochbunker. Wir bekamen in einem Raum drei schmale Eisenbetten angewiesen. Alles waren Stock- oder Etagenbetten. Ganz kahle Räume waren das, wie Gefängniszellen und natürlich auch keine Fenster. Es war schließlich ein Bunker, der vor Bomben und Granaten sicher sein sollte. Wir fröstelten und unsere Glieder taten vom Gewaltmarsch des Vortages tüchtig weh. Hier wollten wir mal einen Tag ausruhen – wenn es geht... Es ging und wir bekamen wieder ein paar Brote und heißen Tee, das war gut so. Wir gingen abwechselnd einmal auf die Straße, einfach um die Lage der Dinge zu sehen und Neues von der herannahenden Front zu erfahren. Massen von Menschen suchten nach einer kurzen Bleibe oder nach ein wenig Verpflegung. Alles verfrorene Gestalten, die orientierungslos dastanden oder umher liefen. Auch in dieser Stadt Neiße war ein Chaos von Menschen, Tieren und Fahrzeugen. Aber momentan hörten wir nicht mehr das Krachen der Einschläge. Wir sind also ein ganzes Stück voraus. In dem Hochbunker war es muffig und er war nur notbeleuchtet. Mama kramte in den Taschen. Sie kramte Socken für uns heraus, denn irgendwie hatten wir nasse und kalte Füße und die Schuhe seit fast vierzig Stunden nicht mehr ausgezogen. Eigentlich war alles an uns feucht und klamm. In dem Hochbunker war es jetzt eigentlich gar nicht mehr so kalt, denn die vielen Menschen gaben eine dunstige Wärme ab. Wir schauten auf den Wecker, den Papa glücklicherweise noch schnell aus unserer Wohnung geholt hatte, ob es denn schon dunkel wurde. Ich stieg zu Anni hinauf, auf das obere Bett. Beim Hinaufsteigen merkte ich, dass ich gar nicht gut roch. Seit Zuhause hatte ich mich nicht mehr frisch machen können, ich wurde langsam wund. Heulen hätte ich können. Mama schien die Lage, in der ich mich erstmals befand, wohl ganz vergessen zu haben. Meine Schwestern brauchten ja auch diesbezüglich keinen Beistand mehr, daher wohl. Auf den nackten Eisenspiralen wurde geschlafen – wir zogen uns nicht aus. Am nächsten Morgen, die Nacht war fast ohne Schlaf wegen schreiender Kinder, erhielten wir nochmals warmen Tee. Das Brot musste vom Vorabend noch reichen und schon standen wir wieder, unseren Kleinen fest verpackt, auf der Straße. Klirrend kalt war es und kaum hell. „Wir müssen weiter, die Front ist zu nah." Von deutschen Soldaten bekamen wir denselben Tipp. Der Bahnhof in Neiße war nicht mehr allzu weit entfernt. Wir liefen also zum Bahnsteig. Nun war niemand mehr da, der eine Fahrkarte verlangte. Wenn noch ein Zug fuhr, dann fuhr er vorbei, denn er war knüppeldicke voll. Aber da kam ein Güterzug an. Ein paar leere Waggons waren es, welche ein Glück! Alles stürmte hin, als der Zug kaum hielt. Zuerst hievten wir den Schlitten mitsamt Heinz hinein. Dann Papa, der uns Mädchen und Mama hochzog, denn alles musste sehr schnell gehen. Als Mama hochgezogen wurde, war ihrerseits nur ein lautes „Au" zu hören und sie hielt sich den Bauch. Irgendetwas ist da gewesen – etwa die Wunde aufgerissen? Oder innerlich etwas? Wir merkten, dass sie Schmerzen hatte, aber sie sagte nicht viel. Hoffentlich fährt der Zug bald ab, war unser Gedanke. Das hat sich leider nicht erfüllt, im Gegenteil. „Der Güterzug hat hier Endstation", rief man uns zu. Ungläubig guckten wir, aber es war so. Also, alles wieder raus. Sogar beim Herunterheben von dem hohen Waggon, konnte Mama ihren Schmerz nicht ganz unterdrücken. Wir hatten wieder Angst um sie. Angst kroch auch in uns hoch, wenn wir an Erika dachten. Ach, würde sie doch plötzlich hier um die Ecke kommen, das wünschten wir uns. Aber dem war aber nicht so. Wieder ging es in den Ort hinein und wir steuerten wieder den Hochbunker an. Da muss doch so etwas wie eine ärztliche Hilfe vorhanden sein? Wir suchten und die Frauen von der „Frauenschaft" so ähnlich wie „Hilfs-Rotes Kreuz", waren bereit, natürlich nach langem Warten, Mama anzuschauen. Ja, tatsächlich ist Mamas große Bauchnarbe wieder aufgeplatzt. Kreuz und quer wurde ihr ein Pflaster aufgeklebt und ihr geraten sich irgendwo in ärztliche Behandlung zu begeben. Das war leichter gesagt als getan. Ein Glück nur, dass die Russen nicht zu nahe kamen. Wir sahen, wie immer mehr Menschen in Richtung Bahnhof gingen. Es sollen noch mehr Züge fahren, sagte man und wir gingen also wieder zum Bahnhof. Ja, da war gerade ein Zug, aber übervoll und er fuhr auch gerade wieder an. Nun wollten wir auf den nächsten Zug warten, der auch wirklich nicht lange auf sich warten ließ. Hoffentlich fährt er nicht durch, war unser Gedanke. Er blieb stehen, war aber schon wieder voller Menschen. Einige quetschten sich noch rein und viele liefen weiter zum Ende des Zuges. Wir liefen mit, denn mehrere so genannte Viehwaggons waren angehängt. Nun hieß es, schnell hinein. Es war aber nicht so einfach, mit „Mann und Maus" in den Waggon zu klettern, aber wir haben es trotzdem geschafft! Und schon setzte sich der Zug in Bewegung. Wir schauten uns glücklich an. Wieder war es uns egal, wie weit der Zug wohl fahren würde, Hauptsache - weg. Heinz saß wie immer auf dem Schlitten und wir kauerten uns dicht daneben. In den Waggons hatte es schon reingeschneit, aber das war nicht schlimm. Nur mussten die schweren Rolltüren bis auf einen kleinen Spalt zugeschoben werden, damit keiner rausfällt. Dass die eisige Luft nicht so hineinströmte und das wir trotzdem genügend Luft und einen kleinen Lichtschimmer hatten. Wir fühlten uns wie ein Stück Vieh! Ich weiß noch, dass ich dringend aufs Klosett musste, denn meine Blase drückte arg. Nun ging es nicht mehr und irgendwie fuhr der Zug sehr langsam und hielt für einen Moment, um gleich wieder anzufahren. Zwei bis dreimal ging das so, dann hielt er wirklich und das auf offener Strecke. Es war eine Waldgegend. Tiefflieger waren zu hören und zu sehen. Jemand hatte die Rolltür weit aufgeschoben. Anni musste auch ganz nötig und wollte den Waggon schon verlassen, als der Zug wieder ein paar hundert Meter weiterfuhr. „Mach das nicht", sagte Mama zu ihr, aber als der Zug wiederum stehen blieb und so ca. fünf Minuten lang, da sprang Anni mit etlichen anderen aus dem Zug. Sie sagte noch zu mir, komm` mit, aber ich war ein Angsthase. Ich sah, wie Anni über die tief verschneiten Grobschotterhügel sprang und fast in der Drahtbegrenzung hängen blieb. Nein, ich sprang nicht. Mama rief noch: „Mach schnell" oder ähnliches und Anni und andere auch rissen ihre „Plenten" (Kleider) hoch und hockten schon nieder. Da – ein kurzer Pfiff und der Zug setzte sich langsam in Bewegung. „Anni, Anni", schrieen wir und Anni kam mit Mühe über den Schotterwall, lief ein Stück neben dem

Zug her, die Waggontür war noch weit offen und im allerletzten Moment bekamen wir ihre ausgestreckte Hand zu fassen und zogen sie hinein. Es klingt fast unwahrscheinlich, aber es war so. Meine Blase war zum Zerplatzen gespannt und ich hatte immer mehr Bauchschmerzen. Es kniff und stach. Ich konnte an nichts anderes mehr denken und beneidete Anni. Meine Eltern sprachen mir gut zu, so in etwa: „Sicherlich können wir bald aussteigen." Es dauerte wie eine Ewigkeit und ich erlitt Höllenqualen bis wir in der Stadt Glatz ausgeladen wurden. Mir war so schlecht und ich konnte kaum gehen. Im Bauch stach es sehr und sogar in meinem Brustkorb – einfach nicht zu beschreiben. Ich erinnere mich noch heute so genau daran, weil ich in meinem Leben so lange nie mehr aushalten musste und dabei solche Schmerzen hatte. Am Bahnsteig Glatz suchte Anni mit mir eine Toilette und fanden sie auch. Noch etliche Leute waren vor mir und ich meine, ich konnte nun auch nicht mehr richtig gehen. Als ich dann endlich auf dem Klosett saß, ging nichts! Ich wollte, aber es ging nicht. Doch endlich konnte ich und es hörte einfach gar nicht mehr auf zu laufen. Ich glaube, ich hätte eine viertel Stunde sitzen können. Es hätte nicht aufgehört. Anni rief mich schon und viele Leute wollten ja auch rein. Endlich ging ich wieder raus, ich war fix und fertig. Ich glaube, das war ein arger Nierenstau oder schon eine Urinvergiftung. So etwas wünsche ich meinem ärgsten Feind nicht. So, das war mal eine Episode und ich bitte den Leser dieser Zeilen mich zu verstehen. Ich muss mir eben auch so etwas auch von der Seele schreiben.

Die Bahnsteige in Glatz waren so voll, dass man sich fast auf die Füße trat. Alles stand oder hockte dicht neben einem Gleis, denn wir mussten ja irgendwo hin. Ich weiß noch, dass die Sonne wunderbar schien und man meinte, sie wärme uns etwas. Trotzdem ließ der Frost nicht nach und es war immer so um die zwanzig Grad Minus. Über ein paar Gleise hinweg standen Helfer, die Eintopf ausgaben. Papa sagte, dass er sich anstellen geht und wir sollen uns nicht von dieser Stelle rühren, damit wir uns nicht verlieren. Er brachte auch etwas Suppe und riet uns Mädchen, sich auch in die Schlange zu stellen, um etwas Essbares zu erhaschen. Ich glaube, wir bekamen Brote und Tee. So genau weiß ich es heute jedoch nicht mehr und ich will ja nicht flunkern. Irgendetwas hatte jedenfalls jeder von uns, um es zwischen die Zähne zu stecken. Lange war kein Zug mehr gekommen. Ja, wohin wollen wir denn? Hier am Bahnsteig können wir schließlich nicht übernachten. Es kam ein Zug und alles strömte und drückte zu den Einstiegen. Schreie von Menschen, es war ein Chaos. Wir drückten und drängten uns auch in den Zug. Wir wurden gestoßen und Mama und Papa mit Heinz wurden förmlich in den Zug gedrückt. Anni und ich rückten nach. Ich quetschte mich gerade noch hinein. Aber Anni wurde ein wenig abgedrängt und wir schrieen nur: „Anni komm, Anni komm!" Sie klammerte sich an die äußeren Haltegriffe des Zuges und wenn nicht so eine geballte Kraft von Menschen sie vollends hineingedrückt hätte... Der Zug fuhr langsam an. An den Außenseiten der Waggons hingen die Menschen wie Trauben, sogar auf dem gerundeten Dach jedes Waggons „klebten" die Menschen, fast alle ohne Gepäck. Anni meint heute, dass sie sich erinnern kann, dass auch wir ein Gepäckstück am Bahnsteig haben liegen lassen müssen und ich denke, es war so. Darum fehlte es uns bald an Kleidungsstücken. Den wirklich kleinen Schlitten hatte sich Papa vor den Bauch geklemmt. Wir waren jedenfalls im Zug drin, wenn auch einige Menschen zwischen uns und Anni waren. Wenn Anni sich nicht noch ins Abteil gequetscht hätte, wäre sie auf dem Glatzer Bahnsteig stehengeblieben. Es muss etlichen Familien so ergangen sein, denn ich weiß noch, wie eine Frau immer wieder schrie: „Ich muss raus, mein Kind ist nicht mitgekommen." Es waren Verzweiflungsschreie einer Mutter. Noch schlimmer war es, als irgendwo vor uns ein Tumult entstand. Wie wir mitbekamen, hatte eine Frau ihren Säugling in einer Decke gewickelt vor sich getragen. Durch das Geschiebe und Gedränge und etwas Handgepäck in der Hand erkannte sie zu spät, dass sie ihr kleines Kind verloren hatte. Es muss durch die Wolldecke gerutscht sein. Irgendwo lag es wohl zertrampelt am Boden. Es hat uns alle zutiefst schockiert. Wir bekamen auch kaum noch Luft zum atmen, so eng gepresst standen wir im Abteil und ich glaube, dass unser Kleiner auch jammerte. Heinz, das muss ich sagen, war im Großen und Ganzen sehr brav. Mama meinte gerade, der Knirps spüre den Ernst der Lage. Als der Zug in Bad Reinerz/Schlesien hielt, wurden wir hinausgeschoben – ja wirklich. An der frischen Luft ging es uns gleich besser und Anni hatten wir auch wieder bei uns Der Zug fuhr erst einmal nicht weiter und wurde nach und nach leerer. So, nun standen wir hier. Da traute ich meinen Augen nicht. Meine liebe Freundin Dora stand mit ihrer Oma auch da. Dora – und in diesem Moment entdeckte sie mich auch. Ja, wo kommt ihr her und wo wollt ihr hin? Das waren gleich die gegenseitigen Fragen. Nun erfuhren wir, dass Dora Verwandte in dem Ort „Rengersdorf" hatte, der nicht weit von Bad Reinerz entfernt war. Sie und ihre vier Jahre jüngere Schwester Heidel, Mutter und Oma kamen von Oppeln ca. vier bis fünf Tage früher als wir mit dem Zug an. Einige Tage waren sie nun schon in Rengersdorf auf dem Gut ihrer Verwandten. Wir beide haben uns über das Wiedersehen unglaublich gefreut. Dora und Oma hatten Bad Reinerz, auf dessen Bahnsteig wir uns im Moment befanden, nämlich etwas zu erledigen gehabt, so sagten sie und nun wollen sie mit dem nächsten Zug wieder zurück. Viele Menschen standen noch herum und es war inzwischen schon stockdunkel. Wir sahen wie einige Menschen auf Pferdeschlitten geladen wurden und da wir ebenfalls irgendwohin gebracht werden wollten, mussten wir uns verabschieden. Es fiel uns schwer. Dora schrieb auf einen Zettel die Rengersdorfer Adresse auf und sagte, dass wir uns melden sollen, wenn wir irgendwo länger bleiben sollten. Wir wurden mit noch einer Familie tatsächlich auf einen Pferdeschlitten geladen und fuhren durch die kleine Kurstadt in einen Außenbezirk – in eine Villengegend. Viel konnte man nicht sehen, denn es gab ja eine Verdunkelungsvorschrift. Vorne und hinten am Schlitten war nur eine „Notbeleuchtung". Irgendwie war diese kurze Schlittenfahrt interessant. So eine Fahrt hatte keiner von uns jemals mitgemacht. Es zog natürlich sehr durch den Fahrtwind und wir waren schon wieder ganz steif vor Kälte, aber da hielt der Schlitten schon an. Der alte Kutscher half allen das Gepäck mit runter zu heben und fuhr ab. Eine elegant gekleidete Frau empfing uns und führte uns in den ersten Stock dieser villaähnlichen Pension. Sie lag mitten in einem Park. Sie wies uns ein Zimmer an und wir wussten gar nicht, was wir sagen sollten. Ein warmes Zimmer mit zwei Betten, die einzeln standen und einem Chaiselongue, also einer Liege und auf dem Flur eine richtige Toilette mit Wasserspülung, das war was! Die Frau sagte noch, dass wir, nachdem wir uns etwas zurechtgefunden hätten, nach unten in den Speiseraum kommen sollen. „Speiseraum", das klang so vornehm. Auch sonst war alles elegant. Teppichläufer sogar auf dem Flur. „Was haben wir heute doch für ein Glück." Das ging sicher uns allen durch den Kopf. So ziemlich das erste war für mich, der Gang auf die Toilette. Endlich wollte ich mich dessen entledigen, was ich seit dem Morgen vor dem Abmarsch aus unserer Stadt immer noch umgelegt hatte. Ich konnte mich nicht mehr riechen und ich war wirklich wund. Aber wohin damit? Ich hatte eine Idee, die ich lieber hätte sein lassen sollen. Ich spülte es hinunter. Aber es verstopfte alles und nichts ging mehr. Ich bekam es ganz schön mit der Angst zu tun. Irgendjemand wollte auch auf die Toilette, aber ich konnte doch nicht öffnen, bevor nicht alles abgeflossen war. Was habe ich gemurkst, was habe ich gestochert und endlich hatte sich die Verstopfung aufgelöst. Keinem habe ich es erzählt. Mama schien es auch ganz vergessen zu haben, komisch! Nun, als wir alle so einigermaßen in Ordnung waren, gingen wir hinunter. Die Hausdame dachte schon, wir kämen nicht mehr.

Die anderen Mitbewohner waren schon wieder auf ihren Zimmern. Wir bekamen etwas Warmes zum Essen und wir selbst waren jetzt auch richtig schön warm. Die Dame sagte uns, dass wir mehrere Tage erst einmal bleiben können, sie wüsste ja auch nicht wie sich so alles entwickeln würde. Wenn der „Feind" zurückgeschlagen sei, können wir ja bald wieder nach Hause. Sie gab uns noch einen Topf Tee mit aufs Zimmer und sagte, dass wir zu jeder Zeit in die Gästestube kommen könnten. Auch die neuesten Nachrichten könnten wir abhören. So viel Freundlichkeit gibt es also doch noch. Hoffentlich wird alles gut, so haben wir sicherlich gedacht. Ich glaube in dieser erste Nacht, hatten wir wie tot geschlafen. Es gab auch keinen Fliegeralarm. Bis jetzt sei Bad Reinerz so ziemlich verschont geblieben, erzählte man uns. Am nächsten Tag, nachdem wir die Anmeldeformulare ausgefüllt hatten, machten wir einen Versuch die nähere Umgebung zu erkunden. Wie schön „unsere" Pension im Park stand und wie groß die Auffahrt war. Natürlich, da hielt gestern Abend der große Schlitten. Alles war so romantisch anzusehen. Hier wohnten wir also. Heute noch muss ich der Dora schreiben und ich tat es auch. Kurz vor dem Haus war ein kleiner Kasten, es sollte ein Briefkasten sein. Ich meine, die Post war vom Personal des Hauses entleert und zum Postamt gebracht worden. Ja, es war ja schließlich eine Kur-Pension. Außer einer „Zugehfrau" haben wir aber keinerlei Personal gesehen. Wozu auch. In so einer Lage hatte jeder für sich selbst zu sorgen. Aber Mama bekam die Erlaubnis, zumindest für Heinz in der Küche Brei zu kochen. Wir hatten noch ein paar Lebensmittelmarken und holten uns das, was uns zustand aus der Stadt. Brot, Butter und Milch, das war das Wichtigste. Die Kälte hatte ein wenig nachgelassen – oder hatten wir uns schon so daran gewöhnt? Es war auch die Freude, so eine einstweilige Bleibe gefunden zu haben. Vor allem tat es Mama gut und sie konnte ihre aufgeplatzte Narbe etwas pflegen. Nun wünschten wir uns, dass Erika zu uns kommen würde. Uns kamen immer wieder die Tränen und wir stellten uns schlimmes vor und trotzdem hofften wir, dass sie lebt. Und Fred in Kroatien? Und Ossi in Russland? Die Krim-Schlacht und viele andere hatte Ossi schon mitgemacht und war dabei öfter verwundet worden. Hatten unsere beiden Großen auch etwas Glück? Würden sie mit dem Leben davonkommen? Nichts wünschten wir mehr. Hoffentlich regelt sich alles wieder und wir könnten wieder nach Hause. Ja, nach Hause. Auf einer alten Landkarte schauten wir, wo wir uns befanden. Es war nicht mehr Oberschlesien sondern Niederschlesien, aber immer noch Schlesien. Immer am Abend eines Tages, wurden die Nachrichten abgehört. Wir hörten, dass Oppeln zur

Festung erklärt worden ist. Was das bedeutete, wussten wir alle. Nämlich härteste Kämpfe um die Stadt. Die Regierungshauptstadt Oppeln bleibt in deutschen Händen, sagte der Sprecher. Dann wieder am nächsten Tag - russische Panzer sind mitten in Oppeln, aber durch erbitterte Kämpfe wird oder ist Oppeln fast wieder in deutscher Hand. So ging es zweimal hin und her. Oppeln muss ja jetzt nur noch ein Trümmerhaufen sein. Ich erinnere mich genau an einen bestimmten Abend in Bad Reinerz. Heinz ist oben im Zimmer schon eingeschlafen und Papa und Mama gingen runter um Nachrichten zu hören. Goebbels gab wieder einmal seine „Lügen" bekannt. „Wir werden den Feind mit allen in unserer Macht stehenden Mitteln zurückschlagen und vernichten. Deutschland, Sieg Heil." Wir konnten diese Lügerei schon in Oppeln nicht mehr hören, geschweige denn jetzt, in dieser misslichen Lage. Anni und ich waren bei Heinz im Zimmer geblieben. Da ging die Tür auf und unsere Eltern kamen rein. Da warf sich Mama, die Hände vor das Gesicht haltend, aufs Bett und er sagte mit tonloser Stimme: „Oppeln ist endgültig in russischer Hand." Wir standen wie erstarrt. Hatten wir doch immer gehofft, dass der Russe tatsächlich zurückgeschlagen wird – und nun?

Stille um uns! Papa weinte. Ja, Papa weinte bitterlich. Es war uns allen, als hätte uns jemand in ein eisiges tiefes Loch gestoßen. „Aus", sprach Papa, „wir können nie mehr nach Hause, es ist alles verloren." Wir Mädels standen erst betreten da, dann umarmten wir uns, als wollten wir irgendetwas festhalten, was wir soeben verloren hatten. Die Russen haben Oppeln und sind weiter auf dem Vormarsch. Bald werden sie auch hier sein, oder gibt es noch ein Wunder? Alles Mögliche schoss uns durch den Kopf. Wenn das Haus noch steht, in dem wir wohnten, wem wird jetzt alles gehören? An vieles erinnerte wir uns, das wir gerne jetzt hätten... Was wird nun? Es muss für meine Eltern ganz furchtbar gewesen sein – alles verloren, ja die geliebte Heimatstadt dazu. An wen konnten sich die drei „Vermissten", Fred, Ossi und Erika melden, sollten sie noch am Leben sein? Meine Eltern müssen in ein unendliches Seelentief gefallen sein. Nichts außer dem, was wir hier bei uns hatten, war in unserem Besitz – wie armselig das alles! Heinz schlief wie ein kleiner Engel und das war gut so. Ich denke für Mama war es ein Klammern an die Zukunft, angesichts ihres Sohnes. Da war jemand, der Schutz und eine Zukunft brauchte. Ach – wir konnten es nicht fassen. Nicht mehr zurückzukehren, wo wir doch so sehr geglaubt und es uns erhofft hatten. Wie hieß es doch? Für nur zwei bis drei Wochen sollten wir nur unser Zuhause verlassen und nun? Fliegeralarm gab es auch noch! Uns war alles schon egal – wir blieben im Zimmer. Am nächsten Tag gab es eine Überraschung. Dora kam mit ihrer Mutter zu uns. Ach, war das schön – ein Stück Heimat und Vertrautheit sozusagen. Mindestens zwei Stunden blieben sie bei uns. Dora und ich – das war schön. Nie hatten wir uns so oft berührt als jetzt. Die Erwachsenen unterhielten sich und wir beide strolchten durch den Park. Irgendwie gab mir Dora Mut. Sie hatte immer schon so ein herzliches und fröhliches Wesen, das alle Sorgen vergessen ließ. Beide hatten wir das Gefühl, dass wir uns nie verlieren würden. Natürlich kam alles ganz anders. Bald mussten wir uns verabschieden und Dora versprach mir, in zwei Tagen wiederzukommen. Ihre Mutter nahm ein Stück Kleiderstoff mit, den wir in einem Laden in Bad Reinerz ein paar Tage vorher, sogar ohne Punktmarken, bekamen. Außerdem noch 2 oder 3 Wollknäuel. Der Stoff war für einen Rock für mich gedacht und da Doras Mutter Schneiderin war, wollte sie ihn nähen und Dora sollte ihn mir bringen. Was soll ich sagen? Ja – es klappte genau so. Tatsächlich hatte sie gewagt von Rengersdorf noch mal zu uns zu kommen. Den Rock sehe ich noch genau vor mir. Die Farbe wie ein helles Kakaogetränk und fühlte sich an, wie ein weicher Filz. Es war ein glatter, leicht ausgestellter Rock mit Trägern. Dora hatte uns außerdem irgendetwas zum essen mitgebracht. Ich meine, es wäre ein großes Brot von dem Gut, dort wo sie wohnten. Jedenfalls hatten wir uns wieder und dieser Tag sollte uns allein gehören. Gleich hinter unserem kleinen Park ging es auf einen kleinen Berg, auf dessen Spitze ein Kruzifix schemenhaft zu sehen war. Ein schöner Sonnentag war es und wenn wir nicht den grausamen Krieg im Nacken gehabt hätten, es wäre fantastisch gewesen. Wir stapften also los, denn wir wollten unbedingt bis nach oben gehen. Dass der Schnee sehr hoch war, hatten wir aber nicht bedacht. Wir alberten herum und stapften stetig voran. Jetzt wurde es uns sogar warm, obwohl die Kältegrade nicht nachließen. Erreicht! Wir waren am Gipfel. Aber nun ging es wieder abwärts. Bestimmt waren wir schon zwei Stunden unterwegs. Hinab ging es schwerer, denn jeder Schritt versank im Schnee und manchmal steckten wir fast bis zur Hüfte darin. Da ließen wir uns vornüberfallen und lagen wie auf einem Tisch. Aber wir stapften weiter, immer die Richtung den Häusern entgegen. Es dauerte jedenfalls sehr lange bis wir unten angekommen waren. Alles an uns war rundherum nass und wurde jetzt von Mama am Ofen schnell getrocknet und sie konnte kaum glauben, als wir erzählten, dass wir da oben gewesen waren. So ein Leichtsinn, hörten wir von ihr. Kaum waren die Klamotten ein bissel angetrocknet, da musste Dora sich verabschieden. Schwer fiel uns beiden der Abschied, wussten wir doch nicht, was die nächste Zeit bringen würde. Wir versprachen uns zu schreiben. Anni ging auch mit zum Bahnhof. Komischerweise waren die Züge, die vereinzelt noch fuhren wohl voll, aber nicht übervoll. Dora stieg ein und wir winkten uns solange zu, wie es ging. Auf dem Heimweg sahen Anni und ich überall Plakate, auf denen stand, dass sich die fremden Menschen hier im Ort unverzüglich melden sollen, um Schanzarbeiten in der Region durchzuführen. Alle Männer, gleich welchen Alters, haben sich dem „Volkssturm" anzuschließen – Ort und Uhrzeit. Wir berichteten es und Mama sagte: „Um Gottes Willen, du auch noch!" Papa hatte nicht vor sich zu melden. Nun wurde uns ein Schreiben persönlich übergeben, in dem geschrieben stand, dass die Jahrgänge bis 1929 eingezogen werden. Mama hätte dann nur noch Heinzel und mich, denn ich bin Jahrgang 1931. Unvorstellbar in dieser Lage. Wir, Mama und ich, besorgten noch etwas auf die neuen Lebensmittelmarken, die wir schon erhalten hatten. Denn Anni und Papa trauten sich nun nicht mehr auf die Straße. Wir wussten, dass die Parteibonzen, von denen es immer noch welche gab, kein Pardon kannten, wenn sich jemand drückte. „Alle anderen Flüchtlinge haben sich zu sammeln, um abtransportiert zu werden." Das war die neueste Bekanntmachung, denn der der Russe kommt näher. Also standen wir an dem angegebenen Platz zur angegebenen Zeit wieder auf der Straße. Wohin? Einige offene Lastwagen, es waren Militärfahrzeuge, standen bereit. Wir stiegen auf und wussten nicht, wohin wir gekarrt werden. Angst kroch bei Papa und Anni hoch, so sagten sie später und hofften, dass sie nicht vom Wagen heruntergeholt werden. Aber wir fuhren ab. Eisige Kälte wieder. Zum Glück waren es nicht allzu viele Kilometer. In Bad Kudowa, auch noch schlesisch, wurden wir vor einem Schulgebäude abgeladen, es musste schnell gehen. Irgendwie hörte man das Geräusch von Flugzeugen – oder waren es schon die Panzer? Ach, wir waren wieder richtig durcheinander. Nichts wie rein in die leeren Klassenräume. Wir ergatterten wieder Stockbetten, die dieses mal mit Strohsäcken ausgestattet waren. So schön wie in Bad Reinerz werden wir es wohl nie wieder haben und wir waren dankbar, dort eine Verschnaufpause genossen zu haben. Nun waren wir hier und viele Menschen teilten mit uns den Schlafsaal. Es war wieder ein arges Menschengewimmel, zumal waren auch viele Kinder dabei. Auch etliche schwangere Frauen waren da. Die eine, die direkt neben uns ihr Bett hatte, erwartete ihr Kind jeden Tag, so sagte sie. Ein Mädchen, so ungefähr sechs Jahre alt, hatte sie schon. Ein nettes Mädchen war es und sie spielte sogar mit Heinz. Über das Wochenende sollten wir hier unser Quartier haben.

Ach, was kamen wir uns wieder so armselig vor. Wir waren ohne Heimat, ohne unser Zuhause, das muss man sich langsam durch den Kopf gehen lassen, was so etwas bedeutet. Ich glaube beinahe, dass nur derjenige es wirklich erfassen kann, der selbst davon betroffen ist oder war. Was sind wir jetzt? Wohin wird uns das Schicksal verschlagen? Mama und Papa waren total geknickt. Kein Zuhause mehr... Apathie machte sich breit und ich sage heute noch immer, gut dass wir Kinder da waren. Wir konnten unserer Eltern ihre innere Schreie und Verzweiflung etwas auffangen.

Bad Kudowa erschien uns recht düster. Dort waren auch schon Bomben gefallen. Wenn die Sirenen Vollalarm ankündigten, saßen wir nur da und harrten dessen, was da kommt. Irgendwo brennt es, sagte man uns, aber das waren wir ja schon gewohnt. Wir mussten uns in der Schule selbst verpflegen. Ab und zu kam eine Helferin in den Saal – auch wegen der schwangeren Frau und brachte einen Kanister heiße Mehlsuppe, vor allem für die Kinder unter drei Jahren. Heinz war schon über drei Jahre, aber er bekam auch etwas. Gut, dass wir so ein Tüppel (Töpfchen) dabei hatten. Vom Bahnhof in Glatz hatten wir noch eine Blechschüssel, das war gut. Wir hatten sie später öfters benutzen müssen – egal zu welchem Zweck. Sonntagabend wurde uns verkündet, dass wir per Lastauto wieder weitergekarrt werden müssen. Es würde um die Mittagszeit sein. Auch egal – soll doch werden, was will! Nur, wir hatten keinen Vorrat an Lebensmitteln. Am frühen Montagmorgen, es war schon Anfang Februar, so um den 10. herum. In allen Orten und auf Wegen waren gewaltige Schneemassen. Auf den Straßen von Bad Kudowa, war der Schnee eher grau als weiß. Mama ging, so wie ich mich erinnere, mit Anni weg, um etwas Essbares zu kaufen. Lebensmittelmarken hatten wir ja. Bei einem Fleischer bekam man tatsächlich etwas Gehacktes (Hackfleisch). Aber die Menschen haben sich fast dabei totgedrückt. Schnell war alles ausverkauft. Ein großes Brot und Butter hatten Anni und Mama noch erwischt, das war alles. Mama versuchte noch in der Apotheke etwas zu bekommen. Ich meine, sie wollte Heftpflaster für ihre Wunde holen, die absolut nicht heilen wollte. Aber es gab nichts mehr. Zu viele Menschen waren in dem Ort und alles war schnell ausverkauft. Mit geregeltem Nachschub war nicht zu rechnen. Alles war schon ziemlich chaotisch. Wieder standen wir abmarschbereit an der Straße. Die hochschwangere Frau bekam scheinbar Wehen und blieb mit einigen Leuten in der Schule zurück. Wie mag diese Frau wohl ihr Kind bekommen haben und wohin ging sie mit ihrer kleinen Tochter? Ich kann mir denken, dass das Kind in ein noch evtl. vorhandenes Kinderheim kam und dann mit allen anderen abtransportiert wurde. So sind

Trennungen von Müttern und Kindern auch entstanden und es gibt Fälle, wo sie sich nach 30, 40 oder gar 50 Jahren erst wieder gefunden haben. Ja, so etwas gibt es. Jeder Krieg macht die Menschen kaputt. Wir saßen also wieder einmal auf einem offenen Laster und keiner sagte uns, wohin wir gefahren werden. Schließlich kamen wir an die tschechische Grenze. Die Stadt hieß „Nachod". Noch auf deutschem Gebiet waren die ersten Passkontrollen. Damit hatten wir nicht gerechnet. Papa und Anni waren höchstgefährdet, zurückgehalten zu werden, denn sie sind die Jahrgänge, die das deutsche Militär noch brauchte. Es dauerte auch eine ganze Weile bis endlich die Ausweise zurückgegeben wurden. Wir hatten bei der Kontrolle gemischte Gefühle. Papa sah ja etwas älter aus, als er in Wirklichkeit war und er sagte uns später, dass er auf „total krank" markiert hätte. Er hätte denen etwas vorgehustet und ähnliches. Erstaunt waren wir, als wir in der Stadt „Nachod" vom Laster abstiegen und wir, wie viele andere auch, mit militärischem Schutz, d.h. mit Soldaten die aufgepflanzte Seitengewehre mit sich führten, in einer großen Kolonne begleitet wurden. Die Tschechen waren auf Deutsche nicht gut zu sprechen, sogar Hass war da, so unterrichtete man uns. Zu unserem Schutz war also die Begleitung. Keiner sollte sich absetzen, es war schließlich von Deutschen besetztes tschechisches Land. Bis zu einem großen Theater oder Kinopalast wurden wir begleitet und mussten dann in das Gebäude hinein. Wir kamen uns vor, als wären wir Gefangene. Ein riesiger Saal mit Holzfußboden. Es wird wohl Parkett gewesen sein. Ganz streng wurde hier ein Schlafplatz jeder Familie zugewiesen. Für uns gab es nicht mehr, als etwas über einen Meter als Nachtlager. Auf dem Fußboden breiteten wir eine Decke aus und quetschten uns, wie die Heringe in einem Fass, nebeneinander. Es ging nicht anders. Die Menschen lagen dicht an dicht und die Notbeleuchtung blieb die ganze Nacht an. Man hätte sonst beim zur Toilette gehen, getreten werden können. Die Hitze in dem Raum war unerträglich. Die Zentralheizung lief auf vollen Touren. Immer froren wir und jetzt war es zu warm. Wir schliefen nicht, wir dösten nur. Einmal in der Nacht musste fast jeder mal raus. Es war der reinste Balanceakt, so zwischen den Menschen, die so dicht lagen, zu gehen. Nur langsam, Schritt für Schritt, war möglich. Als es endlich Morgen zu werden schien, waren wir froh. Vor dem Saal, gab es auf halber Höhe einer Treppe eine Essensausgabe. Einen Schein, auf dem unsere Namen aufgeführt waren, musste vorgelegt werden. Wir bekamen Brote und Tee und einen Stempel auf den Schein. Hamstern konnte keiner. Jetzt sahen wir erst, dass unheimlich viele Menschen sich aneinander drängelten. Es wurde draußen heller und heller. Ja, wieder schien die Sonne so ganz unschuldsvoll und wenn wir hätten vergessen können, in was für einer misslichen Lage wir uns befanden, es wäre wohl ein schöner Tag gewesen. Alles wurde wieder zusammengerafft und wir reihten uns in die nicht enden wollende Menschenschlange auf der Straße in die Dreier oder Viererreihen ein. Es sollte zum Bahnhof gehen, denn ein Zug würde für uns bereit stehen. Wir würden in Sicherheit gebracht werden. Wieder hatten wir militärische Begleitung bis zum Zug. Zunächst sahen wir keinen Anfang und kein Ende des Zuges. Er war übermäßig lang. Nun – nichts wie hinein. Uns war es schon unterwegs etwas mulmig geworden, da wir die hasserfüllte Blicke der Tschechoslowaken sahen. Jetzt im Zugabteil ging es wieder eng zu. Es waren gegenüberstehende Bänke für je zwei Personen. Es mussten aber drei Personen Platz nehmen. Also Mama, Papa und Heinz auf einer und Anni und ich auf der anderen Bank. Ein Platz war noch für eine einzelne Person freizuhalten. Es dauerte ziemlich lange, bis der lange Zug sich langsam in Bewegung setzte. Ade - Nachod.

Weil die Sonne schien, sah draußen noch alles schön aus. Wir mussten uns erst vergegenwärtigen, dass es nicht mehr Deutschland war, wenn auch von Deutschen besetzt. Wir hatten mit nur einem Reisetag gerechnet, aber weit gefehlt. Diese Reise werde ich auch nie vergessen. Die Orte und Städte waren uns unbekannt. Wir schauten uns zunächst einmal genauer die Menschen an, mit denen wir im Abteil waren. Meine Eltern hatten eine frühere Bekannte mit ihrer Tochter direkt neben uns entdeckt. Die Tochter musste so zwischen 35 und 40 Jahre alt gewesen sein. Ein bisschen komisch fand ich beide schon. Wir begrüßten uns und erfuhren, dass sie wie wir, fast den gleichen Weg bisher genommen hatten. Aber wir waren uns bisher nicht begegnet. Ich glaube, diese Frau war eine Nachbarin der allerersten Wohnung meiner Eltern. Da war ich ja noch lange nicht auf der Welt. Mit vorgehaltener Hand sagten meine Eltern, dass jeder sie nur „die lange Hede" nannte. Sie soll es mit der Männerwelt nicht so genau genommen haben. Sie war sozusagen eine „Lebedame". Sie bekam von irgendjemand ein Kind und das nannte sie Agathe, ja wirklich. Sie sagte aber immer nur „Agele" zu ihrer längst erwachsenen Tochter, die keine Schönheit war. Dumm muss sie wohl nicht gewesen sein, aber linkisch und ewig hilfsbedürftig. Ja, so etwas gibt es. Die „lange Hede" hatte frische rote Wangen und sah gar nicht so übel aus. Sie war auch geistig fit, war aber sehr groß und hatte breite Hüften. Ich sehe sie noch genau vor mir – vor allem ihre Füße. Sie musste mindestens Größe 45 gehabt haben. Nun gut, es waren zwei Menschen aus unserer Region und das war doch gut so. Es erklang mehrmals eine Stimme die zum Platznehmen aufforderte, sonst wären die Gänge verstopft. Richtig so, wir mussten ja auch einmal aufs Klosett. Die Fensterscheiben vereisten langsam und wir pusteten immer ein paar Gucklöcher. Es war kalt im Zug, denn die Heizung spendete keine Wärme. Durch die Ausdunstungen der Menschen war viel Feuchtigkeit vorhanden, die sich an den Fenstern niederschlug. Heute Nacht war es so warm, zu warm und jetzt wieder so kalt. Wir aßen im Laufe des Tages ein wenig Brot. Heinzel wollte gerne etwas herumlaufen und er durfte sich auch ein paar Schritte hin und her bewegen. Unser Heinzel, der heute ein gestandener Mann ist, kann sich an all das, wie er sagt, nicht mehr erinnern. Anni und ich haben ihm schon einiges erzählt. Erika war ja damals leider nicht bei uns. Werden wir uns je wieder finden? So fragten wir uns.

Unser Zug fuhr nicht gerade schnell. Auf einer Station verharrten wir etwas, durften aber nicht aussteigen. Einige taten es doch, sprangen aber schnell wieder auf, als der Zug anfuhr. Nach einer Weile wurde es doch etwas warm. Eine zweite Lok wurde hinten angehängt. Die schob unseren Zug. Ja, jetzt kam etwas Wärme und das war gut. Bald aber standen wir wieder längere Zeit auf offener Strecke. Es war wohl wegen der Sicherheit. Wir hörten keine Sirenen, aber das Gebrumm von Flugzeugen. Manchmal knatterte es und schon war es wieder vorbei. Es müssen Tiefflieger gewesen sein. Immer noch warten, warten – und im Zug wurde es wieder kalt. Der Abend war längst da und wenn wir glaubten, wir könnten bald aussteigen um in irgendeinem Gebäude schlafen zu können, so haben wir uns gewaltig getäuscht. Dieses Abteil und der etwa 30 cm breite Sitzplatz, sollte einige Tage unsere feste Bleibe sein. Wir dösten so im Sitzen die Nacht hindurch. Den kleinen Schlitten, den Papa nie losließ, den hat er zwischen uns auf den Boden gestellt. So konnte Heinz darauf schlafen. Wenn nur der Knirps gesund bleibt, dachten wir. Wir fuhren, wir standen, so ging es immer abwechselnd. Wo waren wir eigentlich? Es hieß, wir würden nur eine kurze Strecke durch die Tschechei fahren, aber wie wir sahen – immer noch Ortsschilder der Tschechoslowakei. Als der Zug einmal wieder hielt, wurde irgendetwas Trinkbares gereicht. Ein paar Schnitten waren auch noch da. Ach ja, ich muss noch nachträglich erwähnen, dass Mama das gehackte Fleisch in Bad Kudowa auf dem in der Schule befindlichen Kanonenofen zu Fleischbrotel (Frikadellen) gebraten hatte. Diese hatten wir nun mittlerweile längst aufgegessen. Die „lange Hede" mit ihrer „Agele" hatte nur ein Stück rohes Fleisch. Das schnitt sie stückchenweise ab und versorgte damit auch ihr „Töchterchen". Mir wurde ganz übel bei diesem Anblick. Ich weiß noch, dass Agele der Mutter gegenüber am Fenster saß und Agele hatte ihre Schuhe ausgezogen und der Mutter unter den Rock gesteckt. Die lange Hede hatte auch eine Armbanduhr, was selten jemand hatte. Sie sagte uns dauernd die Zeit an - auch gut. Als ich mich wieder einmal zum „Austreten" anstellte, hatte ich an der Toilettentüre so unglücklich die Finger am Scharnier, dass mein Vorgänger beim Türezumachen mir einen Finger so einquetschte, dass ich nur einmal aufschrie. Irgendjemand donnerte an die Tür und forderte die Person auf, wieder die Tür zu öffnen. Was tat das weh! Sogar das Blut floss gleich und ich wurde verarztet. Den Finger verbunden, kehrte ich an meinen Sitzplatz zurück. Es hämmerte ordentlich in der Fingerspitze – später ist der gesamte Fingernagel abgefallen.

Wir saßen im Zug und merkten also, dass die Orte tschechisch waren. Ja, wo wollen die uns denn hinfahren? Keiner konnte Auskunft geben. Ich denke, weil keiner es wusste. Durst stellte sich auch ein. Ganz selten wurde ein Bahnhof angefahren, wo auf die Schnelle etwas Trinkbares gebracht wurde. Mama hatte, so glaube ich, noch einen Rest Brot aus Bad Kudowa. Vor allem musste Heinz etwas zu essen haben. Der dritte Tag war schon angebrochen und wir tuckerten und tuckerten, denn fahren konnte man das nicht nennen. Immer wieder hielt unser Zug in einem Waldgebiet. Wir haben sehr gefroren, denn nur selten erzeugte die Lok etwas Wärme in die Heizung. Außerdem fühlten wir alle uns richtig schmutzig. Ach, wenn wir uns doch irgendwie waschen könnten, dachten wir. Aber das ging ja nicht. Als wir wieder einmal standen, kam ein Zug von der entgegengesetzten Richtung an und blieb stehen. Alles war voller deutscher Soldaten, die zum Kämpfen ostwärts, also dem Russen entgegen, fuhren. Es liefen einige Soldaten an unseren Waggons vorbei. Anni jedenfalls wagte auch wieder mit einigen anderen, ein paar Schritte an der frischen Luft zu machen. Wir im Abteil öffneten nur die Fenster. „Pass nur auf, wenn der Zug anfährt", bekam sie gesagt. Wir schauten gerade aus dem Fenster, als Anni rief: „Guckt mal, wer hier ist." Im Moment gab es ein Staunen und eine Begrüßung. Ein junger Soldat war es aus unserer Oppelner Nachbarschaft. Wir alle kannten den jungen Mann ganz genau. Hastig wurden ein paar Worte gewechselt und er fragte gleich, ob wir nicht seine Mutter gesehen hätten. Wir hatten nicht! Er wusste gar nicht, dass wir so quasi Hals über Kopf die Heimat verlassen mussten. Wir fragten wohin er musste, aber er wusste nur, dass es in Richtung Osten ging. „Moment mal, ich hole etwas", und schon lief er ein Stück zurück in sein Abteil. Alle Soldaten sprangen in diesem Moment wieder in den Zug, der langsam abfuhr. Da kam unser Nachbarsjunge angehetzt, reichte uns ein Kommissbrot (Kastenbrot), sagte Auf Wiedersehen und sprang auf seinen Zug auf - weg war er. So ein guter Kerl, dachten wir. Er hatte doch bestimmt auch nicht viel zu essen. Aber glücklich waren wir doch und freuten uns riesig. Jeder bekam gleich eine Schnitte Brot, das schon ziemlich hart war, aber das machte uns gar nichts. Hauptsache wir hatten wieder etwas im Magen. Natürlich gab es Leute in unserem Zug, die immer noch etwas Essbares im Vorrat hatten und dann wieder Leute, die gar nichts mehr hatten. Wir konnten ja bald nichts an etwas anderes mehr denken, als an Essen und Trinken. Entweder war es der dritte oder vierte Tag, den wir im fahrenden Zug verbrachten. Es war Nacht als wir an einer Station hielten. „Ihr könnt alle aussteigen, aber ohne Gepäck, es gibt einen längeren Aufenthalt." Länger – was heißt länger? Papa nahm den Heinz auf den Arm, denn er sah, dass Suppe ausgegeben wurde. Es war ein Geschiebe und Gedrängel, aber Papa erhielt einen Becher dünner Suppe für das Kind. Ja, er hatte es schon richtig gemacht, dass er Heinz auf den Arm nahm. Vielleicht hätte er sonst nichts bekommen. Ich kann nicht sagen, ob wir anderen auch etwas bekamen, so genau kann ich mich jedenfalls nicht erinnern. Nur, dass Papa die becherähnliche Tasse sich noch einmal füllen lassen wollte, aber plötzlich der Aufruf kam, dass alle wieder einsteigen sollen. Da gab es für ihn kein zögern. Schnell in den Zug, die leere Tasse in der Hand. Diese Tasse war für die nächste Zeit ebenfalls unser Begleiter. Doch blieb sie zunächst immer leer. Der Ort unseres kurzen Aufenthaltes hieß „Melnik". Wir hatten uns also der Stadt Prag genähert. Ja, aber warum fuhren wir seit einiger Zeit jetzt nur rückwärts? Lange wussten wir nicht warum, bis es endlich bekannt wurde, dass die weitere Strecke Richtung Prag total zerstört war, also alle Gleisanlagen kaputt waren und wir könnten nicht wie vorgesehen in der Gegend von Prag ausgeladen werden. Jetzt erst sagte man es uns. Im Nachhinein können wir froh sein, nicht bei Prag gelandet zu sein. Aber – wohin jetzt?

Es ging in Richtung Sudetenland. Es war sehr kalt im Zugabteil und wir froren sehr. Wie gerne hätten wir uns einmal so richtig aufgewärmt und uns gewaschen. Die Kleidung klebte uns förmlich vor Dreck am Körper. Natürlich war es nicht so krass, aber wir empfanden es so. Nicht waschen, nicht umziehen und Papa hatte sich nur mit dem Rasierer, der mit einer Klinge bestückt war, trocken rasiert. Das war mehr oder weniger ein

Abschaben der Bartstoppeln – aber immerhin. Wir hatten großen Durst. Ich weiß noch, als der Zug einmal irgendwo hielt, eilten Anni und ich bis zur Lokomotive. Aus der tröpfelte seitlich etwas Wasser, das etwas warm war. Wir hielten unsere schmutzigen Hände darunter und etwas Dreck ging ab. Dann nahmen wir aus der hohlen Hand ein paar Schlucke von diesem Wasser! Und schon mussten wir wieder einsteigen. Wir hofften nun weiter auf etwas Eß- und Trinkbares. Es ist Tag geworden und wir befanden uns nun im deutschsprachigen Gebiet. Es muss etwa der fünfte Tag gewesen sein. Tatsächlich hielt der Zug in einem kleinen Ort. Der Zug sollte ca. eine Stunde dort stehen bleiben. Anni und ich nichts wie raus, die Lebensmittelmarken in der Hand und natürlich etwas Geld dazu und ab ging's auf die Suche nach einem Laden, in dem wir vielleicht etwas zu kaufen bekamen. Ja tatsächlich – ganz in der Nähe des kleinen Bahnhofs war ein Geschäft. Eine mehrstufige Treppe führte in den Laden. Es war ein Bäckerladen. Langsam kam eine Frau hinter der Theke hervor und wir sagten in eiligen Worten, dass wir gerne Brot kaufen möchten. Diese Frau bedauerte, dass sie keines mehr hatte. Wir erzählten, dass unser kleiner Bruder so großen Hunger habe, da reichte sie uns ein paar Salzstangen – natürlich auf Brotmarken – die so ähnlich wie die bayrischen Brezeln aussahen und wir mussten froh sein, überhaupt etwas zu Essen bekommen zu haben. Nach uns stürmten noch viele Menschen in den Laden, aber kamen bald wieder mit leeren Händen heraus. Also hatten wir doch noch Glück gehabt. Eilig liefen wir wieder zum Zug, denn der durfte uns auf keinen Fall wegfahren. Fast alle Leute hielten sich vor dem Zug auf. Frische Luft, wenn auch recht kühl, war wichtig. Der Zug setzte sich früher in Bewegung als gedacht und schon hörten wir wieder laute Klageschreie wie „Halt, halt, meine Mutter!" oder „Meine Tochter ist noch nicht da!" Aber es half nichts, der Zug fuhr an. Man kann sich vorstellen, was das bedeutete für diese armen Menschen. Sie waren nun auseinander gerissen und keiner wusste wie es nun weitergehen soll. Ja, das waren Dramen, die sich da abspielten! Es war immer ein großes Risiko, sich vom Zug zu entfernen. Es gab keine Ankunft- und Abfahrtszeit. Wie ich schon schrieb, standen wir sehr oft auf freier Strecke, wegen der Luftangriffe – und manchmal gerade einen Halt in einem Ort, wo wir glaubten, etwas zum Essen und Trinken zu bekommen oder zu kaufen, fuhr der Zug schon wieder weiter. Meine Eltern sagten, dass wir nicht wieder wagen sollten, in einen Ort zu laufen. Das Risiko getrennt zu werden sei zu groß. Recht hatten sie. Nun, wir hatten jedenfalls etwas zum essen. Was wir nicht bedacht hatten war, dass wir nach dem Verzehr dieser Salzstangen einen höllischen Durst bekamen. Wir hatten ja schon vorher Durst gehabt, aber jetzt...Ich weiß noch, dass ich immer zum Fenster hinausschaute und mir immer wieder sagte: „Wir fahren weiter und weiter und sicher gibt es bei der nächsten Station etwas zum Trinken." Alles klebte im Mund. Ich merkte, dass es ganz schlimm war, nichts zu trinken zu haben. Die Sonne schien, das weiß ich noch. Die Schneelandschaft war ja wunderbar. Ich sah es wohl – aber immer der Durst! Es tat fast körperlich weh. Ich stellte mir Wasser vor, von dem ich schöpfen könnte, aber das war noch schlimmer. Mein Hals war total trocken. Wir alle hatten Durst. Wann endlich kommen wir irgendwo an? Wann können wir trinken und essen und uns waschen? Wann und wo? Wir waren so niedergeschlagen, wie schon lange nicht mehr. Wir wurden schwächer und natürlich stiller. Ich glaube jeder dachte nur ans Trinken und Essen – es war schlimm. Ich weiß auch noch ganz genau, dass ich Papa fragte, wieviel Uhr es sei, um mir selbst zu beweisen wie lange ich es doch schon wieder ohne Trinken ausgehalten habe. Gesprochen habe ich nicht mehr. Ich versuchte Spucke zu sammeln, damit ich wieder etwas zum runterschlucken hatte. Wenn ich heute darüber nachdenke, tue ich mir noch nachträglich selber leid. Aber uns allen ging es ja so. So gut die Salzstangen waren, so sehr hatten wir danach unter mehr Durst zu leiden und wir verwünschten sie. Mein abgequetschter Finger tat auch noch sehr weh. Ich mochte das Pflaster gar nicht abnehmen.

Die Nacht hindurch tuckerten wir mehr oder weniger so dahin. Wir waren froh, als es endlich wieder hell wurde. Ich meine, es wäre jetzt schon der sechste Tag gewesen und wieder schien die Sonne so herrlich unschuldsvoll vom Himmel. Ich kann nicht sagen, wann und wo wir etwas zum Trinken bekamen. Irgendwie mussten wir alle ja mal etwas bekommen haben, sonst wären wir ja verdurstet. Wie schlimm muss es aber auch für die stillenden Mütter in dem Zug gewesen sein und ich kann noch heute sehr traurig darüber werden. An diesem sonnigen Tag, es war bereits früher Nachmittag und wir hatten schon die Städte Dux, Brüx, Komotau und viele andere durchfahren, als der Zug in Karlsbad hielt. Man versicherte uns, dass der Zug mindestens eine Stunde stehen bleiben würde. Die Loks wurden gewechselt und was es sonst so alles gab. Natürlich sprangen Anni und ich gleich wieder aus dem Zug, um vielleicht und hoffentlich in der Nähe, etwas Essbares zu ergattern. Tatsächlich, eine Bäckerei war da! Ich meine, dass wir beide ungefähr fünf Minuten schnell gelaufen sind. Dieser Bäcker hatte die Regale noch voller runder Brote. Frauen, die noch schneller waren als wir, standen schon an. Die ersten kamen schon zurück und hatten je ein Brot unter dem Arm. Vor uns standen so ca. zehn bis fünfzehn Leute an. Es ging eigentlich zügig voran, obwohl, wie auch immer in so einer Situation, sich mehrere vordrängten. Wir beide hatten nur das Brotregal im Auge. Fünf Leute vielleicht nur noch, dann sind wir dran. Aber plötzlich von draußen ein Rufen: „Der Zug fährt gleich ab!" Was machen, was machen? Alles rannte zurück zum Bahnhof und wir rannten mit. Völlig außer Puste, den Hals ganz trocken, kamen wir an und sprangen ins Abteil. Erstaunen! Nichts tat sich, der Zug bewegte sich nicht. Keiner befand sich noch auf dem Bahnsteig. Warum fährt der Zug denn nicht ab? Ach, wären wir doch noch im Laden geblieben, ging es uns durch den Kopf. Da hätten wir jetzt ein ganzes Brot. Wir konnten nicht wissen, dass der Zug nun doch noch stand. Mutige liefen zum Lokführer, der natürlich noch nicht zu sehen war. Als dieser nach einigen Minuten kam, sagte er, dass er in frühestens zehn Minuten abfahren würde. Er hätte niemanden beauftragt zu sagen, dass der Zug gleich abfahren sollte. Ja, wer hatte denn dieses Märchen verbreitet? Wir waren fassungslos und wütend. Als sich der Zug ganz langsam in Bewegung setzte, merkten wir, dass einige Leute nicht einstiegen. Es waren die ortsansässigen Frauen. Sie riefen: „Machts euch fort, ihr fresst uns noch alles weg!" So war also die Sache? So hässlich gesinnt waren diese Karlsbader, denn sie wollten uns von dem Bäckerladen wegtreiben. Aus dem geöffneten Fenster unseres Abteils schrie eine Frau: „Ich wünsche euch allen, dass es euch einmal genauso geht wie uns, ihr gemeinen Weiber!" Aus vielen Abteilen wurde geschimpft, weil die sich erst „outeten", als der Zug anfuhr. Die Karlsbader Frauen drohten uns nach und zeterten. Das war Karlsbad. Natürlich war nicht ganz Karlsbad wegen dieser Frauen schlecht. Aber so etwas bleibt in mir ein Leben lang in Erinnerung. Da merkte ich, wie gehässig und missgünstig Menschen sein können. Wo war das Mitleid? Ein klein wenig kann ich es heutzutage verstehen. Jeder hatte damals wohl schon Existenzangst und Sorge um das tägliche Brot gehabt. Mögen mir die Karlsdorfer verzeihen, dass ich lange Zeit ganz hässlich über sie dachte. Nur, die Worte: „Ich wünsch euch allen, dass es euch mal genau so geht", sind zur Wahrheit geworden. Denn genau ein Jahr später wurden alle sudetendeutschen Menschen von ihrem Zuhause vertrieben. Sie kamen in das Deutschland, das für uns alle nun Heimat ist. Eigenartig, dass sich solche Begebenheiten sich richtig einbrennen und unvergessen machen. Ich war mit meinen 13 ½ Jahren noch sehr jung und der Schleier der kindlichen Jungendlichkeit müsste alles zugedeckt haben, aber dem ist nicht so. Es ist wiederum gut so, denn hätte ich dieses Buch sonst je anfangen können zu schreiben? 61 Jahre sind seit der Zeit vergangen und warum ich erst jetzt schreibe, weiß ich auch nicht so recht. Wahrscheinlich ist dafür die Zeit erst jetzt gekommen, die Zeit der Rückerinnerung, der Rückbesinnung. Alles hat einen Sinn! Damals aber erschien mir alles so sinnlos und aussichtslos. Nach diesem Erlebnis in Karlsbad, empfanden wir uns wie ein Haufen aufgescheuchte und eine nicht gerne gesehene Herde von Hühnern. Wir waren aller Willkür hilflos ausgesetzt. Wir kamen uns wieder wie Gefangen in einem Transport vor. Wir fuhren weiter in Richtung Eger. Das ist die letzte größere Stadt im Sudetenland. Aber bis wir dahin gelangten, gab es noch tüchtige Angriffe von Tiefffliegern und das genau auf unseren Zug. Der stand wohl, aber nicht genug geschützt in einem Wald. Wir warfen uns alle wieder auf den Boden. Heinzel war jetzt auch schon ganz durcheinander und weinte sehr oft. Es krachte um uns herum. Einige Waggons wurden getroffen. Ich weiß aber nicht, ob Menschen verletzt wurden oder ob Waggons abgehängt werden mussten. Wir saßen oder lagen in unseren Abteilen und keiner hätte sich raus getraut. Die Angst lähmte uns immer wieder und wieder, auch wenn wir an unsere Erika, die wir schon in Oppeln aus den Augen verloren hatten, dachten. Alles war so traurig! Als schließlich durchgegeben wurde, es hätte ja auch nur ein Gerücht sein können, dass wir bald eine Endstation erreichen würden, beteten wir, dass es auch wirklich wahr sein möge. Und es wurde wahr. Es war der siebte Tag in diesem Zug, in diesem engen Abteil. Eger war das Ziel und nach kurzer Zeit erreichten wir die Stadt oder das Städtchen Wiesau. „Alles aussteigen und das mit Gepäck!" Das vernahmen wir und schnell war drinnen und draußen ein Getümmel. Nun sah man erst wieder wie viele Menschen sich in dem überlangen Zug befanden. Über 40 Waggons waren es mindestens. Wir waren ungefähr im 30. Waggon. Wir wurden in ein naheliegendes Gebäude kommandiert. Es wimmelte da nur so von Menschen. Helfer und Helferinnen bemühten sich um Säuglinge und Kleinkinder und deren Angehörige. Ein paar kleine Kinder liefen alleine herum. Sicherlich hatten deren Mütter den Zug bei einem kurzen Aufenthalt nicht mehr erreicht und diese Kinder waren nun alleine. Furchtbar so etwas! Wir Fünfe waren zusammen, aber wie sahen wir aus? An unseren Händen klebte so etwas wie „gewachsener Dreck". Mehr als sieben Tage lang sich nicht waschen können, das sah man. Aber am allerwichtigsten war das Trinken. Ja, wir tranken – ich glaube – wie das Vieh, egal was. Und dann bekamen wir etwas zum Essen. Mir ist so in Erinnerung, als hätte es Kulochen (Unterkohlrabi) als Suppe gegeben. Wir hatten jedenfalls etwas zwischen den Zähnen und es schmeckte und wir waren in einem warmen Saal. Es tat uns allen sehr wohl. Einige Stunden vergingen und wir mussten uns zum Weitertransport zurecht machen. Vorher aber konnten wir uns waschen, wenn auch nur alles Sichtbare, aber immerhin. Ich erschrak, als ich mein Spiegelbild sah. Grau war mein Gesicht, die Haare unter meinem Kopftuch, ziemlich durcheinander usw. Von meinen Händen wurde das Waschwasser richtig dunkel, so schmutzig waren sie. Natürlich weil man ja alles und jeden Tag anfasste. Die Waggons waren auch nicht gerade sauber und so sammelte sich immer mehr Dreck auf der Haut. Ich mochte mich selber gar nicht mehr ansehen. Nach der Reinigung fühlte ich mich aber gleich etwas besser. Wieder standen wir mit unserer wenigen Habe auf der Straße. Wir sahen, dass ein paar Wagen, darunter auch offene Lastwagen, ankamen. Wir wurden auf einen der Wagen befohlen. Ich schätze so ungefähr 20 bis 25 Personen fuhren mit. Eine feste bzw. einstweilige Bleibe sollten wir bekommen. Hoffentlich, so dachten wir und es war uns schon egal wo. Hauptsache, wir können uns mal wieder hinlegen zum Schlafen, denn sieben Tage nur im Sitzen... Also – ab ging's. Es war noch hell und in dieser Gegend, die wir durchfuhren, sahen wir eigentlich keine Anzeichen von Bombardierungen. Na hoffentlich erwischen uns die Tiefflieger nicht, war unser Gedanke. Es ging gut und heute kann ich nicht mehr sagen, wie lange die Fahrt gedauert hatte. Wir fuhren von der normalen Landstraße ab auf einen unbefestigten kleinen schmalen Weg. In einem Dorf blieb der Wagen stehen, genau vor einer Gastwirtschaft. Es waren schon einige Menschen, Flüchtlinge so wie wir, da. Zunächst standen wir nur herum, bis wir mitbekamen, dass einige Leute wieder auf Fuhrwerke wegtransportiert wurden. Wir dachten, wir hören hier ja kein deutsches Wort. Aber es wurde nur im Dialekt gesprochen. Wir waren jetzt in der Oberpfalz. Den Ort Tirschenreuth hatten wir durchfahren und es ging wieder mehr nach der tschechischen Grenze zu. Ein Stimmengewirr entstand in der kleinen Gaststätte. Wir waren fast die Letzten, die zu „verteilen" waren. Ja, wir empfanden es schon als Streit. So war es auch, wie wir viel später erfuhren. Immer wieder wurden wir begutachtet und zwei Männer wurden sich scheinbar nicht einig. Also, beide waren Bauern und wollten natürlich Arbeitskräfte für ihre Landwirtschaft. Ein Bauer ging nicht davon ab, uns zwei Mädchen auf sein Fuhrwerk mitzunehmen. Schließlich musste der andere passen und Mama, Papa und Heinz aufladen und das mit einem grimmigen Gesicht. Wir machten klar, dass wir nahe beieinander bleiben möchten. Das wurde uns nun auch in angestrengtem Hochdeutsch versichert.

Es war mittlerweile dunkel geworden und die beiden Fuhrwerke fuhren mit uns ab. Nach ca. fünf Kilometern blieb unser Fuhrwerk vor einem Gehöft stehen und wir sagten, dass wir ohne unsere Eltern hier nicht aussteigen wollen. Der Bauer versicherte uns, dass unsere Eltern mit Heinz ca. 150 Meter weiter, zu seinem Schwager ins Haus eingewiesen werden. Na, denn! Skeptisch waren wir trotzdem. Aber wenn es der Schwager war, konnte eigentlich nicht viel schief gehen. Anni und ich stiegen also vom Wagen. In der Haustüre stand die Bäuerin und im Flur waren alle Kinder, teils schon erwachsen, teils noch kleinere Kinder, um uns zu beäugen. Es war uns sehr unangenehm. Wir gaben jedem artig die Hand, aber einige wollten das gar nicht und drehten sich weg. „Kummt eini", sprach die Frau. Ihr Gesicht war alles andere als freundlich. In der großen Wohnküche wurden wir erst noch einmal befragt, woher wir kämen usw. Das war ja verständlich. Wir bekamen unser Zimmer im oberen Stock gezeigt und wir waren überwältigt. Da standen zwei Betten, jeweils eines an einer Wand und waren blütenweiß bezogen. Betten für uns, es war wie im Märchen. Nun durften wir uns waschen und gingen dann wieder nach unten. Wir bekamen zu essen und zu trinken. Aber dadurch, dass wir unaufhörlich von allen beäugt wurden, haben wir wenig gegessen. Schon ging die Tür auf und der andere Bauer, sein Schwager, kam herein. Er zeterte und es wurde immer lauter. Beide Männer stritten sich offenbar – verstehen konnten wir absolut kein einziges Wort. Die Bäuerin keifte auch noch dazwischen. Wir saßen da und uns war es sehr unangenehm. Es ging wieder um uns, das spürten wir. Aber was war los? Später erfuhren wir, dass natürlich der andere Bauer gerne uns beide oder eine von uns Mädchen unbedingt als Arbeitskraft gehabt hätte. Aber er bekam nur zwei angeschlagene Leute mit einem Kleinkind. Endlich war das Geschimpfe vorbei und der Bauer ging. An diesem Abend sind wir sicherlich nicht spät zu Bett gegangen. Zu Bett gehen – ein herrlicher Gedanke. Nun merkten wir, dass drei der Bauerskinder durch unser Zimmer gehen mussten. Ihre Schlafkammer lag gleich nebenan. Endlich war aber Ruhe. Es waren so viele Zudecken und Kissen auf und unter uns, dass wir uns direkt unwohl fühlten. Ja, wenn man bedenkt, wie wir in der letzten Zeit die Nächte verbringen mussten! Wir konnten nicht gleich einschlafen und sprachen noch leise miteinander. Vom totalen Wohlfühlen war absolut keine Rede. Fliegeralarm gäbe es hier nicht, hatte man uns gesagt. Dieser kleine Ort, in dem wir uns nun befanden, hatte nur drei Gehöfte – eine Sirene kannten die Leute hier gar nicht. Sie würden schon die Bombergeschwader hören und sich dementsprechend in Sicherheit bringen. Das die beide Bauern nicht an der

Front waren, hatte seinen Grund. Unser Bauer hatte angeblich schwerste Verwundungen erlitten und war nicht mehr Kriegsverwendungsfähig, so lautete es damals. Der andere hatte irgendetwas mit dem Kopf. Ich glaube, dass er irgendwelche Anfälle bekam. Anni und ich mussten ein paar Kissen aus dem Bett legen, sonst hätten wir nicht schlafen können. Gespannt waren wir schon auf den nächsten Morgen und wir wollten gleich wissen, wo unsere Eltern geblieben sind, um sie aufzusuchen. Ganz früh am Morgen wurden wir von dem Getrappel durch unsere Kammer wach. Die älteste der Mädchen ging zuerst durch, dann die anderen. Natürlich, das Vieh musste versorgt werden oder sie mussten in die Schule gehen. Ich weiß nicht, ob der Unterricht im Nachbarort zu dieser Zeit noch stattfand. Nun trauten wir uns auch aus dem Bett und gingen zur Treppe. Wie angewurzelt blieben wir aber auf den unteren Treppenstufen stehen. Was war denn das? Wir sahen uns an und ein ganz mulmiges und eigenartiges Gefühl beschlich uns. Es war ein Gesang, aber ein komischer Gesang von mehreren Stimmen. Immer wieder abgesetzt und anschwellend wie etwa bei einem Kanon oder Sprechgesang. Wir wurden, so glaube ich, ganz blass und wir wagten uns nicht weiterzugehen. Als aber alles plötzlich wieder verstummte, nahmen wir allen Mut zusammen und klopften an der Küchentüre und gingen schließlich hinein. Alle saßen um den naturholzbelassenen großen Tisch. Ein zweijähriger kleiner Junge saß auf dem Schoss der Bäuerin. Wir fanden, dass sie uns giftig anschaute. Der Mann dagegen lächelte uns an und bat, dass wir uns hinsetzen und frühstücken mögen. Schön warm war es jedenfalls in der großen Küche. Es stand auch ein großer Herd in der Ecke, der schön eingeheizt war und wir sahen, dass nur Holz verheizt wurde. Das kannten wir von Oberschlesien gar nicht. Das Anmachholz war immer knapp und es wurden nur Kohlen verheizt. Wir waren hier weit weg von unserem ehemaligen Zuhause, da können wir nie wieder hin. Das stimmte uns echt traurig. Aber nun saßen wir am Tisch und die Befragung ging los. Wir antworteten stets brav, versteht sich. Danach standen ein Mann und eine Frau auf. Übrigens roch in dem Haus alles nach Kuhstall und war für uns natürlich gewöhnungsbedürftig. Der Mann war der Knecht Andreas, ein Pole, der aber gut deutsch sprechen konnte. Das merkten wir erst später. Er stammte aus Bielitz, das zurzeit noch deutsch war und nach der Eroberung der Russen wieder zum polnischen „Bielsko" gemacht wurde. Die Frau hatte ein so genanntes Glotzauge, also ein herausstehendes Auge und hieß Mila und stammte von der russischen Grenze. Diese beiden wurden hier vor Jahren zum Arbeiten verpflichtet. Jeder von den beiden hatte eine Ecke

176

oben auf dem Dielenboden mit einem Bett. Die Mila hatte eine provisorische Tür davor und so war es eine Kammer. Diese beiden hatten sich nur zum Essen in der Küche aufzuhalten, ansonsten waren sie immer beschäftigt im Stall, im Hof und auf dem Feld. Freilich, jetzt war noch Winter, aber Jauche wurde auch schon gefahren und Holz wurde aus dem nahen Wald geholt. Viel Wald gab es in dieser Gegend. Nun sind wir hier und wir durften als nächstes zu unseren Eltern und Heinzel. Man zeigte uns das Haus. Das dritte Gehöft lag hinter einer Anhöhe, das wir erst später entdeckten. Wir wurden schon erwartet und wir freuten uns, dass wir wieder beieinander waren. Mama sah uns durch das Fenster kommen. Wir hatten ja noch Anziehsachen bei ihr gehabt und wir brauchten sie. Heinz war Gott sei Dank gesund und er tippelte hin und her. Zu lange hatte der kleine Kerl stillsitzen müssen. Karg war das Zimmer im Erdgeschoss eingerichtet. Zwei Betten nebeneinander, zwei Stühle, ein ganz kleiner Küchentisch und ein kleiner Ofen. Es war so ein Zwischending zwischen Ofen und Herd. Etwas Brennmaterial hatten die Bauersleute hingelegt, aber der Ofen zog nicht und der Qualm war in der Stube. Ansonsten ging es unseren Eltern fast genau wie uns, denn sie wurden auch ausgefragt. Freundlich waren diese Leute absolut nicht gewesen! Man bekam in dem Gebäude so ein beklemmendes Gefühl, irgendwie so eine Art „Habachtstellung". Komisch, aber es war so. Mama war stark geschwächt und hatte Heinz zu versorgen. Papa wurde bald in den Kuhstall dirigiert. Er bekam gesagt, dass er täglich den Stall zu misten habe. Er bekäme dafür auch täglich Milch. Na, das war doch was. Er war so eine körperliche Arbeit nicht gewohnt, aber er tat es, so gut er es konnte. Er merkte aber, dass der Bauer nicht zufrieden war, wie er zum Beispiel die Mistkarre ausleerte und er meckerte ihn an, weil er die Karre nicht hoch genug mit Mist belud. Einen Knecht hatten diese Leute sonst nicht, so wie ich mich erinnere, nur eine Magd und noch eine Frau, die sich später als Schwester oder Schwägerin der Bäuerin herausstellte. Kinder waren auch da. Die Bäuerin sah gesund und kräftig aus, aber sie saß fast nur im Stuhl oder ging langsam im Haus oder im Hof umher. Sie sollte bald ein Kind bekommen und was die Bauersfrauen ansonsten für ganz natürlich fanden und dabei arbeiteten, so war diese Bäuerin wohl eine große Ausnahme. Wir erfuhren erst später einmal von unseren Bauersleuten, dass sie schon immer zimperlich gewesen sei und andere arbeiten ließ. Zudem habe sie einmal vorzeitig ein Kind verloren, also eine Fehlgeburt erlitten und darum schone sie sich jetzt sehr. Außerdem konnte sie ihren Mann total um den Finger wickeln. Diese Frau war uns allen bis zum Schluss nicht ganz geheuer. Wir spürten, dass sie uns nicht mochte. Wir Mädels hatten es weit besser getroffen. Schon die Zudecken waren ganz anders als bei unseren Eltern. Mama nahm Heinz an ihre Seite und wärmte ihn. Die Federn in den Deckbetten müssen sehr alt gewesen sein, denn sie klumpten und wärmten kaum. Das Holz zum Feuern wurde auch kärglich zugeteilt und Papa suchte darum schon im nahe gelegenen Wald nach Knüppelholz. Außerdem bekamen sie die vielen Mäuse im Zimmer nicht weg. Der Bauer gab ihnen eine Mausefalle, es war eher eine Rattenfalle, aber die meisten Mäuse überlebten. Ich weiß noch, dass ich ab und zu bei meinen Eltern eine Nacht blieb. Von schlafen war da keine Rede. Die Mäuse feierten jede Nacht Hochzeit mit vielen Gästen. Grausig! Das Zimmer war feucht und die Dielen morsch. Natürlich, für solche fremden Eindringlinge wie wir es waren, war es gut genug. Mit Lebensmitteln mussten sich meine Eltern selbst versorgen. Fünf Kilometer war es bis zum nächsten Dorf, das auch einen Krämerladen hatte. Entweder gingen Mama oder Papa oder alle drei. Es fehlte an allem. Unsere Bauersleute gaben uns später einen alten Kochtopf, damit Mama zumindest die Milch und den Brei kochen konnte. Zwar hatte sie schon von ihrer Bäuerin einen Topf bekommen, aber der hatte aber ein Loch. Sie stopfte es vor dem Kartoffelkochen mit gekneteten Brotkrumen zu. Meist hielt das so lange, bis die Kartoffeln gar waren. Ein kärgliches Leben und das beim Bauern! Heinzel freute sich riesig, wenn wir Mädels kamen. Natürlich besuchten uns unsere Eltern auch. Es war aber alles so lieblos und wir konnten nichts daran ändern. Wenn wir beide ein gutes Essen verzehren durften, dachten wir immer an unsere Eltern. Wie gerne hätten wir auf Essen verzichtet und es ihnen gebracht, aber das war völlig unmöglich. Wir mussten mitarbeiten, also mussten wir auch essen.

Unser Bauernhof lag direkt an einem Weg und immer mehr deutsches Militär fuhr vorbei. Unruhe machte sich breit. Wir hörten abends im Radio Nachrichten, die nicht aussichtsreich waren. Natürlich sind alle Soldaten tapfer und alle „wollten" bis zum Endsieg kämpfen. Bis zuletzt wurden uns per Rundfunk irre Parolen eingetrichtert. Der Bauer, der am Abend das Radio einschaltete, gab sich uns gegenüber zunächst sehr vorsichtig mit etwaigen Äußerungen. Er wusste ja nicht um unsere Gesinnung. Damals misstraute halt jeder jedem. Doch alles war bereits verfahren. Von beiden Seiten rückten die Fronten näher. Da der Russe, dort der Amerikaner! Wir hatten Angst. Ab und zu quartierten sich deutsche Soldaten, teils auch verwundet, in des Bauers Scheune ein. Meist war es nur für eine Nacht und wenn sie wieder abzogen, fehlte einiges. Eier waren nur noch wenige da, sogar Hühner fehlten und Kartoffeln auch. Es war zwar nicht die Masse, aber der Bauer hatte immer Verluste. Ja, konnte man es den ausgemergelten Soldaten verdenken? Sie hatten genug Hunger, denn nichts war mehr organisiert. Ich erinnere mich, dass ich vor dem Gehöft meiner Eltern, das etwas unterhalb des schmalen Weges lag, mit Mama umher ging. Eine Kolonne Gefangene kam uns entgegen. Ein Jammerbild war das! Zerlumpte Männer, wurden von bewaffneten Soldaten geleitet. Wir standen wie erstarrt. Die großen Augen aus den schmutzigen Gesichtern – nein, ich könnte heute noch weinen, wenn ich daran denke. Einige dieser Männer blickten uns an. Nur schwer konnten sie ihre Köpfe heben. Da wagte doch tatsächlich einer der Gefangenen, es könnte ein jüdischer Bürger gewesen sein, zu fragen: „Wie weit noch?" Mama antwortete: „Nicht mehr weit!" Ja, einfach so, obwohl sie es nicht wusste, aber es sollte tröstend klingen. Der Wachhabende bemerkte dies und fuhr diesen armen Menschen barsch an. Zu uns sagte er Gott sei Dank nichts und langsam, sehr langsam zogen diese Männer weiter.

Das sind Erinnerungen, die sich ins Herz brennen. Mama ging eiligst wieder nach Hause und berichtete es Papa. „Wenn doch endlich der Krieg zu Ende wäre", so Papa. Wir waren alle wieder ziemlich aufgewühlt, weil wir täglich mitbekamen, dass es dem Ende zuging. Es war schon längst März. Die Natur blieb trotz dieser schrecklichen Geschehnisse unbeeindruckt. Die Sonne zeigte sich immer öfter und es grünte schon etwas. Unser Bauer und der Knecht Andreas arbeiteten mit zwei starken Pferden auf den Feldern. Die Magd Mila mistete wie immer den großen Stall, in dem mindestens zwanzig Kühe standen, die gemolken werden wollten und Kälber waren auch da. Dazu drei Pferde und ich meine nur zwei Schweine. Enten und Hühner gab es auch genug, denn jeden Tag war ein voller Korb mit Eiern zu holen. Eier mussten auch stets abgegeben werden, so sagte man es uns. Es war der Tag, an dem die zerlumpten Menschen hier vorbeigeführt wurden. Im Nachhinein erfuhren wir, dass im nicht allzu entfernten Ort Flossenbürg, sich ein so genanntes „Konzentrationslager" befand und es ist anzunehmen, dass diese Menschen dort hingebracht wurden, weg von der herannahenden feindlichen Front. An diesem Tag kam ein junges Mädel aufgeregt angerannt und sagte zu uns allen: „Habt ihr das gehört, habt ihr auch die Schüsse gehört?" Nein, keiner von uns hat Schüsse gehört. Weiter sagte sie: „Da sind so viele Männer vorbeigekommen." Ihr elterliches Gehöft lag so ungefähr in der Mitte zwischen uns und dem nächsten Dorf, wo übrigens auch die lange Hede mit ihrer Tochter Agele untergebracht waren. Sie berichtete weiter, dass zwei Männer erschossen und am Waldrand gleich neben der unbefestigten Straße, eingegraben wurden. Man könne die beiden Hügel genau sehen. Wir dachten, dass diese beiden Personen zu schwach waren, um weiterlaufen zu können. Genaues wusste keiner. Da auch wir uns ab und zu wagten, etwas weiter vom Haus wegzugehen, sahen wir diese Hügel. Mama bekam von der Bäuerin, die immer noch auf ihr Kind wartete, ein Fahrrad geliehen, um Lebensmittel im Dorf zu besorgen. Viel konnte nicht gekauft werden, denn es gab immer nur Zuteilungen auf Lebensmittelmarken. Auch wir Mädels bekamen noch Marken, die aber von unserer Bäuerin gerne eingelöst wurden. Wir hatten ja zu essen und brauchten sie nicht. Lieber wäre es uns gewesen, wir hätten die Marken unseren Eltern geben können. Aber da war nichts zu machen.

Mama fuhr also mit dem Fahrrad ins Dorf und es erwischte sie auf der Heimfahrt. Sie fuhr ganz am Rande der Straße. Es fuhren mehrere Autos mit Soldaten vorbei, unter anderem auch ein großer Lastwagen, der Mama streifte und sie dadurch durch die Luft gegen einen dicken Baum geschleudert wurde. Sie blieb kurz liegen, konnte sich aber aufrappeln und kurz danach kam jemand von dem Gehöft, auch die lange Hede, um nach ihr zu schauen. Das Mädel, das uns von den zwei Erschossenen erzählte, lief zu uns und berichtete uns von Mamas Unfall. Unser Bauer holte sie glücklicherweise ab und brachte sie zu uns. Wir hatten gerade über zwei, drei Tage Soldaten in der Scheune. Was tun? Kein Arzt war da. Sie hatte große Schmerzen in der Schulter und Abschürfungen am ganzen Körper. Der nächste Arzt war 10 Kilometer entfernt. Aber ein Soldat erklärte sich bereit, Mama in einer Art Droschke, die der Bauer hatte, zum Arzt zu fahren. Er ließ sich genau die Abkürzung durch den Wald erklären. Er meinte, dass es sicherer sei als auf der Straße. Anni fuhr mit. Der Bauer hatte also zu dem Fremden Vertrauen, dass er die Kutsche samt Pferd wieder heil zurück bringen würde. Mama wurde mit Äther betäubt und verarztet. Da Anni direkt neben Mama stand, bekam sie den Äther auch in die Nase und fiel prompt um. Nun hatte der Arzt gleich zwei betäubte Personen. Der Soldat saß draußen im Wagen und wartete. Mamas Schulter musste eingerenkt werden. Beide waren noch benommen, als sie wieder auf dem Wagen saßen. Der junge Soldat konnte mit dem Pferd umgehen und sagte, dass er das von Zuhause kannte. Aber wie Anni erzählte, spornte er den Gaul so sehr an, dass es manchmal schien, als würde der Wagen auf dem holprigen Waldweg fast umkippen. Unser Bauer sah es dem Pferd nachher an, wie es schwitzte. Mama hatte erst einmal genug von dem Tag und sie hatte natürlich noch Schmerzen. Ich war inzwischen zu unserem Vater gegangen, um von Mamas Unfall zu berichten. Der war ganz außer sich und hatte Sorge um sie. Wir konnten auch nicht verstehen, dass der Fahrer mit dem Laster voller Soldaten nicht mal angehalten hatte. Gemerkt musste er ja etwas haben – zumindest die Soldaten, die obenauf saßen. Ja, es kommt eben immer auf den einzelnen Menschen an. Mama erholte sich nur langsam. Ihr tat der ganze Körper weh, da sie ja voll gegen den Baum geschleudert wurde. Die lange Hede besuchte Mama und sie war ärgerlich, dass sie und Agele eine so schlechte Behausung sahen. Sie erzählte uns, dass sie täglich Milch und ab und zu Mehl, Eier und Kartoffeln bekamen, ohne das sie in der Landwirtschaft helfen mussten. Da hätten unsere Drei wohnen müssen, dachten wir uns und wäre auch nicht weiter von uns entfernt gewesen. Wir Mädels wurden auch stets von der bissigen Bäuerin eingespannt. Nie sahen wir, dass sie ein freundliches Gesicht machte. Sie schien manchmal gütig, wenn sie sich mit ihrem kleinen „Harbidl" (Herbert) beschäftigte. Der Kleine war ein absoluter Nachzögling, so wie unser Heinz. Die älteste Tochter wohnte nicht mehr im Hause und musste so um die 20 Jahre alt sein. Tochter Cilli war ca. 17 Jahre alt und dann kamen die anderen Fünfe. Mit uns beiden waren es zwölf Personen, die täglich am Tisch saßen. Die Art der Mahlzeiten wiederholte sich ständig und es gab wenig Abwechselung. Dreimal in der Woche gab es Klöße, immer mit etwas Fleisch und wässriger Soße. Einen Tag gab es „Spoozerln" und den anderen Tag „Dootscherln". An den anderen Tagen gab es so etwas Ähnliches wie Eierpfannkuchen mit Blaubeeren. Spoozerln waren längliche Mehlklöße, Dootscherln war in der Backpfanne gebratener Kartoffelteig. Niemals gab es ein reines Kartoffelgericht, ich meine z.B. Salzkartoffeln. Wir sehnten uns danach, obwohl wir hatten ja gut zu essen. Ab und zu, wenn es Klöße gab, fragten wir, ob wir 2 – 3 Kartoffeln einmal so essen könnten. Wir bekamen sie, aber die Leute wunderten sich sehr, weil Kartoffeln zum Verzehr bei ihnen immer verarbeitet sein mussten. Oft waren wir mit Wäschewaschen beschäftigt. Morgens früh ging es raus in den Hof. Da standen Holzzuber, ähnlich wie Backtröge, die mit Wäsche und heißem Wasser gefüllt wurden, dazu harte Bürsten. Wir mussten diese Art zu waschen erst lernen. In Oberschlesien schrubbten wir die Wäschestücke auf einem Waschbrett und hier musste der Schmutz mit der Bürste bearbeitet werden. Die frühen Morgen waren noch sehr frisch und wir bekamen in den großen Holzpantinen eiskalte Füße. Das Panschen im Wasser und die schnell abkühlende Waschlauge machten unsere Hände ganz klamm. Der Kuhstall war nur zwei Schritte entfernt und so sind wir abwechselnd hineingegangen und haben uns an den warmen Körpern der Kühe aufgewärmt. Ja, ich wagte sogar mich auf eine liegende Kuh seitlich zu setzen. Ach, tat das gut. Vor großen Tieren hatte ich immer Respekt. Ich dachte an meinen Unfall in Oppeln mit dem Pferdefuhrwerk. Ich bin auch im Stall nie zu nahe an die Pferde herangegangen. Der Sohn des Bauern, der ein Jahr älter war als ich, hatte immer nur Blödsinn im Kopf und wurde deshalb oft von seinen Eltern ausgeschimpft. Einiges vom Dialekt konnten wir jetzt schon verstehen, aber das meiste nicht. Dieser junge Kerl ärgerte und misshandelte oft die fleißige Magd Mila. Erst schubste er sie mit dem dreckigen Stallbesen und schließlich stieß er kräftig zu, sodass Mila rückwärts auf den harten Boden fiel. Er lachte schallend und die gute Mila blutete am Kopf. Ich sah es gerade mal wieder. Er wollte wohl den Herrn vor mir markieren und ich sagte ihm, dass das gemein ist, was er da macht. Da kam er mit dem Dreckbesen auf mich zu und ich lief weg. Anni meinte auch, dass das ein ganz „Durchtriebener" sei. Ich mochte ihn jedenfalls gar nicht. Ansonsten hatten wir uns inzwischen schon etwas „heimischer" gefühlt. Cilli erzählte uns so manches und sie konnte auch herzlich dazu lachen. Anni verstand sich so langsam ganz gut mit ihr, denn beide waren auch fast gleichaltrig. Cilli hatte täglich das Essen zu kochen und kümmerte sich um alles Mögliche. Sie backte an einem Sonntag einmal eine Torte mit Schweineschmalz, statt mit Butter. Die Torte schmeckte sogar ganz gut. Den Zucker hatte sie sich von unseren Lebensmittelmarken besorgt und war froh darüber. Ich glaube, dass diese Torte uns heute nicht mehr schmecken würde, aber damals...

Wir waren ja alle nicht verwöhnt. Auf dem Bauernhof hatte man sich anzupassen, das war das Beste. Wir halfen in der Küche, wir gingen mit aufs Feld um Steine abzulesen, wir fütterten das Federvieh und suchten die Eier, die bis in die oberste Etage des Heuschobers gelegt worden waren. Die Hühner hatten überall ihre Legestellen. Einmal entdeckte ich am Rande des Hofes ein Loch mit Eiern – es waren viele Eier darin und bisher hatte keiner von diesem Nest gewusst. Als aber ein Ei davon in der Küche aufgeschlagen wurde, gab es eine kleine Explosion, das Ei zerbarst. Im Ei war eine schwarze dünne Brühe, deren Gestank bestialisch war – so in etwa wie eine Stinkbombe. In diesen Eiern, die viele Monate dort lagen, bildeten sich starke Gase und darum die kleine Explosion. Pfui Teufel – alle Eier wurden auf den großen Misthaufen geworfen.

Eines Tages wurde ein Schwein geschlachtet. Das hatten wir natürlich noch nie erlebt. Wenn ich das jetzt so schreibe, könnte man meinen, es wäre im dicksten Frieden gewesen. Aber es war bitterer Krieg. Ich will zunächst das Leben innerhalb der Bauernfamilie schildern. Also, ein Schwein wurde von einem Metzger geschlachtet. Nein, ich glaube fast, dass es auch ein Bauer war, der sich aber aufs Schlachten gut verstand und gute Wurst machen konnte. Ja, so wird es gewesen sein. Eigentlich könnte ich ja mal meine Schwester Anni anrufen, um sie dazu zu fragen. Sie wohnt 130 Kilometer von mir entfernt, aber nein - ich rufe nicht an! Es soll ja alles so wiedergegeben werden, was und wie ich es in Erinnerung habe – basta! Als das Schwein geschlachtet war, der Sohn des Hauses sah mit Wonne dabei zu und der Schlachter einen Arm voller Därme, die noch dampften und einen schlechten Geruch verbreiteten, in die Küche kam, liefen Anni und ich aus der Wohnung. Die Därme platschten nur so auf den Tisch. Irgendwann sind wir wieder ins Haus gegangen, aber alles ekelte uns an. Später waren wir froh darüber, eine gute Blut- und Leberwurst und auch geräuchertes Fleisch essen zu können. Es schmeckte köstlich. Der Bauer war uns wohlgesinnt, das merkten wir bald. Er sprach nie im Befehlston mit uns. Auch er war, wie wir mitbekamen, unter dem Pantoffel seiner Frau, die eine einschneidende Stimme hatte. Wenn das Essen fertig war, rief sie vom Fenster aus in den Hof: „Zünn Eeeessen eini!" (zum Essen kommen) und wir alle kamen. Folgendes Ritual begann. Der Bauer beim Hände waschen: „Im Namen des Vaters...", sodann setzte seine Frau ein, dann Cilli und alle anderen, sogar der kleine Herbert krähte mit. Ab und zu verstummte der Bauer, um gleich wieder in das monotone Gebet einzusetzen und sich zu bekreuzigen. So entstand dieser Halbgesang als dreimal tägliches Gebet, das wir auf am ersten Tag auf der Treppe hörten. Nie wieder habe ich in einer Familie so etwas erlebt. Nun, wir gewöhnten uns daran. Wir waren nicht katholisch, sondern evangelisch. Andreas und Mila bekreuzigten sich immer nur anschließend. Eigentlich wurden die beiden gut behandelt, wenn man bedenkt, dass sie gute Portionen und mit allen am Tisch sitzend, einnehmen konnten. Wenn nur nicht der böse Sohn gewesen wäre. Er schob Mila zum Beispiel immer das kleinere Stück Fleisch oder Wurst zu. Das hat sie nicht verdient. Sie merkte, dass wir auf ihrer Seite waren und machte nicht selten hinter dem Rücken des frechen Jungen eine Faust und sagte: „Warte du nur!" oder ähnliches. Sie musste ja wütend werden und Andreas konnte ihr auch nicht helfen, obwohl wir merkten, dass der freche Kerl im Beisein vom Knecht Andreas nie wagte, die Magd Mila anzugreifen. Da musste wohl schon etwas vorgefallen sein.

Einen gewissen Respekt hatte er doch vor Andreas. Andreas sprach gut deutsch. Er war „deutschstämmig" sagte er uns und er kannte auch unsere Stadt Oppeln. Er war direkt ein Stück Heimat für uns. Andreas wusste nicht, wo und ob seine Angehörigen überhaupt noch lebten. Er hoffte auch auf ein baldiges Ende des grausamen Krieges. Er wollte auf alle Fälle wieder in seine Heimatstadt in Polen zurück. Er war ein intelligenter Mann. Mila dagegen gab sich immer so hilflos und man konnte sie auch sprachlich nicht gut verstehen. Sie schien sehr verbittert. Gut, dass Andreas an ihrer Seite war und es war allen klar, dass die beiden sich näher waren. Gut so. Es goss draußen in Strömen und schon über zwei Tage lang. Ich weiß es deshalb, weil erzählt wurde, dass Köpfe aus dem Erdreich am Waldrand zu sehen waren. Der starke Regen hatte sie freigespült. Unser Bauer, der sein Feld dort bearbeitete, überzeugte sich davon. Ja, es war so! Die zwei Gefangenen, die man vor einiger Zeit erschoss, wurden nur hastig etwas untergebuddelt. Grausig!

Im Haus bei uns machte die Bäuerin eines Abends in einem großen Holzbottich einen Brotteig. Anni und ich schauten interessiert zu. Am nächsten Morgen, ganz früh, wurde alles nochmals tüchtig durchgeknetet und zu großen runden Broten geformt. Inzwischen wurde der große Backofen, der mitten im langen gefliesten Flur integriert war, angeheizt. Für uns war es ein Erlebnis. Am Nachmittag wurde dann das Brot hinein geschoben und herrlich braun gebacken. Von dem Rest des Teiges wurden mehrere flache runde Scheiben ausgerollt, mit einer Gabel viele Löcher gestochen und mit Schmalz bestrichen. Die Restwärme des Ofens reichte noch aus, um diese Brotfladen goldgelb zu backen. Sodann wurde noch einmal frisches Schmalz darauf gestrichen und mit Zucker bestreut. Komisch fanden wir es schon, Schweineschmalz und Zucker. Aber es war eine Köstlichkeit. Dazu gab es den altbewährten Kaffee aus gerösteten und gemahlenen Futterrübenstückchen und der Kaffee mit Milch darin schmeckte gut. Bohnenkaffee kannte man wohl, aber lange war es her, als es diesen gab. Wir erlebten das „Kaffeerösten" mit. Es war schon interessant, wie die Not erfinderisch machte. Die vielen großen runden Brote kamen in eine Extrastube an der Nordseite des Hauses in Regale. Alle vier Wochen wurde nur gebacken und zweimal haben wir es miterlebt. Fast täglich kontrollierte die Bäuerin das Brot. Nicht, dass sie schaute, ob eines fehlte, nein, sie schaute nach schlechten Stellen, an denen sich vielleicht Schimmel hätte absetzen können. Eines Morgens hörten wir ein anhaltendes dumpfes Gebrumme. Wir schauten zum Himmel, aber da waren keine Flugzeuge – aber wir hörten es krachen. Es waren dumpfe Einschläge. Der Bauer meinte, dass jetzt die Amerikaner kommen, aber sie noch weit weg wären. Wir kannten solche Einschläge ja. Rasch liefen wir zu unseren Eltern. Die Menschen in diesem Bauernhaus hatten Angst und saßen um die schwangere Bäuerin. Wir rannten wieder das kurze Stück Weg zurück in unser Gehöft und versprachen gleich wiederzukommen. Wir wollten ja nur sagen, dass wir mit unseren Eltern zusammen sein wollen, wenn der Ami kommt. Kaum waren wir bei unserem Haus, da hörten wir, dass Panzer sich nähern. Wir kannten das Geräusch von „rasselnden" Panzern. Die Einschläge waren weniger geworden. Der Bauer hatte vorsorglich am oberen Fenstersims ein weißes Betttuch angehängt zum Zeichen, dass hier kein Widerstand geleistet wird. Tatsächlich! Langsam, ganz langsam sahen wir einen getarnten Panzer näher kommen. Er blieb direkt vor unserem Haus stehen. Wir bekamen Angst. Wir schauten aus dem Fenster und duckten uns gleich wieder. Schon wurde die Haustür aufgestoßen und mehrere Uniformierte mit vor sich haltenden Gewehren kamen in die Stube, in der wir alle versammelt waren. Wir waren starr vor Schreck. Auf die Frage: „Soldat?" beantwortete der Bauer mit „Nein" und Kopfschütteln. Dann „Wer du, wer du?" und im oberen Stock suchten sie alles durch, so wie im ganzen Hof und in der Scheune. Als Anni und ich gefragt wurden, sagten wir: „Wir sind Flüchtlinge aus Oberschlesien." „Polska?" fragte der eine. Wir sagten: „Russische Soldaten sind dort." Und dann sprach der Soldat etwas in Polnisch, weil er dachte, wir würden es verstehen. Der muss irgendwie polnischer Abstammung gewesen sein. Komisch war es schon, dass ein Amerikaner etwas polnisch sprechen konnte. Andreas sagte auch irgendetwas auf Polnisch und er bekam eine kurze Antwort. Schon waren draußen Rufe der anderen Soldaten zu hören, die im Haus alles durchgeschnüffelt hatten. Die Amerikaner zogen nun aus der Küche ab und sammelten sich wieder draußen. Zwei deutsche Soldaten hatten sie in der Mitte. Wir staunten nicht schlecht, denn wir hatten gar nicht gemerkt, dass sich die beiden in der großen Scheune versteckt hielten. Sie wollten sicherlich einer Gefangenschaft entgehen. Alle bestiegen wieder den Panzer. Ich weiß noch, dass wir zum Fenster gingen und einen Schwarzen, der mit seinem Helm richtig grimmig aussah, ins Gesicht schauten. In diesem Moment, er saß am Kanonenrohr, drehte er das Rohr direkt auf uns, wahrscheinlich weil wir so erschrockene Gesichter machten und lachte gleichzeitig schallend. Er wollte uns Angst einflößen, denn er wusste wohl genau, dass Schwarze hier absolut nicht alltäglich waren. Langsam fuhren sie weiter und mehrere Panzer und andere Fahrzeuge folgten. Anni und ich warteten noch ein wenig ab. Nun waren wir doch nicht dabei, wenn die Amerikaner auch in unserer Eltern Zimmer kamen. Hoffentlich geht alles gut, dachten wir. Noch ganz geschockt und jeglicher Arbeit unfähig, standen oder saßen wir herum. Viel, viel später sagte der Bauer, dass er noch eine Pistole hat, die aber absolut unauffindbar für andere wäre. Na, das hätte ins Auge gehen können. Als keine Fahrzeuge der Amerikaner mehr zu sehen waren, rannten wir los und kamen außer Atem bei unseren Eltern an. Alles war wohlauf und alles war gut gegangen. Eigentlich waren wir froh.

Papa sagte: „Der Krieg ist aus, jedenfalls hier für uns." Jetzt begriffen wir erst unsere Lage. Ja, für uns ist der Krieg zu Ende! Die Amerikaner waren fast überall sehr human – wir hatten sie jedenfalls so erlebt. Natürlich wussten wir in diesem Moment gar nicht, wie alles wohl demnächst weiter gehen würde. Als wir uns nach ca. einer Stunde wieder auf den kurzen Weg zu unserem Bauernhof machten und oben an der kleinen Wegebiegung ankamen, stoppten uns amerikanische Soldaten. Einer stieß ziemlich unwirsch das Gewehr leicht gegen uns und sagte: „Du gehen, wo Du bleiben." Diesen Satz habe ich noch gut in Erinnerung. Da liefen wir schnell wieder zurück und blieben bis es dunkel wurde bei Mama, Papa und Heinz. Dann erst rannten wir wieder los. Wie hatten ja schließlich unsere Schlafstelle und das Essen beim Bauern. Es musste ja irgendwie weitergehen und es ging weiter. Es war ca. Mitte März und die Felder mussten bestellt werden. Auch dorthin kamen manchmal Amerikaner und kontrollierten den Bauern. Der Knecht Andreas machte noch einmal das Pferdegespann fertig, sonst nichts. Die Magd Mila wollte von nichts mehr wissen und hielt sich nur noch in ihrer Kammer auf. Sie hätte allen Grund gehabt, jetzt wo sie endlich frei war, zumindest dem frechen Sohn einiges heimzuzahlen. Dieser verhielt sich aber wohlweislich im Hintergrund. Wir erfuhren erst viel später, dass sich in manchen Bauernfamilien die Zwangsarbeiter hatten, schlimme Szenen abgespielt haben. Aller Frust, wenn sie schlecht behandelt worden waren, kam nun heraus. Schläge und Plündereien gab es ständig. Auch bei uns stiegen die Zwangsarbeiter bald über den hohen Zaun und nahmen Enten und Hühner und Eier mit. Morgens sahen wir immer die Bescherung. An der Haustüre wurde einige Male hantiert, doch es drang niemand ein. Welch ein Glück! Andreas und Mila waren gleich nächsten Tag weggegangen und kamen allerdings nach zwei oder drei Tagen wieder. Sie wären in der Stadt Flossenbürg gewesen und haben neue Papiere bekommen. Flossenbürg war der Ort eines grausigen Konzentrationslagers, davon wir aber bisher nichts wussten. Da wären sie erst einmal eingekleidet worden. Beiden wollten ja so schnell wie möglich wieder in ihre Heimat zurück. Ich weiß noch wie Mila auf mich und Anni zukam, uns anlächelte und sagte: „Kuck, scheene Kostim" und strich an sich herunter. In der Tat, Mila sah ganz verändert aus. Lockiges Haar, das sonst mit einem Tuch ganz zugebunden war, anständige Schuhe und Strümpfe. Sie strahlte noch dazu und es war eine ganz andere Mila. Wir freuten uns mit ihr und wünschten ihr viel Glück. Einen Koffer mit Anziehsachen hatte auch jeder noch mitbekommen. Noch einmal schauten beide in ihre Kammer und dann gingen sie – wir sahen sie nie wieder.

Wir mussten uns nun erst daran gewöhnen, dass eine andere Zeit angebrochen war. Der Krieg war freilich noch nicht zu Ende. Große Teile Deutschlands mussten von Russen und Amerikanern, sowie von ihren Verbündeten den Franzosen und den Engländern, erst noch eingenommen werden. Im Radio hörten wir von Hitlers Minister die mehr oder weniger verzweifelten Aufrufe zum Durchhalten und Kämpfen. Tatsächlich mussten viele, viele Menschen in diesen letzten unsinnigen Kriegswochen ihr Leben lassen und nur weil die Feigheit Hitlers und seine „Konsorten" es nicht zuließen, zu kapitulieren, den Kampf, den aussichtslosen Kampf um Deutschland endlich zu beenden. Ja, Hitler gab sich bis zuletzt dem deutschen Volke verbunden und versicherte, dass er uns nicht im Stich lassen würde. In Wirklichkeit lagen seine Selbstmordwaffen schon bereit. Dieser Feigling hat sich, sowie einige engste Vertraute Selbstmord begangen. Allen übrigen Ministern und hochgradigen Offizieren wurde nach dem Krieg der Prozess in Nürnberg gemacht und die meisten wurden durch den Strang von der Alliierten Regierung hingerichtet.

Es war aber immer noch Krieg und unsere Gedanken waren bei unseren drei „Vermissten". Ja, sie waren für uns vermisst. Wussten wir denn, wo und ob überhaupt unser Peppel, der Fred, noch lebt? Wussten wir denn ob unser Ossi noch lebt? Wussten wir, ob unsere Erika noch am Leben ist? Wir wussten es nicht! Schlimm war das. Wenn ich mir vorstelle, ich müsste um meine Kinder so bangen, da wird es mir bei dem Gedanken schon ganz schlecht. Meine Eltern mussten eine ungeheure Stärke haben. Ich bewundere sie zutiefst. Warum beide so früh starben, bedarf wohl keiner außergewöhnlichen Frage. Ich habe diese schlimmen Zeiten miterleben müssen und weiß, wie kostbar das Leben, der Frieden unter den Menschen, wie wichtig das Verstehen und das Verstanden werden wollen, heute ist, ja schon immer war. Mit Bedauern, sogar manchmal mit entsetzen stelle ich in der heutigen Zeit fest, dass immer mehr der Egoismus auf der ganzen

Welt vorherrscht, dass es ein „Nebeneinander" aber kein „Miteinander" mehr gibt. Vielleicht bin ich ja etwas zu verzagt, nicht zuletzt wegen meines Alters, aber wir sind tatsächlich eine Ellenbogengesellschaft geworden. Oder gibt es noch viele uneigennützige Menschen?

Ich will aufhören, tiefer in diese Materie einzusteigen. Mein Thema des nahen Kriegsendes soll es im Moment noch sein. So hart und eisig der Winter auch gewesen war, so hatten wir jetzt im März den schönsten Sonnenschein. Jetzt erst, da die Natur zu neuem Leben erwachte, sahen wir die neue, ganz andere Umgebung, als wir es in Oberschlesien gewöhnt waren. Schön und abwechslungsreich fanden wir hier die Landschaft, aber froh und glücklich waren wir keinesfalls. Unser kleiner Heinz sah fast wie ein echter Bauernjunge aus. Ich meine, Mama hätte ein paar Anziehsachen für ihn von den Bauersleuten bekommen. Das, was wir am Leibe trugen und etwas Handgepäck für etwa drei Wochen, das war unsere Hab und Gut. Wir hatten keinerlei Sachen für wärmere Tage mit. Heute kann ich gar nicht mehr sagen, von wo oder von wem wir alle etwas anderes zum Anziehen bekamen. Anni und ich gingen mit aufs Feld und wir lernten Frühkartoffeln zu stecken. Alles mit der Hand in die Furchen, die unser Bauer mit dem Gaul und dem Pflug gezogen hatte. Ich erinnere mich: Immer zwei Fuß, eine Kartoffel, zwei Fuß, eine Kartoffel usw. Frische Gräser und Blätter mussten für die kleinen geschlüpften Küken besorgt werden. Leider sind einige Glucken mit samt angebrüteten Eiern aus der Scheune gestohlen worden. Wäsche, die es immer wieder zum Waschen genug gab, trocknete nun in der herrlichen Sonne. Nun hatten wir beim Wäschewaschen draußen im Zuber nicht mehr so kalte Glieder. Wir kamen, außer mit dem Sohn, mit den anderen Kindern ganz gut aus. An die Bäuerin hatten wir uns schließlich auch gewöhnt, aber ein Lächeln für uns hatte sie immer noch nicht. Eigentlich lächelte sie zu keinem. Ihren Mann fuhr sie auch immer barsch an und es ist gut, dass wir manche Schimpfwörter im Dialekt nicht verstanden haben. Wir merkten schon, dass der Knecht und die Magd nicht mehr da waren. Die Bäuerin, Tochter Cilli und der Sohn mussten nun täglich zwei mal am Tag die vielen Kühe melken, mit der Hand versteht sich, denn Melkmaschinen wie es sie heute gibt, gab es damals nicht. Heimlich wurde immer Rahm abgeschöpft, bevor die Kannen voller Milch abgeholt wurden und sie in eine Molkerei befördert wurden. Jeden Tag kam etwas Sahne dazu und eines Tages wurde aus der Sahne Butter geschlagen. Durch ständiges Drehen mit einer Kurbel wurde die Sahne in einem schmalen hohen Gefäß geschlagen und wurde zu bester

Butter. Anni und ich haben tüchtig gedreht. Das war auch etwas ganz neues für uns. Eigentlich bekamen, wegen der regelmäßigen Abgabe der Milch, unsere Leute die Butter rationiert und von der Molkerei geliefert. Diese Butter aber hatten wir nun zusätzlich. Am Anfang hielt man vieles vor uns beiden geheim. Erst als sie uns besser kannten und Vertrauen fassten, bekamen wir alles mit. So etwas wäre sonst bestraft worden. Noch hatten wir die „Hitlerzeit", noch war alles nur auf Lebensmittelmarken zu bekommen. Für meine Eltern war es beschwerlich, immer ins Dorf zu laufen um Lebensmittel einzukaufen. Es blieb ihnen aber nichts anderes übrig. Mama berichtete uns, dass sie ein einziges Mal ein Brot von der Bäuerin geschenkt bekam. Das war eine Freude. Anni und ich erklärten uns bereit, einmal zwei Brote in dem etwas weiter entfernten Ort zu holen, in dem vor einiger Zeit Mama verarztet worden war. Zehn Kilometer bis zu diesem Ort. Zuvor muss ich sagen, dass es noch vor dem Einmarsch der Amerikaner war.

Ich gehe also noch mal ein Stück zurück. Der Krieg und die Kämpfe um uns herum waren da noch voll im Gange. Wir beide gingen aber mutig, mit Marken und Geld in der Hand los. Anni kannte den Waldweg und wir beeilten uns. Rundherum war es irgendwie unruhig und oft hörte man Flugzeuge, Knallen und andere Geräusche in der Gegend. Wir gelangten aber gut hin, mussten eine Weile beim dort einzigen Bäcker auf das Brot warten und erhielten schließlich die gewünschten zwei Laibe. Ab ging's wieder Richtung nach Hause. Immer wieder das Gebrummel am Himmel. Wir schauten in die Luft und sahen Flieger, die ganz tief runter kamen und wir waren ausgerechnet gerade in einer langen Lichtung und kein Baum als Schutz in der Nähe. Wir hatten eine Höllenangst und schon stoben die Flieger schräg auf uns zu. Sie hatten uns also entdeckt und nun gingen Geschosse auf uns nieder. Ein paar Büsche boten uns geringen Sichtschutz und wir krochen unter einen kleinen Busch. Ganz eindeutig flogen sie immer hin und her und schossen. Dann etwas Pause und wir rannten los. Wie aus dem Nichts, hinter dem Wald, tauchte wieder ein Flieger auf und schoss wieder. Es war ganz klar, man wollte uns treffen. Aber warum uns? Die sahen doch genau in ihrem Tiefflug, dass wir zwei unbewaffnete weibliche Personen sind. Die kleinen Sträucher an der Böschung boten uns ganz wenig Sichtschutz. Unsere Brote, die wir in einer Netztasche trugen und die natürlich nicht verpackt waren, bekamen ganz schön vom Wegesstaub mit. Als endlich Ruhe zu sein schien, konnten wir den Heimweg weiter antreten. Solche Schweine! Solche verdammten Schweine, schimpften wir vor uns hin. Wir hätten ganz leicht getroffen werden können. Immer mehr bekamen wir zu spüren, was Kampf im Krieg bedeutete. So also waren die Amerikaner. Es war ihnen also gleich, ob sie unschuldige unbewaffnete Menschen vor ihrer Flinte hatten oder nicht. War das ein schöner Zug der Amis? Heute wird behauptet, dass damals gegen Zivilisten nicht in so einer Weise vorgegangen worden ist. Ja, Pfeifendeckel! Wir beide haben am eigenen Leib erfahren müssen, wie die Amerikaner mit zu verabscheuenden Methoden, uns nach dem Leben trachteten. Man denke nur an die Totalzerstörung vieler Städte, noch in den letzten Wochen und Tagen. War das wohl etwa nicht der Zivilbevölkerung zugedacht? Na, ich will mich nicht mehr darüber auslassen.

Ich gehe jetzt wieder zurück in die Zeit, nachdem der Amerikaner einmarschierte. Da erlebten wir Gott sei Dank auch „gute" Soldaten. Wir sind damals mit unseren Broten gut bei unseren Eltern wieder angekommen. Selbst hatten wir auch Hunger und waren ganz schön kaputt. Aber wir waren damals jung und erholten uns ganz schnell wieder. Eines Tages, spät Abends, bat ein Soldat, ein deutscher Soldat, der aber keinerlei Waffen bei sich trug, um kurzen Einlass ins Haus. Er erbat sich nur etwas Essen und Trinken, um dann im nahen Wald wieder unterzuschlüpfen. Dieser Mensch wollte nicht in Gefangenschaft genommen werden. Er bekam reichlich Brot und Milch und er zog schnell davon in Richtung Wald. Immer wieder wurden die Wälder von den Eroberern durchkämmt. Gleich am nächsten Morgen fuhren, so wie jeden Tag, viele große und kleine Fahrzeuge direkt an unserem Haus vorbei und fast immer hatten sie ein paar deutsche Uniformierte dabei. An diesem Morgen schleppten sie einen Deutschen zum Fahrzeug und wir, die wir das zufällig am Fenster miterlebten, waren der Meinung unseren Soldaten des Vorabends zu erkennen. So ging es ab ins Gefangenenlager, so war der Krieg. Es sollte noch bis Anfang Mai 1945 dauern, bis der letzte deutsche Meter erobert wurde. Dann erst war für alle der verfluchte Krieg zu Ende.

Noch hielten wir uns in dem „Drei Gehöfte Ort" auf. Das Leben ging weiter, aber Stimmen wurden laut, dass alle Flüchtlinge wieder abreisen müssten. Von der tschechischen Grenze her kamen immer mehr Menschen an unserem Gehöft vorbei. Menschen mit ihrer wenigen Habe, oft nur mit einem kleinen Handwagen. Sie berichteten grausiges, das sie erlebt haben und waren sicher, dass in dieser Grenzregion, in der wir uns ja befanden, der Tscheche Einmarsch hält. Ist es Gerücht oder Wahrheit? Alles war wieder in uns aufgewühlt. Tatsächlich gab es in dem kleinen Dorf, in dem Mama sich mit Lebensmitteln versorgte, Anschläge auf denen zu lesen war, dass in kürzester Zeit die „nicht Ortsansässigen" abreisen müssten. Was machen? Es war uns schon klar, dass wir nicht auf Dauer so getrennt und provisorisch leben konnten. Unser Bauer sprach uns Mut zu und gab uns einige Ratschläge. Der Bauer, bei dem meine Eltern wohnten, war bereit, ihnen einen kleinen Handwagen zu schenken. Der Wagen wäre aber reparaturbedürftig und wenn Papa ihn trotzdem haben wolle...

Natürlich sagte er erst einmal ja, denn die Lage schien tatsächlich ernster zu werden. Er bastelte eine neue Deichsel und ich kann nicht mehr sagen, was sonst noch zu reparieren gewesen war. Wir sind dann erst einmal in das Gehöft gegangen, wo die lange Hede mit ihrer Tochter untergebracht waren. Als wir in die Stube im oberen Stockwerk kamen, staunten wir nicht schlecht. Agele lag in einem Kinderbett mitten in der großen Stube. Es sah urkomisch aus – ein erwachsener Mensch in einem etwas größeren Kinderbett mit Gitterstäben rundherum. Das war Ageles Bett, tatsächlich! Die Mutter meinte: „Ach Agele hat doch ihre Periode und da muss sie doch ins Bett." Und Agele tat ganz krank. Aber die lange Hede hatte schon fast alles zusammengepackt und zeigte uns auch das Verpflegungsmaterial, das sie von ihrem Bauern bekommen hatte. Sicher war auch der Bauer, wie so viele andere froh, dass alle wieder abreisten. Ein Fuhrwerk sollte sie beide in den nächsten Tagen zur nächsten Stadt bringen und der Bauer wollte dafür Sorge tragen, dass sie in einen Zug gesetzt würden. Ob es je so geworden ist, weiß ich auch nicht. Uns blieb jedenfalls auch nichts anderes mehr übrig, als uns auf die Landstraße mit unbekanntem Ziel zu begeben. Immer mehr Flüchtlinge zogen vorbei und bald wurde es für uns ernst. Mit unserer kleinen Habe, diesmal zusätzlich mit Topf, Schüsseln und Bechern versehen, den kleinen Heinz wieder oben auf dem Handwagen sitzend, nahmen wir von dem uns nun schon ein wenig neue Heimat gewordenem Örtchen Abschied. Diesmal drückte uns sogar die Bäuerin ganz fest die Hand und sagte, dass wir uns doch mal melden sollen, wenn wir eine feste Bleibe und Wohnung irgendwo gefunden hätten. Wir nickten und waren wieder sehr traurig. Der Bauer steckte uns zuvor ein großes Stück Schinken zu und bat, es die Bäuerin nicht sehen zu lassen. Dann meinte er noch, dass wir beide weiter hätten bleiben können. Natürlich, dachten wir, er hätte dann Arbeiterinnen und die Schlafkammer brauchten sie auch nicht unbedingt. Es bedurfte keines Gedankens ans Bleiben, denn unsere Eltern mit unserem kleinen Bruder hätten wir nicht im Stich gelassen. Cilli und die jüngeren Mädchen weinten und wir auch. Alle kamen noch mit bis vor das Haus, sogar der Kater Peter, der uns täglich mit wahren Kunststückchen erfreut hatte, schien von uns Abschied nehmen zu wollen. Die Bäuerin gab uns noch ein Brot mit. Auch meine Eltern wurden mit Handschlag verabschiedet und als uns nochmals als letzter der Bauer die Hand reichte, gingen wir los und Anni und Papa sind vor dem Karren „gespannt" worden. Wir gingen nur einige Schritte, da machte Anni eine Hand auf und wir sahen einen 50 Markschein. Den hatte unser Bauer beim letzten Händedruck in Annis Hand gleiten lassen. Er war doch ein guter Kerl.

Ich möchte an dieser Stelle gleich sagen, dass ich mit meinem Mann nach knapp 30 Jahren diese Familie aufgesucht habe und wir wurden freudigst empfangen. Die Bäuerin, nun schon alt, hatte sich sehr gewandelt und verändert. Sie war so nett, so redselig, so mitleidend als ich von der Zeit nach unserer Abreise erzählte. Der Bauer und das stimmte mich traurig, sah uns wohl, sprach aber fast nichts und ging wieder bald hinaus in den Hof. Er hatte starke Demenz und konnte keinen klaren Gedanken mehr fassen. Den Hof hatte der mittlere Sohn übernommen. Neue Gesichter waren da und auch Kinder. Wir mussten erst essen und erzählen, erzählen und erzählen. Der freche Sohn, so erfuhren wir, war in einem anderen Dorf verheiratet, hatte 6 Kinder und eine schlechte Ehe. Er selbst war Alkoholiker. Ich dachte mir damals schon, dass aus so einem brutalen Menschen nichts Gutes werden kann. Nun besuchten wir auch Cilli und Familie und die jüngste der Mädchen mit Familie. Die Freude war bei uns allen bzgl. des unerwarteten Wiedersehens auf beiden Seiten sehr groß. Das Mädchen, das mit mir fast gleichaltrig war, ging ins Kloster. So wurde es uns gesagt und der Jüngste, der „Harbidl" (Herbert), war in irgendeinem anderen Ort. Dieser Herbert hat ja sowieso keine Erinnerung an uns oder besser gesagt an mich gehabt. Er war damals erst zwei Jahre alt gewesen. Es war Ostersamstag und überall bekamen mein Mann und ich die guten Leckereien dieser Region zum kosten. Wir fuhren noch einmal zu unseren Bauersleuten. Ich war einfach überrascht, wie ich diese damals strenge und barsche Bäuerin vorfand. Es ist ein totaler Wandel in ihr vorgegangen. Sie bat mich, mit ihr in Kontakt zu bleiben und ich empfand es schon jetzt als besondere Ehre. Sie bat mich, wenn sie sterben würde, dass ich sie zum Grab begleiten möge. Sie küsste und drückte mich beim Abschied und sagte nur, dass es damals eine schwere Zeit für sie war. Mein Mann und ich waren überwältigt. Ich, sowie meine Schwester Anni, sind ehrlich und aufrichtig von diesem Hof gegangen. Nie hätte ich mich sonst getraut, dort einmal wieder zurückzukehren. Alles war also in Ordnung und mein Bedürfnis war gestillt, die Menschen wieder zu sehen, die uns damals eine

Bleibe gegeben haben. Wir fuhren an der Waldecke vorbei, d. h. wir beide hielten mit unserem Auto an, wo damals die zwei Gefangenen erschossen und verscharrt wurden. Die kleine Baumschonung war verändert, so nach 30 Jahren... Es waren richtig hohe Tannen geworden. Aber diese eine Stelle kannte ich genau und zum Andenken nahm ich einige große Tannenzapfen mit, wovon ich Anni später auch zwei übergab. Mit ganz gemischten Gefühlen fuhren und gingen wir durch diese Landschaft, die so viele Erinnerungen barg. Schön war es trotzdem!

Und schön war es, dass ich es jetzt dankbar in Erinnerung behalten werde. Durch die Bäuerin erfuhren wir auch, dass sich der polnische Knecht Andreas mit einem Brief gemeldet hatte. Er zürne ihnen keinesfalls. Mit dieser Familie in dem „Drei Gehöfte Ort" und den anderen hielt ich längere Zeit danach noch Briefkontakt und Fotos wurden ausgetauscht. Schließlich brach der Kontakt wieder ab. Ich bekam von keinem mehr Post. Die alten Leute sind nun längst tot und ich fange nicht noch einmal an, Kontakt zu suchen. Keiner schrieb oder teilte uns einen etwaigen Sterbefall mit. Nun lasse ich es gut sein und etwas alt bin ich nun auch mit meinem Dreivierteljahrhundert.

Als wir damals die ersten Kilometer mit dem Handwagen auf der Landstraße waren, merkte ich ganz massiv, wie mir der Rücken weh tat. In den letzten Tagen vor unserem Weggehen, alberten wir Mädchen auf dem Heuboden herum. Etwas Heu musste durch eine kleine Luke in die untere Etage geworfen werden. Das Vieh brauchte es und Cilli und Anni warfen es herunter. Cilli muss sich selbst schon öfter durch die Luke geschleust haben. Etwa drei Meter hoch oder auch mehr, war der Abstand zum Boden. Cilli steckte erst beide Beine durch und ließ den Körper nachgleiten. Sie kannte die Höhe genau und kam lachend auf ihren Füßen unten an. So ging es ein paar Mal, auch die jüngeren Mädels ließen sich durch die Luke fallen. Ich meine, Anni hätte dazu auch keine Lust gehabt, genauso wenig wie ich. Ich war ja sowieso immer noch der Angsthase. Ich schaute den Mädchen nach und ließ mal kurz meine Beine runterbaumeln, aber springen? Plötzlich tauchte der Freche auf und mir schwante nichts Gutes und wollte die Stiege nach unten gehen. Der Kerl aber war ziemlich stark, schnappte mich und drückte mich durch das Loch. Ich landete genau auf dem Rücken und auf den harten Dielen. Ich war wie besinnungslos und meine Luft blieb mir weg. Ich weiß noch, dass ich mich etwas zur Seite drehte und schon sprang der Freche nach. Ja, er wäre ja direkt auf meinen Bauch gesprungen. Er lachte nur laut und dachte, ich markiere nur. Nein, ich konnte nicht allein aufstehen. Anni half mir und brachte mich ins Bett. Ich hatte große Schmerzen an der Wirbelsäule. In den nächsten Tagen verrichtete ich meine Arbeit nur mit Schmerzen. Dann ließen sie endlich nach. Eigentlich hätte ich zum Arzt gehen müssen, aber in dieser verworrenen Zeit... Nun, da ich mich laufend und einen Wagen schiebend auf der Landstraße befand, spürte ich wieder meinen Rücken. Ich biss die Zähne zusammen und weiter ging es. Noch waren wir guten Mutes, dass vielleicht in einer größeren Stadt recht bald eine Wohnung und somit eine Dauerbleibe zu finden sein würde. Von allen Ecken schienen nun immer mehr Flüchtlinge aus dem Ostgebieten zu kommen, mit hochbeladenen Kinderwagen oder Karren oder Handwagen. Die meisten Menschen haben in der Tschechoslowakei die letzten Wochen verbringen müssen und sie waren heilfroh, dass sie hier in Deutschland ihre Füße auf den Boden setzen konnten. Nach ein paar Kilometern mussten wir erst einmal rasten. Heinzel war gut gelaunt und freute sich an kleinen Dingen und wir alle wollten ihn auch weiter so bei guter Laune halten. Er war ein kleines Kind, das nicht um den Ernst des Lebens wusste. Er gab uns Mut, so könnte man es sagen. Bisher waren wir mehr oder weniger geleitet worden, nun aber waren wir ganz auf uns alleine gestellt. Wo und nach welchen Kilometern wir die erste Nacht verbracht haben, kann ich nicht mehr sagen. Jedenfalls wurde in der Region, in der wir uns befanden, nicht mehr gekämpft. Der Krieg war hier schon zu Ende, das war doch wichtig! Ich weiß nur, dass meist mehrere Menschen mit uns in einer Scheune in irgendeinem Dorf ihre müden Körper zur Ruhe gelegt hatten. Jeden Tag dasselbe! Wir steuerten die Stadt Bayreuth an und verließen sie fast fluchtartig wieder, weil dort die Gebäude ganz kaputt waren. Lebensmittelmarken und etwas Geld nahm Papa in Empfang und wir zogen weiter. Hier war mit einer Wohnung also gar nichts zu machen. Ach, wie gerne würden wir in unserer Heimat zurückgehen. Dort war aber alles russisch besetzt. Aber vielleicht klappt es ja bald woanders mit einer Dauerbleibe. Weiter schoben wir unseren Handwagen. Mein Rücken tat weh. Wir machten öfter mal Rast und wenn der Abend nahte, sehnte ich mich nach einem Bett. Darauf hatte ich aber noch lange zu warten. Wir waren ohne Heimat und auf der Straße, so wie die vielen anderen Menschen auch, die ebenfalls auf der Suche nach einem neuen Zuhause waren. Als der Krieg nun endgültig zu Ende war und eben unser feiner (Ver)Führer Hitler sich umbrachte, fing für uns Deutsche eine neue Ära an. So schlimm alles für uns war, so schön war es, keine Angst mehr haben zu müssen, dass Bomben und Granaten auf uns hernieder fielen. Dieses Gefühl, dass der Krieg aus ist, war unglaublich gut. Wenn wir jetzt noch unser Zuhause in Oppeln hätten...

Das aber mussten wir uns endgültig aus dem Kopf schlagen. Es war eben leichter gesagt als getan. Ich dachte an so einige Dinge, die ich daheim lieb gewonnen hatte, die mein Eigentum waren und die ich es nun endgültig verloren hatte. Wird jemand meine Kleider tragen oder sollte unser Haus überhaupt noch stehen? Manchmal, bei einer Verschnaufpause auf der Landstraße, hätten Mama und Papa so einiges brauchen können, was sie zurücklassen mussten. Auch die vielen Fotos, die Papa und Fred gemacht hatten, wo blieben sie? Ein paar davon hatte er in seiner Brieftasche. Die war damals schon ziemlich abgeschabt, aber beinhaltete einige wichtige Papiere und auch Fotos. Diese Brieftasche befindet sich heute in meinem Besitz und ich hüte sie wie meinen Augapfel. Den ganz alten Wehrpass von ihm und einiges mehr, besitze ich auch. Es ist ein Stück von meinem Vater. So auch einige Schriftlichkeiten von Mama. Ich sauge jedes geschriebene Wort in mich auf und stelle mir die jeweilige Verfassung von ihr vor, in der sie sich befand, als sie dieses oder jenes niederschrieb. Diese Dinge scheinen in meiner Hand zu leben und ich wünsche mir öfters, ich könnte noch einmal ein paar Worte mit meinen Eltern wechseln. Damals, zum Beispiel 1945, haben wir gerne miteinander gesprochen und natürlich die Jahre danach auch. Auf der Landstraße, da hieß es laufen, laufen, laufen. Anfangs schafften wir vielleicht so 15 Kilometer täglich. Die Straße war zu dieser Zeit auch ziemlich stark befahren. Nicht von Deutschen, nein, von Amerikanern. Ab und zu warf ein Soldat ein paar Kaugummis zu uns rüber oder wir fanden am Straßenrand ein Beutelchen mit Kaffee oder auch mal Milchpulver. Ach, wir freuten uns über alles. Einmal musste ich austreten und Anni ging mit mir in die Büsche. Einer von uns fand da eine kleine Dose. Ich meine es wäre Corned Beef oder Erdnusscreme darin gewesen. Papa war ein Skeptiker und machte vorsichtig die Dose auf. Wir konnten nicht lesen, was auf dem Deckel stand. Erst riechen, dann vorsichtig kosten und dann – natürlich, es schmeckte. Oft warfen die Amis gerade eben angezündete Zigaretten raus. Sie amüsierten sich, wenn die Bevölkerung sich darauf stürzte. Ich weiß noch, dass Papa einen langen brennenden Glimmstängel, der genau vor seinen Füßen landete, sofort zertrat. Da konnte man den Ami schimpfen hören und auch Mama meinte, das hätte er nicht tun sollen, zumal sie selbst Raucherin ist und diese Zigarette gern gehabt hätte. Wir mussten mit unserem Handwagen ganz nahe am äußersten Rand der Straße gehen, wenn wir nicht von einem Gefährt erfasst werden wollten. Zudem gab es viele andere Flüchtlinge auf der Straße. Unser Muskelkater vom ungewohnt vielen gehen, ließ langsam nach. Es wurde allmählich wärmer und manchmal schon richtig heiß. Ab und zu zogen wir unsere Schuhe aus, um Sohlen zu sparen. Ich denke, dass keiner von uns Ersatzschuhe hatte. Das barfuss gehen war total ungewohnt und manchmal tat es auch ganz schön weh. Wenn wir auf einer, nahe an der Straße gelegenen Wiese, Rast machten, hoben wir Heinz, der in der Zwischenzeit schon vier Jahre alt geworden war, vom Wagen und der Kleine spurtete los. Das war ganz natürlich, denn so ein Kind musste sich mal müde laufen und Bewegung haben. Wir beide, Anni und ich, spielten Fangen oder Verstecken mit ihm, auch wenn es uns nicht danach war. Wir konnten nicht alles Mama überlassen. Wir waren froh, dass es ihr so einigermaßen gut ging. Als wir in der Nähe einmal einen großen Teich entdeckten, gelüstete es uns nach einem Bad. Einen Badeanzug hatten wir nicht, aber Schlüpfer und Büstenhalter genügten. Es waren noch mehrere Menschen vorort, die dort badeten. Wir hatten ein größeres Tuch dabei und legten uns zunächst erst einmal darauf und inspizierten die Gegend. Die anderen rasteten gleich an der Straße und waren aus unserem Blickfeld. Anni panschte schon etwas im Wasser und riet mir auch hineinzugehen, als plötzlich ein Laster mit Amerikaner ankam. Es waren meist Schwarze die vom Wagen herunter sprangen und sich vollkommen entkleideten. Ich lag auf dem Bauch auf der kleinen Decke und ich sah zum ersten Mal in meinem Leben nackte Männer, die im Eiltempo an mir vorbeisausten, um sich mit Schwimmen zu vergnügen. Ich sah nackte Männer und Anni war sofort aus dem Wasser zu mir gekommen. Ich war starr vor Schreck! Das Baden war mir vergangen und wir beide rafften unsere Klamotten zusammen und gingen eiligst wieder zur Straße. „Die haben euch ja nichts getan", tröstete uns unsere Mutter. Wir wollten aber nicht mehr dahin zurück und schoben mit der Karre schließlich weiter. Harmlos, alles! Aber für mich ein einschneidendes Erlebnis. Noch nicht einmal auf einem Foto hatte ich einen nackten Mann gesehen und jetzt in Natura... Ich war natürlich mit knapp 14 Jahren der reinste Unschuldsengel.

In der nächsten Stadt und nun auch in allen Dörfern Bayerns, versuchten wir eine Wohnung zu bekommen, aber nichts. Die Tage wurden länger und die Hitze immer größer. Wir waren nun schon etliche Wochen unterwegs und hatten viel harte Schlaflager hinter uns. Trotzdem waren wir froh, wenn uns ein Bauer überhaupt in der Scheune oder im Stall schlafen ließ. Es gab freundliche Bauern, die auch mal Milch und Brot für uns hatten und es gab ganz garstige. Ich hatte vor den Hunden Angst, die nicht immer an der Kette lagen. Eines Mittags ist Papa mit mir mutig zu einem Bauerngehöft gegangen. Wir hatten das 1 Liter Töpfchen in der Hand und wollten etwas Milch erbetteln. Da kam ein großer schwarzer Hund auf uns zu und ich spüre noch seine Pfoten an meiner Brust. Ich glaube wir beide schrieen vor Schreck und schon erschien schon die Bäuerin, die den Hund zurückriss und uns wegscheuchte. Es war so traurig, dass wir nicht einmal etwas Milch für Heinz bekamen. Mit Anni versuchte ich es gleich noch einmal im nächsten Ort, aber uns schlug man nur die Tür vor der Nase zu. Mir kamen die Tränen. Ich fühlte mich so armselig! Ich gehe nie wieder in ein Haus, dachte ich mir und ich erinnerte mich an die bettelnden Polinnen in Oppeln, die nie leer aus unserer Wohnung gegangen sind. Nun waren wir Bettler, ja wir bettelten die Leute um etwas Trink- oder Essbares an. Am Abend waren wir gezwungen, bei einem Bauern zu übernachten. Der jeweilige Bürgermeister des Ortes musste uns einen Bauern zuteilen. Dieser Bauer musste uns aufnehmen und wie ich schon mal erwähnte, waren wir manchmal mit mehr als zehn Personen in einer Scheune. Es wurde jetzt schon Heu gemacht und da kann man sich vorstellen, dass es den Bauersleuten nicht passte, wenn das frische Heu zusammengetreten wurde. Verstehen kann ich heute die Bauern schon, aber damals? Manchmal haben wir uns ziemlich weit oben im Heuschober eine Schlafstelle zurechtgemacht und am Morgen fanden wir uns unten wieder. Wir rutschten, ohne dass wir es merkten, so langsam ab. Schlecht war es, wenn wir in der Nacht mal mussten. Bis wir dann wieder in der Dunkelheit unseren Platz fanden...

Sobald es hell wurde, machten wir uns wieder auf die Straße. Warum fanden wir keine Wohnung? Immer waren es verneinende Worte in Sachen Wohnung und dann waren wir fünf Personen, da waren wohl vier Personen davon sowieso zuviel! Mama hielt sich öfter mal den Bauch. Er tat ihr noch von der Operation im Dezember weh. Die Schulter schmerzte ihr auch noch. Nur mit einer Hand konnte sie den Handwagen ziehen oder schieben helfen. Unsere Füße waren dreckig und bei jeder Gelegenheit steckten wir sie ins fließende Wasser, etwa in einem Bach. Auch Wäsche wurde im Bach mit etwas Seife ausgekatschert (kurz ausgewaschen). Viel Bekleidung hatten wir nicht. Ach, was waren wir so arm dran. Wie wird es weitergehen mit uns? Nun schafften wir schon mehr Kilometer am Tag.

20 – 25 Kilometer waren es und sehr oft auch einmal 30 Kilometer. Da musste das Wetter aber auch mitspielen. Wenn es zu heiß war oder wenn es zu viel regnete, verringerte sich unsere gelaufenen Kilometerzahlen. Wir liefen und wussten gar nicht wohin. Aber wir konnten ja nirgends bleiben, also mussten wir weiter, immer weiter. In der Gegend von Bamberg schien alles auch streng katholisch zu sein. Ich erinnere mich, dass die ersten Kirschen reif waren und wir sahen einen Baum, der über einer Mauer bis auf die Straße hing und voller reifer Kirschen war. Heinz bettelte darum und auch wir hatten eine „Erfrischung" nötig. Also pflückten wir in den Becher ein paar der süßen Kirschen und hatten natürlich auch schon einige im Mund verschwinden lassen, als plötzlich eine Nonne über die Brüstung schaute, uns sah und fürchterlich zu schimpfen anfing. Wir würden stehlen und sollten sehen, dass wir weiterkommen. Meine Mutter bat um Verständnis wegen Heinz, aber die Nonne erzürnte das scheinbar noch mehr und sie sagte: „Bedankt euch bei eurem Hitler, dass ihr auf der Straße seit und macht euch weg!" So, da hatten wir es! Heinz hatte wenigstens ein paar Kirschen im Töpfchen und freute sich. Wir aber waren sehr enttäuscht und wieder war es eine Nonne, die ich als 10-jährige auch schon als sehr streng und unnachgiebig, ja ausgesprochen hässlichen Charakters fand. Wir trotteten weiter bis der Abend nahte und uns jemand gnädig wieder im Heu schlafen ließ. Was war das für ein Leben? Wir wollten leben und hofften nur, dass unsere drei Vermissten, Fred, Ossi und Erika auch noch lebten. Wir haben keinen Krieg mehr und wir hätten uns täglich freuen müssen – aber unter diesen Umständen? Auf der Landstraße begegneten uns immer öfter aus der Kriegsgefangenschaft entlassene deutsche Soldaten. Unser Wunsch war es, einer davon müsste Fred oder Ossi sein. Als wir einmal in einer Schule irgendwo übernachten durften und mehr und mehr ehemalige Soldaten den Raum belagerten, sahen wir durch die Fensterscheibe einen Soldaten von hinten. Er stand mit dem Rücken zu uns, als Mama plötzlich rief: „Der Ossi!" Wir sahen tatsächlich den Kopf dieses Mannes, der das gleiche leicht rötliche Haar in Wellen trug und zudem noch genau so eine kleine Narbe im Nacken wie unser Ossi hatte. Da gab es für uns kein Halten mehr. Raus aus dem Gebäude und hin zu dem Mann. Es war ein fremder, wenn auch nicht unsympathischer Mensch, aber es war nicht unser Ossi. Langsam verringerte sich unser Herzschlag wieder. Wir waren so sicher, dass es Ossi war. Man sah Mama die Enttäuschung deutlich an. Am nächsten Tag ging es wie üblich weiter. Ein heißer Tag wurde es. Wir hatten einen strengen Winter hinter uns und nun diese Hitze. Wir befanden uns noch in der Region Bamberg. Wir machten wie immer Mittagspause

irgendwo an passender Stelle. In der prallen Sonne zu laufen, das taten wir uns nicht an. Wenn mehrere Menschen, die wie wir unterwegs waren, dicht neben uns liefen, hielten wir natürlich nicht an. Wir wollten alleine verschnaufen. Wir fanden einen geeigneten Platz und in der Nähe war ein kleiner Fluss, die Rednitz. Wir Mädels hatten Lust baden zu gehen. Kein Mensch war in der Nähe, also ideal. Heutzutage würde man nackt baden, aber damals zogen wir uns nur bis auf das Höschen und den BH aus. Wir versprachen bald wieder zurück zu sein. Ach ja, Heinzel haben wir zuerst mit zum Fluss genommen und wir spritzten ihn nass. Er hatte großen Spaß daran. Danach gingen wir beide alleine zum Wasser und konnten so richtig schön schwimmen. Ganz in der Nähe hielt wieder mal ein Ami-Wagen und viele Soldaten stiegen aus und entblößten sich. Diesmal hatte aber jeder eine Badehose an und schon stürzten sie sich in den Fluss. Wir schwammen etwas weiter weg, weil wir merkten, dass einige Amerikaner uns folgten. Schnell schwammen wir an Land und liefen zu Mama, Papa und zu Heinz. Wir zogen uns an. Eigentlich hatten wir noch Zeit, um weiterzulaufen aber nun merkten wir, dass irgendwelche Rettungswagen eintrafen und ein kleiner Tumult entstand. Neugierig gingen Anni und ich zum Fluss. Es schien unter den Soldaten eine gewisse Aufregung zu sein. Wir gesellten uns zu den Soldaten, bei denen auch deutsche Rettungshelfer waren und bekamen mit, dass ein Schwarzer ertrunken sei. Er wäre in das Wasser gesprungen, ohne sich abzukühlen, um zwei Mädchen, die im Wasser waren, nachzuschwimmen. Diese zwei Mädchen – das waren wir. Wir schauten uns an und sagten kein Wort. Mit Booten fuhren die Helfer den Fluss hin und her und stocherten mit langen Stangen im Wasser herum und wurden fündig. Sie zogen einen schwarzen leblosen Körper aus dem Wasser. Zuvor sahen wir noch, wie einer seine Halskette abnahm und sie in einem Gebet dem Wasser übergab. Es sei sein bester Freund gewesen, hieß es. Nun lag der Ertrunkene an Land und einer bemühte sich, ihn wiederzubeleben. Er drehte den leblosen Körper auf den Bauch und aus dem Mund des Verunglückten kam viel Erbrochenes. Mir wurde richtig schlecht. Der Körper aber blieb reglos und er wurde schließlich abtransportiert. Wir beide gingen zurück zu unseren Leuten. Wegen uns ist dieser Mann ertrunken, so dachten wir immer und immer wieder. Sind wir schuld an seinen Tod? Keiner gab uns eine Antwort und wir zogen von dieser Unglücksstelle weiter. An diesem Tag hatten wir eigenartige Gefühle in uns und wir waren froh, dass wir wieder einen Platz zum Schlafen hatten und etwas abschalten konnten. Ab und zu bekamen wir von dem Bürgermeister eines Ortes zusätzlich einen Schein für ein Essen, für fünf

Personen. Wir gaben es beim Bauern ab und der sagte uns die Zeit, in der wir uns im Haus einzufinden hatten. Natürlich gingen wir hin. Manchmal saßen noch die Familienmitglieder am Tisch, manchmal auch nahmen wir alleine Platz und bekamen die Reste von den Bauersleuten. Manche mögen es uns gerne gegeben haben, manche aber auch nur widerwillig. Wenn wir unseren Durst löschen konnten und noch etwas zum Essen bekamen, waren wir schon sehr froh. Jeden Tag laufen. Das hätten wir uns früher nie vorstellen können. Der Asphalt wurde heißer und weicher. Barfuss konnten wir an manchen Tagen nicht mehr gehen. Mein Rücken hatte sich längst an die neue Situation gewöhnt und er schmerzte auch nicht mehr so arg, auch wenn ich ihn immer noch spürte. Meine Eltern schienen auch sehr schlapp. Der einzige unter uns war Heinz, der zwar manchmal gelangweilt, aber sonst immer fröhlich schien. Mit kleinen Hölzchen oder Steinen beschäftigten wir ihn auf dem Wagen. Wenn wir andere Leute mit kleineren Kindern trafen, machte sich Heinz nichts aus ihnen. Er hatte wohl das Spielen mit anderen verlernt. Die vielen, vielen Ortschaften, die wir durchwanderten, mit vielen Erlebnissen, kann ich heute nach so langer Zeit wirklich nicht mehr wahrheitsgetreu wiedergeben. Ich hätte ein Tagebuch führen müssen. Aber die Herausragendsten will ich wiedergeben. Vieles lasse ich bewusst aus, denn es ist unglaublich und zu schlimm für mich oder zu beschämend, es hier und jetzt wiederzugeben.

Irgendwo unterwegs wurde ich 14 Jahre alt. Ich kann mich an diesen Tag nicht erinnern, weil es wohl ein Tag wie jeder andere war. Aber als wir an einem heißen Sommernachmittag Pause machten und Papa sagte, dass er mit Mama heute den Silberhochzeitstag begeht, da wurde uns ganz mulmig ums Herz. Silberhochzeit auf der Straße mit einem Kanten Brot in der Hand. Papa legte den Arm um Mama und sagte: „Meine Gustel", oder ähnliches. Sechs Kindern hatten sie das Leben geschenkt, drei davon hatten sie noch im Moment. Würden meine Eltern sie alle wieder haben? Wir befanden uns in Richtung Schweinfurt. Das war eigentlich eine gerade verlaufende Linie und im Grunde genommen war es sowieso egal, wo wir uns befanden. Die Städte sahen grauenhaft aus – alles zerbombt. Es war unmöglich eine feste Bleibe irgendwo zu bekommen. In einer Scheune, in der wir wieder mal übernachten durften, trafen wir auf eine Familie, die sich gerne mit uns unterhielt. Wenn ich mich recht besinne, waren es sieben Personen, dabei war ein Mann im besten Alter, so um die 25 Jahre. Zuerst dachten wir, er gehöre zu der jungen Frau mit Kind. Er gehörte ja dazu, aber er hatte diese junge Frau erst vor kurzem auf der Straße kennen gelernt. Es war ein Typ, den unscrc Familie nicht mochte, weil er so dreist schien. Die ältere Frau und noch ein erwachsener Sohn, der aber behindert war, mochten wir ebenfalls nicht besonders. Die beiden Mädchen gingen so einigermaßen. Diese Familie hängte sich buchstäblich an unsere Fersen. Schon nach der ersten Nacht in der Scheune drehte der Fremde einem Huhn den Hals herum. Das Huhn flatterte ohne Kopf ihm aus den Händen und da bekam er Panik. Er jagte dem Huhn nach und kurz darauf erschien der Bauer, weil er das gackern der anderen Hühner hörte. Wir mussten alle ahnungslos tun. Später auf der Straße wurde das Huhn von der älteren Frau gerupft und als wir Rast machten, wurden Steine zu einer Kochstelle herbeigetragen und das Huhn in einem Topf gekocht. Im nahe gelegenen Feld klauten wir ein paar Gemüsezutaten und 12 Personen wurden satt. Diese Familie hatte Gefallen an uns gefunden und ließ uns vorerst keinen Schritt alleine gehen. Der Fremde hatte immer große Sprüche auf Lager. Oftmals verkroch er sich schnell, wenn Amerikaner in der Nähe waren. Nach einiger Zeit wussten wir auch warum. Er hatte eine tätowierte Nummer am Unterarm – er war ein SS-Soldat gewesen und bisher vor einer Gefangenschaft geflohen. Die Menschen, die der SS angehörten, wurden gesondert bestraft, wenn sie gefangen genommen wurden. Wir hatten alle Angst. Wenn der doch abhauen würde, dachten wir. Aber der fühlte sich in einer Großfamilie viel sicherer als alleine und so blieb er auch. Die Familie hatte ein Ziel, nämlich die Stadt Wuppertal. In dieser Stadt hätten sie eine bekannte Nonne und sie waren sicher, dass auch wir dort eine Unterkunft bekämen. In Schweinfurt stellten wir uns erst einmal am damaligen „Wirtschaftsamt" an, um Bezugscheine für Schuhe zu bekommen. Stundenlanges stehen! Endlich ein Bezugschein in Händen und das für nur zwei Paar leichte Sommerschuhe. Wir holten uns natürlich die Sommerschuhe. Das war nichts anderes als Latschen mit Holzsohlen. Anni und ich bekamen sie. Mama lief in ihren heruntergetretenen Winterschuhen weiter. Papas Schuhe sahen auch schon recht schlecht aus. Ja, daheim hätten sie auf dem Dreifuss besohlt werden können. Hier hatten wir nicht einmal eine Zange um eventuell einen Nagel aus der Sohle ziehen zu können. Wie immer waren wir an diesem Tage auch durstig und hungrig. Wir zwei Familien kamen in einer großen Scheune zum Schlafen unter. Es war Sonnabend und wir hatten die Genehmigung auch noch Sonntag zu bleiben. Na, Gott sei Dank, wieder einmal eine längere Pause. Die Bauersleute waren sehr freundlich und erlaubten Mama mit der geschenkten Milch für unseren Kleinen in der Küche einen Milchbrei zu kochen. Das außenliegende Klosett durften wir auch benutzen. Als wir am

Abend unsere Schlafstatt zurechtmachten, aber noch nicht müde genug waren um uns hinzulegen, inspizierten wir die Scheune und entdeckten schließlich in einem großen Bottich, in dem da etwas darin schäumte und säuerlich roch. Natürlich, das war ein nicht ausgegorener Wein. Die beiden jungen Männer schöpften als erste aus dem Bottich. „Prima" sagten sie und da kosteten wir natürlich auch. Ja, wir tranken sogar mehr davon. Uns wurde ganz duselig im Kopf. Wir hatten also ein alkoholisches Getränk zu uns genommen und kaum hatten wir uns zum Schlafen hingelegt, ging die Lauferei los. Alle hatten Durchfall, außer Papa. Dem schmeckte das Zeug nicht. Am nächsten Morgen lachte die Bäuerin. Geschimpft hatte sie nicht, sondern sie schien sich zu amüsieren. Mama bekam wieder Milch und die andere Frau für ihren Jungen auch. Solche Menschen müssten überall sein, wünschten wir uns. Hinter dem Haus war ein Teich, der in einem Fluss mündete. Ein kleines Boot, das am Ufer befestigt war, machten Anni und ich kurzerhand los und paddelten davon. Da wir vom Paddeln keine Ahnung hatten, waren wir froh die Stelle wieder erreicht zu haben von der wir weggeschippert waren. Einige Dorfjugendliche kamen dazu und ab ging es mit dem Boot. Gut, dass wir an diesem Ort waren. Gegen Abend wusch Mama wieder ein paar Wäschestücke im Teich aus und sie trockneten alle schnell an der warmen Luft. Fast jeden Tag wurde über Mittag auf zusammengestellten Steinen, gleich neben einer Landstraße, gekocht. Meistens wurde gestohlenes Frühkraut oder ähnliches gekocht. Ja, wenn man Hunger hat...

Fast jeder Tag war mit ähnlichem Verlauf. Viele Kilometer laufen und am Abend sehen, dass wir alle eine Schlafstätte bekamen. Die Jugendlichen in den Dörfern lachten und liefen uns nach. Für sie waren wir so etwas wie Zigeuner, also fahrendes Volk. Da hatten sie wohl nicht so ganz Unrecht – wir waren ja nicht ansässig. Gut, dass wir wenigstens noch Deutsche sein durften, dachten wir verbittert. Uns sehen, schnell abfertigen und wegschicken, das war eins. Wir trotteten wie müde Ackergäule vor dem Karren. Die Großfamilie war immer noch bei uns und irgendwie hatten wir durch sie einen Funken Hoffnung, dass es in Wuppertal klappen könnte mit einer festen Bleibe. Aber bis dahin hatten wir noch viele Kilometer zu laufen. Papa schaute öfters auf die schon ziemlich verschlissene Landkarte, so als ob wir dadurch schneller hinkämen. Es gab tatsächlich große und kleine Erlebnisse, die ich hier nicht aufzählen kann und teilweise auch nicht will. Ich, das Sensibelchen, hatte besonders mit allen Miseren zu kämpfen. Ich fand alles so schlecht, so aussichtslos und fühlte mich trotz meiner

Familie so verloren. Nicht mal in den kleinen Handspiegel, den Mama mitgenommen hatte, schaute ich hinein. Ich fand mich immer schon alles andere als hübsch und jetzt? Alles an mir fand ich verloddert. Die Haare waren glatt herunterhängend und ab und zu schnitt Mama ein Stück ab. Sie schnitt auch Papa und Heinz die Haare. Bei Anni tat sie gewiss das gleiche, aber ich kann mich nicht mehr erinnern. Ich fand Annis Haare immer schön, zumal diese etwas lockig waren. Natürlich hatte sie, wenn wir irgendwo Gelegenheit zum Haare waschen hatten, sich ein paar von den selbst geschnitzten Lockenwicklern ins Haar gedreht. Schließlich waren wir kultivierte Menschen und auch Mama legte sich immer wieder eine Welle seitlich in die Stirn, das machte sie schon seit Jahr und Tag. Papa holte ab und zu aus der kleinen abgeschabten Aktenledertasche seinen Rasierer. Es fehlten aber neue Klingen und die er gebraucht hatte, waren total stumpf. Sie taugten nichts mehr, so oft er sie auch an seinem Ledergürtel zu schärfen versuchte. In irgendeiner Stadt bekam er schließlich neue. Frisch rasiert sah er gleich jünger aus. Schmal waren wir alle, beinahe ausgemergelt.

Wenn er sich einen Bart wachsen ließe, na ich weiß nicht... Ich weiß noch, dass wir einmal in einem Gelände rasteten, das voller Himbeersträucher war. Da gab es nichts anderes als einen Tüppel (kleiner Topf) nehmen und Himbeeren pflücken. Die meisten aßen wir erst einmal selbst und dann wurde eifrig ins Töpfchen gepflückt. Heinz rannte auf der kleinen Wiese umher und wir gaben ihm immer eine Hand voll Beeren. Zufällig drehten wir eine Beere um und die war mit einem dicken Wurm bestückt. Dann drehten wir noch mehrere herum und alle, alle waren verwurmt. Das ekelte uns so sehr, dass wir die vielen gepflückten Himbeeren im hohen Bogen in den kleinen Bach warfen, mitsamt dem Tüppel. Schon aber sprangen wir hinterher, um den Tüppel zu retten. Pfui Teufel, wir hatten Würmer gegessen! Ja, an diese Situation kann ich mich erinnern. Wir waren eben immer auf der Suche nach etwas Essbarem. Mit unseren Lebensmittelmarken und etwas Reichsmark, die unsere Eltern von den Bürgermeistereien holten, kauften wir uns Lebensmittel wie Brot, Butter und auch manchmal Wurst. Apropos Butter. Da wir Frauen uns nicht so oft wie wir es ansonsten gewöhnt waren, unsere Schlüpfer wechseln konnten, wurde ich ziemlich wund. Es tat mir beim Laufen weh und ich fühlte mich echt unwohl. Da gab mir Mama ein Stück Butter und ich bestrich damit die wunden Stellen. Eine Salbe hatten wir nicht. Aber was soll ich sagen, es tat mir gut und es heilte. Wenn Mamas Rücken sehr wehtat, legte sie sich auf den Boden und einer von uns knetete ihr den Rücken durch bis es so einen Knacks gab. Sie war gleich erleichtert und schmerzfrei. Irgendetwas hängte sich bei Mama im Rücken aus. Wir konnten absolut nicht zimperlich sein – das Leben im Moment war hart. Heinzel trug in der heißen Sonne ein geknotetes Taschentuch auf dem Kopf. Wir alle waren zwar braun gebrannt, sahen dadurch aber älter und schmutziger aus. Immer wieder wurden wir sehr mutlos, da wir keine Bleibe fanden und trotzdem musste es irgendwie weitergehen. Wir liefen also weiter und weiter. Da wir mit der Familie die sich uns angehängt hatte, insgesamt zwölf Personen waren, war einiges schwerer. Am Abend in einem Dorf fanden wir für so viele Personen schlechter einen Schlafplatz. Meist wurden wir aufgeteilt. Der jungen Frau mit ihrem kleinen Kind war das sehr recht, da der eine junge Mann doch ihr Liebhaber war. Auch ich in meinem zarten Alter merkte, dass die beiden tagsüber sich öfter einmal absonderten. Natürlich, die Jugend forderte ihr Recht. Jedenfalls kam es mir zu dieser Zeit recht komisch vor, weil wir anderen ja auch alle zusammen saßen, wenn wir rasteten. Na ja! Schlimm war es, wenn uns ein starker Regen oder uns ein Gewitter erwischte. Im Freien ist ein Gewitter noch viel schlimmer. Natürlich suchten wir stets ein überhängendes Dach, aber manchmal kamen wir zu spät unter einen Schutz und wir wurden triefend nass. Nie zuvor waren wir vom Wetter so abhängig wie zu dieser Zeit im Jahre 1945. Der Sommer war heiß, wie ich schon erwähnte und wir sahen rundherum alles grünen und blühen, aber richtig freuen konnten wir uns nicht. Die Straßen schienen immer voller zu werden und in den Städten sahen wir die Mädchen und Frauen Arm in Arm mit amerikanischen Soldaten gehen. Wie hat sich das Bild doch geändert, vorher waren es die deutschen Soldaten. Natürlich, vielen konnte man es nicht verdenken, denn sie hatten von den Amerikanern große Vorteile in Sachen Ernährung. Natürlich blieb auch die Zweisamkeit nicht immer ohne Folgen. Es gab wieder mehr Kinder, auch Schwarze, denn die Frauen hatten in der Liebe keinen Rassendünkel und das war ja zu verstehen. Ich selbst konnte damals vieles nicht oder noch nicht verstehen. Doch musste ich einiges miterleben, das ich nicht hier wiedergeben kann und ich niemanden bisher erzählen konnte. Ich denke, das gehört aber auch zu meiner Entwicklung als Frau. Ein Mensch darf auch Geheimnisse haben. Nie aber hat mich selbst einer unsittlich berührt – Gott sei Dank. Ich blieb, wie man so sagte, unschuldig bis ich meinen Mann kennen lernte und da bin ich bis heute sehr froh darüber. Eine wirre Zeit nach dem Krieg war das schon. In größeren Städten waren so genannte Volksküchen oder Speiseküchen für die Durchreisenden eingerichtet. Das nahmen wir gerne wahr. So ein Erbseneintopf mit etwas Fleisch darin, war doch was Feines. Als wir schließlich längst im „Hessischen" waren, in der Stadt Giessen, wollten wir mit der Bahn bis nach Wuppertal fahren. Noch brauchten wir kein Geld für eine Fahrkarte. Alles war ziemlich durcheinander. Wir mussten auch zusehen, dass wir einen Viehwaggon erwischten, denn zwei Handwagen waren zu verstauen. Giessen war auch sehr zerbombt, ebenfalls der Bahnhof. Einen Fahrplan konnte man total vergessen. Endlich hatten wir einen Waggon in einem ankommenden Zug, der uns alle mitsamt Wagen aufnahm und irgendwann fuhr der Zug auch dahin, wo wir hin wollten, nämlich nach Wuppertal/Elberfeld.

Als wir in Elberfeld ausstiegen, war es wieder ein Schock für uns und ich kann ja eigentlich nur von meinen Empfindungen schreiben. Wir gingen über die Bahngleise, davor wohl einmal das Bahnhofsgebäude gestanden haben muss und schauten und sahen nichts als Trümmer. Wirklich, kein einziges Haus stand noch da. Was nun? Ich sah, dass unter den Trümmerhaufen noch Kellerfenster waren und aus einem der Fenster quoll etwas Rauch aus einem Ofenrohr. Vielleicht war im Kellergewölbe eine Kochstelle mit nach außen integriertem Ofenrohr. Später sahen wir mehrere solcher Rohre. Der grobe Schutt wurde von den Straßen geräumt, wenn man das noch als Straßen bezeichnen konnte. Wir fuhren jedenfalls erst einmal ein Stück von den Gleisen mit unseren Handwagen weg. Endlich sahen wir jemanden, den wir nach dem Kloster fragten. Ja, das Kloster steht noch, sagte man uns und wir waren schon ein wenig erleichtert und Hoffnung kam auf. Es ging etwas bergan und wir mussten unsere Karren schwer schieben. Nun sah man auch noch einige Häuser, wohl alle stark beschädigt, aber man konnte sie noch als richtige Häuser erkennen. Wuppertal ist mir bis heute in eine der am schlimmsten von Bomben zerstörten Städte in Erinnerung. Noch ein Stück bergan und wir standen vor einem fast unzerstörten Klostergebäude. Unsere „bekannte" Familie, die dort wohl eine Nonne kannte, mit der sie einst in Verbindung standen, klingelte und klopfte an der großen Eingangstür. Nichts tat sich. Wir äugten um das Haus herum. Hinten war es beschädigt, aber es sah so aus, als wäre es doch noch bewohnt. Uns rutschte nun das Herz in die Hosentasche. Wir hatten voller Hoffnung die Strecke bis hierher geschafft und nun? Plötzlich ging die Tür auf. Eine Nonne fragte nach unserem Anliegen. Als sich die Frau mit ihrer Familie zu erkennen gab, huschte ein Lächeln über das Gesicht der Nonne und die Familie wurde eingelassen. Unsere Familie stand aber etwas abseits und wurde schließlich auch hereingebeten. Schon nach einem kurzen Gespräch wurde klar, dass wir keinesfalls da bleiben konnten und sie keine Bleibe für uns besorgen konnte. Wir konnten aber übernachten, die andere Familie mit sieben Personen im Haus und wir im gleich daneben stehenden Hochbunker, der nur äußerlich Einschüsse vorwies. In der Stadt Neiße in Oberschlesien nächtigten wir schon einmal in einem Hochbunker. Das waren ja stabile Betonklötze und die meisten davon waren relativ unbeschädigt. In Neiße hatten wir Drahtgestellbetten, hier aber mussten wir auf dem blanken Betonboden schlafen. Vor Kälte, die in dem Bunker herrschte, waren wir ganz steif und konnten kaum schlafen. Endlich am Morgen wurden wir zum Frühstück gerufen und konnten uns vorher warm waschen. Das tat uns allen sehr gut. Das Frühstück fiel für unsere damaligen Begriffe sehr üppig aus. Frisches Brot, Butter, Marmelade, Wurst und Kaffee, wenn auch Malzkaffe und Milch. Kurz vorher wurden die Lebensmittel von einem Mann zu den Nonnen gebracht. Wie viele Nonnen sich in diesem Haus befanden weiß ich nicht mehr. Diese eine Nonne befasste sich nur mit uns. Nachdem die andere Familie mit ihrer Nonne mehrere Gebete sprachen, wir aber uns abseits hielten, war der erneute Aufbruch in eine unbestimmte Zeit für uns gekommen. Also, für uns hatte auch hier niemand eine Bleibe!

Wir trotteten zum Bahnhofsgelände und warteten auf einen geeigneten Zug der angehängte Viehwaggons mit sich führte. Irgendwann hatten wir Glück und konnten bis zur Stadt Siegen mitfahren. Dort war für uns Endstation. Weiter ging es zu Fuß bis nach Dillenburg. In Dillenburg mussten wir zusehen, dass wir wieder zwei Nächte verbringen konnten. In einer Garage die für einen Laster vorgesehen war, konnten wir schlafen. Kalter Betonboden wiederum und keinerlei Einstreu natürlich. Montag früh um acht Uhr hatte die Garage wieder geräumt zu sein, so sagte es der Bürgermeister. Die Nächte waren sehr kalt und durch das undichte Tor zog es erbärmlich. Um Heinz packten wir alles Mögliche, damit er es wenigstens warm hatte. Ach, was waren wir froh, als die Nächte an diesem Ort vorüber waren. Wir hatten schon etwa Mitte bis Ende August. Wohl schien tagsüber noch schön die Sonne, aber die Nächte waren eben sehr kühl. Dillenburg war voll von amerikanischem Militär, auch die schöne „Dillenburg" hielten sie besetzt. Anni und ich gingen sonntags, nachdem wir uns in dem Fluss Lahn Gesicht und Hände gewaschen hatten, zu dieser Burg. Ein Stück konnten wir hinauf, dann aber kam einen Sperre. Aber von dieser Anhöhe blickten wir auf die Stadt und sie sah sehr schön aus. Dillenburg fanden wir nicht zu arg zerbombt. Am Fuße der Burg war eine Gaststätte, aber das Schild „Off Limits" sagte alles. Doch es kamen Frauen und Kinder heraus und berichteten, dass sie gut gegessen hätten. Wir beide also nichts wie rein. Tatsächlich aßen da mehrere Leute und standen auch noch an. Wir natürlich auch und das Pech holte uns wieder ein. Kein Essen mehr da! Die Frauen und ein Amerikaner verteilten die Mittagsreste der Amis unter der Bevölkerung. Wir ärgerten uns, dass wir nicht ein wenig früher da waren. Gut, dass wir am Samstag noch Brot und Butter gekauft hatten, so wurden wir trotzdem alle satt. Ein Feuer machen und Suppe kochen war nicht möglich, denn es wir waren fast in der Stadtmitte. Wir inspizierten halt noch etwas die Umgebung, obwohl einer von uns immer bei unserer wenigen Habe bleiben musste. Ja, hier in dieser Stadt würden wir uns auch wohl fühlen können, träumten wir. Aber der Montagmorgen nahte und wir zogen weiter. Wohin jetzt? Ich kann nicht mehr sagen, ob wir auf dem Hinweg nach Wuppertal erst über Aschaffenburg und Würzburg kamen oder jetzt erst in die Stadt Dillenburg. Dass wir durch diese Städte kamen, die auch eigentlich keine mehr waren, ist gewiss. Irgendwie befanden wir uns wieder in der Gegend von Giessen. In einer Dorfschule konnten wir übernachten. Viele andere Menschen waren schon da. Wir bezogen im Obergeschoss Quartier. Es war noch richtig hell draußen und Anni und ich sowie die Mädchen von einer anderen Familie, stromerten ein wenig durch den Ort und kamen schließlich an einem Kartoffelfeld vorbei. Hunger tut weh und darum bückte sich Anni schnell, riss ein paar Stauden aus und nahm die Kartoffeln an sich. Seitlich raffte sie den Rock zu einer „Tüte" zusammen und wir gingen schlechten Gewissens in Richtung Schule. Die fremden Mädchen rissen nach uns ebenfalls Stauden aus. Plötzlich der Ruf: „Halt - was macht ihr da?" Ein Polizist kam um die Ecke. Er sah sicher, dass wir Kartoffeln geklaut hatten und wir rannten weg und der Polizist uns hinterher. Anni ließ ihre Kartoffeln fallen, damit sie schneller weglaufen konnte. Wir waren prustend in der Schule angekommen und schon kam der Polizist zur Tür herein. Da mehrere Menschen in dem Saal waren, hatte er zum Glück Anni nicht erspäht. Er sagte zu uns allen in einem sehr strengen Ton, wenn er diese Person, die die Kartoffeln hat fallen lassen erwischt, wird sie sofort des Ortes verwiesen. Sie dürfe hier keine mehr Nacht bleiben. Er beschrieb den Rock und die Bluse die Anni an hatte und war sehr böse. Anni verkroch sich indessen ganz oben im Speicher. Wir wussten selbst nicht wo sie sich so schnell verkrochen hatte und Mama wurde dann alsbald fündig. Auch ich krabbelte hinauf und entdeckte dort so wunderschöne Dinge wie Perlenschnüre, bunte Tücher, schöne Kästchen, einige Töpfe und auch Spielzeug. So gerne wir etwas davon gehabt hätten, so sicher haben wir nichts davon mitgehen lassen. Das wäre Diebstahl gewesen, der nicht aus Hunger geschah. Mundraub, wie man so sagt, sei erlaubt, das traf aber in der Nachkriegszeit absolut nicht zu. Wir schliefen also in der Schule eine Nacht und weiter ging die Reise mit unbekanntem Ziel. Viele Kilometer liefen wir täglich. Ich meine, dass wir die Familie, die sich uns die angehängt hatte, zu diesem Zeitpunkt zum letzten Mal gesehen hatten. Die wollten, so glaube ich, noch einmal ein paar Nächte in dieser Schule bleiben. Uns war es sehr recht, zumal die beiden jungen Männer frech wie Oskar waren und wir fanden sie eigentlich richtig gemein. Wir selber waren fünf Personen und das genügte uns. Diese Familie hatte ja schon stets entschieden wohin wir gehen oder wann wir rasten oder wann und wo wir Lebensmittelkarten und etwas Geld bekamen. Das alles hing uns schon gewaltig zum Halse heraus. Papa und Mama konnten allein für uns entscheiden und sorgen – jawohl! Wir befanden uns jedenfalls in Hessen und durchquerten einige kleine und größere Städte. Ich erinnere mich, dass wir eines Tages etwas länger liefen, in der Hoffnung, dass wir im nächsten Dorf sicher eine Schlafstelle bekämen. Leider war dort überhaupt nichts zu machen und da es so spät war, das Wetter trocken und der Wald so nah, blieb uns nichts anderes übrig, als uns eine Schlafstatt im Wald zurechtzumachen. Oje, es war für mich richtig gruselig. Der Abend nahte sehr bald und auf zwei Decken streckten wir unsere müden Glieder aus. So müde wie ich war, so wenig konnte ich schlafen. Erstens drückten die kleinen Äste und sonstige Unebenheiten und zweitens knackte und raschelte es andauernd. Dann lief mir wieder mal ein Käfer oder eine Spinne über mein Gesicht oder am Hals entlang. Ach, ich war ganz verstört. Außerdem hatte ich auch noch vor freilaufenden Tieren Angst. Es wurde Morgen und wir machten uns am Waldrand fertig für den Tag. Tau auf der Wiese gab uns Feuchtigkeit zum Gesichtreinigen. Als wir wieder durch das Dorf gingen, wagten wir an einer Tür zu klopfen und um ein wenig Trinkwasser und Milch zu bitten. Tatsächlich machte uns eine junge Bäuerin auf und ließ uns sogar eintreten. „Setzt euch doch", sagte sie freundlich. Ich merkte mir diese Begebenheit bis heute deshalb, weil es der Morgen nach dieser schrecklichen Waldnacht war und weil wir das erste Mal so nett an den Tisch gebeten wurden. Ja, die junge und dann auch die ältere Bäuerin gaben uns Milch, Brot, Butter und Marmelade. Diese Marmelade war so vorzüglich, denn sie war selbst hergestellt und ganz etwas anderes als die Vierfruchtmarmelade auf Zuteilung. Natürlich durften wir uns in dem Küchenbecken waschen und sogar etwas Kleinwäsche auswaschen. So viel Güte – wir konnten es nicht fassen. Der jungen Frau tat es so leid, dass wir im Wald schlafen mussten.

Sie hätte uns einen Unterschlupf gewährt, wenn sie davon gewusst hätte. Wir nahmen uns nur zaghaft von allem Essbaren. Die Bäuerin merkte es und forderte uns auf, tüchtig zuzulangen und daraufhin taten wir es auch. Als wir uns verabschiedeten, rollten auf beiden Seiten die Tränen. Wir, die wir von so einer Gutmütigkeit überwältigt wurden und bei den beiden Frauen wegen ihres Mitgefühls. Schade, dass ich mir dieses Dorf und diesen Bauernhof nicht gemerkt habe. Ich hätte mich in späteren Jahren ganz sicherlich persönlich bedankt. Diesen Menschen sei alles Glück gegönnt, denn sie haben sie uns damals auch glücklich gemacht. Es ging eben immer auf und ab bei uns. Man konnte es den Bauern oft nicht verdenken, wenn sie abweisend und hart waren. Auch sie hatten zu viele schlechte Erfahrungen mit fremden Menschen gemacht. Es war nicht jeder ehrlich, was ich aber von uns sagen kann. Das Misstrauen war sehr groß und wer weiß, wie ich mich in dieser Zeit als Hausfrau oder Bäuerin verhalten hätte? Diese zwei Frauen gaben uns jedenfalls Mut, an noch etwas Gutes im Menschen zu glauben. Wir sind sicher damals wie beflügelt auf der Landstraße gegangen. Immer öfter machten wir tagsüber längere Pausen. Alle waren wir schon ziemlich ramponiert und Mama wurde immer schwächer. Sie war sehr tapfer und sehr fürsorglich. Sie hatte aber immer noch Wundschmerzen. Sie zeigte uns einmal ihre große Bauchnarbe. Oh Gott, die sah ja ganz rot und dick aus. Offen war sie nicht, aber das alles so wulstig wurde... Wenn meine Eltern so nebeneinander im Gras saßen, hätte man schon bei diesem Anblick heulen können. Wie sah es wohl drinnen bei den Beiden aus? In einer Stadt in Hessen hatten wir wieder einmal Glück. Wir konnten in einem Schulgebäude, das noch für eine kurze Zeit für den Unterricht tabu war, übernachten und das für mindestens eine Woche. Zudem gab es da auch Etagenbetten mit Strohsäcken. Wunderbar! Jeden Tag konnten wir uns gründlich waschen, ebenso auch etwas Kleinwäsche. Ausruhen können, das war doch etwas. Am dritten Tag unseres Aufenthaltes nahmen wir uns vor, nach unserer Erika zu forschen. Erika war als Kind zur Erholung auf einen Bauernhof geschickt worden. Der Ort lag im Württembergischen und hieß „Crailsheim". Wenn Erika lebt und Oberschlesien noch verlassen konnte, bevor die Russen einmarschierten und wenn sie denselben Gedanken hatte wie wir, nämlich sich an die Familie in Crailsheim zu wenden, dann müsste es doch klappen und wir könnten uns wieder finden. So waren unsere Gedanken. Es wurde beschlossen, dass zwei von uns nach Crailsheim fahren. Papa und Anni sollten auf Heinz aufpassen und Mama und ich wollten fahren. Wir packten etwas Essbares in eine kleine Tasche ein und gingen zum Bahnhof.

Natürlich war langes Warten angesagt. Es wurde schon fast Abend, als wir auf einen Waggon kletterten. Der ganze Zug war voll mit Kohlen beladen. Viele Menschen saßen schon obenauf. Es war ja ein Glück, dass dieser Zug in dieser Kleinstadt hielt und wir so mitfahren konnten. Schnell fuhr der lange Zug gerade nicht und es war absolut ein neues Gefühl hoch oben auf voll aufgeschütteten Kohlen zu sitzen. Der Fahrtwind zog uns um die Ohren. Gut, dass wir ein Kopftuch umgebunden hatten. Wir fuhren mit Unterbrechungen die ganze Nacht hindurch. Das es kalt werden würde, das hätten wir uns beide nicht so gedacht. Keiner von uns wollte etwa einschlafen, das wäre zu gefährlich gewesen. Hoch aufgeschüttete Kohlen der mittleren Größe und auf jedem Waggon einen Haufen Menschen sitzend. Das kann man sich heute gar nicht mehr vorstellen. Uns war aber jedes Fortbewegungsmittel recht, wollten wir doch hoffentlich etwas von Erika erfahren oder sie sogar treffen. Ach, wir wünschten uns das so sehr. Ich weiß noch, wie mich Mama in der Nacht plötzlich am Arm zog: „Gerdel, Gerdel", rief sie, „du bist schon ganz unten!" Tatsächlich war ich eingenickt und langsam bis an den Rand des Waggons abgerutscht. Wenn einer nachts vom Kohlenwaggon gefallen wäre, hätte niemand etwas machen können. Schreien half da gar nicht, denn der Lokführer hätte nichts gehört. Nun, Glück muss man haben. Langsam wurde es hell und ich war wie zerschlagen und fror jetzt noch mehr. In Nürnberg war Endstation und wir kletterten vom Waggon. Es war Sonntag und ein weiterfahrender Zug war nicht zu bekommen. Wir beide schauten uns an und mussten direkt lachen. Schwarz waren wir im Gesicht. Mit Spucke rieben wir uns provisorisch ab. Die Hände aber waren zu schwarz, da wir doch stundenlang direkten Kontakt mit den Kohlen hatten. Was machen wir nun? Am Seitenflügel des unvollständigen Bahnhofgebäudes sahen wir einen Wasserhahn und tatsächlich und oh Wunder, es lief Wasser heraus. Nun konnten wir uns etwas besser, wenn auch nur oberflächlich, säubern. Ganz wichtig war, dass wir eine Toilette fanden, denn wir hatten die ganze Nacht einhalten müssen. Ein Schild mit irgendeinem Hinweis zur Hilfe gab uns Mut nach dem Weiterkommen zu fragen. Es wurde in Zetteln geblättert und schließlich bekamen wir gesagt, dass ein Lastwagen morgen früh nach „Ansbach" fahren würde und wenn der Fahrer nicht zu streng ist, würde er uns schon bis dahin mitnehmen. Prima, dachten wir, wieder ein Stück näher an Crailsheim. Wir gingen also und machten aber gleich wieder kehrt. Mama fragte nach einer Möglichkeit zur Übernachtung. Es war ja erst Sonntagvormittag. Um uns herum sahen wir nur Trümmer. Wo sollte man denn hicr übernachten können. Unsere „Zurückgebliebenen" dachten sicher, das wir schon in Crailsheim angekommen sind. Wenn die wüssten...

Es war damals eben alles schwierig. Trotz der vielen kaputten Gebäude – Nürnberg sah verheerend aus – bekamen wir einen Hinweis zu einem Haus, in dem wir nächtigen konnten. Zu essen gäbe es nichts und deshalb aßen wir die Reste, die vorsorglich Mama mitgenommen hatte. Der Durst war wieder größer als der Hunger, aber es gab nichts. Der Bahnhof war nicht allzu weit und wir gingen nachmittags rasch hin und tranken von der Wasserleitung, wo wir uns am Morgen die Hände gewaschen hatten. Es schmeckte scheußlich. Wir beide fühlten uns so gar nicht wohl. Sonntag war es und zwischen den Trümmerbauten gingen Leute herum, die eigentlich ganz gut angezogen waren. Auch viele Amerikaner, wie eben überall, mit deutschen Frauen im Arm. Also verkrochen wir uns lieber in unserer Übernachtungsstelle. An Betten kann ich mich nicht erinnern, aber Stühle waren da. Irgendwie werden wir die Nacht schon verbracht haben und früh am Morgen, es war noch duster, fanden wir uns an dem Platz ein, von wo wir eventuell mitgenommen werden würden. Als noch einige Leute mit Gepäck eintrafen, bekamen wir Bedenken. Denn wer will schon voll mit Menschen beladen durch die Gegend fahren? Ein offener Lastwagen, der einiges zu befördern hatte, nahm uns nach Ansbach mit. Eine wackelige Fahrt wurde es, aber wir kamen weiter. Dann konnten wir wahrhaftig auf einen wiederum offenen Laster klettern, der grobes Salz geladen hatte und was soll ich sagen, er fuhr direkt nach Crailsheim. Der nette Fahrer setzte uns gleich eingangs der kleinen Stadt Crailsheim ab. So, hier waren wir nun und es war schon Nachmittag. Wir beide fragten uns durch, wo die besagte Familie wohnte, bei der Erika zur Erholung war und fanden auch das Bauerngehöft am Rande der Stadt. Wir kämmten uns erst, bevor wir mit Herzklopfen an der Tür klingelten oder klopften. Nichts! Nichts rührte sich, nur der Hund an der Kette bellte sehr laut. Niemand war da. Wir konnten doch nicht hier stehen bleiben, was machen wir jetzt? Wir gingen vom Hof so ca. 100 Meter weiter, wo sich eine Reihe von hohen Büschen befand. Es war immer noch schön warm. Wir waren sehr müde und legten wir uns ins Gras und schliefen, jedenfalls ich schlief prompt ein. Mir fehlte sowieso immer der Schlaf. Wenn andere munter waren, war ich stets schlapp, müde und lustlos. Mama weckte mich und wir sahen von ferne, dass sich vor dem besagten Haus etwas tat. Das Heu wurde eingefahren. Mehrere Menschen waren zugange. Na, jetzt konnten wir auch nicht schon hingehen, wenn sie am Arbeiten waren. Erst, als sich alle ins Haus verzogen hatten, wagten wir uns zu dem Bauernhof. Wir klopften an der Haustüre, der Hund hatte uns auch schon gemeldet, da ging die Türe auf und eine gut aussehende rotbackige Bäuerin sah uns fragend an. Nachdem wir uns bekannt gemacht hatten, ging ein Strahlen über das Gesicht der Frau und schon bat sie uns herein. Auf die dringende Frage, ob sie etwas von Erika gehört habe, nickte sie und sagte uns, dass Erika hier gewesen sei und versprochen habe, sobald sie irgendwo ansässig sein würde, sie sich melden will. Sie lebt, sie lebt und Mama und ich umarmten uns und uns flossen die Tränen vor Freude. Die Bäuerin war auch ganz gerührt und als sie erfuhr, wo wir schon überall herumgeirrt waren, hatte sie großes Mitleid mit uns. Sie gab uns reichlich zu essen und zu trinken und zeigte uns ein kleines Zimmer mit einem Bett, in dem wir eine Nacht verbringen können. Wir könnten auch ein paar Tage bleiben, sagte sie, aber hatte auch Verständnis dafür, dass wir schnell wieder zu unseren Leuten in das Schulgebäude in Hessen zurück wollten. Wir mussten erzählen und erzählen...

Es klang wie Musik und wir mochten es immer wieder hören, dass Erika den Krieg überlebt hatte und sich sicher bald melden würde. Wir beide waren ja so glücklich, es hat sich also gelohnt hierher zu fahren. Es waren zwei oder drei Jungen in der Familie. Der Ehemann der Bäuerin, so erzählte sie, habe schon viele Monate kein Lebenszeichen mehr von sich gegeben. Sie wolle aber die Hoffnung nicht aufgeben und glaube fest daran, dass ihr Mann noch lebt. Heute kann ich es nicht mehr sagen, an welcher Front zuletzt ihr Mann eingesetzt war. Erzählt hatte sie es uns sicher. Wir saßen alle noch am Küchentisch, da kam ganz aufgeregt eine Frau, es war die Nachbarin, in die Küche gestürmt. „Sie mal Anna, sieh mal zum Fenster. Da kommt ein Mann über das Feld, der sieht doch aus wie dein Mann, oder?" Ja, da kam wirklich ein Mann auf das Haus zu. Er war noch weit entfernt und dann ein Aufschrei: „Ja, er ist es, er ist es!" und die Bäuerin rannte aus der Tür raus und wir sahen nur wie der Mann auch rannte und beide fielen sich in die Arme. Es war ein Anblick für Götter...

Eng umschlungen kamen sie ins Haus. „Mein Mann ist heimgekehrt", das waren Worte, die ans Herz gingen. So eine Freude in diesem Haus konnten wir miterleben und wir hatten plötzlich ein ungutes Gefühl. Irgendwie fanden wir uns gerade jetzt störend. Der Ehemann erzählte kurz aus welcher Gefangenschaft er kam usw. An diesem Abend ließen wir bald die beiden Glücklichen mit ihren Kindern allein. Wir sahen noch wie eine große Zinkwanne in der Küche mit heißem Wasser gefüllt wurde, damit sich der arme Kerl, der viele Tage unterwegs war, sich gründlich säubern konnte. In unserem gemeinsamen Bett im ersten Stock, konnten wir nicht so schnell einschlafen. Ein glücklicher Tag dachten wir und ausgerechnet an diesem Tag kommt auch der junge Bauer heim. Ich sehe den Ablauf der Geschehnisse noch heute ganz genau vor mir. Am nächsten Morgen trauten wir uns nicht allzu früh herunter. Es hieß ja auch, wir mögen uns ausschlafen. Als wir dann in die Küche gingen, hörten wir Lachen und viel Reden. Zaghaft machten wir die Tür auf und wir wurden herzlich begrüßt und man gab uns reichlich Essen. Der Bauer hatte eine große Tasse gefüllt mit frischer Kuhmilch vor sich. Er wird sich sicherlich schon lange danach gesehnt haben. Gegen die pausbäckige Frau war er ein fast unterernährter Mensch. Die Kriegsstrapazen waren ihm deutlich anzusehen. Er habe heute Morgen schon das Vieh versorgt und den Stall gemistet, erzählte man uns. Es wurde Zeit, dass wir uns verabschiedeten. Wir versprachen, sobald wir eine feste Bleibe hätten, sofort zu schreiben und wenn das unsere Erika auch tut, werden wir uns wieder in die Arme schließen können. Mit einigem Ess- und Trinkwerk in der Hand, verabschiedeten wir uns. Wir waren dieser Familie so dankbar. Das waren die aufrichtigsten und besten Menschen, denen wir in den letzten Monaten begegnet waren. Zum Abschied sagte die Bäuerin noch, dass wir ihr Glück ins Haus gebracht hätten. Nun waren wir ganz zufrieden. Noch mal winken und noch mal winken, bis wir uns nicht mehr sahen. Wir sind dann Richtung Bahnhof gegangen und fuhren bis nach Aschaffenburg, hatten dann einen Güterzug bis nach Hanau erwischt, um dann endlich bei unseren Leuten in der Schule anzukommen. Es war schon nachts, als wir die gute Nachricht überbrachten und alle waren wieder hellwach. Wir wussten, dass Erika lebt und wir wussten jetzt, dass wir sie wieder sehen werden.

Nur musste bald irgendwo und bald möglichst eine Wohnung her. Es war zum Verzweifeln, der Herbst war da und immer noch keine feste Bleibe. Ich weiß, dass Papa sogar in Pfarrämtern vorsprach, aber eine Wohnung konnte uns auch keiner verschaffen – Worte des Trostes schon, aber halfen die uns echt? Das Schulgebäude in der Stadt musste wieder geräumt werden, denn der Unterricht sollte bald wieder beginnen. Also standen wir wieder auf der Straße und schoben unseren Handwagen nach dem Ort „Irgendwo". Wir geisterten in allen kleinen Städten und Dörfern Hessens herum. Es gab eigentlich nicht mehr so viele Flüchtlinge auf den Straßen, aber wir waren aber immer noch unterwegs, leider. Man wollte oder konnte uns nirgends auf Dauer unterbringen. Ich erinnere mich, dass man uns für zwei Nächte in einer separat stehenden kleinen Waschküche eines Bauerngehöfts einen Platz anbot. Wir wären in dieser kleinen Hütte wohnen geblieben, da wir so kaputt und mutlos waren. In diesem Raum mit ca. 8 m² Fläche. Wir mussten aber am nächsten Tag weiter. Es war ein Freudentag, wenn wir mal wieder am Straßen- oder Waldrand ein paar volle Dosen Lebensmittel von den Amerikanern fanden. Es war immer etwas Gutes darin. Papa peikerte (stocherte) mit seinem kleinen Messer alle Dosen auf. Einmal fanden wir, nur ganz provisorisch zugeschüttet, eine Menge Dosen. Dabei waren die meisten schon halb geleert. Amerikaner hatten sich hier aufgehalten. Reste zu essen, das war uns zu riskant, aber es waren ja auch noch etliche andere Dose da. Ja, wir freuten uns über alle. Bei uns fing nun die Haut immer öfter an zu jucken, vor allem zwischen den Fingern, und wir vermuteten, dass in den oft unbekannten Inhalten der Dosen etwas dabei war, das wir nicht vertrugen. Als wir die Stadt Schlüchtern erreichten und uns um ein Schlaflager bemühten, wurde uns auch eines zugesagt, aber höchstens für drei Tage. Gott sei Dank, dachten wir. Wir mussten uns komischerweise dem Gesundheitsamt vorstellen und wurden abgehorcht, ob wir nicht etwa Tuberkulose hätten. Es sei eine reine Vorsichtsmaßnahme, weil in letzter Zeit viele „Straßenmenschen" an dieser ansteckenden Krankheit erkrankt wären. Wir hatten keine Tuberkulose. Als wir aber auf unsere aufgekratzten Hände zeigten, um vielleicht etwas Salbe zu bekommen, da stutzte der Arzt und nahm die Lupe. „Dachte ich mir es doch", sagte er. „Sie haben alle die Krätze!" Was ist Krätze? Der Arzt gab uns Salben und einen Schein, auf dem stand, dass wir uns in drei Tagen wieder einzufinden hätten und in der Zwischenzeit in Quarantäne müssen. Krätze – hochansteckend! Wir übernachteten in einem kleinen Hinterhaus. Das war wohl so eine Art Abstellschuppen, aber stabil gebaut. Unten nur Unrat und wir im ersten Stock. Da standen tatsächlich Eisenbetten mit Strohsäcken. Aber kalt war es da drinnen. Gleich am nächsten Morgen kam jemand, um nach uns zu schauen, ob wir noch da waren. Natürlich waren wir da, hatte man uns doch die Ausweise abgenommen. So etwas muss uns jetzt noch passieren, dachten wir. Heinz hatte zum Glück wenig von der Hautkrankheit abbekommen. Nun musste ja irgendetwas zum Essen und Trinken besorgt werden. Anni ging los, um im Laden etwas zu kaufen. Ausgerechnet da kam wieder ein „Kontrolleur" und merkte, dass noch andere Personen fehlten. Wütend sagte er zu uns, dass wir alle da zu sein hätten und dürften nicht unter andere Menschen. Wie Aussätzige kamen wir uns vor. Das wir aber etwas zum Essen brauchten, tat er mit einer Handbewegung ab. Da konnte Papa, der sonst eher still war, nicht ruhig bleiben und es entstand kein gerade schöner Wortwechsel. Anni solle sich umgehend auf dem Amt melden, befahl der Mann und als Mama sagte, dass sie ja dann wieder unter Menschen ginge, schmiss der ekelige Kerl die Tür zu und ging. Ja, sollten wir denn drei Tage ohne Essen und Trinken auskommen? Am dritten Morgen fanden wir uns im Amt ein. Alles war wieder auf dem Wagen verstaut, denn wir durften ja nicht länger bleiben. Es zog sich stundenlang hin, bis wir begutachtet und unsere Ausweise zurückgegeben wurden. Wir dürfen erst morgen weiterziehen und müssten noch einmal kurz vorsprechen. Als wir wieder auf der Straße waren, wollten wir nichts wie weg von Schlüchtern. Noch einmal alles auspacken und in die eiskalte Bude zum Schlafen gehen? Dazu hatten wir keine Lust und wir zogen, uns immer wieder umschauend, mit unserer kleinen Habe weiter. Wir hatten die hessischen Städtchen wie Nidda, Hungen, Lich, Büdingen, Wächtersbach, Gelnhausen und andere längst durchlaufen, ohne Erfolg auf eine Wohnung für uns und es war nun schon Ende Oktober. Windig und kühl war es fast täglich. Wir merkten, dass die leichte Kleidung uns gegen die Witterung nicht besonders schützte. Ich meine, dass wir die wärmeren Sachen damals beim Bauern zurückgelassen haben und wir dafür ein paar leichtere Klamotten bekamen. Als wir damals aus unserer Heimatstadt flüchteten, dachten wir nicht an Sommerkleidung und im Frühling nicht, dass wir uns vor Kälte schützen müssen. Wir hatten doch gehofft, noch in Bayern eine Unterkunft zu finden und nun ist es Ende Oktober und keiner ließ uns irgendwo wohnen. Anni und Mama hatten manchmal Glück, wenn sie bei einem Bauern um etwas Milch und Brot bettelten. Ja, ich kann das Wort „betteln" ruhig verwenden. Nie hätten wir es für möglich gehalten, so etwas tun zu müssen. Wir waren obdachlose Bettler oder gar Aussätzige? Wir Frauen haben viel geweint und Papa kroch förmlich in sich. Was ist nur aus uns geworden? Mir kommen wieder die Tränen, wenn ich das Bild vor mir habe, wie mit uns umgegangen wurde. Meine Gefühle sind auch jetzt unbeschreiblich. Ich habe gelitten, da ich oft mit verachtenden Blicken wahrgenommen wurde. Ich war doch ein Mensch mit Gefühlen. Alles in mir schrie auf. Wir spürten jetzt alle, dass irgendetwas geschehen muss und andere Menschen ein Einsehen haben, irgend ein paar Quadratmeter Wohnfläche für uns bereitzustellen. In einem kleinen Dorf hatten wir das Gefühl direkt weggejagt zu werden. Der barsche Ton des Ortsvorstehers und die Schimpfworte der Bevölkerung ließen uns eiligst weiterziehen, obwohl es schon fast dunkel war. Wir waren tief traurig. Wo wir an diesem Abend noch eine Liegestatt fanden, weiß ich nicht mehr. Diesen Ort habe ich aber nie vergessen, denn schon der Name sagte etwas über diese unvergesslichen Menschen aus. Ich erinnere mich, dass wir gleich bei Wächtersbach in einem Pferdestall untergekommen sind. Warm war es da wenigstens, aber wir hatten große Angst, dass eines der Pferde sich losreist und uns zertrampelt. Die Pferde waren die ganze Nacht unruhig und wir konnten nicht schlafen. Die Pferde verhielten sich natürlich so und fühlten sich durch unsere Anwesenheit gestört. Aber diese Nacht ging auch vorüber. In Fulda übernachteten wir in einem Durchgangsübernachtungsheim. Dort zog es wie man sagt wie „Hechtsuppe" oder wie im „Affenkäfig". Die meisten Fenster waren kaputt und in dieser Nacht haben wir nur einmal gefroren, nämlich durchweg. Einer von uns hustete, der andere hatte eine Triefnase und Mama schien fiebrig. Papa war verzweifelt. Er fragte in Fulda bei allen Mechanikerwerkstätten und sonstigen Werkstätten nach einer Beschäftigung, aber er bekam immer eine Absage. Bei einer orthopädischen Werkstatt mit einem Geschäft machte man ihm für das kommende Jahr Hoffnung, dass sie ihn einstellen würden. Aber erst nächstes Jahr? Der Chef dieser Firma gab Papa 10 Mark und gute Wünsche mit auf den Weg. Papa wollte erst Arbeit vorweisen können, um dann auch ansässig werden zu dürfen. Nun, was machen? Sollten wir wieder ins Bayrische zurück? Wir wollten wieder mal ein Stückchen mit der Bahn fahren, das sich mit unserem Handwagen aber immer sehr schwierig erwies. Jedenfalls hatte Papa 10 Mark und das dürfte für eine kleine Strecke reichen. Ja, jetzt mussten wieder Fahrkarten gekauft werden. Plötzlich stand ein Mann mit einem Rucksack vor uns. Mama und Papa waren Fahrkarten besorgen. Der Mann sagte zu uns Mädels: „Na, wo kommt ihr denn her und wo wollt ihr hin?" Er war aus der Kriegsgefangenschaft entlassen worden und musste sich auch irgendwie durchschlagen, aber er erzählte uns von einer kleinen Stadt namens Lauterbach, aus der er gerade kam und in der es ein „wunderbares" warmes Übernachtungsheim gäbe und die Verwalterin äußerst gutmütig sei. Er könne uns diesen Ort sehr empfehlen. Ich belüge euch nicht, sagte er und verabschiedete sich. Sofort rannte Anni zu unseren Eltern. Fast waren sie an der Reihe, Fahrkarten zu kaufen. Als Anni ihnen erzählte, was der „POW-Mann" (Prisoner of war / Kriegsgefangener) uns sagte, kamen sie zum Wagen zurück. Nun musste entschieden werden. Es war schließlich schon früher Nachmittag und viel Zeit blieb nicht mehr zum Überlegen, denn es wurde immer früher dunkel, war es doch in der Zwischenzeit November geworden. Genau gesagt, es war der 6. November 1945. Das weiß ich ganz genau. Mama schöpfte zuerst Hoffnung, dass es so sei wie der Fremde es uns erzählte. Papa sagte:

216

„Also bis dahin laufen wir noch und nicht weiter!" Einige Schneeflocken tanzten schon vom Himmel. Mama schien es auf einmal besser zu gehen und wir beschlossen, das wenige Geld einzusparen und die letzten Kilometer noch einmal zu Fuß zurückzulegen. Nun marschierten wir ab – irgendwie beflügelt. Allzu weit kamen wir an diesem 6. November aber nicht. Wir waren zu schlapp und froren sehr. Wir hatten nur leichte Latschen an und keine Strümpfe. Unsere Halbröcke zogen wir schon immer tiefer. Der Wärmste war noch unser Kleiner. Aber der wurde in der letzten Zeit auch immer unruhiger. Mal wollte er laufen, mal wieder auf den Wagen. Am liebsten hätte er gehabt, wenn Papa ihn getragen hätte, aber Papa zog oder schob den Handwagen und wir merkten, was bergiges Land heißt. Also hielten wir nach ca. zehn Kilometer in einem Dorf an und baten um Quartier. Tatsächlich wurde uns ein Gehöft zugewiesen und als wir den Zettel vom Ortsvorsteher oder Bürgermeister vorwiesen, waren die Leute zwar erstaunt, wussten aber, dass sie uns nehmen mussten. Sie waren recht freundlich und fast schien es, als wäre es ihnen peinlich, uns im Kuhstall einen Schlafplatz anzuweisen. „Hier standen bis vorige Woche unsere Kälbchen", sagte die nette Bäuerin. „Ich bring euch gleich für den Kleinen etwas heiße Milch" und sie brachte so viel, dass wir alle etwas davon hatten. Außerdem wunderbar schmeckendes frisches Brot. Ach, wir fühlten uns richtig wohl. Warm war es im Stall. Die Kühe schienen uns gutmütig anzuschauen und jetzt das Essen. Nochmals kam die Bäuerin und wollte einiges von uns wissen. Woher wir kommen und wohin wir wollen. Das wir seit dem 21. Januar unterwegs waren, das konnte sie kaum glauben und wir sahen echtes Mitleid in ihren Augen. Jedes aufrichtige gute Wort war wie Balsam für unsere Seelen. Am nächsten Morgen kam die Bäuerin recht früh in den Stall und entschuldigte sich fast, weil sie glaubte uns geweckt zu haben. Sie musste die Kühe melken, das war wichtig. Wir waren aber schon längst wach. Die Kühe hatten ihre Zeit und wurden schon unruhig. Sie wollten gemolken werden und die Katzen streunten auch schon um uns herum. Von der frisch gemolkenen Milch gab sie uns einen vollen Topf. Sie schmeckte sicherlich gut, ich aber konnte absolut keine ungekochte Milch trinken und das bis zum heutigen Tage nicht. Natürlich, bevor ich verdursten würde, wäre ich sicher imstande, alles zu trinken. Wir packten unsere Sachen zusammen und verabschiedeten uns mit vielen Dankesworten. Zwei von uns zogen wieder den Handwagen und zwei schoben. Heute war der 7. November 1945 und es schneite ganz leicht. Wenn wir wenigstens gutes Schuhwerk und lange Strümpfe gehabt hätten...

217

Immer wieder kleine „Berge" auf der Landstraße. Wir kamen immer öfter aus der Puste und mussten darum immer wieder einmal verschnaufen Jetzt ging es uns an die Substanz, das spürten wir alle. 15 Kilometer waren noch zu laufen bis zu der Stadt Lauterbach, die uns der Fremde empfohlen hatte. Gestern schafften wir nur 10 Kilometer. Immer öfter dachten wir an diese letzte Etappe. Ja, wir waren fest entschlossen, dass das unsere letzte Etappe sein soll. Wir waren fast am Ende unserer Kräfte. Langsam, Schritt für Schritt, kamen wir der Stadt näher, in die wir alle Hoffnungen setzten. Es muss doch jemand ein Einsehen oder zumindest Mitleid mit uns haben! Gibt es denn keinen Wohnraum für uns? Sind wir denn streunende Hunde, die man einfach so wegjagen kann? Wir waren mehr wie verzweifelt. „Nicht die Hoffnung aufgeben", schien es im Inneren zu uns zu sprechen. Wir taten uns schon gegenseitig leid, aber Mama war am übelsten dran. Sie war sehr tapfer und tat es mit einer Handbewegung ab, wenn wir sie fragten, ob sie wieder Schmerzen oder sonst etwas hätte. Papa war nur noch Haut und Knochen. Obwohl er sich im Kuhstall noch rasiert hatte, sahen seine Wangen dunkel und eingefallen aus. Eigentlich musste man sich erschrecken oder die Nase rümpfen, wenn man uns in diesem Zustand sah. Wir sahen einfach erbärmlich aus. Was ist nur aus uns geworden... Ich, die Schüchterne, die Sensible, litt sehr. Ich zog mich immer mehr in mich zurück. Nur gut, dass mich meine Schwester Anni immer mitzog, also sich mit mir unterhielt und ich konnte mir manches von Anni abschauen und von ihr lernen. Wir brauchten uns und stützten uns gegenseitig, wir waren wie Verbündete. Endlich, am Nachmittag trafen wir uns in „unsere" Stadt ein. Gott sei Dank! An einer Kreuzung und an eine Hauswand gelehnt, warteten Anni und ich mit Heinz auf unsere Eltern, die sich sofort zur Bürgermeisterei durchfragten und hingingen. Sehr lange kam es uns vor, bis wir Mama und Papa endlich wiederkommen sahen. Sie schwenkten einen Schein und da war es uns klar, dass wir eine Übernachtungsgenehmigung hatten. Nur 200 Meter brauchten wir noch zu gehen und das war gut, denn vom langen Stehen waren unsere Beine und Füße eiskalt und unsere Finger schienen schon taub. Noch ein klein wenig bergan und – geschafft! Es war eine Baracke. Schon kam eine Frau heraus als sie uns kommen sah und empfing uns freundlich. Unser Handwagen „parkte" einen Augenblick allein. Die Frau zeigte uns den Schlafsaal mit ca. 10 Stockbetten (Etagenbetten). Ein kleiner Bereich war zur Hälfte mit einer dünnen Sperrholzwand abgeteilt. Zwei Betten standen da, je mit einem Strohsack und zwei Militärwolldecken und das war ganz wichtig für uns, ein Kanonenofen stand auch da. „Hier könnt ihr erst einmal bleiben, ihr armen, armen Menschen", sagte diese sehr einfache, doch mütterlich wirkende Frau zu uns. Dieser Fremde hat die Wahrheit gesagt, schoss es uns durch den Kopf. Wir luden unsere Sachen vom Handwagen ab und durften ihn in einem kleinen Schuppen unterstellen. In der Zwischenzeit machte die Verwalterin Feuer in dem schmalen Öfchen. Wir standen gleich alle um den Ofen herum und schon brachte uns die Frau, sie hieß Luise, heißen Kaffee, natürlich Malzkaffee-Ersatz, sogar mit Milch darin. Ach tat das alles gut. Es war schon dunkel geworden und es war quasi auf den letzten Drücker, eine Unterkunft zu bekommen. Mama, Papa und Heinz schlugen ihr Lager im vorderen Bereich auf, Anni und ich gleich hinter der Wand im Stockbett. Einen Waschraum gab es auch für alle Durchreisenden natürlich. Da waren so zehn Wasserhähne in einer Reihe und das von beiden Seiten. Ein Klosett war draußen etwa 25 Meter vom Haus entfernt, besser gesagt, eine „Latrine", wo man mit mehreren zusammen sein „Geschäft" erledigen konnte. Diese Baracken, es waren drei dieser Art, wurden einst von einer deutschen Organisation „Todd" errichtet. Das war eine Spezialeinheit unter dem Naziregime. Es wohnten in allen Baracken Familien in separaten Wohnabteilungen, die sonst keine andere Wohnung fanden. Jede Baracke hatte aber fließendes Wasser. Wir stellten unseren größten Topf mit Wasser auf, um uns zunächst mit warmen Wasser provisorisch zu waschen. Mama sank bald aufs Bett. Ach, wir alle waren ja so fertig... Frau Luise wollte oder musste auch noch einiges von uns wissen. Sie hatte alles in eine Liste eintragen müssen. Auch privat interessierte sie sich für unser Schicksal. Es erschien ihr unmöglich, dass wir seit Januar keine Bleibe hatten. „Ihr zieht nicht mehr weiter, ich sehe doch, dass ihr nicht mehr könnt. Irgendwo werdet ihr hier schon eine Wohnung bekommen, das wollen wir doch mal sehen!" In diesem Moment merkten wir, dass sie sehr resolut, aber ehrlich war und es tat uns ja so gut, solche Worte zu hören. Nun legt euch bald schlafen und morgen sehen wir weiter, meinte sie. Aber da ging schon mehrmals hintereinander die Tür auf und Männer, die aus der Gefangenschaft kamen, oder auch andere, die wie wir ständig auf Durchreise waren, begehrten einen Schlafplatz. Das war ja auch ein Übernachtungsheim und eine Schlafstätte für eine Nacht. Wir alle wollten aber auf keinen Fall am nächsten Tag weiter. Frau Luise sagte sogar: „Ich lasse euch nicht weiter gehen!" Das war eine Frau! Manchmal verfiel sie in hessischen Dialekt und wir konnten alles damals nicht so genau verstehen. Aber das sie sich für uns kämpferisch gab, das merkten wir. Die ankommenden Männer bekamen auch ihren Schlafplatz zugewiesen und Luise musste alle Formalitäten erledigen. Sie brauchte es nicht zu tun, aber sie reichte jedem Mann eine Tasse heißen Kaffee. Ziemlich spät am Abend ging die Tür auf und ein Polizist kam herein. „Kontrolle!" rief er und wir mussten unsere Ausweise vorzeigen. „Also morgen wieder Abreise", sprach er und sein Gewehr war griffbereit. Als Papa verneinte, schaute er ganz groß, fast dumm aus der Wäsche. Er sagte, dass er morgen wieder käme. Er kam auch und meinte, dass es nicht üblich sei, mehr wie einen Tag im Übernachtungsheim zu verweilen. Als er wieder ging, stärkte uns Frau Luise den Rücken. „Lasst euch nicht einschüchtern, der hat sowieso nicht viel zu sagen." Sie machte uns schon morgens den Ofen an, damit es in dem großen Raum ein wenig angenehm wurde. Sie bekäme nur wenig Feuerholz für das Heim zugeteilt und müsse damit haushalten, aber frieren sollt ihr lieben Leute nicht, sprach sie. Sie wolle im nahen Waldgelände wieder mal Knüppelholz sammeln. Wir staunten über diese selbstlose Frau. Sie hatte einen 12 Jahre alten Sohn und ihr Mann war im Krieg gefallen. Sie wohnte mit einem neuen Partner zusammen, der sich aber im Seitentrakt dieser Baracke sehr zurückhielt. Sie war also immer für uns „greifbar". Papa hatte zunächst nur einen Wunsch - nämlich eine Arbeit zu finden. Er klapperte also kleine Mechaniker-Werkstätten ab. Meist gab es aber Spengler in dieser Kleinstadt und auch diese hatten keine Arbeit für ihn. Es war ja erst kurz nach dem Krieg und alles lag sozusagen noch am Boden. Es bekam die Anschrift von einer Feinmechaniker-Werkstatt, die aber erst im Aufbau war. Im Seitengebäude eines Museums traf er auf einen Professor und auf Doktoren, die demnächst einen Feinmechaniker brauchen, um experimentelle Versuche im Labor durchzuführen. Sie brauchen einen Mann, der exakt nach Plänen arbeiten konnte. Da Papa die kompliziertesten Arbeiten nach Plan und Zeichnungen schon im damaligen Flugzeugwerk in Oschersleben ausführte, konnte er so seine Fähigkeiten darbieten. Nur im Moment war alles noch geplant und es könne noch ein Weilchen dauern, bis sie ihn einstellen könnten. Sie versicherten ihm, dass er der richtige Mann für sie sei. Papa hinterließ unsere vorläufige Adresse und ging ein wenig ermutigt nach Hause. „Ich muss aber jetzt schon eine Tätigkeit finden", sagte er zu uns. Am nächsten Abend beschlossen Anni und ich einmal ein paar Schritte Richtung Stadt zu gehen. Wir wollten irgendetwas von dieser Stadt sehen, in der wir bleiben wollten. Tagsüber trauten wir uns nur bis auf die Latrine. Trotz Haare waschen und Locken drehen, sahen wir nicht gut aus. Wir empfanden es so. Also, ein Kopftuch um und erst in der Dunkelheit in Richtung Stadtmitte. Jetzt spürten wir ganz massiv die Frostgrade. Höchstens 500 Meter sind wir fest untergehakt gegangen, als uns zwei junge Männer ansprachen. Diese merkten sofort, dass wir neu waren. Mit ein paar Scherzen eröffneten sie das Gespräch und wollten wissen, woher wir kommen und wo wir wohnen. „Ach, die Luise kennen wir doch", sagten sie und meinten, dass wir uns ganz gewiss wieder sehen würden. Schnell sagten wir, dass wir schon längst von unseren Eltern erwartet werden und gingen rasch nach Hause. Ich sprach gar kein Wort. Ich – mit fremden Jungen? Unmöglich!

Jeder Tag brachte neue Übernachtungsgäste und jede Nacht mussten wir mit den fremden Menschen in einem Raum schlafen. Jeden Abend kam der gleiche Polizist und merkte, dass es aussichtslos war, uns zur Abreise zu bewegen. Er machte seine Kontrollen und ging wieder. Es war ja erst der dritte oder vierte Tag unseres Aufenthaltes. Frau Luise kam mit einem jungen Mann in unseren „Wohnbereich" und sagte, dass es ein Nachbarsjunge sei, der von uns erfahren habe. Sie ging wieder und der junge Mann fragte uns sehr höflich, ob er uns irgendwie helfen könne. Wir verneinten und da begann der nette junge Mann ein lockeres Gespräch mit meinen Eltern. Wir Mädchen hielten uns ganz zurück. Anni sagte: „Merkst du, wie er dich dauernd anguckt?" Nein, ich merkte es nicht – mich angucken? Ich schämte mich fast, auch in dieser Situation. Dieser junge Mann verabschiedete sich bald höflich und bat, wiederkommen zu dürfen. Was soll ich sagen, schon am nächsten Abend kam er wieder und mit einem Drahtkorb voller Brennholz. Damit sie es auch am Tag ein bisschen wärmer haben, sagte er. Nun merkte ich auch, dass er mich etwas länger anschaute. Ich kann nur sagen, ich bin bis heute noch froh, dass damals dieser nette junge Mann in diese Baracke kam, denn er ist heute mein Ehemann und wenn alles gut geht, feiern wir bald unsere diamantene Hochzeit – jawohl! Immer öfter kam damals der junge Mann und brachte Holz und bot in vieler Hinsicht seine Hilfe an. Nun kann man sich denken, dass wir hier in dieser Stadt namens Lauterbach geblieben sind und ich bin dankbar dafür, dass das Schicksal uns hierher geführt hat. Ich habe später zwei wunderbare Jungen geboren und bin heute stolze Oma und Ur-Oma.

Aber nun noch einmal kurz zurück, zu unseren ersten Tagen in der neuen Heimat in Hessen. Papa ging in das nahe liegende Holzwerk und bot seine Arbeitskraft an. Gerade zu diesem Zeitpunkt brauchten sie Arbeiter für primitive, aber grobe Holzarbeiten. Er nahm die Arbeit sofort an und kam glücklich zu uns. „Nun geht es aufwärts und die können uns nicht mehr verjagen", meinte er. Wir alle mussten uns nach den ersten drei Tagen auf dem zuständigen Amt zur Daueraufenthaltsgenehmigung melden, ebenfalls am Arbeitsamt. Papa hatte eine Arbeit und fing auch gleich am nächsten Tag an. Mama konnte nicht arbeiten und Anni und ich waren als arbeitslos eingetragen. Ich war ja eigentlich noch Schülerin. Ich ging 1944 im Sommer das letzte Mal zur Schule und hatte natürlich viel versäumt. Würde ich hier die verlorene Zeit nachholen müssen, wäre ich dann $16^{1}/_{2}$ Jahre. Unvorstellbar war es, nach meinen vielen Erlebnissen im Jahre 1945, mich jetzt zum Unterricht, der erst im Frühling 1946 beginnen sollte, anzumelden. Nein! Und nochmals, nein! Ich gehe nicht mehr zur Schule. Ich war, trotz meiner Schüchternheit nicht mehr Kind, aber auch nicht mehr Teenager, also Backfisch, nein, ich war tatsächlich zur jungen Frau gereift. Ich war also Kind und gleichzeitig Frau. Dazwischen gab es kaum etwas. Ich weigerte mich, das man mich anmeldete und wie man so sagt, „kein Hahn krähte" nach mir. Ich war ja hier fremd und das erste Mal registriert und das als Arbeitslose. Gut so. Nun hatten wir alle unsere Stempelkarten (Arbeitskarten). Auch Lebensmittelmarken für den ganzen November bekamen wir. Das war notwendig, denn wir versorgten uns ja selbst. Papa ging ins Holzwerk zum Arbeiten und von seinem ersten Wochenlohn kauften wir uns auf Bezugsscheine natürlich erst einmal lange Strümpfe. Papa fror sehr in den zugigen Hallen des Sägewerks, denn er war meist im Außenbereich tätig. Ein Kollege schenkte ihm eine alte Jacke gegen die feuchte Kälte. Für ihn war diese schwere körperliche Arbeit ungewohnt und er musste sich sehr zusammenreißen, um nicht schlapp zu machen. Er sah sehr schlecht aus. Täglich brachte er etwas Holz mit, das er über seine Schultern trug. Mama kochte etwas auf dem Kanonenofen. Wenn nur am Abend nicht immer so viele Fremde kämen, dachte ich mir. Oft stank es erbärmlich, denn es rauchte fast jeder irgendeinen nicht wohlriechenden Tabak. Meist waren es die Zigarettenkippen, die die Amerikaner auf die Straße warfen. Ja, auch hier war amerikanisches Militär. Ganze Häuser mussten geräumt werden und für Monate hatten sie sich einquartiert. Abends um 22 Uhr war Sperrstunde. Dann hatte sich kein Zivilist mehr auf die Straße zu begeben. Ausnahmegenehmigungen hatten nur die Nachtarbeiter. Tagsüber wurden unsere provisorischen Ausweise, man nannte sie damals „Registrierscheine", auf der Straße kontrolliert. (Meinen Registrierschein habe ich heute noch.) Eines Abends war wieder mal in unserem Übernachtungsheim die Hölle los. Alle Betten waren von Männern belegt. Ich schlief schon seit Tagen mit Anni zusammen in dem schmalen Bett, und wir konnten uns so gegenseitig wärmen und mit zwei Decken zudecken. Wir sahen, wie ein Mann sich mit seinen Stiefeln ins Bett legte. Gerade da kam wieder der Polizist vorbei und befahl ihm, die

Stiefel sofort auszuziehen, was der Mann aber nicht tat. Was soll ich sagen, es gab lautes Geschrei und auch der Befehlston des Polizisten, der sein Gewehr in Anschlag hielt, half nichts. Der Mann legte sich demonstrativ wieder mit Stiefel ins Bett und zur Krönung setzte er sich seinen Hut auf sein Gesicht. „Sie werden noch von mir hören", sagte der Polizist und ging. Er kam noch mal zurück und schrie uns ebenfalls an, wir sollten die schon längst überschrittene Übernachtungszeit beenden. Am nächsten Tag ging es weiter. Der gleiche Polizist kam in Begleitung des Bürgermeisters und dieser befahl uns, das Gebäude innerhalb von 24 Stunden zu verlassen. Da holte Papa seine Arbeitsbescheinigung und Wochenlohnabrechnung hervor. Der Bürgermeister las und sagte gleich wieder, dass es ihn nicht interessiert, ob er eine Arbeit gefunden habe oder nicht. Ihn interessiere auch nicht, dass Mama krank und schwach war und wir alle am Ende unserer Kräfte waren. Es interessierte ihn auch nicht, ob wir im Winter irgendwo auf offener Straße waren, nein wir müssten die Stadt verlassen. Unsere Eltern bettelten, dass sie bleiben konnten und wenigstens einen Raum irgendwo zur Verfügung gestellt bekämen. Na, da wurde der „Herr Bürgermeister" erst richtig böse und sagte, dass es absolut keine Wohnmöglichkeit in dieser Stadt gäbe. Die Stadt wäre voll mit Ausgebombten aus dem Frankfurter Raum. Er käme morgen wieder und dann würden wir mit polizeilicher Gewalt entfernt werden. Das Einzige was Papa erwiderte war: „Wir können nicht mehr, wir bleiben hier!" Frau Luise war zugegen und gab ständig ihren „Senf" dazu, aber es half nichts. Wir dachten nur, was ist das für ein Stadtoberhaupt? Sind hier alle Menschen so? Wir weinten. Frau Luise sagte immer wieder zu uns: „Stellt euch auf die Hinterbeine" und ihrem Dialekt: „Stellt euch uff de Hängerbää!" Das vergesse ich nie! Wir sollen dagegen angehen, wir sollen kämpfen. Ja, aber hatten wir noch die Kraft dazu? Hatten meine Eltern noch die Kraft? Papa ging wie jeden Tag zur Arbeit und wieder kam der Herr Bürgermeister, diesmal mit zwei älteren Polizisten. Junge sahen wir damals nicht und die Amis hielten sich aus solchen Angelegenheiten heraus. Der Sohn von Frau Luise holte Papa rasch aus dem nahen Sägewerk. Es gab einen regen Wortwechsel und die Gewehre wurden auf uns gerichtet. Das muss man sich einmal vorstellen. Heinzel schrie laut und Mama sank aufs Bett. Ich habe diese Menschen in die Hölle gewünscht. Der Sägewerksbesitzer gab Papa eine Bescheinigung, dass er ihn für dringende Arbeiten nötig brauche. Mit den Worten: „Da soll der auch eine Wohnung besorgen", schritt der „Bullenbeißer" mit seinem „Gefolge" rasch den Heimweg an. Wir waren fix und fertig. Der starke Wille, dass wir keinen Fuß mehr mit unserem Handwagen auf die Landstraße setzen würden, hat uns das tun lassen, was zu tun war, wir blieben! Es war schon längst Dezember. Zum Nikolaustag hatte Luise ein kleines Geschenk für Heinz. Was es gewesen ist, weiß ich heute nicht mehr. Ach, wir waren so genügsam, nur endlich in eigenen vier Wänden wohnen zu dürfen, war unser größter Wunsch und außerdem konnten wir bis jetzt keine feste Adresse an die Familie in Crailsheim weitergeben, die vielleicht schon wussten, wo sich unsere Erika befand. Ebenso konnten wir noch nicht das Rote Kreuz mit einer Suche nach unseren zwei Großen, die irgendwo bis zuletzt an einer Front kämpften, beauftragen. Es war doch ein Herzenswunsch von uns allen, dass wir uns alle einmal wieder sehen können.

Anni und ich machten sich im Übernachtungsheim nützlich und das schon eine ganze Weile. Wir säuberten die vielen Betten mit Luise und schrubbten den Boden. Luise war das sehr recht. Sie hatte genug um die Ohren und außerdem, so einer netten Frau musste man einfach etwas behilflich sein. Unsere Körperwäsche war für mich zumindest immer eine Tortour. Eine Schüssel kochend heißes Wasser nahmen wir in den eiskalten Waschraum mit. So schnell konnten wir uns gar nicht waschen, wie das Wasser kalt wurde. Die Haare mussten auch gewaschen werden und wir froren sehr. Da konnte man sich eine ordentliche Erkältung zuziehen. Heinz wurde als einziger neben dem Kanonenofen gewaschen. Anni und ich gingen immer zusammen in der Nacht auf die Latrine. Stockdunkel und eiskalt war es jedes Mal. Wir hockten uns wieder mal hin und uns war, als hätte jemand laut geatmet. Dann kam auch schon ein Hüsteln. Was waren wir da erschrocken! Da saß doch tatsächlich noch einer und wir sahen ihn in der Dunkelheit nicht. Unsere Schlüpfer waren kaum hochgezogen, da rannten wir zurück. Ja, so etwas muss man erlebt haben, heute müssen wir darüber lachen. Mama hatte für Heinz einen alten Eimer bekommen, der in der Ecke stand. Es wäre unzumutbar gewesen, mit Heinz in der Nacht auf die Latrine zu gehen. Der Winter kam mit Macht heran. Wir dachten an Zuhause. Noch vor einem Jahr hätten wir nicht geglaubt, dass wir so armselig sein würden. Da hatten wir noch Lebkuchen gebacken, da holten wir unseren Tannenbaum, da gab es Mohklösel und Weißwürschtel mit Semmeln und kleine Geschenke gab es auch. Zwar war alles auch schon unruhig, aber dass wir auf Nimmerwiedersehen unser Zuhause verlassen müssen, dachten wir zu diesem Zeitpunkt doch nicht. Ungefähr 850 km trennen uns zwar „nur" von unserer Heimatstadt Oppeln in Oberschlesien und der Stadt Lauterbach, aber es gibt kein zurück. Es gab natürlich immer Menschen, die es wagten, zurückzukehren. Hätten es viele nur nicht getan. Mein Onkel Paul und meine Tante Hedel kehrten auch zwischenzeitlich zurück. Sie berichteten es uns, als wir uns in späteren Jahren wieder fanden. Es wurde ihnen äußerst schwer gemacht, wieder nach Westen zu gelangen. Unsere Erika machte die gleiche Erfahrung etwas später. Sie brauchte drei Jahre (von 1947 bis 1949), um endlich wieder die Ausreise aus Polen nach Deutschland zu erhalten. Das Haus, in dem wir wohnten, sowie viele, viele unzählige Gebäude, waren total zerstört. Wie ich Anfangs schon erwähnte, war unsere Stadt zur Festung erklärt worden und die erbitterten Kämpfe machten das meiste dem Erdboden gleich.

Nun hatten wir Dezember 1945. Kein Krieg mehr, aber die Wirren waren noch enorm groß. Mit Frau Luise ging ich eines Abends so gegen 18 Uhr mit Milchkannen in die Stadt zu einem Fleischer, hier sagt man zu einem Metzger, um Wurstsuppe zu bekommen. Luise wusste, dass an diesem Tage die Wurst gekocht wird. Da ich nur offene Schuhe besaß, gab sie mir für diesen zwei Kilometer langen Weg in die Stadt, ein paar selbst genähte „Bläddsche" (Hausschuhe) zum Anziehen. Es hatte auch schon geschneit. Luise, die ebenfalls „Bläddsche" an hatte, weil diese besser wärmten, wie sie sagte, bekamen wir keine nassen und kalten Füße. Ach, ich lief wie ein Wiesel mit diesen Hausschuhen. Wir bekamen aus der Wurstküche unsere Kannen voller Brühe. Daheim angekommen, tranken wir erst einmal eine Tasse davon und von dem Rest kochte Mama am nächsten Tag eine prima Suppe. Diese kleinen Freuden waren eine Abwechslung in unserem tristen Alltag. Mama erholte sich auch endlich, wenn auch langsam. Eines Tages bekamen wir die schriftliche Aufforderung, dass wir diese Stadt zu verlassen hätten. Immer wieder solche Aufregungen, wir kamen nicht zur Ruhe. Unser junger Freund, der später mein Mann wurde, war sichtlich empört bezüglich dieses Schreibens und er riet uns auch zu bleiben. Hatte er doch meinetwegen „Feuer gefangen", was mir zu diesem Zeitpunkt absolut noch nicht bewusst war. Wir blieben! Mama und Papa gingen öfter auf das Wohnungsamt, aber nie war eine Wohnung für uns da. Anni suchte Arbeit und ich durfte, laut Mama und Papa, mich noch ausruhen. Sie fanden mich noch zu jung um arbeiten zu gehen. Aber ein halbes Jahr später wurde ich doch berufstätig. Frau Luise erzählte uns manches von der hessischen Mentalität. Ab und zu kam auch ihr Lebenspartner mit und am Abend schlich er durch den Saal, machte ein Notlicht an und deckte uns Mädchen zu. Es war uns sehr peinlich! Aber er hatte es sicherlich nur gut gemeint. Ich erinnere mich auch an einen Übernachtungsgast, der sich vor aller Augen zum Schlafen nackt auszog! Er meinte, dass er sich so kein Ungeziefer in die Kleidung bringt. Kurios, aber irgendwie hatte er recht, obwohl das Übernachtungsheim sauber war. Es war noch eine Woche bis Weihnachten. Mama holte unseren Handwagen und fuhr eines Morgens mit Luise in den Wald, um Holz zu sammeln. Sie brachten den Wagen voll beladen zurück und Luise wollte für sich kein Stück Holz behalten. Am nächsten Tag kam sie aufgeregt zu uns und berichtete, dass gleich nebenan eine Wohnung mit zwei Zimmer und einer Küche frei werden würde. Zwar war das eine Wohnung der provisorischen Art und nicht viel anders als in diesem Haus, in dem wir jetzt wohnten, aber immerhin. Meine Eltern sind sofort zu dieser Familie gegangen und haben mit ihr verhandelt. Nun brauchten sie nur noch die Genehmigung der Stadt und wir bekamen diese Genehmigung. Wir konnten endlich aufatmen. Wir umarmten uns und freuten uns sehr. Morgen war der 23. Dezember 1945. Die Familie zog aus und wir ein. Wir jubelten: „Wir haben endlich eine Bleibe für uns!" Mit einem ganz herzlichen Dank an Luise zogen wir also ein. Einen großen alten Kohleherd hatte die Familie in der 3- Zimmerwohnung stehen lassen. Wie gut, denn das war mit das Wichtigste. Wir bekamen drei Holzbetten und Strohsäcke und jeder von uns eine Wolldecke. Nun musste noch eine Sitzgelegenheit und ein Tisch beschafft werden. Ein Amt teilte uns mit, dass wir in der noch geschlossenen Oberschule einen schmalen länglichen Tisch, eine lange Holzbank, zwei Stühle sowie einen Spind für unsere Kleidung abholen könnten. Es ist der 24. Dezember 1945. Es ist heute Heiligabend und wir waren unendlich dankbar, dass wir eine Wohnung hatten. Es war ein Geschenk des Himmels, am Heiligabend in eigenen vier Wänden zu sein. Eine sehr große Last fiel erst einmal von uns ab. Papa besorgte aus dem nahen Wald Knüppelholz und auch einen kleinen Tannenbaum. Mama heizte den Herd an und wir Mädels schnitten, aus so einer Art Geschenkpapier, das uns irgendjemand gab, so etwas wie Scheibengardinen für die Fenster. Gut sah das aus und gleich wohnlicher. Ich weiß nur, dass dieser Heiligabend uns allen unvergesslich bleibt. Unser unstetes Leben, dieses absolut würdeloses Leben, nahm endlich ein Ende. Immer und immer wieder umarmten wir uns und konnten unser Glück noch gar nicht richtig fassen. Wir waren hier in dieser Stadt angekommen und hatten wieder ein Zuhause! Diese Stadt soll unsere neue Heimat werden. Hier wollen wir leben, das waren unsere Gedanken. Wohl dachten wir an unser Zuhause in unserer Heimat Oppeln in Oberschlesien, aber was war das für ein Jahr?! Ein tiefer und prägender Einschnitt in unserem Leben.

Alles, aber wirklich alles, was wir einmal unser Eigen nannten, hatten wir verloren. Wir waren hier Fremde und dieses Hessenland war uns auch noch fremd. Werden wir hier später einmal sagen können, das ist unsere Heimat? Es war ja das Wichtigste, dass wir Fünfe uns hatten, dass keiner sozusagen „auf der Strecke" geblieben ist. Aber unsere anderen drei Geschwister? Wir dachten gerade an diesem Heiligabend besonders an Fred, Ossi und Erika. Erika lebte, so erzählte es uns die Familie in Crailsheim, aber unsere zwei Brüder? Unsere Gedanken kreisten um unsere Lieben. Ich denke heute noch, dass die Ungewissheit und der Verlust der Heimat, meinen Eltern großen körperlichen und seelischen Schmerz bereitet hatten. Ihre Seelen schrieen laut auf. Ich habe meine Eltern diesbezüglich immer bewundert, unter Auferbietung all ihrer Kräfte, dieses Leben zu meistern. Nun waren wir hier in einer Kleinstadt in Hessen, in Lauterbach.

Der Heiligabend 1945 bleibt ein Tag, der nie vergessen sein wird. An diesem Heiligabend, ich meine mich zu erinnern, dass Frau Luise nach uns schaute und uns etwas Essbares mitbrachte. Wir waren dieser Frau immer sehr dankbar und verloren uns auch später nicht aus den Augen. Seit diesem Tage hatten wir hier in Hessen eine neue Heimat gefunden. Wir haben in den vielen Jahren danach natürlich auch viel erlebt. Wir haben unsere Ehepartner gefunden, wir haben Kinder geboren, wir haben unsere lieben Eltern viel zu früh begraben müssen, auch unseren Bruder Fred, der mit nur knapp 48 Jahren verstorben ist.

Mich hat das Leben demütig, aber immer hoffnungsvoll, mal sehr glücklich und mal sehr traurig gemacht. Trotzdem bin ich genügsam geblieben und habe ab meinem 18. Lebensjahr Stück für Stück gelernt, mich in diese, nicht immer guten Welt durchzuboxen, ja durchzusetzen. Auch in beruflicher Hinsicht konnte ich mithalten, obwohl ich nur knapp dreiviertel meiner Schulzeit Unterricht genoss. Ich blieb, so denke ich, immer hilfsbereit und bin bis heute immer bedacht Menschen, die meine Hilfe benötigen, sie ihnen auch zu gewähren, so lange es in meiner Kraft steht. Ganz sicher bin ich auch ein Mensch mit Ecken und Kanten und vieles würde ich heute anders machen als damals. Aber es ist wohl alles gut so, wie es gekommen ist. Ich bin dankbar, dass ich mit meinem Mann so alt werden darf und hoffentlich noch einige Jahre älter mit ihm zusammen werde und ich bin dankbar, dass meine zwei Söhne mit ihren Familien mich mögen und ich bete, dass keiner von ihnen „verloren" geht. Geht es meinen Angehörigen gut, geht es mir auch gut. Ich habe im Leben vieles dazu gelernt und ich weiß, wie weh es tut, wenn man nicht akzeptiert oder nicht ernst genommen wird. Ich wachse dann haushoch über mich hinaus, ohne zu übertreiben und werde stark wie ein Löwe, will mir einer meine Ehre abschneiden. Ich bin Mensch und will allzeit menschenwürdig behandelt werden. Dieses Jahr 1945 scheint mich bis in die heutige Zeit geprägt zu haben. Alles hat seinen Sinn.

Ich möchte noch erwähnen, dass im Frühjahr viele tausende Flüchtlinge aus dem Sudetenland hier in unsere Stadt kamen. Alles war organisiert und jede Familie bekam eine, wenn auch nicht immer eine gute Wohnung in der Stadt oder in der Umgebung zugewiesen. Für uns war zuvor absolut kein Wohnraum vorhanden. Es berührt mich heute noch eigenartig. Über das „Warum" lohnt sich aber nicht tiefer nachzudenken. Mein Vater hatte gleich Anfang 1946 die Anstellung in dem besagten Chem.-Physik. Institut, welches im Seitenbau des Museumsgebäudes unter Leitung eines Professors Neumann untergebracht war, erhalten. Angehende Doktoren experimentierten und mein Vater arbeitete mit ihnen eng zusammen, um komplizierte Apparaturen herzustellen. Was ganz wichtig war, wir bekamen über Crailsheim von unserer Erika Post und bald kam sie zu uns nach Lauterbach gereist. Unseren Fred und unseren Ossi konnten wir nach deren Kriegsgefangenschaft und Suchanzeigen ebenfalls in die Arme schließen. Wir waren und sind so unendlich dankbar, dass sie uns durch den grauenhaften Krieg nicht genommen wurden.

JEDES LEBEN IST WERTVOLL.
HÜTEN WIR ES WIE EINEN KOSTBAREN SCHATZ.

Glossar

A

Abgerührte – Rührkuchen
Abschreiben – Post beantworten
Abmeiern – abluxen
Ärscht – erst
Affenschaukel – Zöpfe
Auskatschern – kurz auswaschen
Ausmären – endlich fertig werden
Aufklauben – auflesen
Auskreeschen – Speck auslassen
Aufwaschen – abwaschen
Aufgewärmte Leichen – aufgewärmtes Essen
Auf die Rolle gehen – mangeln der Wäsche

B

Babe – Napfkuchen
Backfisch – Jugendlicher
Backpfeife – Ohrfeige
Bändel – Bindfaden
Bobges – Hasenknüttel (Hasenkot)
Brünkel – Krümel
Buschemann – Böser Geist
Buchch – hinfallen
Bux – kleiner frecher Junge
Büchertasche – Schultasche
Bratschnitte – geröstetes Brot
Bürne – Birne

D

Dämlak – Dummkopf
Dschuck – Hauruck
Dorten – dort
Dupps – Popo

E

Eierkuchen – Mehlpfannkuchen / Omelett

F

Falle – Bett
Federkasten – Griffelkasten / Schulmäppchen
Flappe – Gesicht
Flapps – Rotzlöffel
Flaumpauer – Schimpfwort
Fleischbrotel – Frikadellen
Flechtsemmeln – Milchgebäck (geflochten)
Funzel – kleines Licht

G

Gake – dummes Ding
Gehacktes – Hackfleisch
Gelinge – Innereien vom Schwein
Glotzen – die Augen
Gokeln – es glimmt nur
Grapschen – unfein anfassen
Gripsch – Apfelkerngehäuse
Gurke – Nase
Grund – Kaffeesatz

H

Hattschen – Füße schleifen lassen
Heulmemme – weinender Mensch
Himmelpapa – Gott
Hoppapferdel – Grille

I

Izek – Name, mehr Schimpfwort

J

Jage – Fangen spielen
Jerunje – fluchen / Fluchwort

K

Kaascheln – gleiten im Schnee
Kampeln – sich balgen
Kareete – alter Wagen
Katschern – auswaschen

Kauern – hocken
Keile – Haue oder Hiebe
Keipern – tauschen / handeln
Kiff – Hut
Killern – kitzeln
Kleistern – eine Ohrfeige geben
Klaue – schlechte Schrift
Klapperlatschen – Sandalen
Klabatschka – Plaudertasche
Klösel – Klöße
Klapper – Rassel
Kulochen – Steckrüben / Unterkohlrabi
Kälberzähne – große Graupen
Klumpatsch – Dreckzeug
Kullulu – kleine Kugel
Kullschuhe – Fußballschuhe
Kulle – Nase
Kulpig – abgerundet / stumpf
Kussel – Kuss
Köppern – kopfüber springen
Kopp – Kopf
Kobel – Würfel
Krehlstifte – harte Schiefertafelstifte
Kriwatschelig – krumm / unlesbar
Krupmiokes – Kochwurst
Krokodilsaugen – Löcher in Schweinelunge
Kürschen – Kirschen

L
Lillern – Speichel sabbern
Luuschen – Pfützen
Lunz – Hering

M
Mauken – Schweißfüsse (Käsemauken)
Manschen – vermengen
Memme – empfindlicher Mensch
Mehlstifte – weicher Schieferstift
Milchdistel – Löwenzahn

Müffen – Darmwinde ablassen
Mootschen – lange dran rumhantieren
Mohtute – langsamer Mensch
Mohklösel – Mohnklösse

N
Naatschen – lange Nachweinerei
Nini – weiche Geschwulst
Nikel – Nikolaus
Nulpe – ulkige Person
Nuppel – Schnuller

O
Omama – Oma
Opapa – Opa

P
Pa, pa, pa – Ade
Pamuffel – dummer Kerl
Patschele – Händchen
Pestbeule – Stinker
Plätten – bügeln
Plumssen – hinfallen / zusammensacken
Plääken – heulen / schreien
Plumpe – Pumpe
Pjernicka – verflucht
Peikern – mit stumpfen Messer
Pimpele – nur etwas
Pitzeln – zerschnitzeln
Plaue – Kinderwagenverdeck
Platzek – Kartoffelpuffer
Plootsch – tapsiger Mensch
Pulln – pinkeln
Puttel – Hühner
Puffbahn – Eisenbahn
plärren – laut heulen
Prasselkuchen – süßes Gebäck
Pootschen – Hausschuhe

Q

Quetschkomode – Ziehharmonika
Quadratlatschen – große Schuhe

R

Rausplatzen – ungewolltes Sprechen
Remftel – Brotanfang oder Ende
Ritsche – Fußbank
Rolle gehen – zum Mangeln gehen
Rotzkocher – alte Tabakpfeife
Rotzlöffel – frecher Jugendlicher

S

Schaber – Herrenfrisör
Schippen – nach jemanden treten
Schnicke – Hiebe austeilen
Schnitte – eine Scheibe Brot
Schlickermilch – Dickmilch / Sauermilch
Spritznuppel – Oster-Wasser-Spritzen
Stoppeln – auflesen, sammeln
Spirifantel – kleiner dürrer Mensch
Spickig – lustig / humorvoll
Schifferkolle – Schiffseigner
Schubiak – gemeiner Kerl
Schranken – Schrank

T

Tippeln – gehen, aber langsamer
Tüppel – kleiner Topf
Tschitscheringrün – grelles Grün
Tschiepele – Kosename oder kleines Huhn
Tschumpele – Kosewort für Kind
Tuntla – trotteliges Mädel
Tumm – dumm

U

Uschen – verschwenden
Ugele – kleines Glimmfeuer

V

Verkotteln – verheddern
Verkuddeln – zerzausen
Verkeilen – verhauen
Verknusen – nicht leiden können
Verrollen – balgen
Verhunzen – verderben
Verflüscht – verflixt

W

Weisskäse – Quark
Welschkraut – Wirsing
Würschtel – Würstchen

Z

Zerdeppern – zerschlagen
Zummssen – schlechte Haare
Zopp – Zopf
Zuprina – Schimpfwort (weiblich)